Perry Rhodan

Horst Hoffmann

Welt am Abgrund
Wächter der Unsterblichkeit

D1922746

PERRY RHODAN-Planetenromane
© 2015 dieser Lizenzausgabe Zaubermond-Verlag, Hamburg
www.zaubermond.de
Lektorat: Rainer Nagel
Titelbild: Arndt Drechsler
Satz: Zaubermond-Verlag
Druck und Bindung: scandinavian books
Printed in Germany September 2015

Internet: www.perry-rhodan.net

Inhaltsverzeichnis

Horst Hoffmann

Welt am Abgrund

Eine Kolonie des Solaren Imperiums im Würgegriff der Sternenreiche

»Wenn ihr gekommen seid, um in dieser Zeit der Wirren auf einem gottvergessenen Planeten eine neue Heimat zu finden, Frieden und Ruhe für euch und eure Familien, dann beeilt euch, um das Schiff noch zu erwischen, bevor es ohne euch wieder abfliegt. Doomsday ist nicht die Welt, die ihr sucht.

Wenn aber einige unter euch wissen, worauf sie sich eingelassen haben, wenn sie bereit sind, in die Urwälder zu gehen, um sie zu roden oder in ihnen zu jagen und Fallen zu stellen, wenn sie es mit Kreaturen aufnehmen wollen, die die tiefste aller Höllen ausgespuckt hat, wenn sie gegen eine Welt zu kämpfen bereit sind, die uns Menschen jeden Tag von Neuem zu ersticken versucht, und sich klar darüber sind, dass ihre Lebenserwartung allenfalls ein paar Jahre beträgt, dann sollen sie bei uns bleiben und mit uns kämpfen.

Und eines noch: Wir haben uns nicht nur der Feinde auf Doomsday selbst zu erwehren, sondern auch jener, die von außen kommen werden, aus dem Weltraum, die gierig ihre Finger nach allen Welten ausstrecken, die ihnen Gewinn bringen können – nun, wo es keine Erde, kein Solsystem und keine Solare Flotte mehr gibt, die uns schützen.«

(Auszug aus der Standard-Begrüßungsrede des Regenten Tay E'Cuuna anlässlich der Landung eines Flüchtlingsschiffs auf Doomsday, 8. Januar 3432)

1.

Stace Maccabor steckte das Buschmesser in den Gürtel zurück und legte auch die schwere Büchse wieder an ihren Platz neben den Decken. Er setzte sich und blickte in die Dunkelheit.

Wir machen uns alle verrückt!, dachte er. *Kein Mooner wagt sich in die Nähe der Leuchtpflanzen. Nicht bei Nacht.*

Stace blieb wachsam. Schlaf würde er nicht finden. Er *hatte* etwas gehört, irgendwo im Dickicht zwischen den bläulich schimmernden Büschen. Wenn es keine Mooner waren, dann vielleicht Tiere, die wie die Mooner nachts aus ihren Löchern kamen und auf Beutefang gingen.

Am Tag jagten die Menschen – in der Nacht Doomsday.

Die Büchse griffbereit neben sich, nahm Maccabor eine Flasche vom Schlittenwagen und trank. Es war kalt, und kein Fallensteller, der alle Sinne beisammen hatte, machte in der Dunkelheit Feuer. Sie hatten andere Mittel, um sich zu wärmen – innerlich.

Es blieb still und Maccabor wachsam. Er hatte Jäger gekannt, die sterben mussten, weil sie nur einen Augenblick lang unachtsam gewesen waren.

Ein Tagesmarsch bis zur Niederlassung. Maccabor verfluchte die Tatsache, dass er seinen Partner im Streit an eine andere Gruppe verloren hatte und so nur langsam vorankam. Der Schlitten war mit Fellen, Hörnern und Beuteln schwer beladen, die Pfade durch die Wildnis zugewachsen.

Es war nicht das erste Mal, dass Stace aus dem Dschungel zurückkehrte, zu den verlorenen Außenposten dessen, was man auf Doomsday Zivilisation nannte.

Niemals hatte er sich so sehr nach dem Anblick der Baracken und Zäune gesehnt. Er hatte seine eigene Meinung zu den Gerüchten über einen Amoklauf der Mooner. Sie waren immer gefährlich. Wer diesen weiß bepelzten Halbmenschen in die Hände fiel, war verloren. So war es immer gewesen. Was sollte sich nun geändert haben?

Dennoch war Maccabor unruhiger als sonst. Er spürte, dass Unheil in der Luft lag, aber er wehrte sich gegen die Hysterie, der er beim Zusammentreffen mit anderen Jägern begegnet war.

Stunden vergingen, ohne dass etwas geschah. Keine glühenden Augen im Unterholz, kein Laut mehr. Maccabor glaubte schon, dass sich das, was um seinen Lagerplatz herumgestrichen war, verzogen hatte, als er den Schrei hörte.

Er fuhr ihm durch Mark und Bein. Stace sprang auf, das Gewehr im Anschlag.

Eine Frau schrie ganz in der Nähe. Sie schrie wie ein Mensch, der Schlimmeres als den Tod vor Augen hatte. Einen Moment war Stace wie gelähmt. Schon einmal hatte er jemanden so schreien gehört, auch eine Frau. Aber das war lange her.

Stace warf einen flüchtigen Blick auf den Schlitten mit dem gesamten Ertrag von fast einem Jahr Wildnis. Er unterdrückte einen Fluch und schlug sich in die Büsche. Jedes unnötige Geräusch vermeidend, arbeitete er sich durch Unterholz und die hohen, leuchtenden Rankengewächse, von denen die abergläubischen Mooner glaubten, dass in ihnen ihre Naturgeister lebten. Solange er sich dicht an ihnen hielt, war er sicher.

Das Schreien wurde lauter. Nun kamen andere Geräusche dazu. Stace erstarrte. Wieder fühlte er sich um Jahre zurückversetzt, und die Erinnerung trieb ihn vorwärts. Er begann zu laufen, teilte das Dickicht mit dem Messer und ignorierte die Dornenranken, die in sein Gesicht peitschten. Die Schreie brachen abrupt ab. Stace rannte. Er durfte nicht zu spät kommen! Nicht noch einmal!

Bäume und Büsche teilten sich. Eine Lichtung. Nur das fahle Licht des Mondes beschien die gespenstische Szene, die sich Maccabors Augen bot.

Mooner! Ein halbes Dutzend von ihnen!

Stace stieß einen Schrei aus und stürzte sich, ohne zu überlegen, auf die weißen, zottigen Gestalten mit den rot glühenden Augen. Seine Büchse krachte dreimal kurz hintereinander. Drei

Halbmenschen stürzten zu Boden. Die anderen drei erfassten die Situation augenblicklich. Zwei zerrten die Frau in die Büsche. Der dritte stürzte sich auf den Jäger.

Stace empfing ihn mit dem Messer. Auch in der Faust des Mooners blitzte Stahl. Stace blockierte den Hieb mit dem linken Arm und schlug dem Gegner das Buschmesser in den Leib. Er stieß ihn von sich. Etwas in ihm machte fast übermenschliche Kräfte frei.

Er war bei den anderen, bevor diese die Frau fallen lassen und sich verteidigen konnten. Stace streckte einen von ihnen mit zwei gezielten Faustschlägen gegen die Schläfe zu Boden. Die Frau schrie auf. Stace wirbelte herum und sah etwas auf sich zukommen. Ein furchtbarer Schlag traf ihn am Kopf. Er taumelte zurück. Der Mooner ließ ihm keine Zeit, zu sich zu kommen. Ein weiterer Schlag. Eine schwere Keule traf Maccabors Stirn. Sterne tanzten vor den Augen des Jägers. Er verfing sich mit dem Fuß in einer Wurzel und fiel. Benommen streckte Stace beide Hände aus und bekam den Gegner am Hals zu fassen, als dieser sich auf ihn warf. Er sah in die glühenden Augen, spürte, wie sich raue Finger gegen seine Kehle drückten. Stace versuchte, sich herumzuwälzen und die Beine hochzuziehen, um den Mooner abzuschütteln, doch der Halbmensch klammerte sich an ihn wie eine Katze.

Die Hand mit der Keule hob sich zum tödlichen Schlag. Maccabor ließ den Hals des Gegners los und griff nach dessen Arm. Stace bäumte sich mit all seiner Kraft auf und konnte den Mooner von sich kippen. Eng umschlungen wälzten sie sich über den Boden. Stace wusste, dass er im Nahkampf so gut wie keine Chance gegen dieses Wesen aus ungebändigter Wildheit hatte. Gelbe Reißzähne schlugen sich in seine Schulter. Der Mooner ließ die Keule fallen. Wieder gruben sich seine Klauen in Staces Hals. Der Jäger bekam keine Luft mehr. Er schlug nach dem Gegner, ohne auch nur die geringste Wirkung zu erzielen. Seine Kräfte erlahmten.

Stace sah die Keule wieder über sich. Doch der Mooner hatte beide Hände an seinem Hals.

Stace verriet sich durch seinen Blick. Der Mooner ließ von ihm ab, fuhr herum und war schon im Sprung, als ihn die massive Keule mit voller Wucht traf.

Noch halb aufgerichtet hockte er über Maccabor, als seine Augen erloschen. Blut rann von der Kopfwunde und sickerte in das weiße Fell. Stace schnappte nach Luft, bekam ein Bein frei und stieß den Toten von sich.

Die Frau starrte den Mooner ungläubig an, dann die Keule in ihrer Hand, als ob sie nicht glauben könnte, dass sie es gewesen war, deren Hand sie geführt hatte. Sie warf sie weit von sich.

Stace richtete sich unter Schmerzen auf und blickte die Fremde an.

Es ist Karba! Komm zu dir!

Maccabor schüttelte den Kopf. Er stützte sich auf und sah sich um. Sechs Mooner am Boden. Hier in der Nähe der *Leuchtenden Felder,* wo sie niemals hätten sein dürfen.

Eine Hand legte sich auf seine Schulter. Stace sah in das Gesicht der Fremden. Sie war jung, viel jünger, als er erwartet hatte. Beulen und Schrammen zeugten von ihrem Kampf gegen die Halbmenschen. Ihre Fellbekleidung war an einigen Stellen zerrissen.

»Danke«, hörte er sich sagen. Er musste sich von der Erinnerung losreißen. Dies war nicht Karba! Nichts brachte die Gefährtin zurück.

»Du bedankst dich bei mir?« Die Fremde lachte hysterisch. »Wofür? Dass ich eine der Kreaturen …?«

Stace gab sich einen Ruck. Er spürte, wie seine Kräfte zurückkehrten. Er stand auf.

Im gleichen Augenblick ging eine Veränderung mit dem Mädchen vor. Erst jetzt schien sie sich ihrer Situation voll bewusst zu werden. Der Kampf hatte sie für Minuten abgelenkt. Sie schlug die Hände vor die Augen und begann zu schluchzen. Ihre Beine gaben nach. Stace fing sie auf, als sie fiel. Er legte sie sanft auf das Moos und sah in starre, blicklos in die Ferne gerichtete Augen.

»Es ist vorbei«, sagte er. »Vorbei, hörst du? Du lebst?«

»Ich lebe!«, schrie sie. »Aber die anderen! Sie sind bei ihnen! Sie …!«

Stace wusste nicht, was diese Fremde, eine Jägerin wie er, Schreckliches erlebt hatte, bevor er ihr zu Hilfe kommen konnte, aber jetzt traf es sie mit voller Wucht. Ihre Lippen schlossen sich. Stace redete auf sie ein, immer eindringlicher, aber er erhielt keine Antwort mehr. Apathisch lag sie vor ihm und rührte sich nicht mehr.

Aus den Augenwinkeln heraus gewahrte er eine Bewegung. Er fuhr herum.

Der Mooner, den er nur durch Faustschläge betäubt hatte, versuchte sich davonzuschleichen. Stace war mit wenigen Schritten bei ihm, warf ihn auf den Rücken und setzte ihm die Knie auf die Schultergelenke.

Heißer Atem schlug ihm entgegen. Die Augen des Wesens waren wie glühende Kohlen, die ihn wild anfunkelten. Der Mooner schnappte nach Staces Händen, als er den Hals des Halbmenschen packte.

»Du verstehst mich!«, schrie der Jäger in der Sprache der Mooner. »Ich weiß, dass ihr uns versteht! Die Frau war nicht allein! Wo sind die anderen?«

Der Mooner röchelte und versuchte sich aufzubäumen. Stace hielt ihn fest umklammert. Er schlug mit der Faust in sein Gesicht.

»Du wirst reden!«, fuhr er ihn an, als er keine Antwort erhielt. Er sah sich schnell um. Noch war keine Bewegung um die Lichtung herum zu erkennen, aber falls das Mädchen die Wahrheit gesagt hatte, mussten sich weitere Mooner in unmittelbarer Nähe befinden. Stace wurde sich dessen bewusst, dass er hier wie auf einem Präsentierteller saß, aber wenn er schon nicht lebend aus dem Dschungel kommen sollte, wollte er zumindest wissen, warum nicht.

Stace sah sein Messer in Griffweite am Boden liegen. Er hob es blitzschnell auf und setzte es an den Hals des Mooners.

»Rede!«

Der Zottige schloss den Rachen. Sekundenlang sahen er und der Jäger sich stumm in die Augen. Ein kalter Schauer überlief Maccabor, der jahrelang in der Wildnis mit all ihren Gefahren gelebt hatte – in der Hölle dieses verwunschenen Planeten.

Dann kam Leben in den Halbmenschen.

»Alle Glatthäutigen werden geopfert, bevor der Mond achtmal versinkt!«

Bevor Stace eine weitere Frage stellen konnte, bäumte der Mooner sich erneut auf, riss den Kopf in die Höhe und schnitt sich selbst an Staces Buschmesser die Kehle durch, bevor der Jäger reagieren konnte.

Fassungslos sah Maccabor, wie die Augen des Wesens erloschen.

Die gezischten, kaum verständlichen Worte hallten in seinen Ohren nach. Wieder dachte Stace an das, was er von den anderen Jägern gehört hatte, und allmählich begriff er, dass es keine Gräuelmärchen gewesen waren.

Was ging im Dschungel vor?

Stace stand auf. Hier durfte er nicht bleiben. Er nahm die apathische junge Jägerin und warf sie sich über die Schulter. Mit dem Messer und der Büchse bahnte er sich den Weg zurück zu seinem Schlittenwagen.

Er legte das Mädchen ab, holte einen Schlauch mit Trinkwasser vom Schlitten und benetzte ihr Gesicht. Sie schlug die Augen auf. Schnell gab Stace ihr von seinem Schnaps zu trinken, bevor sie wieder in Hysterie verfallen konnte. Das selbst gebrannte Gebräu tat seine Wirkung.

»Und jetzt wirst du mir sagen, was los war. Wer sind diese anderen? Leben sie?«

Sie starrte ihn mit halb geöffnetem Mund an. Ihre Augen waren suchend. Sie schien noch immer nicht begreifen zu können, dass sie lebte.

»Wer … wer bist du?«, fragte sie flüsternd. »Es kann keine Menschen mehr im Dschungel geben. Wir waren die letzten, die …«

»Sehe ich aus wie ein Geist?«, fragte Stace ungehalten. Dabei dachte er daran, dass er tatsächlich für einen Fremden wenig vertrauenerweckend aussah. Sein dunkelbraunes Gesicht war voller Narben und blutiger Striemen von Dornenranken, die ihm in die Stirn und über die Wangen gepeitscht waren. Sein dunkelbraunes Haar hing ihm strähnig über die Schultern. Die Pelz- und Lederkleidung war schmutzig und zerrissen. Ein Mann von gut vierzig Jahren, vom Leben in der Wildnis geprägt.

Und dieses Mädchen war noch nicht sehr lange im Dschungel.

Er versuchte zu lächeln, was ihm angesichts seiner Lage gründlich misslang.

»Ich bin Stace Maccabor«, sagte er. »Auf dem Weg zur Niederlassung.«

Mit Fellen, Hörnern und Zähnen und Extrakten, die ihm genug einbringen könnten, um ein bequemes Leben in der Stadt zu führen, dachte er bitter. Er sprach es nicht aus, denn es war weit mehr als eine Ahnung, dass er den Schlitten nie mehr bis zur Niederlassung bringen würde.

»Maccabor?« Das Mädchen bekam große Augen. Für einen Moment vergaß sie ihre Situation, den Dschungel und die Mooner. »Stace Maccabor, der Wildläufer? Der Mann, der von …?«

Stace winkte ab.

Hörte er Geräusche?

Wieder sah er sich um, eine Hand schnell auf den Mund des Mädchens gelegt. Keine glühenden Punkte im Dickicht, aber sie konnten da sein, sich anschleichen, auf leisen Sohlen …

Was trieb sie in die Nähe der *Leuchtenden Felder,* in denen ihre Naturgeister wohnten, und die für jeden Mooner tabu waren – mit Ausnahme weniger Priester?

Stace ließ seine Hand auf dem Mund der Jägerin und betrachtete sie nun genauer. Dunkle Augen sahen ihn an. Das Mädchen war vielleicht 25 Jahre alt. Ihr langes, strähnig in die Stirn und über die Schultern hängendes Haar schimmerte im Mondlicht leicht silbern. Sie war trotz ihres rauen Gesichts auf eine besondere Art und Weise schön. Die schmalen, aufgesprungenen Lippen, die etwas zu weit auseinanderstehenden Augen.

Verdammt, sie war nicht Karba!

Dort, wo die Pelzkleidung aufgerissen war, sickerte Blut durch. Stace betrachtete die Wunden und reinigte sie mit Alkohol. Die Jägerin biss die Zähne zusammen und schloss die Augen. Kein Schmerzenslaut kam über ihre Lippen.

»Wer sind die anderen, von denen du sprachst?«, fragte er flüsternd, immer wieder Blicke um sich werfend. Stace nahm sein zweites Jagdgewehr vom Schlitten, kontrollierte die Ladung und kniete sich wieder neben die Frau.

»Jehatt, Merl und Sotzer«, flüsterte sie. Ein Ruck ging durch ihren Körper. Sie richtete sich unter Schmerzen auf und sagte schnell: »Vielleicht können wir sie noch retten. Die Mooner haben sie fortgeschleppt. Vielleicht bringen sie sie nicht sofort um!«

Die Worte des Wilden:

Alle Glatthäutigen werden geopfert, bevor der Mond achtmal versinkt!

Das waren acht Tage.

Stace bewunderte den Mut des Mädchens. Auch ihn drängte es danach, herauszufinden, was in die Mooner gefahren war. Und wenn nur die geringste Chance für die drei Verschleppten bestand …

Die Jäger im Dschungel Doomsdays waren wie Brüder. Niemand ließ einen anderen in der Not im Stich. Stace sah fast wehmütig zum Schlitten hinüber.

Plötzlich erklangen dumpf die Trommeln der Halbmenschen. Das Mädchen schrak auf. Flehend hingen ihre Blicke an Staces Augen.

Irgendwo ganz in der Nähe, in einem der Mooner-Dörfer, begann eine rituelle Zeremonie, über deren Zweck kaum Zweifel bestehen konnten. Stace spürte, wie ihn eine Gänsehaut überzog. Er stand auf, packte das Gewehr fester und reichte der Jägerin die Hand.

»Solange sie trommeln, leben deine Freunde«, flüsterte er. »Und wir werden sie finden, das schwöre ich!«

Die Zeit des Zauderns war vorbei. Die Jägerin mochte die grimmige Entschlossenheit spüren, die Maccabor erfasst hatte. Der Schlitten war vergessen. Was nun noch zählte, waren die drei Verschleppten und das eigene Leben.

»Komm!«, sagte Stace. »Wie heißt du?«

»Alle nennen mich nur Sharla.«

Stace reichte ihr sein Messer.

»Du kannst damit umgehen?«

»Ich war lange genug im Dschungel.«

Stace setzte sich in Bewegung. Sharla ließ seine Hand nicht los. Sie zitterte, aber sie folgte ihm entschlossen. Vielleicht machte sein Name ihr Mut. Stace wusste, dass er für viele, die noch nicht lange in den Wäldern lebten, fast eine legendäre Figur war.

Sie erreichten den Schauplatz des Kampfes. Die toten Mooner lagen noch so am Boden, wie er sie zuletzt gesehen hatte. Es waren also keine anderen zurückgekommen.

Alle steckten im Dorf. Wie viele mochten von den Trommeln gerufen worden sein?

Unheilvolle Stille lag über dem Dschungel. Außer den Trommeln war nichts zu hören. Es war fast so, als hätten sich die Tiere in ihre Löcher und Verstecke zurückgezogen. Alles hielt den Atem an.

Stace folgte dem Pfad, den die Entführer von Sharlas Begleitern ins Dickicht getreten hatten. Dann und wann mussten die beiden Jäger einen Bogen um fleischfressende Pflanzen machen, die ihre klebrigen roten Stränge über den Pfad geschoben hatten.

Die Trommeln wurden lauter, und es mochte eine halbe Stunde vergangen sein, als Stace den Feuerschein zwischen den dicht beieinanderstehenden Bäumen gewahrte.

»Langsam jetzt«, flüsterte er Sharla zu. »Es könnten noch Nachzügler unterwegs sein.«

Sie gingen weiter, darauf bedacht, jedes unnötige Geräusch zu vermeiden. Der Pfad verbreiterte sich nun. Stace blieb wieder stehen und sah im Schein mehrerer Feuer die ersten Hütten der Halbmenschen.

»Dort vorne!« Stace deutete mit dem Gewehr auf einen umgestürzten Baumstamm direkt am Rand der Lichtung. Sharla nickte tapfer und folgte ihm. Hinter dem mächtigen Stamm knieten sie nieder. Das Dorf der Mooner lag nun direkt vor ihnen, und was sie sahen, ließ das Blut in ihren Adern erstarren.

Etwa zwei Dutzend Mooner tanzten wild um die Feuer herum, heisere Schreie ausstoßend und Lanzen schwingend. Vor einer der fünf primitiven Hütten standen drei Weißpelze mit Dämonenmasken über den Köpfen. Neben ihnen saßen die Trommler mit wirbelnden Händen. Stace sah auf den ersten Blick, dass die Mooner berauscht waren.

Und zwischen den Feuern, auf drei gefällte Baumstämme gefesselt, lagen drei Menschen mit durchgeschnittenen Kehlen.

Maccabor sah aus den Augenwinkeln heraus, dass Sharla schreien wollte. Er packte sie blitzschnell von hinten und presste seine Hand auf ihren Mund.

Er hatte Mühe, sich zu beherrschen. Sie waren zu spät gekommen. Die Opferung war bereits vollzogen. Auch dies widersprach der Gewohnheit der Halbmenschen. Warum trommelten und tanzten sie noch?

Unbändiger Zorn erfasste den Jäger, der seine ganze Willenskraft aufbieten musste, um nicht in die rasende Meute zu feuern. Er konnte die Toten nicht wieder lebendig machen. Außerdem würde eine unbeherrschte Reaktion nur den eigenen Tod zur Folge haben, und jemand musste den Menschen auf Doomsday von dem berichten, was hier vorging.

Die Mooner schafften ihre Gefangenen nicht mehr zu den *Leuchtenden Feldern,* um sie ihren Göttern zu opfern. Warum nicht? Warum wagten sie sich jetzt ohne ihre Priester dorthin?

Das Trommeln erstarb schlagartig. Stace hielt Sharla fest an sich gepresst, unfähig, ihr Worte des Trostes zuzusprechen. Er sah, dass eine der fünf Hütten von zwei Halbmenschen bewacht wurde, die offenbar nicht berauscht waren. Weshalb?

Einer der drei Priester trat zwischen die Feuer. Die Tanzenden erstarrten mitten in der Bewegung und kauerten sich um ihn herum auf den kahlen Boden.

Im Schein der Feuer wirkte die Maske des Priesters noch unheimlicher, als er nun einen Arm in die Luft streckte und mit dem anderen auf die Geopferten zeigte.

Stace hielt den Atem an. Sharla sank kraftlos neben ihm zu Boden.

Dann begann der Maskierte zu sprechen. Stace verstand die heiseren, gebellten Laute. Er verstand jedes Wort, und dennoch glaubte er, dass ihm seine Fantasie einen bösen Streich spielte.

»Was … was sagt er?«, fragte Sharla leise. Ihre Stimme klang erstickt. Es kostete nicht nur sie ungeheure Überwindung, ruhig zu bleiben und nicht zu schreien.

Stace nahm den Blick nicht von dem Mooner, dessen Arme beschwörend in den Himmel zeigten. Seine Stimme steigerte sich zu einem Brüllen.

»Deine Begleiter wurden irgendwelchen ›Neuen Göttern‹ geopfert«, flüsterte Maccabor. »Diese Götter sollen aus dem Himmel gekommen sein und den Moonern Macht und Stärke gegeben haben, die sie befähigen soll, die Glatthäutigen, also uns, von ihrer Welt zu vertreiben. Sie …« Stace lauschte wieder. »Sie werden angeblich wiederkommen. Er bittet sie darum und verspricht weitere Opfer. Sie sollen die Mooner gegen unsere Niederlassungen und die Hauptstadt führen.«

»Neue Götter?«

Wieder musste Stace die Tapferkeit des Mädchens bewundern,

die mit Sicherheit schwerste Qualen litt. Wieder musste er mit aller Gewalt gegen den Impuls ankämpfen, sich mitten in die Halbmenschen hineinzustürzen.

»Frag mich jetzt nicht.«

Sharla schwieg. Nur ihr leises Schluchzen war zu hören. Zitternde Hände legten sich um Maccabors Hüften.

Der Priester senkte die Hände. Wieder begannen die Trommeln zu dröhnen, und die Mooner sprangen auf und umtanzten die toten Jäger.

Stace durfte nicht mehr hinsehen. Nur schnell fort von hier. Es waren *keine* Schauermärchen gewesen, die er von den anderen Jägern gehört hatte. Etwas von unübersehbarer Tragweite kündigte sich an, und die »Neuen Götter« der Mooner hatten etwas damit zu tun.

Raumfahrer?

Stace zwang sich, den Kopf noch einmal über den Baumstamm zu schieben. Die bewachte Hütte. Was war in ihr, das Wachen erforderte? Stace beobachtete die Tanzenden. Keiner von ihnen wagte sich in die Nähe der Hütte. Wie leibhaftige Teufel huschten sie zwischen den Feuern umher, mit glühenden Augen.

»Warte hier«, flüsterte der Jäger. »Beweg dich nicht fort, ganz egal, was geschieht. Sollte ich nicht zurückkommen, dann versuche, dich allein zur Niederlassung durchzuschlagen.«

Sie klammerte sich noch fester an ihn.

»Was hast du vor? Nein, bleib hier …«

Stace löste ihre Hände, nahm ihr das Messer ab und reichte ihr sein Gewehr.

»Ich bin so schnell wie möglich wieder hier.«

Bevor sie erneut nach ihm greifen konnte, sprang er auf und lief geduckt über den Pfad. Sharla streckte ihre Hände in seine Richtung, wollte ihm auf allen vieren folgen, doch schon war er im Dickicht verschwunden.

Am ganzen Körper bebend kauerte sie sich hinter den Stamm.

Stace arbeitete sich durch das Dickicht, bis er hinter der bewachten Hütte war. Mit den Händen teilte er die Blätter einer Kletterpflanze, deren Laub einen dichten Vorhang zwischen zwei Urwaldriesen bildete, und schob den Kopf hindurch.

Noch tanzten die Mooner. Noch war ihre ganze Aufmerksamkeit auf die Geopferten und die Priester gerichtet.

Stace konnte es nicht riskieren, die Wachen zu überwältigen und von vorne in die Hütte einzudringen. Sie bestand aus geflochtenen trockenen Gräsern und Bambusstämmen. Er musste es von hinten versuchen.

Maccabor ließ sich auf alle viere nieder und schob seinen Körper durch das Dickicht, das Messer zwischen den Zähnen. Er erreichte die Hütte, überzeugte sich ein letztes Mal davon, dass die Mooner noch um die Feuer tanzten, und machte sich an die Arbeit.

Nach wenigen Minuten hatte er eine Öffnung in die rückwärtige Wand geschnitten, die groß genug war, um ihn durchschlüpfen zu lassen. Es war dunkel in der Hütte. Nur der durch den bewachten Eingang einfallende Feuerschein beleuchtete schwach die in ihrer Mitte gestapelten Kisten.

Stabile Holzkisten!

Maccabors Herz schlug wild. Er spürte, dass er hier einem Geheimnis auf der Spur war, dass er im Begriff war, an etwas zu rühren, das für das Leben der Menschen auf Doomsday von entscheidender Bedeutung sein konnte. Diese Kisten waren weder von den Wilden hergestellt noch von Jägern erbeutet worden. Sie alle waren gleichgroß und hatten Scharniere aus Metall.

Leise richtete Maccabor sich auf. Wenn nur jetzt die Trommeln nicht erstarben!

Die mannshoch aufeinandergestapelten Kisten zwischen sich und den Wachen, die ihm nach wie vor den Rücken zukehrten, versuchte er, die oberste zu öffnen. Wider Erwarten ließ sich der Deckel leicht hochstemmen. Stace öffnete sie nur so weit, dass er eine Hand hineinschieben konnte. Seine tastenden Finger spürten etwas Hartes, Metallisches, etwas, dessen Berührung ihm vertraut vorkam.

Stace zog einen der Gegenstände heraus, und obwohl er schon eine Ahnung gehabt hatte, worum es sich handelte, glaubte er, seinen Augen nicht trauen zu dürfen, als er nun sah, was er in der Hand hielt.

Maccabor unterdrückte einen Fluch, überzeugte sich schnell davon, dass die Wachen nicht aufmerksam geworden waren, und holten einen zweiten Gegenstand aus der Kiste. Dann ließ er den Deckel wieder zuklappen und beeilte sich, aus der Hütte zu verschwinden.

Sharla erwartete ihn mit fiebrigen Augen.

»Hier«, flüsterte er und reichte ihr einen der beiden Strahler. »Damit sollten wir bessere Chancen haben, lebend zur Niederlassung zu kommen.«

»Energiestrahler!«, entfuhr es ihr. »Aber woher ...?«

»Sei still!«, flüsterte er. »Ich erkläre dir alles, wenn wir hier weg sind. Jetzt ...«

Aber es war zu spät. Sharlas Aufschrei war von den Moonern gehört worden. Die Tanzenden fuhren herum. Die Trommeln erstarben.

Stace packte Sharlas Hand. Er brauchte ihr nun nicht mehr zu sagen, dass sie zu rennen hatten, wenn ihr Leben noch einen Schuss Pulver wert sein sollte. Die Mooner hatten ihre Überraschung überwunden und stürmten heran.

Sharla riss sich los.

»Verdammt!«, schrie Maccabor. »Was ...?«

Sie hörte ihn nicht. Sie lief zurück bis zum Baumstamm, war mit einem Satz auf ihm und richtete den Strahler auf die drei wie versteinert zwischen den Feuern stehenden Priester.

»Das ist für Jehatt, für Merl, für Sotzer!«, schrie sie mit sich überschlagender Stimme. Bei jedem Namen schoss sie. Blendend helle Energiefinger durchschnitten das Dunkel der Nacht und brannten sich in die Dämonenmasken der Priester.

Die Mooner, die bis auf wenige Meter heran gewesen waren, erstarrten. Ungläubig fuhren sie herum und sahen, wie ihre Priester zu Boden sanken, gefällt von dem furchtbaren Licht der Götter.

»Bist du verrückt geworden?«, schrie Stace, war mit drei Sätzen bei Sharla und riss sie vom Baumstamm.

»Vielleicht!«, keuchte sie. »Aber jetzt ist mir wohler!«

Sie rannte so schnell, dass Stace Mühe hatte, ihr zu folgen. Unbeschreibliches Geschrei brach bei den Hütten los. Noch saß der Schock in den Nacken der Mooner und lähmte sie. Noch glaubten sie vielleicht daran, dass ihre »Neuen Götter« erschienen seien, um sie zu bestrafen. Götter brauchten für Wesen wie sie keinen besonderen Grund dazu. Aber früher oder später würden sie die richtigen Schlüsse ziehen.

Bis dahin mussten Stace und Sharla untergetaucht sein.

Als der Morgen dämmerte und sie immer noch keine Mooner hinter sich hörten, wussten sie, dass sie vorerst mit dem Leben davongekommen waren. Tagsüber zogen die Weißpelze sich in ihre Hütten oder die Höhlen zurück, in denen viele hausten und erstarrten. Sie ertrugen das Licht der Sonne nicht. Warum das so war, war immer ein Geheimnis geblieben.

Auf einer Lichtung machten Stace und Sharla halt. Sie ließen sich ins weiche, vom Morgentau bedeckte Gras fallen und atmeten schwer. Erst nach Minuten richtete Maccabor sich wieder auf und sah das Mädchen an. Während der Flucht hatten sie kein einziges Wort miteinander gesprochen. Sharla war einige Male gestrauchelt, und Stace hatte sie tragen müssen, als sie dem körperlichen Zusammenbruch nahe war. Und auch er hätte nicht viel weiter laufen können.

»Du hättest nicht schießen dürfen«, sagte er nun zornig.

»Sie haben drei von uns auf bestialische Weise ermordet«, entgegnete sie ohne sich aufzurichten. »Abgeschlachtet wie Tiere! Sie hatten den Tod verdient!«

»Feige aus dem Hinterhalt zu schießen, macht dich nicht besser als sie!«, knurrte Stace. »Davon abgesehen wissen sie jetzt, dass wir ihre Waffenvorräte entdeckt haben.«

»Stace Maccabor, du magst sie besser kennen als ich, aber ich habe genug gesehen, um zu wissen, dass sie nicht besser sind als Tiere. Außerdem habe ich uns das Leben gerettet.«

»Nachdem du sie erst auf uns aufmerksam machtest!« Maccabor fluchte. Warum versuchte er, die Mooner zu verteidigen? Hatte sie denn nicht recht? Solange es Menschen auf Doomsday gab, wurden sie von den Moonern gejagt und getötet. Selbst aus der Stadt wurden Frauen und Kinder entführt, um in den Leuchtenden Feldern ihr Leben auszuhauchen. Auf keinen Versuch, sich mit ihnen auf friedliche Weise zu arrangieren, waren die Mooner eingegangen. Die Angst vor ihnen war so groß, dass alle vorgeschobenen Niederlassungen der Handelsgesellschaften von elektrisch geladenen Zäunen umgeben waren und bis an die Zähne bewaffnete Posten Tag und Nacht patrouillierten. Und trotzdem kehrten viele Männer und Frauen nach ein paar Monaten im Dschungel als zitternde Wracks in die Städte zurück.

Stace zog die entwendete Waffe aus dem Gürtel, der seine Fellkleidung nur noch zum Teil zusammenhielt. Endlich hatte er Gelegenheit, sie näher zu betrachten, und jetzt bestätigte sich, was er längst vermutet hatte.

Dieser Waffentyp war nicht der gleiche, den die Menschen in den Niederlassungen und in der Hauptstadt benutzten. Die Bedienung war ähnlich, nur deshalb hatte Sharla schießen können. Doch damit waren die Ähnlichkeiten auch schon erschöpft. Ein Handgriff, der Auslöser, der dicke, spiralförmig gedrehte Lauf selbst. Die Handstrahler, die Maccabor bisher zu sehen bekommen hatten, waren schlanker und kürzer.

Sharla hatte sich aufgerichtet und saß nun vor Stace, den zweiten Strahler in der Hand.

»Energiewaffen, und du hast sie in dieser Hütte gefunden?«

Stace nickte. »Kistenweise liegen sie dort. Und sie haben sie nicht von uns.«

»Die ›Neuen Götter‹? Stace, du glaubst doch nicht, dass Fremde auf Doomsday gelandet sind, ausgerechnet im Dschungel, und ihnen …«

»Wo sonst? Ich habe gehört, dass es die Erde nicht mehr gibt. Die Sternenreiche teilen die Galaxis unter sich auf. Glaubst du, sie werden in der Stadt landen, wenn sie als Eroberer kommen?«

»Aber …«

Stace winkte ab.

»Sollen sich andere die Köpfe darüber zerbrechen. Unsere Sorge ist es, bis zum Abend in der Niederlassung zu sein.«

»Falls sie noch existiert«, murmelte Sharla.

»Sie *muss* existieren! Unsere Leute müssen wissen, dass nicht plötzlich alle Waldläufer verrückt geworden sind. Wir haben den Beweis.«

Er legte sich wieder zurück. Sie hatten noch einen langen, anstrengenden Weg vor sich. Dazu mussten sie ausgeruht sein. Stace täuschte die Ruhe nur vor, die er jetzt zur Schau trug. Seine Gedanken wirbelten durcheinander. Als er merkte, dass sie sich im Kreis bewegten, fragte er, mehr um sich abzulenken als aus echtem Interesse:

»Du bist noch jung. Wie lange bist du im Dschungel?«

»Zwei Jahre vielleicht. Ich weiß es nicht genau. Ich kam mit meinen Eltern und einem Bruder nach Doomsday, aber in der Stadt hielt ich es nicht aus.«

»Der Reiz des Abenteuers«, sagte Stace sarkastisch.

»Mag sein. Aber vielleicht kannst du dir vorstellen, wie es ist, wenn man in einer Insel aus Beton lebt, inmitten einer Wildnis, vor der alle zittern. Man will wissen, wovor man Angst hat, und dann …« Zum ersten Mal seit ihrer Begegnung sah Maccabor, die Jägerin schwach lächeln. »Dann steckt man mittendrin. Es packt dich, das, was du Abenteuer nennst. Du liebst die grüne Hölle und hasst sie zugleich, und bald kannst du dir nicht mehr vorstellen, in einem sauberen Bett zu schlafen, die stickige Luft eines Zimmers zu atmen und durch Betonschluchten zu gehen.«

Stace nickte. Genauso hatte er es empfunden, als er mit Karba zum ersten Mal in den Dschungel ging. Wie lange war das her?

»Zwei Welten«, murmelte er. »Die Stadt und der Dschungel. Wir laufen sogar mit veralteten Gewehren herum und verzichten auf Strahler. Bist du stolz auf dich?«

»Stolz worauf?«

»Dass du es geschafft hast. Die ersten Monate in der Wildnis, du weißt schon. Und dass du noch lebst.«

»Jehatt, Merl und Sotzer sind tot«, sagte Sharla niedergeschlagen. »Dass ich noch lebe, verdanke ich allein ihnen.«

Sie schwiegen eine Weile, in der beide ihren Gedanken nachhingen.

»Und du?«, fragte Sharla dann. »Man erzählt sich Wunderdinge von dir. Stace Maccabor, der Mann, der den Dschungel kennt wie kein anderer, der sogar in ihm geboren sein soll.«

»Von wilden Tieren großgezogen.« Maccabor lachte rau. »Die Leute in den Niederlassungen reden viel, wenn der Tag lang ist. Sehe ich aus wie Tarzan?«

»Wie … wer?«

»Irgendjemand erzählte mir einmal uralte Geschichten.«

»Du siehst aus wie …« Sharla rückte ein Stück näher an ihn heran, »wie jemand, an den ich mich gewöhnen könnte.«

Mit einem Schlag sah Maccabor wieder das Bild seiner toten Gefährtin vor sich. Er steckte den Strahler in den Gürtel zurück, nahm sein Gewehr und stand auf.

»Es wird Zeit für uns«, sagte er und suchte die Sonne zwischen den dichten Wipfeln der Urwaldriesen, um sich zu orientieren.

»Oh, ich wollte dir nicht zu nahe treten!«

»Bist du nicht. Vielleicht komme ich später darauf zurück. Jetzt komm.«

Seufzend stand sie auf und strich sich das Haar aus dem Gesicht. Kaum etwas an ihr erinnerte jetzt an das wimmernde Bündel Mensch, das noch vor Stunden neben Maccabor hinter dem Baumstamm gelegen hatte. Konnte sie so schnell vergessen, oder spielte sie sich selbst etwas vor?

Stace konnte es gleichgültig sein. Dennoch ertappte er sich dabei, wie er sie beobachtete, als sie an ihm vorbeiging. Ihre kräftigen und doch so graziösen Bewegungen, ihren geschundenen, aber schönen Körper, ihre Haltung. Alles an ihr war Herausforderung.

Es war völlig hell, als sie die Lichtung verließen. Die Sonne schickte ihre ersten Strahlen durch die Bäume.

»Pass auf Fallen auf«, warnte Stace. »Die Mooner verkriechen sich zwar bei Tag, aber nachts kommen sie, um ihre Beute zu holen.«

»Ich weiß, großer Mann, ich weiß.«

»Ist es dir so verdammt gleichgültig, was geschehen ist?«, schrie Stace, von seiner eigenen Heftigkeit überrascht.

Sie fuhr herum. Ihre Augen blitzten auf.

»Nein, du Narr! Es wird mir nie gleichgültig sein! Ich werde nie das Bild meiner hingeschlachteten Gefährten vergessen – ebenso wenig, wie du sie vergessen kannst!«

»Sie?«

»Die Frau! Glaubst du, eine Frau merkt nicht, was mit dir los ist?«

Sie drehte sich um und schlug mit dem Messer eine Bresche in das Unterholz, ohne Maccabor weiter zu beachten.

Stace packte das Gewehr fester und folgte ihr.

Sie kannten die Geräusche des Dschungels und wichen jagenden Raubtieren so oft wie möglich aus. Nur einmal war Stace gezwungen, von der Waffe Gebrauch zu machen.

»Wenigstens etwas«, brummte er, nachdem er der erlegten Großkatze das Elfenbein aus dem Rachen geschnitten hatte. »Reicht vielleicht für ein gutes Essen in der Niederlassung.«

Und ihm knurrte der Magen. All seine Vorräte, auch das Wasser, hatte er auf dem Schlitten zurückgelassen.

Sie wechselten sich in der Führung ab. Gegen Mittag erreichten sie eine Lichtung, deren Gras niedergetrampelt war und sich noch nicht wieder aufgerichtet hatte. Was sie am gegenüberliegenden Rand sahen, ließ Maccabors letzte Zweifel an dem, was den Menschen auf Doomsday bevorstand, schwinden.

»Stace!«, flüsterte Sharla. »Sieh dir die Bäume an!«

Es waren nur noch verkohlte Stümpfe, und kein auf natürliche Weise entstandenes Feuer hatte die Urwaldriesen in Brand gesetzt. Hier war kein Blitz eingeschlagen. Aus den Stämmen waren meterlange Stücke regelrecht herausgebrannt worden.

»Ein Schießplatz«, stellte Maccabor erschüttert fest. »Ein Schießplatz der Mooner, Sharla.«

»Lass uns schnell weitergehen«, drängte sie.

Stace ging an einen der schwarzen Stümpfe heran. Einige fingerdicke Löcher befanden sich darin. Hier war mit extrem gebündelten Strahlen geschossen worden. Stace ging um den Stumpf herum und sah, dass die Strahlen ihn ganz durchschlagen hatten.

Er trat zurück auf die Lichtung, blieb in ihrer Mitte stehen und zog die entwendete Waffe aus dem Gürtel. Er suchte kurz nach der Schaltvorrichtung für die Fächerung, dann zielte er.

»Was soll das, Stace?«

»Ich will wissen, wie gut sie sind.«

Er schoss. Der Lichtfinger schlug zwischen zwei Einschusslöchern in den Stumpf. Stace schaltete auf weiteste Fächerung und bedeutete Sharla, sich hinter ihn zu stellen.

Diesmal zielte er auf einen der unversehrten Bäume. Geblendet schloss er die Augen, als der gefächerte Strahl den Baum in Brand setzte. Als er sie wieder öffnete, sah er nur noch einige kleine blaue Flämmchen, die über den neuen Stumpf züngelten.

Krachend kam der Wipfel des Urwaldriesen herunter. Stace schrie auf und zog Sharla schnell mit sich von der Lichtung fort. Scharen von Vögeln flatterten kreischend aus dem Laub.

»Sie können mit den Strahlern umgehen«, murmelte Stace.

»Verdammt gut sogar. Ich frage mich, ob ihre Götter ihnen auch Schießunterricht gaben.«

»Komm fort von hier, Stace!«

Diesmal ließ Maccabor sich von ihr ziehen. Sie schwiegen, bis sie einen Pfad erreichten, auf dem sie nun schneller vorankamen. Stace erkannte einige Markierungen an den Bäumen, die zum Teil von ihm selbst stammten. Noch wenige Stunden bis zur Niederlassung.

»Acht Tage«, murmelte der Jäger. »In acht Tagen wollen sie alles menschliche Leben ausgelöscht haben.«

»Das ist Wahnsinn!«, entfuhr es Sharla.

»Wahnsinn, ja. Und es bedeutet, dass sie kurz davor stehen, die Niederlassungen niederzubrennen. Acht Tage, das heißt, dass sie in acht Tagen die *Städte* überrannt haben wollen.« Als Sharla ihn ungläubig ansah, fügte er hinzu: »Und ich glaube, sie schaffen es, wenn *wir* es nicht verhindern können.«

Er war plötzlich nicht mehr so sicher, dass sie die Niederlassung noch vorfinden würden. Maccabor beschleunigte seine Schritte. Sharla stellte keine Fragen mehr. Sie hielt mit, auch als er nach einer Weile zu laufen begann.

Es war später Nachmittag, als sie die Zäune vor sich sahen, dann die flachen Gebäude auf einer gerodeten Fläche von vielen Quadratkilometern. Maccabors Erleichterung war unbeschreiblich, als er die beiden bewaffneten Posten am Gatter stehen sah.

Er blieb stehen. Sharla sah ihn an und wischte sich Schweiß aus dem Gesicht.

»Gib mir den Strahler«, bat er sie.

»Warum?«

»Sie brauchen nicht gleich zu sehen, was wir gefunden haben. Gib ihn mir. Du wirst schon sehen.«

Sharla zuckte die Schultern und tat ihm den Gefallen. Maccabor ließ die beiden Strahler unter seiner Bekleidung verschwinden.

Die Posten hatten sie erblickt und kamen mit vorgehaltenen Waffen näher.

Maccabor nahm Sharla bei der Hand und winkte ihnen zu.

»Macht auf! Oder kennt ihr mich plötzlich nicht mehr? Was ist los, Shennan?«

»Du bist's tatsächlich, Stace! Wo ist dein Schlitten? Gegen die Kleine eingetauscht?«

Wenn der Posten einen Scherz machen wollte, so klang es nicht danach. Seine zaghaften Bewegungen, seine Blicke, als er den Strom abschaltete und das Gatter öffnete, ließen zu deutlich erkennen, dass er Angst hatte.

Maccabor und Sharla traten an ihm vorbei. Das Gatter schwang zu und wurde sofort wieder unter Strom gesetzt.

»Wieso kommt ihr erst jetzt?«, fragte Shennan.

»Erst jetzt?«

»Alle anderen, die im Dschungel waren, sind in den letzten Tagen zurückgekommen.« Shennan senkte den Blick. »Alle, die es noch schafften.«

»Wie viele?«

»Achtzehn von circa fünfzig. Sie fantasierten. Alle, Stace. Die Mooner müssen ihnen so zugesetzt haben …« Shennan sah Maccabor unsicher an. »Aber du weißt besser als wir, dass sie Amok laufen.«

»Amok«, knurrte Maccabor. Er lachte rau. »So kann man's nennen.«

Sie wissen gar nichts!, durchfuhr es ihn. Sie glauben wirklich, dass die Jäger, die sich bis hierher durchschlagen konnten, fantasierten!

»Bring uns zu Temm. Er ist doch noch hier?«

»Natürlich, Stace. Wo sollte er sonst sein? Sag, warum kommst du ohne Schlitten? Was passiert wirklich im Dschungel?«

»Später, Shennan«, wehrte Maccabor ab. Er sah sich um. Nur zwei Gleiter der Handelsgesellschaft standen zwischen den Gebäuden. Keine Kampfgleiter der Schutztruppe. Nichts zeigte deutlicher, dass Temm den Jägern keinen Glauben schenkte, was immer sie auch im Dschungel gesehen haben mochten.

»Wo sind die Zurückgekehrten?«, fragte Stace. Shennan deutete in die Richtung, in der die ferne Hauptstadt lag.

»Dieser verfluchte Dickschädel!«, knurrte Maccabor.

»Temm ist verdammt schlecht auf euch zu sprechen, Stace. Vorgestern gab es eine Schlägerei zwischen ihm und Maboc. Maboc und sein Haufen nahmen sich einen Gleiter, bevor wir es verhindern konnten, und verschwanden damit.«

»Er wird gleich noch schlechterer Laune sein«, versicherte Maccabor. »Und ihr seht euch besser vor. Steht nicht bei den Zäunen herum. Bleibt hinter den Gebäuden in Deckung.«

Bevor Shennan wieder Fragen stellen konnte, hatten Maccabor und Sharla das Lagerhaus der Niederlassung erreicht, in dem sich Temms Büro befand. Stace riss die Tür auf.

2.

Nodger Temm war schon der Leiter dieses Außenpostens gewesen, als Maccabor zum ersten Mal in den Dschungel ging. Nun saß er vor ihm, in seinem Sessel hinter einem aktenübersäten Schreibtisch weit zurückgelehnt und musterte den Jäger mit dem gleichen Blick wie damals – abschätzend und spöttisch.

Temm war groß und korpulent, hatte eine Glatze und eine lange Narbe quer über der Stirn. Er trug die gleiche weiße Jacke mit dem Emblem der Layan-Handelsgesellschaft wie immer, wenn Stace ihm begegnet war. Freunde waren sie nie gewesen.

Nun beugte er sich vor, nachdem er Sharla intensiv gemustert hatte, und legte schwer die Arme auf die Tischplatte.

»Maccabor, ich habe mir in den letzten Tagen viel Unsinn anhören müssen, wobei ich den Männern zugutehielt, dass der Dschungel sie krank im Kopf macht. Wir alle kennen das. Nur kam es bisher nie vor, dass alle zur gleichen Zeit vom Dschungelkoller gepackt wurden. Aber was du mir weiszumachen versuchst, setzt allem die Krone auf.«

Temm, eben noch scheinbar gelassen, sprang auf und schlug mit der Faust auf die Akten. »Natürlich machen die Mooner Jagd auf euch! Das taten sie, solange Männer und Frauen wie ihr in die Wildnis gingen, um für gutes Geld ihren Kopf zu riskieren. Niemand zwang euch dazu! Wenn die Mooner jetzt Amok laufen, werden sie neue, junge Priester haben, die ihre Macht dadurch zu festigen versuchen, dass sie die Halbmenschen in einen Blutrausch treiben! Es ist alles ganz einfach erklärbar! Ich sagte es jedem von euch, aber …«

»Temm!«, schrie Maccabor. »Du redest von Menschen, die ihr Leben für euch riskierten, die sterben mussten, damit deine verdammte Gesellschaft noch dickere Profite mit den Fellen und dem anderen Zeug machen kann, die wir für euch heranschaffen! Und ich sage dir nur noch einmal, dass es ein Blutbad geben wird, wenn du nicht sofort die Hauptstadt benachrichtigst, Truppen anforderst und der Regierung berichtest, was du von uns gehört hast! Und ich schwör dir, ich tue es selbst, wenn du nicht gleich …«

Temm sprang zurück, schrie nach Wachen und holte blitzschnell einen Strahler aus einer Schublade.

»Das werden wir sehen, was du tun wirst, Stace Maccabor! Andere mögen sich vom großen Jäger einschüchtern lassen. Ich nicht. Ich kenne dich zu lange und zu gut. Es gibt keine bewaffneten Mooner, von ihren lächerlichen Speeren und Messern abgesehen und den Gewehren, die sie euch abgenommen haben! Es … was ist mit dir los, Maccabor? Angst vor der eigenen Courage?«

Stace war einen Schritt zurückgetreten. Sharla war aus ihrem Stuhl aufgestanden und starrte ungläubig auf die Waffe in Temms Hand.

»Woher hast du den Strahler?«, frage Stace stockend.

»Aus der Schublade! Woher sonst?«

»Temm, sei jetzt vernünftig.« Maccabor hörte, wie einige Männer in den Raum stürzten. Er drehte sich nicht um, sondern beugte sich langsam weiter über den Schreibtisch. »Temm, greif unter meinen Pelz hier, über der Brust.«

»Was soll das?«

»Kein Trick, Temm. Sag einem deiner Männer, er soll es tun. Ich habe keine Lust, von dir erschossen zu werden, weil du vielleicht glaubst, ich wollte *dir* mit dem Strahler …«

»Strahler?« Temm kniff die Augen zusammen und versuchte, in Maccabors Miene zu lesen. Dann winkte er einen der Bewaffneten heran und deutete mit der Waffe auf die Brustbekleidung des Jägers.

Der Mann griff hinein und zog die beiden Strahler hervor. Fassungslos starrte er sie an, bevor er sie auf den Tisch legte.

Und Temm bekam große Augen.

»Woher … wie kommst du an die Dinger, Maccabor?«

Stace verspürte keine Genugtuung, als Temm nun völlig entgeistert vor ihm stand.

Er spürte einen Kloß in seinem Hals sitzen. Diese beiden Strahler hatte er aus der Kiste bei den Moonern genommen – und nun hielt Temm, der Leiter der Niederlassung, eine Waffe *des gleichen Typs* auf ihn gerichtet!

Stace wusste aber genau, dass es Energiewaffen dieser Art niemals auf Doomsday gegeben hatte. Ein neuer Transport, eine Lieferung noch von der Erde, als Stace im Dschungel war und alle Brücken zur Zivilisation hinter sich abgebrochen hatte?

War dann all das, was ihn seit der Nacht wie ein Albtraum verfolgt hatte, gegenstandslos? Hatten die Mooner die Kisten bei einem Überfall auf einen Waffentransport hierher erbeutet?

Temm ließ ihm diese Hoffnung nicht lange.

»Maccabor!« Temm hatte die eigene Waffe jetzt neben die beiden anderen gelegt und sich ebenfalls weit über den Tisch gebeugt, sodass sich die Stirnen der beiden ungleichen Männer fast berührten. »Woher hast du sie?«

»Von ihnen«, murmelte Stace, noch halb geistesabwesend. »Von den Moonern, wie ich dir sagte, Temm. Und sie haben mindestens ein Dutzend Kisten davon. Und sie dankten irgendwelchen ›Neuen Göttern‹ dafür.«

»Hör auf damit!« Temm wischte sich mit einem Tuch den Schweiß von der Stirn. »Diese neuen Waffen haben wir erst gestern aus der Hauptstadt bekommen! Es ist ganz und gar unmöglich, dass die Mooner sie haben. Wir hätten erfahren, wenn ein Transport überfallen worden wäre – oder ein Depot am Rand der Stadt.«

Sharla stand plötzlich neben Stace. Sie sah in Temms Augen, mit einem Blick, der erkennen ließ, wie schwer sie sich mit ihrer Beherrschung tat.

»Sie haben sie. Und seit Tagen! Sie hatten die Strahler vor euch, Mister. Und sie wissen verdammt gut damit umzugehen. Alles, was Stace sagte, ist wahr.« Sie deutete auf die Strahler. »Welche Beweise braucht ihr noch, oder könnt ihr uns erklären, wie wir an die Dinger kommen sollten – im Dschungel?«

Temm richtete sich auf. Lange starrte er auf den Tisch, dann in Sharlas Augen. Er kämpfte mit sich.

»Gib dir nur keine Blöße, Temm«, knurrte Maccabor. »Schließlich ist der Glaube deiner Männer an deine Unfehlbarkeit wichtiger als unsere Leben, oder? Du warst es doch, der die Jäger für verrückt erklärte und in die Stadt abschob!«

Temm war kreidebleich geworden. Er schrie Stace nicht an, sondern winkte zwei Bewaffnete heran.

»Ihr passt auf, dass sie keine Dummheiten machen. Ich setze mich mit der Hauptstadt in Verbindung.«

»Dummheiten!«, entfuhr es Stace. »Begreifst du denn immer noch nichts? In ein paar Stunden ist es Nacht, und vielleicht greifen sie die Niederlassung schon heute an. Fordere Truppen an, Temm! Augenblicklich!«

Temm war schon bei der Tür, ohne auf Maccabors heftige Worte zu reagieren. Jetzt blieb er stehen.

»Temm, woher habt *ihr* die Waffen?«

Der Leiter der Niederlassung drehte sich langsam um.

»Hinterweltler!«, knurrte er aggressiv. »Hat's euch der Dschungel nicht geflüstert? Unsere Städte könnten in Schutt und Asche versinken, ohne dass ihr …« Er winkte ab. »Raumschiffe sind gelandet. Wir haben die Strahler und vieles andere mehr von den Methans.«

»Von … *wem?*«, fragte Stace entgeistert.

»Von unseren neuen Freunden, Maccabor. Von denen, die vielleicht gerade rechtzeitig kamen, um uns vor den machtbesessenen Sternenreichen zu schützen, nachdem die Erde verschwand. Solange wir uns gut mit ihnen stellen, werden sich die ZGU, Dabrifa und der Carsualsche Bund die Zähne an uns ausbeißen, sollten sie auf dumme Gedanken kommen.« Temm schnitt eine Grimasse und machte noch einmal ein paar Schritte auf Stace zu. »Und deine Mooner, Maccabor!«

Dann machte er auf dem Absatz kehrt und verließ mit zwei Männern den Raum.

Stace sah ihm durch die offene Tür nach, wie er zur Funkbaracke ging. Die Sonne versank bereits hinter den Dschungelriesen.

»Du denkst das Gleiche wie ich, Stace, nicht wahr?«, hörte er Sharla leise fragen.

»Ich denke, dass hier etwas oberfaul ist und wir besser zusehen sollten, einen sicheren Platz zu finden, bevor der Tanz losgeht.«

Es sollte ganz anders für sie kommen.

Als Temm zurückkam, wirkte er wie ein Mann, der eine schwierige Situation sicher in den Griff bekommen hatte. So kannte Stace ihn: immer obenauf, immer der Überlegene, auch wenn ihm das Wasser bis zum Halse stand.

»Sie schicken Truppen«, erklärte er. »Und einen Gleiter, der euch in die Hauptstadt bringt. Vermutlich will man sich in der Regierung selbst ein Bild von euch machen. Würde mich nicht wundern, wenn euch der Regent selbst empfangen würde.«

Stace atmete auf.

»E'Cuuna scheint vernünftiger zu sein als du, Temm. Wie lange brauchen die Gleiter?«

»Bis hierher? Drei Stunden, schätze ich.«

»Bis dahin ist es längst Nacht.«

»Hör zu, Maccabor. Die Truppen werden nur hierher geflogen, um das Ausbrechen einer Panik unter meinen Leuten zu verhindern. Selbst in der Stadt müssen eure Freunde schon für Verwirrung unter der Bevölkerung gesorgt haben. Die Regierung sieht keinen Grund zur Beunruhigung.«

»Wer sagt das? E'Cuuna oder die Fremden? Oder nur du?«

Temm winkte barsch ab und ließ sich in seinen Sessel fallen.

»Glaubt doch, was ihr wollt. Ihr könnt draußen auf euren Gleiter warten. Lasst mich jetzt in Ruhe.«

»Temm, die Mooner brauchen die Zäune nicht mehr zu stürmen, um die Niederlassung niederzubrennen! Sie brauchen nur aus dem Dickicht heraus zu feuern!«

Maccabor drehte sich zu Sharla um und verließ mit ihr das Büro, kochend vor Wut.

Draußen wartete Shennan auf sie.

»Du musst ihn verstehen, Stace«, sagte der Posten. »Kaum einer von euch kam mit Fellen und Zähnen zurück, von den wertvollen Pflanzen ganz zu schweigen. Temm steht unter Druck. Wenn sich die Lage nicht bald ändert, wird die Niederlassung von der Gesellschaft aufgegeben, und er ist seinen Posten los.«

»Die Lage wird sich ändern, Shennan. Verlass dich darauf.«

Stace sagte kein Wort mehr. Er schalt sich nun einen Narren dafür, Temm beide Strahler überlassen zu haben.

Zusammen mit Sharla wartete er vor den Baracken. Die Dämmerung setzte ein, dann die Dunkelheit. Scheinwerfer flammten auf und machten die Nacht um die Niederlassung herum zum Tag. Stace und Sharla suchten den Dschungel mit den Augen ab. Keine Vögel wurden aufgescheucht. Alles schien ruhig zu bleiben.

Jetzt erwachten die Mooner im Dschungel zu neuem Leben – überall.

Die Stunden zogen sich quälend in die Länge, bis endlich die Lichter der angekündigten Gleiter am Himmel erschienen.

Wenige Minuten später sprangen bewaffnete Männer in den kobaltblauen Uniformen der Schutztruppe aus den gelandeten Fahrzeugen. Doomsday verfügte über keine Armee im eigentlichen Sinn. Überfälle aus dem Weltraum waren nicht zu befürchten gewesen, solange die Erde ihre schützende Hand über die terratreue Kolonie gehalten und den äußeren Frieden garantiert hatte. Und Kriege gab es unter den Bewohnern des Dschungelplaneten nicht. Die feindliche Umwelt schweißte die Doomsday-Menschen fest zusammen.

Die Schutztruppe des Regenten war dazu da, um die Menschen vor den Moonern zu schützen. Seitdem es sie gab, waren die Überfälle auf die Städte zunächst seltener geworden und schließlich ganz ausgeblieben.

Drei Gleiter, bewaffnete Maschinen mit einem Fassungsvermögen von bis zu zwanzig Menschen, waren gekommen. Stace zählte dreißig Bewaffnete, die vor den Gleitern auf die Rückkehr ihres Kommandanten warteten, der zu Temm gegangen war.

Als dieser zurückkam, nahm er einen Mann beiseite und deutete auf Stace und Sharla. Maccabor verstand nicht, was er zu ihm sagte. Der Mann nickte und kam auf die beiden Wartenden zu, während sich die anderen Soldaten zu den Baracken begaben.

»Ihr seid die beiden, die in die Stadt gebracht werden sollen?«, fragte der Uniformierte überflüssigerweise.

»Erraten«, sagte Stace. »Und du bist unser Pilot, nehme ich an.«

»Erraten.« Der Mann lächelte. Er war noch jung, vielleicht Anfang dreißig, und machte auf Stace sofort einen sympathischen Eindruck. »Ich heiße Trutt Melza. Gehen wir?«

Stace deutete auf Sharla und stellte sie vor, dann sich selbst. Der Pilot nickte anerkennend. Natürlich hatte er von ihm gehört.

Sie bestiegen den Gleiter. Melza nahm vor den Kontrollen Platz, Stace rechts, Sharla links von ihm auf der breiten gepolsterten Sitzbank. Melza ließ die Panzerglashaube herabklappen und startete die Maschine.

Stace sah Temm im Eingang des Lagerhauses stehen, als der Gleiter abhob und über die Baracken hinwegschwebte. Dann zog der nächtliche Dschungel unter ihnen vorbei. Der Gleiter nahm Kurs auf die Hauptstadt mit dem treffenden Namen *Center of Doom.*

»Ihr müsst eine Menge Staub aufgewirbelt haben, wenn die Regierung sich selbst einschaltet und dreißig Männer zur Niederlassung schickt«, sagte Melza nach einer Weile.

Stace und Sharla sahen sich an.

»Dann weißt du gar nicht, warum ihr gekommen seid und wir in die Stadt gebracht werden?«

»So gut wie nichts, und wenn's mit dem zu tun hat, was die Jäger in der Stadt über die Mooner erzählen, will ich's lieber auch nicht wissen.«

Wieder spürte Maccabor jene dumpfe Bestürzung, jenes unbestimmte Gefühl von etwas, das drohend über dem Planeten lag, das ihn bereits erfasst hatte, als er die Waffe in Temms Hand sah und von den neuen Freunden aus dem Weltraum hörte.

Wieso war der Mann nicht informiert worden? Wussten die anderen Soldaten, warum sie zur Niederlassung geflogen worden waren?

Die neuen Götter der Weißpelze – die neuen Freunde der Menschen …

Ich sehe Gespenster!, redete Stace sich ein.

»Wer sind sie, Trutt?«, hörte er sich dennoch fragen. »Die Fremden, meine ich. Wann landeten sie?«

»Vor zwei Monaten erschien ihr erstes Schiff. Vorgestern landeten sie mit drei weiteren. Ihr werdet sie allerdings kaum kennenlernen, wenn wir in der Stadt sind. Sie sind mit allen vier Schiffen gestartet, haben aber angekündigt, bald mit einem größeren Verband zurückzukehren, um der Bitte des Regenten zu entsprechen.«

»E'Cuuna bat sie, zurückzukehren?«

»Er nahm ihr Angebot an, quasi für die Erde einzuspringen und uns fortan den Schutz zu gewähren, den Rhodan uns bisher gab. Als Gegenleistung bekommen sie alles, was wir bisher an das Imperium, dann an Olymp lieferten.«

Deutlich verrieten Sharlas Blicke, dass sie das Gleiche dachte wie Maccabor – und dass sie Angst hatte.

Auch die Mooner warteten darauf, dass ihre »Götter« zu ihnen zurückkehrten …

Ein Zusammenhang war da so naheliegend, dass Stace Mühe hatte, die sich ihm aufkommenden Gedanken zurückzudrängen. Was er sich da im Stillen zusammenreimte, konnte nicht wahr sein.

E'Cuuna war ein kluger Mann, beliebter als alle anderen Regenten vor ihm. Wenn er die Fremden sogar selbst um Hilfe gebeten hatte, musste er überzeugt von ihren ehrlichen Absichten sein.

Aber er wusste nichts von den Waffen der Mooner! Bis heute …

»Woher kommen sie?«, fragte der Jäger weiter.

»Angeblich nicht aus unserer Galaxis, mehr weiß ich nicht. Einige Leute wollen wissen, dass sich noch einige von ihnen im Palast befinden, als E'Cuunas persönliche Gäste.« Melza lachte. »Er kann nicht viel von ihnen haben. Sie sind Methanatmer und müssen in einem speziell für sie hergerichteten Raum leben, in dem ihre Lebensbedingungen aufrechterhalten werden.«

Konnte Methanatmern an einer Eroberung Doomsdays gelegen sein? Konnten sie einen Krieg zwischen Moonern und Menschen wollen, einen Krieg, den keine der beiden Seiten gewinnen konnte? Alles, was Doomsday an Wertvollem hergab, waren die Güter, die die Fremden ohnehin für ihren Schutz bekamen.

»Die Erde«, sagte Sharla und riss Stace aus seinen finsteren Gedanken. »Wir hörten nur Gerüchte. Sie ist also wirklich verschwunden?«

Melza nickte.

»Mit dem ganzen Solsystem, kurz, bevor die Flotten der drei großen Sternenreiche sich darauf stürzen und einen furchtbaren Bruderkrieg unter Menschen entfachen konnten.«

»Ganz einfach verschwunden? Sie kann sich nicht mit dem ganzen Solsystem in Luft aufgelöst haben! Und Perry Rhodan?«

»Man hat nichts mehr von ihm gehört. Niemand hier kann sich einen Reim darauf machen. Wir müssen Tatsachen akzeptieren, für die wir keine Erklärung haben. Vielleicht wissen diejenigen mehr, die die Galaxis jetzt unter sich aufzuteilen versuchen. E'Cuuna hat bestimmt richtig gehandelt, als er die Chance erkannte, die sich uns durch den Besuch der Fremden bot. Angeblich wurden schon Schiffe der ZGU in der Nähe geortet, bevor sie kamen. Anfangs versuchte der Regent ja, sich an die Freihändler zu halten, und schickte unsere Waren nach Olymp.«

»Es muss etwas Schreckliches geschehen sein, wenn Perry Rhodan …« Sharla schüttelte verstört den Kopf. »Das war etwas, dass ich mir niemals vorstellen konnte – dass es plötzlich keinen Rhodan mehr geben würde.«

»Es ist aber so.«

Schweigen. Der Gleiter flog weiter in Richtung Stadt. Unter ihm war nur Dschungel. Stace hielt nach Feuern Ausschau, aber nichts deutete darauf hin, dass Mooner durch den Dschungel zogen, vielleicht schon auf dem Weg nach *Center of Doom.*

»Wie lange noch?«, fragte Maccabor.

»Bis zur Stadt?« Melza sah auf die Kontrollen. »Wir sind bald da. Eine halbe Stun…«

»Was ist? Warum sprichst du nicht weiter?«

Sichtlich verwirrt zeigte der Pilot auf einen Orterschirm.

»Ein Gleiter. Er kommt direkt auf uns zu. Aber mir ist nichts davon bekannt, dass weitere Maschinen zur Niederlassung fliegen sollten …«

Irgendetwas in Maccabor schlug Alarm. Er wusste nicht, was es war, das ihn sich im Sitz aufrichten, mit zusammengekniffenen Augen nach den Positionslichtern des näherkommenden Gleiters Ausschau halten und sein Herz schneller schlagen ließ. Irgendein sechster Sinn warnte ihn vor einer drohenden Gefahr. Sharla stieß einen leisen Schrei aus, als sie seinen Blick sah.

»Funke ihn an, Trutt. Schnell!«

»Wozu soll …?«

»Funke ihn an! Dort kommt er!«

Aber es waren keine Positionslichter, die Maccabor sah. Vor ihnen, in der Luft, blitzte es grell auf, und im nächsten Augenblick glaubte Stace, die Augen müssten ihm aus den Höhlen gebrannt werden. Er schrie, wusste, was nun kommen würde, und hatte doch keine Chance mehr.

Der Gleiter wurde wie von einer Titanenfaust getroffen und aus dem Kurs geworfen. Sharla und Melza schrien nun ebenfalls. Stace hörte es kaum noch. Er wurde von der Sitzbank geschleudert und schlug hart mit dem Kopf gegen die Kontrollen.

Wieder blitzte es auf. Stace lag zwischen der Sitzbank und den

Kontrollen am Boden, irgendjemand – Sharla oder der Pilot – neben ihm. Ein armdicker Energiefinger durchschlug die Panzerglashaube und fuhr zischend in die Sitzbank. Die Haube platzte auf. Stace glaubte, der heftige Fahrtwind müsste ihm die Kleider vom Leib zerren. Er umklammerte den neben ihm Liegenden und hörte nicht auf zu schreien. Der Gleiter stürzte ab. Stace hielt die Augen geschlossen. Hinter ihm explodierte etwas. Flammen schlugen aus dem Gleiter. Dann erfolgte wieder ein Schlag, diesmal von unten. Stace wurde in die Höhe geschleudert, prallte erneut mit dem Kopf gegen etwas Hartes und verlor das Bewusstsein.

Der brennende Gleiter stürzte in eine dichte Mauer aus Urwaldriesen, durchschlug die Wipfel der Bäume und bohrte sich, eine Bresche hinter sich lassend, tief ins Ranken- und Buschgewirr zwischen den Bäumen, die sofort Feuer fingen.

Weit über ihm drehte die Maschine ab, deren Energiekanonen Tod und Verderben gespien hatten. Der Pilot hatte seine Aufgabe erfüllt. Dort unten konnte niemand mehr leben.

Seine Auftraggeber konnten zufrieden sein.

3.

Zwei der vier Männer, die sich in dem hochmodern eingerichteten großen Raum im obersten Stockwerk eines schlanken Turmes am Rand von Trade-City gegenübersaßen, kannten einander. Die beiden anderen sahen Anson Argyris, den Kaiser von Olymp, an diesem Tag zum ersten Mal.

Entsprechend respektvoll hielten sie sich zurück, als sich Argyris und Ras Tschubai unterhielten. Zudem standen sie noch ganz unter dem gewaltigen Eindruck, den das, was sie von Olymp zu sehen bekommen hatten, auf sie gemacht hatte. Natürlich waren sie nicht unvorbereitet gekommen und wussten, dass sie am Ende der Transmitterstraße der modernste und wichtigste Handelsplanet der Galaxis erwartete. Dennoch hatte sie Trade-City mit den unablässig startenden und landenden Schiffen aller möglichen Sternenvölker, mit dem teils hektischen, aber reibungslosen Handelsverkehr, mit den hochmodernen Anlagen und Bauwerken überwältigt.

Nun beobachteten sie den Mann, der über dieses Handelsimperium herrschte, und von dem sie wussten, dass sie in Wirklichkeit einen Vario-500-Roboter vor sich hatten. Kein Uneingeweihter wäre beim Anblick dieses zwei Meter großen, breitschultrigen, durch und durch athletischen Mannes auf diesen Gedanken gekommen.

Doch Jett Sherman und Pal Sortsch waren keine »Uneingeweihten«. Sie waren mit dem Teleporter Ras Tschubai geradewegs aus dem um fünf Minuten in die Zukunft versetzten Solsystem gekommen – über die Straße der Container, die allein gewährleistete, dass das Solsystem im Antitemporalen Gezeitenfeld nicht regelrecht aushungerte. Die Erde existierte für die Völker der Galaxis nicht mehr. Für sie trieb Olymp den lebenswichtigen Handel.

Und eben dieser von Perry Rhodan eingesetzte Superroboter, dessen Kaisermaske nur eine von vielen war. Argyris' Gesicht war derb, von tiefschwarzem, gescheiteltem schulterlangem Haar und einem geflochtenen Bart umrahmt. Seine Stimme klang vertrauenerweckend, war tief und kehlig. Die Kleidung war bunt und fantasievoll wie die aller Freihändler. In die runde Gürtelschnalle war ein Abbild des Kopfes von Roi Danton eingearbeitet – gleichermaßen als Symbol aller Freihändler und als Beweis für die Zugehörigkeit zur Urbevölkerung des Planeten Olymp.

Argyris hatte zu reden aufgehört und sah Ras Tschubai abwartend an. Der Teleporter nickte beeindruckt.

»Das ist allerdings böse«, sagte er.

»Das will ich meinen«, antwortete Argyris. »Wegen des Ausbleibens der Handelsschiffe von Doomsday allein hätte ich keine Nachricht ins Solsystem geschickt. Diesen Ausfall verkraften wir, obwohl Doomsday einer unserer wichtigsten Handelspartner war und wir zusehen müssen, woher wir nun die Felle und Extrakte kriegen. Auch das verschollene Kurierschiff, das ich daraufhin nach Doomsday schickte, und von dem wir nur einen verstümmelten Hilferuf auffangen konnten, wäre etwas gewesen, mit dem wir allein fertig werden müssten. Solche Dinge ereignen sich heutzutage eben in der Galaxis. Schiffe verschwinden scheinbar spurlos, bis sie eines Tages als ausgeschlachtete Wracks im Weltraum treibend entdeckt werden, und Planeten werden von Dabrifa, dem Carsualschen Bund oder unseren Freunden von der ZGU einfach geschluckt. Wir können nichts dagegen tun, Ras. Doomsday allerdings dürfte noch nicht eingenommen worden sein. Zwei Handelsschiffe sind überfällig, und der Planet liegt fast genau zwischen den Einflussbereichen der ZGU und des Imperiums Dabrifa. Beide Seiten werden sich hüten, wegen Doomsday einen Streit vom Zaun zu brechen. Natürlich werden sie trotzdem versuchen, sich den Planeten einzuverleiben – aber nicht im Handstreich, sondern auf diffizilere Art und Weise.«

»Hoffen wir, dass Sie recht haben«, sagte Ras und stand auf. Er trat zum einzigen Fenster des Raumes, das eine ganze Wand ausmachte. »Doomsday stand immer treu zu Terra. Der Planet mag politisch und strategisch nicht besonders wichtig gewesen sein. Jetzt ist er vielleicht der wichtigste der Galaxis.«

»Außer Olymp und Terra«, sagte Argyris lächelnd, um schlagartig wieder ernst zu werden. »Es kann nur diese eine Erklärung geben.«

Ras starrte wie geistesabwesend aus dem Fenster, dann drehte er sich wieder um.

»Ein Besatzungsmitglied eines Handelsschiffs von Doomsday ließ Ihnen also eine Nachricht zukommen, Argyris, die in etwa lautete: ›Ich weiß, dass es die Erde noch gibt, dass Sie das Solsystem in eine andere Zeit versetzt haben. Ich wünsche Ihnen Glück.‹«

»Sinngemäß«, bestätigte der Kaiser der Freihändler. »Er drückte sich rätselhafter aus, aber so lassen sich seine Worte zusammenfassen. Als die Automatik des Telekoms – er benutzte eine der vielen Kommunikationssäulen in der Nähe des Raumhafens – die Nachricht an mich abspielte, war das Schiff schon gestartet. Es war das vorletzte, das Waren von Doomsday brachte.«

»Ein Telepath auf Doomsday«, murmelte Tschubai. »Ein Mann, der Ihren Gedanken gelesen hat und daraus …«

»*Meine* Gedanken gewiss nicht«, korrigierte der Vario-500. »Aber vielleicht die von Terranern, die zu dieser Zeit gerade auf Olymp waren.«

Ras winkte ab.

»Tatsache ist, dass zumindest ein Mensch auf Doomsday allem Anschein nach Bescheid weiß. Feststeht, dass es sich dabei nur um einen Telepathen handeln kann. Während des kurzen Aufenthalts des Schiffes hatte niemand auch nur den Hauch einer Möglichkeit, hinter unser Geheimnis zu kommen. Natürlich besteht die Möglichkeit, dass jemand nur einen Schuss ins Blaue abgab und in Wirklichkeit gar nichts weiß.«

»Die Wahrscheinlichkeit dafür ist äußerst gering«, sagte Argyris.

Ras murmelte eine Verwünschung. »Als ob wir nicht schon Ärger genug mit den Accalauries und diesem Corello hätten, der die halbe Galaxis in Atem hält. Durch unseren freiwilligen Rückzug scheinen wir keine Ruhe in die Galaxis gebracht zu haben, sondern das Signal dafür gegeben zu haben, dass sie sich in ein Tollhaus verwandelt.« Der große, schlanke Afrikaner setzte sich wieder und sah Argyris ernst an. »Glauben Sie mir, Rhodan tat sich nicht leicht mit der Entscheidung, mich gerade jetzt zu schicken. Aber es war richtig. Es ist nicht auszudenken, was geschähe, fiele dieser Unbekannte mit seinem Wissen in die Hände von Dabrifa oder der ZGU.«

»Oder von anderen«, meldete sich Sherman zum ersten Mal zu Wort. »Die Accalauries tauchten wie aus dem Nichts heraus auf.«

Ras und der Freihändler musterten den Agenten stumm. Sherman war Anfang vierzig, überschlank, ja, spindeldürr. Seine dunklen Augen saßen in tiefen Höhlen, von dichten schwarzen Brauen überwuchert, die so gar nicht zum schneeweißen Haar des Mannes zu passen schien, das ihm, nach hinten gekämmt, weit in den Nacken fiel. Für Argyris waren Sherman und Sortsch unbeschriebene Blätter. Aber Tschubai musste seine guten Gründe gehabt haben, gerade diese beiden Männer mitzubringen.

»Es wäre möglich«, gab der Kaiser zu bedenken, »dass mittlerweile mehrere Leute auf Doomsday über das *Projekt Laurin* Bescheid wissen. Vielleicht die gesamte Bevölkerung.«

»Wir werden es herausfinden«, versprach Tschubai. »Wenn dieser Unbekannte davon sprach, das Solsystem wäre in eine andere Zeit versetzt worden, hat er nur vage Vorstellungen von dem, was wirklich geschehen ist. Wann können wir fliegen, Argyris?«

»Die URSA MAJOR steht bereit, Ras. Ein kleines Handelsschiff, das ohnehin in die Gegend von Doomsday muss und einen kleinen Abstecher machen wird – so nahe an den Planeten heran, dass Sie mit den beiden teleportieren können.«

»Ich brauche noch weitere Daten über den Planeten«, sagte Ras.

»Die Kommandantin des Schiffes wird sie Ihnen geben.« Argyris erhob sich. »Ich kann Ihnen bis zum Start leider keine Gesellschaft mehr leisten, meine Herren. Daher wünsche ich Ihnen jetzt alles Gute – und kommen Sie gesund zurück.«

»Das ist jetzt meine geringste Sorge, Argyris.« Tschubai ergriff die Hand des Kaisers und schüttelte sie. »Die Frage ist, ob wir heil nach Doomsday kommen.«

»Wegen des Kreuzers«, sagte Argyris. »Tut mir leid, Ras. Das, was wir von ihm noch auffingen, ergab keinen Sinn, außer, dass das Schiff sich in Not befand. Kein Hinweis auf die Identität der Angreifer, falls es solche gab. Mit Sicherheit lässt sich nur sagen, dass es keine Schiffe von Doomsday waren, denn der Planet verfügt nur über kaum bewaffnete Handelsraumer – jedenfalls keine Schiffe, die den Kreuzer in Bedrängnis hätten bringen können.«

»Dann bleiben jene, die die Lieferungen an Olymp verhindern.«

»Auch nur vielleicht, Ras. Die Lieferungen werden entweder abgefangen, oder sie wurden eingestellt, ohne dass man uns deswegen eine Nachricht schickte oder gar den Vertrag aufkündigte. Wir wissen *nichts,* Ras – nur, dass wir verhindern müssen, dass Doomsday in die Hände der Sternenreiche fällt – wegen des Telepathen und wegen seiner Güter.«

Argyris nahm die Hand zurück und nickte Sherman und Sortsch zu.

»Sie sind nicht sehr gesprächig, die beiden?«

»Sherman ist kein Freund vieler Worte und Sortsch der geborene Schweiger. Im wahrsten Sinn des Wortes, Argyris. Sortsch ist taubstumm.«

Äußerlich war die URSA MAJOR das, was man gerne als »alten Kahn« bezeichnete. Ein Leichter Kreuzer, der seine besten Tage hinter sich hatte. Tschubai, Sherman und Sortsch bekamen einen anderen Eindruck, als sie die Zentrale betraten.

Die Kommandantin, eine noch junge Freifahrerin namens Antje Freudenberg, empfing sie erst, als das Schiff Olymp und Boscyks Stern schon weit hinter sich gelassen hatte. Antje Freudenberg war eine selbst für Freifahrerkreise abenteuerliche Erscheinung und erinnerte in vieler Hinsicht an die legendären Piratenköniginnen längst vergangener Zeiten. Das, was man mit viel Fantasie als eine Raumkombination bezeichnen konnte, flammte in allen nur denkbaren Farben, passend zum langen, rubinroten Haar der Kommandantin. Eigentlich fehlte zur Abrundung ihrer Erscheinung nur die obligatorische Augenklappe. So musterte sie ihre Passagiere aus tiefschwarzen, großen Augen, deren Brauen unter den Fransen ihrer Haare verborgen waren.

»Ras Tschubai«, sagte sie, nachdem sie die drei Terraner eingehend studiert hatte. »Ich habe mich oft gefragt, ob ein Teleporter aussieht wie ein normaler Mensch. Wie ist es, Ras? Machen wir bei Gelegenheit einen Sprung zusammen?«

»Bei Gelegenheit, ja«, antwortete Tschubai lächelnd. »Wenn wir von Doomsday zurück sind.«

»Schade«, meinte sie. »Vielleicht doch noch vorher? Ich bin mir nicht so sicher, dass wir uns wiedersehen.«

»Vielleicht.«

»Sagen wir, ich gebe Ihnen die Daten, die sie benötigen, und als Gegenleistung …«

»Überredet!«, lachte der Afroterraner. »Auf den Kopf gefallen sind Sie nicht, Antje.«

»Sehe ich so aus?« Sie blickte Sherman und Sortsch an. Noch einmal musterte sie Sortsch intensiv. Der nur gut anderthalb Meter große, füllige SolAb-Agent mit den kurz geschorenen Haaren und dem etwas naiven Gesichtsausdruck hielt ihrem Blick stand.

»Taubstumm soll er sein? Was können die beiden, Ras? Sind sie auch Mutanten?«

»Oh, so viele von meiner Sorte haben wir nicht. Pal hat einmal den Vorteil, dass er das, was seine Ohren und seine Zunge ihm nicht geben, durch seine Augen wettmacht, und zum zweiten Leute, die ihn verhören wollen, in den Wahnsinn treiben kann.«

»Solange sie ihn nicht foltern.«

»Das zu verhindern, ist die Spezialität seines Partners – eine seiner Spezialitäten.«

»Seltsames Gespann«, murmelte die Freifahrerin. »Also, Ras, bringen wir's hinter uns, damit ich bald mein Vergnügen bekomme.«

»Ob's unbedingt ein Vergnügen für Sie sein wird …«

»Lassen Sie das getrost meine Sorge sein. Ich will immer wissen, wo's langgeht. Neue Erfahrungen, verstehen Sie?«

Ras lächelte amüsiert über das burschikose Auftreten der Kommandantin.

»Also.« Antje Freudenberg setzte sich vor einen Bildschirm und tippte auf einige Tasten. Der Schirm erhellte sich und zeigte die schematische Darstellung eines Sonnensystems.

»Gelbe Sonne«, begann sie. »G-Typ, fast wie Sol. Drei Planeten, der zweite ist Doomsday. Eine Dschungelwelt, und nach allem, was man so hören konnte, eine Hölle für die Verrückten, die sich dort niederließen. Durchmesser und Masse etwa der der Erde entsprechend, Rotationsdauer 22,54 Stunden. Schwerkraft 1,07 Gravos. Temperaturen angenehm.«

»Sie scheinen keine Vorliebe für exakte Daten zu haben«, sagte Ras.

»Ich hasse sie. Weiter. Entfernung des Systems von Olymp 8027 Lichtjahre. Gesamtbevölkerungszahl knapp 700.000 Menschen, davon die meisten in der Hauptstadt, *Center of Doom.*«

»Ein vielversprechender Name«, meinte Tschubai, der hinter der Kommandantin stand, die Hände auf die Rückenlehne ihres Schwenksessels gestützt, und die in die Darstellung des Systems eingeblendeten Daten ablas.

»Der Planet heißt ›Untergangstag‹, frei übersetzt, und die Hauptstadt ›Zentrum des Untergangs‹. Die Kolonisten haben

Sinn für schwarzen Humor. Es gibt drei weitere, aber unbedeutende Städte. Der Rest der Doomsday-Menschen lebt entweder in den Niederlassungen der beiden konkurrierenden Handelsgesellschaften oder als Jäger, Fallensteller oder Pflanzensammler direkt im Dschungel.«

»Doomsday-Menschen?«, fragte Ras irritiert. »So nennen sie sich?«

Antje Freudenberg zuckte die Schultern.

»Wohl um sich von den Moonern abzuheben, jenen Schreckensgestalten, die ihnen das Leben zur Hölle machen. Ha, ich sage Ihnen etwas, Tschubai. Ich bin heilfroh darüber, dass Sie sie kennenlernen werden und nicht ich!«

»Sehr ermutigend. Und das will bestimmt einiges heißen.«

»Einiges!«

Die Freifahrerin wollte in ihrem Bericht fortfahren. Doch nun drehte sie sich um und sah Ras tief in die Augen.

»Ihre Meinung, Ras. Bin ich ein … Mannweib?«

Der Teleporter musste schlucken. Für einen Moment hatte ihm die unerwartete Frage die Sprache verschlagen. Er musterte die Kommandantin, das etwas verwegen wirkende, schöne Gesicht mit dem direkten Blick, die selbst unter der Fantasieuniform nicht zu übersehenden Brüste, die schlanke Taille und die runden Hüften, die Beine …

»Nun … ich würde sagen, wer das behauptet, hat noch keine richtige Frau gesehen.«

»Es gibt Leute, die dies behaupten«, sagte sie laut und warf einigen Besatzungsmitgliedern abfällige Blicke zu. »Würden Sie mit mir auf einen einsamen Planeten teleportieren, sagen wir – für ein Jahr?«

»Nach Doomsday?«, fragte Tschubai.

»Dahin nicht. Sie haben auch keine Fantasie.« Sie wandte sich wieder dem Schirm zu. »Die Mooner scheinen zu glauben, die Herren des Planeten zu sein. Natürlich ist das nicht der Fall. Eine Besiedlung durch Menschen wäre gar nicht infrage gekommen, wenn es sich um vernunftbegabte Intelligenzen handelte. Die Mooner sind Bestien – Tiere, die annähernd menschliche Gestalt haben, wie Steinzeitmenschen leben und eine Menge Götter anbeten. Wie dem auch sei, die üblichen Routineuntersuchungen wurden angestellt, bevor Doomsday zur Kolonisierung freigegeben wurde, und Ihr Perry Rhodan versteht in solchen Dingen bekanntlich keinen Spaß.«

»Verstand«, korrigierte Tschubai.

Antje Freudenberg und ihre Mannschaft hatten gezwungenermaßen über die Identität ihrer Passagiere eingeweht werden müssen. Argyris hatte bekräftigt, dass es sich bei ihnen um absolut vertrauenswürdige Menschen handelte, die zudem sofort nach dem »Absetzen« der drei Terraner durch eine freiwillige hypnotische Behandlung alles vergessen würden, was im Zusammenhang mit Tschubai, den beiden SolAb-Agenten und Doomsday stand. Sie würden vergessen, dass es die Erde doch noch gab. Ras war der Freifahrerin dankbar dafür, dass sie ihn nicht mit Fragen über das *Projekt Laurin* bestürmte.

»Verstand«, bekräftigte sie. »Das wär's, Mr. Tschubai.« Sie sah Sherman und Sortsch wieder an, die nebeneinander etwas im Hintergrund standen und beharrlich schwiegen.

»Ein seltsames Pärchen, alles, was recht ist«, murmelte sie. »Kriegen die den Mund nie auf? Der andere, meine ich, nicht der Taubstumme.«

»Lady?«, fragte Sherman mit todernstem Gesicht.

»Ich … Ach, vergessen Sie's. Ras, ich habe meinen Teil der Abmachung erfüllt. Wie ist es mit Ihnen?«

»Auf einen einsamen Planeten?«

»Das Schiff tut's auch. Bringen Sie mich irgendwohin – und wieder hierher zurück.«

Tschubai nickte. Antje Freudenberg stand auf und stellte sich auffordernd vor ihn. Der Geruch exotischen Parfüms stieg dem Teleporter in die Nase.

Ras nickte Sherman und Sortsch beruhigend zu und seufzte

gekünstelt. Dann schlang er beide Arme um die Freifahrerin, zog sie etwas fester an sich, als es nötig gewesen wäre, und spürte, wie sich ihre Hände über seinem Nacken zusammenschoben.

Im nächsten Augenblick war die Stelle, an der sie gestanden hatten, leer. Mit einem leisen »Plopp« fuhr die Luft in das entstandene Vakuum.

»Beeindruckend«, sagte Sherman. Sortsch sah ihn bezeichnend an und machte mit den Fingern Bewegungen, die nur sein Partner verstand.

»Da schlägt's dreizehn!«, entfuhr es einem der Männer der Zentralbesatzung. »Habt ihr gesehen, wie der Alte ihn packte?«

»Der Alte?«, fragte Sherman.

Der Raumfahrer lachte, sah die anderen Männer an und zuckte die Schultern.

»Einige Tage an Bord, und Sie würden verstehen, warum wir sie so nennen.« Er strich sich die blonden Haare aus der Stirn und gab dadurch den Blick auf eine violett schillernde Beule frei. »Das war sie.«

Es dauerte geschlagene zehn Minuten, bis Ras Tschubai und Antje Freudenberg wieder materialisierten – an genau der gleichen Stelle, von wo sie gesprungen waren.

»Was glotzt ihr mich so an?«, fuhr die Kommandantin die Männer an, als sie sich langsam von Tschubai löste. »Ihr dachtet wohl, ihr hättet mich für alle Zeiten vom Hals, wie?«

»Wie … wie war es, Sir?«, fragte jemand.

»Fantastisch. Ras, irgendwann wiederholen wir das.«

Nur wer genau hinsah, bemerkte, wie sie ihr Gesicht verzog und sich verstohlen die Seite rieb.

Tschubai schmunzelte.

»Es wird mir das gleiche Vergnügen bereiten wie diesmal, liebste Antje«, versicherte er.

»Er nennt sie ›liebste Antje‹«, flüsterte der Raumfahrer mit der Beule seinem Nebenmann zu. »Verstehst du das …?«

Als die URSA MAJOR die letzte Linearetappe hinter sich hatte, war die Stimmung an Bord umgeschlagen.

Ras Tschubai, Jett Sherman und Pal Sortsch hatten Maske gemacht und ihre Raumanzüge übergestreift. Darunter trugen sie nun die Kleidung von Doomsday-Menschen, und durch einige kosmetische Kunstgriffe waren Ras' Gesichtszüge so weit entfremdet worden, dass selbst jemand, der ihn jahrelang kannte, ihn nicht wiedererkannt hätte. Ihre Ausrüstung bestand nur aus jeweils einem Handstrahler und einem Armbandfunkgerät, Mini-Sprengkapseln und sonstigem Kleingerät.

Noch wenige Minuten bis zum Erreichen der Absprungposition. Die Befürchtungen, sofort nach dem Wechsel in den Normalraum fremde Schiffe auf den Ortern zu haben, hatte sich nicht erfüllt. Der Weltraum war leer. Die gelbe Sonne Doomsday stand als heller Stern auf den Schirmen. Die Sprungkoordinaten für Ras waren groß eingeblendet.

Die Orter wurden dennoch nicht aus den Augen gelassen. Sherman und Sortsch standen neben Tschubai und warteten darauf, von ihm an den Händen genommen zu werden.

Antje Freudenberg kam schweigend zu ihnen herüber. Lange sah sie den drei Männern in die Augen. Amüsiert betrachtete sie Ras' hell geschminktes Gesicht mit den falschen Augenbrauen, dem Schnurrbart und der Perücke über dem schwarzen Kraushaar. Dann schüttelte sie jedem einzelnen die Hand.

»Passen Sie auf sie auf, Ras – und auf sich selbst.«

»Viel Glück auch für euch«, sagte der Teleporter.

Sie winkte ab.

»Wir fürchten weder Dabrifa noch die Accalauries oder wer sich sonst noch in der Galaxis herumtreibt. Es ist gut zu wissen, dass es Perry Rhodan und das Solsystem doch noch gibt. Leider darf dieses Wissen nur kurz währen. Sollte das Solsystem eines Tages doch wieder an seine alte Stelle treten, dann kommen Sie nach Olymp und fragen nach der URSA MAJOR, Ras.«

»Bestimmt«, versprach der Terraner.

»Das heißt, wenn's nicht zu lange dauert. Als alte Jungfer möchte ich Ihnen nicht gerade wiederbegegnen.«

Noch einmal sahen sie sich lange an, dann machte die Kommandantin auf dem Absatz kehrt und setzte sich an ihren Platz vor dem Panoramaschirm.

»Punkt der größten Annäherung an Doomsday in zehn Sekunden erreicht«, war ihre Stimme zu hören, als sie den drei Männern den Rücken zuwandte. »Fünf, vier, drei, zwei … eins … jetzt!«

Sie fuhr herum und sah gerade noch die verschwimmenden Konturen der Terraner. Das Implosionsgeräusch erklang. Die Stelle, an der Tschubai, Sherman und Sortsch gestanden hatten, war leer.

»Fort sind sie«, murmelte die Freifahrerin. »Irgendwo auf diesem Teufelsplaneten.« Antje stieß einen lauten Seufzer aus. Einige Sekunden lang saß sie still vor dem Schirm und betrachtete die kleine gelbe Sonne im Bildzentrum.

»An die Arbeit, ihr faulen Kerle!«, brüllte sie dann. »Nächste Linearetappe vorbereiten! Es ist noch ein weiter Weg bis Belur!«

Die Männer seufzten und sahen sich gequält an.

»Hastings, du machst alles für die Hypnobehandlung klar. Ich will ein Kerl sein, wenn ich mich in einer Viertelstunde noch an das Solsystem, an Doomsday oder an Tschubai erinnere! Und spart euch eure Kommentare! Leider werde ich auch vergessen, dass es einen Gentleman gibt, der meine weiblichen Qualitäten zu würdigen weiß!« Noch einmal seufzte sie tief. »Leider …«

Die Raumfahrer beeilten sich, den Befehlen Folge zu leisten. Sie hatten ihre Kommandantin wieder, so wie sie sie kannten.

Eine Viertelstunde später befand sich die URSA MAJOR wieder auf direktem Weg nach Belur, wo sie ihre Fracht zu löschen und neue Güter an Bord zu nehmen hatte. Einer nach dem anderen unterzogen sich die Raumfahrer der Prozedur, die sie alles, was sie über die Erde erfahren hatten, und Tschubai mit seinen Begleitern vergessen ließ.

Nur in einem hatte sich Antje Freudenberg getäuscht.

Den Planeten Doomsday vergaßen sie nicht. Ras Tschubai hätte ihr sagen können, dass sie sich wahrscheinlich eher wiedersehen würden, als sie dachte. Gleichzeitig mit der Löschung des gefährlichen Wissens wurde der Besatzung des Schiffes der hypnotische Befehl erteilt, sich nach einer zwischen Argyris und Ras Tschubai abgesprochenen Frist wieder bei Doomsday einzufinden und in den Ortungsschatten der gelben Sonne zu gehen.

Doch Ras hatte geschwiegen. Und als die Freifahrerin als Letzte die Hypnohaube von ihrem Kopf schob, schimpfte sie wie ein Rohrspatz über den »unsinnigen Befehl«, den Argyris ihr auf solch merkwürdige Weise erteilt hatte.

»Ausgerechnet Doomsday! Hat einer von euch eine Ahnung, was wir dort sollen?«

Die Männer schüttelten die Köpfe.

4.

Stace Maccabor kam zu sich.

Zuerst spürte er nur höllische Schmerzen, die seinen Körper durchzogen. Er sah wie durch dichten Nebel und wünschte sich, zurückgleiten zu können in dieses dunkle Reich zwischen Leben und Tod, in dem es keine Schmerzen gab.

Keine Erinnerungen, keinen Dschungel und …

Sharla!

Stace schloss die Augen wieder. Das Bild des Mädchens blieb, wurde deutlicher, ihr Gesicht, ihre Lippen mit dem stummen Hilfeschrei, ihre Hände, die sich ihm entgegenstreckten, ihn wachrütteln, aus seiner Lethargie herausreißen wollten …

Stace tastete um sich. Er spürte seine Hände wieder, seine Füße, seinen Nacken. Er lag auf dem Rücken. Etwas Hartes war neben ihm.

Stace zwang sich dazu, die Augen wieder zu öffnen. Wieder sah er die grüne, von braunen verwaschenen Stellen durchbrochene Wand vor sich. Er biss die Zähne aufeinander und zwang sich mit aller Willenskraft dazu, den Kopf zu heben.

Der Blick klärte sich, aber es waren trübe Farben, die er wahrnahm.

Verdammt!, durchfuhr es den Jäger. *Die Dämmerung! Es ist Morgen, und wir …*

Die Erkenntnis war ein zusätzlicher Schock. Die Erinnerung setzte voll ein, und Stace Maccabor wusste, dass er allein im Dschungel lag, durch einen glücklichen Zufall dem Absturz des Gleiters entkommen.

Stace richtete sich auf, bis er eine sitzende Position erreicht hatte. Das, was er neben sich gefühlt hatte, waren die Pfahlwurzeln eines Urwaldriesen. Er schob sich darauf zu und lehnte sich mit dem Rücken dagegen.

Über sich sah er nun die Bresche, die die abstürzende Maschine ins Laubdach gerissen hatte. Er folgte ihr mit den Blicken, bis er etwas im Unterholz aufblitzen sah, zwanzig, vielleicht dreißig Meter entfernt. Die ersten Strahlen der aufgehenden Sonne fielen auf das, was vom Gleiter übrig geblieben war.

Sharla! Und Melza!

Vielleicht hatten auch sie durch ein Wunder überlebt. Und mehr als ein Wunder war es, dass *er* nicht nur den Absturz, sondern auch die Nacht überlebt hatte. Jedem Raubtier wäre er eine leichte Beute gewesen – jedem vorbeiziehenden Mooner-Trupp.

Vielleicht hatte das Feuer sie abgeschreckt. Stace sah verkohlte Äste über sich und in der Richtung, in der die Trümmer lagen. Wie leicht hätte er selbst verbrennen können.

Stace glaubte nicht an Wunder. Er stemmte sich mit beiden Armen von den Wurzeln ab und schaffte es, auf die Beine zu kommen. Sofort ging er in die Knie und schrie. Für Augenblicke glaubte er, die Schmerzen nicht ertragen zu können. Tränen quollen aus seinen Augen und brannten wie Feuer auf den Wangen. Stace blieb in der knienden Position, stützte sich mit einer Hand ab und fuhr sich vorsichtig mit der anderen über das Gesicht.

Auf der ganzen linken Hälfte war die Haut abgeschürft. Stace nahm die Hand herab und betastete seinen Oberkörper. Er presste die Zähne fest aufeinander, um nicht wieder schreien zu müssen. Einige Rippen waren mit Sicherheit gebrochen.

Und die Beine?

Langsam stand er wieder auf. Er spürte alle Gelenke, aber er blieb, wenn auch noch schwankend, stehen. Er setzte einen Fuß vor den anderen – und er konnte gehen.

Die Erleichterung darüber gab ihm die Kraft, dem Schmerz zu trotzen. An ein paar gebrochenen Rippen starb er nicht, und innere Verletzungen schien er nicht zu haben.

Schwankend ging Maccabor auf die Absturzstelle zu. Mit einem halb verkohlten Ast stützte er sich. Er blickte noch einmal hoch und versuchte sich vorzustellen, wie er gefallen war. Das Astwerk musste seinen Sturz gemildert haben. Nur so war zu erklären, dass er noch lebte.

Und die beiden anderen?

Der Gedanke an Sharla war stärker als der Schmerz und trieb ihn voran. Zum ersten Mal seit Karbas Tod empfand er wieder etwas für eine Frau.

Das Unterholz war in weitem Umkreis um die Trümmer kahl gebrannt und verkohlt. Wrackteile hingen in Ästen, andere mochten sich weit verstreut im Dschungel finden lassen.

Stace rief den Namen des Mädchens, als er inmitten der Trümmer stand. Er wusste, dass er dadurch alle möglichen ungebetenen Gäste anlocken konnte, aber dazu hätten schon seine Schmerzensschreie ausgereicht. Er war waffenlos. Wenn Mooner in der Nähe waren, würden sie sich nicht ans Licht der Sonne trauen, aber Raubkatzen, Bären und Echsen …

Keine Antwort. Stace atmete vorsichtig. Bei jedem Luftholen sah er schwarze Punkte vor den Augen. Er begann, die Wrackteile systematisch abzusuchen, und diesmal, zwischen Sitzbank und einigen Teilen des Kontrollpults, die beim Absturz seltsamerweise zusammengeblieben waren, fand er den Piloten.

Trutt Melza war tot. Ein abgebrochener Hebel hatte sich in seine Brust gebohrt.

Stace richtete sich wieder auf und sah – Sharla.

In völlig zerfetzter Kleidung, die, durch den Gürtel und dünne Lianen gehalten, gerade ihre Blößen bedeckte, stand sie zwischen zwei Stämmen und sah ihn an. Bestürzt musste Maccabor erkennen, dass sie nicht bei Sinnen war. Ihr Blick schien durch ihn hindurchzugehen, und ihre Lippen bewegten sich, ohne dass sie Worte hervorbrachte.

»Sharla!«

Er machte eine zu heftige Bewegung und sah die Umwelt wieder hinter einem Schleier verschwinden. Er zwang sich dazu, still stehen zu bleiben, bis er klar sehen konnte. Sharla war ihm einige Schritte entgegengekommen.

Stace setzte vorsichtig einen Fuß vor den anderen, bis er sie erreicht hatte. Von Gefühlen übermannt, legte er die Arme um sie und zog sie fest an sich, bis er dachte, seine Rippen müssten sich in seine Lungen bohren. Er ertrug die Schmerzen. Sie lebte, und nur das zählte.

Stace hielt sie fest und begann, beruhigend auf sie einzureden. Er blickte zum Himmel empor und ballte eine Hand zur Faust.

Wer immer an den Kontrollen des Gleiters gesessen hatte, der sie skrupellos abgeschossen hatte, und wer immer seine Hintermänner waren – sie sollten büßen. Für den Tod des jungen Piloten, für seine und Sharlas Schmerzen. Und wenn dies sein einziger Gedanke sein würde, bis er die Hauptstadt erreichte. Er würde ihn voranpeitschen, wenn er müde wurde und glaubte, den Weg nicht zu schaffen.

Stace erschrak für einen Moment vor seinem eigenen Hass, einem Hass, von dem er bisher nicht gewusst hatte, dass er in der Lage war, ihn zu empfinden. Aber der Überfall hatte ihm den letzten Beweis geliefert, dass es auf Doomsday eine Gruppe gab, die ein Blutbad unvorstellbaren Ausmaßes vorbereitete, vielleicht sogar das Ende aller Menschen auf der Dschungelwelt.

Stace spürte, wie Sharla sich in seinen Armen regte. Er ließ sie los und trat einen Schritt zurück. Noch immer sah sie ihn aus leeren Augen an. Der Schock saß zu tief. Stace musste sie zur Besinnung bringen.

»Tut mir leid, Mädchen«, murmelte er. Im nächsten Augenblick schlug er ihr zwei-, dreimal mit der flachen Hand ins Gesicht. Sharla schrie schrill auf und sprang zurück.

»Stace!«

»Du erkennst mich? Du erinnerst dich, Sharla?«

»Wir sind …« Sie schrie wieder, diesmal lang und hysterisch. Stace schlug nochmals zu, bis sie verstummte und ihn aus großen Augen ansah. Er musterte sie. Außer ein paar Schrammen wies sie keine äußeren Verletzungen auf. Das konnte nur bedeuten, dass sie erst kurz vor dem endgültigen Aufprall aus der brennenden Maschine geschleudert worden war.

»Ich erinnere mich an nichts«, sagte sie auf eine entsprechende

Frage hin. »Stace, was tun wir nun? Mein Gott, wie siehst du aus! Du musst …«

»Wir müssen nur eines«, sagte der Jäger finster. »Nämlich in die Stadt und den Leuten erzählen, was hier los ist. Wir werden genau das tun, woran man uns zu hindern versucht hat.«

Sharla schwieg. Er las die unausgesprochene Frage in ihren Augen.

»Der Angriff auf uns beweist, dass die Menschen, zumindest die meisten, nicht wissen, was im Dschungel vorgeht. Und sie sollen es auch nicht erfahren. Ich schwör dir, wer immer hinter der ganzen Sache steckt, ich werde es herausfinden, und dann …« Er lachte rau und ignorierte die Schmerzen, die es bereitete. »Stace Maccabor wird aus dem Dschungel in die Zivilisation zurückkehren, nach vielen langen Jahren. Und es wird kein Fest für die sein, die mit den ›neuen Freunden der Menschen‹ und den neuen Göttern der Mooner gemeinsame Sache machen!«

Stace ging zum toten Piloten zurück, zerrte den Mann aus dem Wrackteil und legte ihn auf den Boden.

Melza hatte noch den Strahler im Gürtelhalfter stecken. Maccabor zog die Waffe heraus und reichte sie Sharla.

»Schieß eine Mulde in den Boden«, sagte er. »Groß genug für ihn.«

Wenig später hatten sie alles für den Toten getan, was in ihrer Macht stand. Stace nahm den Strahler an sich, den gleichen Typ, den inzwischen fast jeder auf Doomsday zu tragen schien.

»Eine halbe Flugstunde bis zur Stadt«, sagte er. »Wir sollten es bis zum Mittag schaffen.«

Sie setzten sich in Bewegung. Stace brannte einen Pfad ins Dickicht. Jeder Schritt kostete Überwindung. Sharla stützte ihn nach einer Weile, und er wehrte sich nicht dagegen.

Dann erreichten sie einen Pfad. Stace fand Markierungen.

»Er führt direkt in die Stadt«, sagte er.

»Ich weiß, Stace.«

Er behandelte Sharla immer noch wie ein Kind. Dabei war sie

selbst lange genug im Dschungel gewesen, um die Zeichen zu kennen.

»Stace?«

»Ja?«

Sie gingen nun langsamer weiter, das sichere Ziel vor Augen. Sharla hatte ihre Schulter unter Maccabors Achselhöhle geschoben und ihn mit dem rechten Arm umfasst.

»Temm funkte die Nachricht direkt an die Regierung, nicht an die Handelsgesellschaft. Vielleicht sprach er sogar mit E'Cuuna. Glaubst du, dass …?«

»Dass der Regent hinter der Teufelei steckt? Ich glaube, dass er nicht einmal weiß, was auf seinem Planeten vorgeht.«

»Aber …«

»Schwer vorstellbar, ich weiß. Aber hätte er es nötig gehabt, uns einen Gleiter entgegenzuschicken? Wir sollten in den Palast gebracht werden. Dort hätte er uns bequemer aus dem Weg schaffen können, nachdem er gehört hätte, was wir wissen. Nein, Sharla. Ich denke, E'Cuuna ist ahnungslos. Er würde niemals gegen die Interessen der Menschen handeln. Er war es auch, der damals dafür sorgte, dass die Vergeltungsfeldzüge gegen die Mooner beendet wurden, die seine Vorgänger einführten. E'Cuuna wäre der Letzte, der einen Krieg zwischen uns und den Moonern wollte. Es sind andere.«

Sharla stellte keine Fragen mehr. Schweigend, finster vor sich hin brütend, marschierten sie weiter. Immer häufiger machten sie Pausen.

Dann, als die Sonne im Zenit stand, sahen sie die Türme der Hauptstadt vor sich.

Erst jetzt stellte Maccabor sich die Frage, wie er vorgehen sollte. Wenn sich Menschen zu Helfershelfern der mysteriösen Fremden gemacht hatten, konnten sie überall stecken. Jeder konnte zu ihnen gehören.

Außer den zurückgekehrten Jägern.

Stace Maccabor wusste, wo er sie traf.

»Wenn's die alten Treffpunkte noch gibt«, murmelte er geistesabwesend. Erst jetzt, als er die schlanken Türme und die spiralförmig um sie gewundenen Schienen der Magnetbahnen sah, wie sie sich über die Wipfel der letzten Urwaldriesen erhoben, wurde er sich bewusst, wie lange er in einer anderen Welt gelebt hatte.

In seiner Welt.

War er überhaupt noch in der Lage, sich in der Stadt, mit ihren Tausenden von Menschen in lärmerfüllten Straßenschluchten, mit ihrer Hektik und ihrer Art zu leben, zurechtzufinden?

Center of Doom war sprichwörtlich aus dem Boden gestampft worden, als die ersten Kolonistenschiffe gelandet und die mit ihnen gekommenen Siedler den Dschungel auf so großer Fläche gerodet hatten, dass man von einem Ende das andere kaum erkennen konnte. Eine Stadt vom Reißbrett. Sternenförmig vom Regierungspalast ausgehend, führten acht breite Straßen bis zum Dschungel, wo im Lauf der Zeit Befestigungen entstanden waren, die an Städte des terranischen Mittelalters denken ließen. Zehn Meter hohe Mauern umgaben die Stadt kreisförmig. Elektrische Zäune darauf verhinderten, dass sie erklettert werden konnten. Wer von »draußen« kam, musste durch gut bewachte Tore gehen.

Den Straßen folgend, waren Geschäfts- und Wohnblocks errichtet worden. Die Verwaltungen hatten für sich die sieben Türme errichtet, deren höchster hundert Meter in den Himmel ragte. Magnetbahnschienen schlängelten sich zwischen ihnen hindurch und verbanden alle wichtigen Punkte der Stadt miteinander. Der Raumhafen befand sich außerhalb und beanspruchte eine noch größere Fläche als *Center of Doom* selbst. Durch einen mehrere Dutzend Meter unter dem Boden gelegenen Tunnel war er mit der Stadt verbunden.

Im Regierungspalast, einem imposanten kuppelförmigen Gebäude, residierte Tay E'Cuuna, der Regent. Hier traf sich die aus neun Exekutivkommissaren bestehende Regierung, der E'Cuuna vorstand. Von den vier Männern und fünf Frauen beraten, traf er die letzten Entscheidungen. E'Cuuna war, wie alle seine Vorgänger, demokratisch gewählt und hatte etwa die Hälfte seiner sechsjährigen Amtsperiode hinter sich.

Am Rand der Stadt, abseits von den großen Straßen, lagen die von Raumfahrern, Studenten und Jägern bevorzugten Viertel mit ihren Kneipen, Märkten und Bordellen. Diese Viertel wurden von den Angehörigen der gehobenen Gesellschaftsschichten gemieden. So besonders die Lage der Stadt war und so sehr die Menschen auf Doomsday durch ihre Getto-Situation auch zusammengeschweißt waren – in dieser Hinsicht unterschied sich *Center of Doom* kaum von den Städten auf anderen, bevölkerungsreichen Planeten der Galaxis.

Die Randviertel waren Maccabors und Sharlas Ziel. Sie besaßen keine Wohnungen und keine Verwandten in der Stadt. Ihre »Familie« waren die Jäger.

Stace atmete auf, als er *Hunter's Inn* noch so vorfand, wie er es in Erinnerung hatte. Ein düsterer Schuppen in unmittelbarer Nähe der Stadtmauer. Wer hierhin wollte, musste ein gutes Stück durch dunkle Gassen gehen.

»Nett«, war Sharlas einziger Kommentar, als sie neben Maccabor vor der Eingangstür stand, aus der ihnen gedämpfte Musik und das Grölen von Betrunkenen entgegenschlug. Aber es klang nicht überzeugend.

»Keine Angst«, sagte Stace. »Solange du in Begleitung des großen Jägers Maccabor bist, rührt dich kein Kerl an.«

»Glaubst du, ich hätte Angst vor ihnen?«

»Sicher nicht.«

Stace blickte noch einmal zurück in die Richtung, aus der sie gekommen waren. Beim Passieren des Tores war er mit Bestimmtheit erkannt worden. Vielleicht befand sich unter den Posten einer, der seinen Steckbrief schon in der Tasche trug – für den Fall, dass er dem nächtlichen Anschlag doch entkommen war. Er hatte es kurz in den Augen einiger Männer aufleuchten gesehen und verfluchte nachträglich seine »BERÜHMTHEIT«. Wie ein Lauffeuer würde es sich in der Stadt ausbreiten: *Maccabor, der Mann aus dem Dschungel, ist zurück!*

»Komm«, sagte Stace, nahm Sharla bei der Hand und zog sie mit sich in die Kneipe.

Tabakqualm schlug ihnen entgegen. Stace schob zwei Männer zur Seite, die sich angeregt unterhielten. Wieder spürte er den stechenden Schmerz in der Brust. Er musste sich behandeln, zumindest gründlich untersuchen lassen.

»Stace Maccabor!«, hörte er jemanden brüllen. »Wenn das nicht …! Alter Junge, lass dich umarmen!« Ein Bär von einem Mann kam von der langen Theke, bahnte sich mit den Ellbogen seinen Weg und stürzte auf Maccabor zu. Stace wich im letzten Moment aus und entging dem Erdrücktwerden nur knapp. Die vorgestreckten Arme des Riesen fuhren ins Leere. Fluchend fuhr der Mann herum.

Stace erkannte ihn und grinste unwillkürlich.

»Halt, Statz!«, rief er schnell, bevor die Pranken ihn doch noch erreichen und zerquetschen konnten. »Ich habe ein paar gebrochene Rippen. Wenn du darauf Rücksicht nehmen könntest …?«

Der mit »Statz« Angesprochene blieb wie zur Salzsäule erstarrt stehen, wusste einen Augenblick nicht, wohin mit seinen Händen, und starrte Stace, dann Sharla aus zusammengekniffenen Augen an. Inzwischen war es in der Kneipe still geworden. Jäger – Stace erkannte viele von ihnen wieder, denen er im Dschungel begegnet war und mit denen er einige Zeit zusammen gewesen war –, junge Burschen mit abenteuerlich angezogenen Begleiterinnen und Raumfahrer, die sich hier bis zum Start ihrer Frachter die Zeit vertrieben, bildeten einen Kreis um die beiden Neuankömmlinge und Statz herum.

Statz fasste sich wieder und machte seiner Freude auf urtümliche Weise Luft. Noch einmal brüllte er »Stace Maccabor!«, dann trat er wieder auf Maccabor zu und drückte seine Hände.

»Stace Elroe«, sagte Stace, und zum ersten Mal seit dem Anschlag trat ein warmes Lächeln in sein Gesicht. »Du verdammter Bastard hast also auch die Nase vollgehabt. Ich sagte dir doch, du solltest bei mir bleiben und nicht mit den anderen ziehen. Du hast viel versäumt, Statz, verdammt viel.«

»Gebrochene Rippen, eh? Hat sich die Kleine so gewehrt, als du …?«

»Das ist die, die mit Jehatt und Merl in den Dschungel ging!«, rief jemand. »Sie heißt Sharla oder so ähnlich!«

»Jehatt und Merl sind tot«, rief Sharla heftig. »Und Sotzer!«

»Ja«, sagte Maccabor und sah einen der Umstehenden nach dem anderen an. Die, die er kannte, nickten ihm freundlich, aber unsicher zu. Die anderen blickten unwillkürlich zur Seite. »Sie starben durch Mooner, und wir kamen zu spät, um das zu verhindern. Und meine gebrochenen Rippen stammen nicht von Sharla, sondern von den Leuten, denen daran gelegen ist, dass niemand hier erfährt, was sich im Dschungel tut.«

»Aber wir wissen das!«, knurrte Statz. »Komm, Stace, auf deine Rückkehr, und auf jede gebrochene Rippe gebe ich eine Runde für alle.« Er zog Maccabor mit zur Theke. Sharla folgte zögernd. »Was glaubst du, warum wir hier sind und nicht dort, wo wir hingehören?« Seine Miene verfinsterte sich. »Dieser Hund Temm! Ich hoffe für ihn, dass er mir nicht noch einmal über den Weg läuft. Ihm war egal, dass mehr als die Hälfte von uns auf der Strecke blieben, bevor wir uns vor den Weißpelzen retten konnten. Er spuckte uns vor die Füße und lachte über unsere Berichte.«

»Alle lachen nicht darüber!«, kam es von jemandem. »Hier in der Stadt haben die Leute Manschetten bekommen, als wir ihnen vom Amoklauf der Weißpelze erzählten. Sie sehen zu, dass sie bei Anbruch der Dunkelheit in ihre Häuser kommen, und lassen sich zusätzliche Schlösser an die Türen machen! Ich sage dir, so was gab's seit den Entführungen nicht mehr!«

»Und der Regent?«

»E'Cuuna?« Statz schlug mit einer Pranke auf die Theke. »Der ist genauso schlimm wie Temm! Wir seien alte Narren, sagt er. Dschungelkrank! Gestern hielt er noch eine Rede und forderte die Bevölkerung auf, nicht auf uns zu hören. Und das Tollste – er hat uns allen angedroht, dass er uns in ›Schutzhaft‹ nehmen lässt, wenn wir noch weiter für Unruhe sorgen!«

Maccabor schwieg betroffen, aber die Blicke, die er mit Sharla wechselte, sagten alles. Statz reichte den beiden Krüge mit Wein. »Jetzt verstehst du vielleicht, warum wir uns schon bei Tag besaufen. Von uns geht keiner mehr in den Dschungel. Wir alle mussten unsere Schlitten zurücklassen, um wenigstens unsere Haut zu retten. Soll die Gesellschaft Temm und seinesgleichen in den Dschungel schicken, damit sie ihre Ware kriegt! Prost!«

»Prost«, murmelte Stace und trank den Krug in einem Zug leer.

»Alle Achtung!«, lobte Statz und wischte sich den Wein aus dem Bart. »Jeddha, noch zwei Krüge für meinen alten Freund und mich. Aber jetzt erzähle, Stace. Woher hast du die gebrochenen Rippen?« Statz drehte sich um und schrie in den Raum: »Hole einer unseren Doktor, damit er sich um ihn kümmert!«

Stace nahm den zweiten Krug in Empfang, prostete Statz zu und leerte auch ihn. Sharla warf ihm besorgte Blicke zu, aber schon machte der Alkohol sich bemerkbar. Alle Aggressionen, die Maccabor bislang unterdrückt hatte, wurden an die Oberfläche gespült.

Stace schlug mit dem Krug auf die Theke und richtete sich zur vollen Größe auf.

»Und jetzt hört alle her!«, brüllte er. »E'Cuuna sagt also, wir seien verrückt. *Ich* sage euch, dass ihr gar nichts wisst. Ich sah, wie die Mooner um Sharlas tote Gefährten herumtanzten, und hörte, wie ihre Priester sich bei ihren ›Neuen Göttern‹ für dies hier bedankten!« Stace zog den Strahler aus dem Gürtel und knallte ihn auf die Theke. Niemand sprach. Statz bekam große Augen. »Davon haben sie ein Dutzend Kisten. Sie veranstalten mitten im Dschungel Schießübungen und prophezeien, dass es in sechs Tagen keinen lebenden Menschen mehr auf Doomsday geben wird. Wer mich für verrückt hält, soll das sagen. Diejenigen, die die Weißpelze mit den Strahlern beliefern, tun das nicht. Sie nahmen Sharla und mich so ernst, dass sie einen Gleiter schickten, um die Maschine, die uns in die Stadt bringen sollte, abzuschießen. Der Pilot starb beim Absturz. Wir beide überlebten. Von daher habe ich die gebrochenen Rippen! Gib her!« Stace nahm dem Wirt den nächsten Krug aus der Hand und leerte ihn. Er fühlte sich besser, nun, da er alles herausschreien konnte. »Und ich sage euch, diejenigen, die den Moonern die Waffen liefern und sie gegen uns aufhetzen, sind die gleichen, die im Palast sitzen und *uns* beliefert haben, mit den gleichen Waffen und vielleicht allem möglichen anderen Kram. Und ich garantiere euch, dass sie den Weißpelzen die Stadttore öffnen werden, wenn's so weit ist!«

Schweigen. Männer und Frauen starrten Maccabor ungläubig an. Einige zweifelten, doch anderen stand das blanke Entsetzen in den Augen.

»Das ist …« Statz fand keine Worte. Er schüttelte den Kopf. »Stace, wenn du das sagst, dann glaube ich dir aufs Wort, ganz egal, was im Dschungel geschah. Aber … was können wir denn tun? E'Cuunas Schutztruppe ist auf uns angesetzt, und wenn wir Krach schlagen, landen wir in den Gefängnissen. E'Cuuna spaßt nicht.«

»Wie steht die Bevölkerung zu den Fremden?«

»Den Methans?« Statz zuckte die Schultern, als er Staces fragenden Blick bemerkte. »Wir nennen sie so, weil sie Methanatmer sind und den Maahks ziemlich ähnlich sind. Nein, Stace, es handelt sich nicht um Maahks. Aber auch sie sollen aus einer anderen Galaxis kommen. Die Bevölkerung war anfänglich begeistert, als sie von dem Hilfsangebot der Methans hörten. Einmal zeigte sich E'Cuuna mit den dreien, die im Palast leben, zusammen in einer Fernsehübertragung. Sie brachten Geschenke mit, waren freundlich, *zu* freundlich für meinen Geschmack. Aber die Leute haben auch Angst vor ihnen. Alles ging ihnen zu schnell. Es ist fast so, als hätten sie darauf gewartet, dass die Erde mit dem Solsystem in einem energetischen Chaos unterging.«

»Energetischen Chaos? Ich denke, das Solsystem verschwand ganz einfach?«

»Die einen sagen dies, die anderen das. Niemand weiß genau Bescheid darüber.«

»Welches Ziel sollten die Fremden verfolgen?«, fragte eine Frau, die sich an Statz vorbeidrängte. Stace hatte sie noch nie gesehen. »Wenn sich Mooner und Doomsday-Menschen gegenseitig auslöschen – was haben sie davon?«

»Wenn wir das wüssten«, knurrte Maccabor, »wüssten wir alles. Darüber zerbreche ich mir seit der Unterhaltung mit Temm den Kopf, als ich von den Fremden hörte und die Waffen sah, die sie Temms Leuten gaben.« Er schlug wieder auf die Theke. »Wir müssen einen Weg finden, die Bevölkerung zu informieren und ihnen die Wahrheit zu sagen! Auch den Leuten in den anderen Städten. Und da gibt's nur eine Möglichkeit.«

Stace sah sich wieder unter den Anwesenden um. Auf die Hälfte von ihnen, schätzte er, konnte er sich verlassen. Sie glaubten ihm und hatten selbst erfahren, was im Dschungel vorging und wie die Regierung auf ihre Berichte reagierte.

»Welche Möglichkeit, Stace?«, fragte Statz.

»Wir könnten es schaffen«, sagte der Jäger mehr zu sich selbst als zu den anderen. »Wenn wir die Fernsehstation besetzen und ...« Der Gedanke nahm in seiner Fantasie Formen an. Stace sprang vom Hocker, auf den er sich gesetzt hatte, und schrie: »Ein Dutzend von uns müsste es schaffen! Wir ...!«

Der Alkohol hatte Maccabor die Schmerzen in der Brust vergessen lassen. Jetzt aber spürte er, wie ihm etwas die Luft abzuschnüren drohte, sah die schwarzen Punkte vor den Augen und suchte nach einem Halt.

Sharla und die Unbekannte waren da und griffen ihm unter die Arme.

»Jetzt wird's Zeit, dass ich mir deine Rippen betrachte«, sagte die Fremde. »Ich bin der ›Doktor‹. Sharla, wir beide schaffen ihn ins Hinterzimmer, bevor er sich noch umbringt.«

Stace wehrte sich nicht. Er fühlte sich elend. Statz ging neben ihm und den Frauen her, bis sie eine Tür erreichten, die in die angrenzenden Räume führte. Männer und Frauen machten bereitwillig Platz.

»Ruh dich aus, Stace«, sagte Statz. »Ich sorge dafür, dass wir eine gute Truppe zusammenhaben, wenn du wieder auf den Beinen bist.«

»Sechs Tage«, presste Maccabor unter Schmerzen hervor. »Sechs Tage bleiben uns noch, vielleicht noch weniger ...«

Stace lag auf einem harten Bett und starrte die Decke des kleinen Raumes an. Durch zwei Fenster fiel das Licht der Nachmittagssonne. Sharla kauerte neben ihm und hielt ihm die Hand. Maccabor genoss das Gefühl, sie bei sich zu haben. Sie musste rechtzeitig in Sicherheit gebracht werden. Ihr durfte nichts passieren.

Die Ärztin hatte ihm zwei Injektionen gegeben. Er fühlte sich schon wieder besser. Diese Frau schien ihr Handwerk zu verstehen.

»Ich war selbst im Dschungel«, sagte sie, als ob sie seine Gedanken aus seinen Blicken lesen könne. »Vorher studierte ich Medizin. Nein, nicht auf Doomsday. Ich kam als fertige Ärztin hierher und hatte große Illusionen.« Sie winkte ab. »Die zerschlugen sich schnell. Sharla, hilf mir, ihn aufzurichten.«

Stace wurde in eine sitzende Position gebracht. Noch einmal betastete die Frau seine Brust und den Rücken.

»Schlimm, Doc?«, fragte er.

»Einige Brüche hast du schon, aber mit einem guten Stützverband können wir uns vorläufig behelfen – wenn du nicht wieder verrückt spielst.«

»Es wird alles gut, Stace«, flüsterte Sharla. Tapfer hielt sie die Tränen zurück.

Nichts wird gut!, dachte er bitter. Immer noch weigerte er sich zu glauben, dass der Regent mit den Fremden aus dem Weltall unter einer Decke stecken sollte. Aber seine Berater, vielleicht die ganze Regierung. Irgendjemand musste Temms Meldung entgegengenommen haben. Irgendjemand in der Umgebung des Regenten.

Und das Volk glaubte alles, was vom Palast kam.

Die Fernsehstation besetzen, eine Ausstrahlung erzwingen, ihnen die Augen öffnen!

Und dann?

Sollten sie den Palast stürmen? In die Gewehre der Schutztruppe und der Leibgarde laufen?

Ein noch verwegener Gedanke kam Maccabor.

»Der Hyperfunksender«, murmelte er. *»Ihn* sollten wir besetzen und um Hilfe rufen ...«

»Wen?«, fragte die Ärztin sarkastisch, während sie mit geschickten Händen den Stützverband anlegte. »Die ZGU oder Dabrifa?« Sie lachte humorlos. »Einen größeren Gefallen könnten wir ihnen gar nicht tun. Wahrscheinlich könnten sie die Fremden vertreiben und ihre Schiffe, die hierher unterwegs sein sollen, verjagen. Aber Doomsday wäre dann ihre Welt. Umsonst ist keine Hilfe.«

Sklaverei als Alternative zur völligen Vernichtung, dachte Stace. Je mehr er nachdachte, desto aussichtsloser erschien ihm jeder Versuch, das drohende Unheil doch noch abzuwenden.

»So, mein Lieber«, sagte die Ärztin. »Der Verband sollte eine Zeit lang halten. Innere Verletzungen hast du nicht. So viel Glück wie du möch...«

Schreie schnitten ihr das Wort ab. Sie kamen aus der Gaststube. Männer brüllten aus rauen Kehlen. Andere Stimmen bellten Kommandos.

»Was ist los?«, fragte Stace.

»Sei still!«

Sharla war schon bei der Tür und öffnete sie einen Spaltbreit. Sie stieß einen unterdrückten Schrei aus, schloss sie schnell wieder und presste ihren Rücken dagegen.

»Die Schutztruppe!«, flüsterte sie. »Eine Razzia. Unsere Leute werden festgenommen!«

»Kämpfen sie?«

»Natürlich, aber sie haben keine Chance!«

Stace richtete sich auf, schob sich vom Bett und stieß die Arme der Ärztin zurück, die ihn halten wollte. Jetzt war der Kampfeslärm zu hören. Stühle wurden zerschlagen. Die Zischen von Energiestrahlen erklang.

»Das gilt uns!«, rief er. »Sie wissen, dass wir in der Stadt sind, und brauchten nicht lange zu suchen. Sharla!«

Die Jägerin kam zögernd zu ihm. Er packte ihren Arm und sah sich gehetzt um.

»Tu das nicht!«, flüsterte die Ärztin entsetzt, als sie sah, was er vorhatte. »Du bist wahnsinnig!«

»Ich wäre wahnsinnig, wenn ich darauf warten würde, dass sie mich hier schnappen. Sharla, komm!«

Die Ärztin wollte sie zurückhalten, doch Stace stieß sie so heftig von sich, dass sie gegen die Tür prallte und hart mit dem Hinterkopf gegen den Rahmen schlug. Sie brach bewusstlos zusammen.

»Tut mir leid, altes Mädchen«, murmelte Maccabor. »Irgendwann mache ich's gut.«

Dann riss er einen Stuhl in die Höhe und stieß ihn in eines der Fenster. Klirrend zersprang das Glas.

»Stace, du bist …«

»Wir dürfen nicht in ihre Hände fallen, Sharla!« Er schob sie auf das Fenster zu. »Spring du zuerst, es ist nicht tief!«

»Stace!«

»Spring!«

Sie drehte sich um, stieg auf den Rahmen und sprang. Stace

landete neben ihr in der schmalen Gasse, die hinter der Kneipe auf eine der großen Straßen zulief. Er knickte in den Knien zusammen und wollte sich aufrichten.

Er erstarrte mitten in der Bewegung, als er die Männer sah, die zwischen zwei Häusern hervorkamen. Es waren fünf, sie alle trugen die kobaltblaue Uniform der Schutztruppe und hatten Strahler in den Händen.

Sharla stand neben Maccabor und drückte sich mit dem Rücken gegen die Hauswand.

»Ist er das?«, fragte einer der Uniformierten.

Ein anderer nickte. Stace erkannte ihn wieder. Er hatte zu den Posten am Stadttor gehört.

»Stace Maccabor, ja. Und das Mädchen ist seine Begleiterin.«

»Tut mir leid für euch«, sagte der Anführer der Männer. »Aber Befehl ist Befehl.«

Stace wollte aufspringen. Seine Beine versagten ihm den Dienst. Ein leises Zischen, dann war Maccabor außerstande, auch nur noch einen Finger zu rühren.

Sharla schrie gellend auf, bevor auch sie von den Lähmstrahlen getroffen wurde.

»Bringt sie zum Gleiter!«, befahl der Uniformierte.

Die Gefängniszelle war kalt und spärlich eingerichtet. Ein Tisch, auf dem Schüsseln mit Wasser und Nahrungsmitteln standen, ein Waschbecken, zwei Stühle und die »Toilette« – ein Loch im Boden mit einer primitiven Sitzvorrichtung darüber.

Stace schüttelte den Kopf. Das Ziehen ließ allmählich nach. Sharla kam zu sich.

Sie hatten noch keine zwei Worte gewechselt, als die schwere Eisentür aufgerissen wurde und Männer der Leibgarde des Regenten erschienen. Sie befanden sich also im Palast. Die beiden Jäger wurden roh gepackt und aus der Zelle geführt. Stace und Sharla waren viel zu schwach, um sich zu sträuben. Es ging über endlos lang erscheinende Korridore, bis die Gefangenen in einen verdunkelten Raum geführt wurden, in denen weitere Männer auf sie warteten. Einer saß hinter einem breiten Tisch, auf dem Lampen standen, deren Lichtstrahl auf die Augen der Jäger gerichtet wurde.

Stace wusste, was nun kommen würde. Das Verhör war eine Farce. Stace war davon überzeugt, dass die Männer ganz genau wussten, was er und Sharla ihnen sagen würden. Er wollte ihnen den Gefallen nicht tun und schwieg beharrlich, bis er in einen Stuhl gedrückt und seine Hände an die Lehnen gebunden wurden. Kontakte wurden auf seiner Brust und am Kopf befestigt. Mit Sharla verfuhr man ebenso.

Stace hätte die Elektroschocks ertragen. Was konnten sie mehr tun, als ihn umbringen? Was bedeutete der eigene Tod noch, nun, wo sowieso alles sinnlos geworden war?

Aber Sharla leiden zu sehen, war eine andere Sache. Ein Stromstoß nach dem anderen durchfuhr sie. Sie bäumte sich auf, hielt die Schreie so lange zurück, wie sie es eben konnte. Dann brach ihr Widerstand zusammen.

»Hört auf!«, schrie er. »Ich sage euch, was ihr hören wollt!«

»Das wurde auch Zeit«, kam eine schneidende Stimme von hinter den Lampen. Stace konnte das Gesicht des Mannes nicht erkennen.

Er berichtete von Anfang an, über den Waffenfund, die »Götter« der Mooner, den Weg zur Niederlassung und schließlich über den heimtückischen nächtlichen Überfall. Stace sparte auch nicht mit Verwünschungen und Drohungen.

Der Mann hinter dem Tisch unterbrach ihn kaum. Er hörte geduldig zu, ließ ihn reden und schaltete auch die Lampen nicht aus, als Stace geendet hatte.

»Stace Maccabor«, sagte er dann. »Alles, was Sie zu sagen hatten, wurde auf Magnetband festgehalten. Ein Gericht wird sich Ihre Aussagen anhören und darüber entscheiden, ob sie den Tatbestand der Volksverhetzung und böswilligen Aufwiegelung erfüllen.«

»Volksverhetzung?«, entfuhr es Maccabor. »Böswillige Aufwiegelung? Sind Sie noch zu retten, Mann?« Stace zerrte an den ledernen Bändern, die ihn hielten. »Sie wissen doch genauso gut wie ich, dass ich die Wahrheit sagte! Wer hat den Gleiter geschickt, der uns beseitigen sollte? Sie?« Er steigerte sich in eine nicht mehr kontrollierbare Rage hinein. »Glauben Sie im Ernst, dass Ihre famosen Freunde ausgerechnet Sie am Leben lassen, wenn das Blutbad beginnt? Niemand wird überleben, denn sie können keine Menschen auf Doomsday gebrauchen! Niemand! Auch der Regent wird sterben!«

»Das reicht!«, schnappte der Mann im Schatten. »Stace Maccabor, Ihre Morddrohung gegen den Regenten wird entscheidenden Ausschlag bei dem über Sie zu fällenden Urteil geben. Führt ihn jetzt ab!«

Stace starrte mit offenem Mund in die grellen Lichter, unfähig, auch nur noch ein Wort zu sagen.

Das alles durfte doch nicht wahr sein! Er musste träumen!

Aber die Hände, die sich unter seine Arme schoben, ihn von den Bändern befreiten und roh in die Höhe rissen, die Stöße, die er in den Rücken erhielt, als er aus dem Raum geführt wurde, *waren* real.

Sharla wurde hinter ihm aus dem Stuhl gezerrt. Stace fluchte und stieß wüste Beschimpfungen aus.

»Lass das«, knurrte einer der Männer. »Oder sollen wir dich wieder paralysieren, eh? Wäre dir das lieber?«

Stace gab auf. In diesem Moment war er bereit zu resignieren. Willenlos ließ er sich zur Zelle führen. Sharla ließ sich auf den Stuhl fallen, warf die Arme auf den Tisch und weinte hemmungslos.

Stace drehte sich um. Noch standen zwei Männer der Leibgarde in der Tür und zögerten, diese zu schließen.

»Glaubt ihr es wirklich?«, fragte Stace mutlos. »Glaubt ihr wirklich daran, dass wir fantasieren oder euch aufhetzen wollen? Aber gegen wen denn? Und warum?«

Die Gardisten wirkten unsicher.

»Der Regent sagt, dass die Mooner völlig unter Kontrolle sind, und die Methans …«

»Was?«, fragte Stace müde. »Was sagen *sie?*«

»Dass es keine Waffenlieferungen an die Mooner gibt.«

Aber die Gesichter der beiden Gardisten verrieten Angst und Zweifel.

»Was glaubt *ihr?*«, wollte Maccabor wissen. »Glaubt ihr, dass wir lügen? Wir alle, die aus dem Dschungel zurückkamen und das zurückließen, was wir unter ständigen Einsatz unseres Lebens erbeuteten?«

Die beiden Uniformierten traten auf den Gang hinaus und warfen die schwere Tür ins Schloss, ohne eine Antwort gegeben zu haben.

Stace ließ sich schwer in den zweiten Stuhl fallen. Hatte der Regent die Fremden tatsächlich auf die Waffen der Mooner angesprochen – oder waren es andere gewesen? Hatte überhaupt jemand mit ihnen gesprochen?

Sie mussten zwei Stunden warten, bis die Tür wieder aufgerissen wurde.

Es waren nicht die gleichen Männer wie vorhin, die nun eintraten, ihre Waffen auf die Jäger gerichtet. Drei blieben neben der Tür stehen, der vierte trat vor.

»Stace Maccabor und Sharla Ollon«, sagte er mit ausdrucksloser Miene. »Sie beide wurden wegen Volksverhetzung und böswilliger Aufwiegelei gegen die Interessen des Volkes von Doomsday, ferner wegen Morddrohungen gegen den Regenten Tay E'Cuuna zum Tod durch Erschießen verurteilt. Die Exekution findet morgen nach Sonnenaufgang statt. Sie ist öffentlich.«

Der Mann drehte sich um und verließ die Zelle, gefolgt von seinen Begleitern.

Die Eisentür fiel ins Schloss.

Stace Maccabor und Sharla sahen sich an, als hätte sie der Schlag getroffen.

»Das … das kann doch nicht …!«

Stace sprang auf und warf sich gegen die Tür. Er schrie, dass die Männer zurückkommen sollten, trommelte mit den Fäusten gegen die Tür, bis er kraftlos zu Boden sank.

Sharla warf sich schluchzend in seine Arme.

»Das ist … unmöglich«, stammelte der Jäger.

Solange er zurückdenken konnte, hatte es keine Hinrichtung auf Doomsday gegeben, vielleicht noch nie in der Geschichte der Kolonie.

Und ausgerechnet E'Cuuna sollte dem Urteil zugestimmt haben!

Für Maccabor brach eine Welt zusammen.

»Ich möchte jetzt nur noch eines«, sagte er mit gebrochener Stimme, während seine rauen Hände Sharlas Gesicht streichelten und ihr durch das lange Haar fuhren. »Ich möchte einen dieser Fremden zu Gesicht bekommen, bevor ich sterbe. Wie sehr muss E'Cuuna ihnen hörig sein, wenn er …«

»Sprich nicht mehr«, bat Sharla. Sie schob ihren Kopf ganz nahe an den seinen und legte den Zeigefinger auf seinen Mund. »Bitte sprich nicht mehr …«

5.

Ras Tschubai kehrte von seinem ersten Ausflug in die Hauptstadt zurück. Niemand folgte ihm. Niemand hatte die geringste Ahnung, wer er war. Seine Verkleidung war perfekt.

Zunächst war er mit Sherman und Sortsch in eine der anderen drei Städte teleportiert, wo sie sich unauffällig ins bunte Treiben eines Marktes gemischt und erfahren hatten, was sie wissen mussten, um in *Center of Doom* kein Aufsehen zu erregen. Es kam zwar nicht oft vor, dass die Menschen ihre Städte verließen, aber es erregte auch kein besonderes Aufsehen, wenn Händler, Verwaltungsbeamte oder Besucher in die Hauptstadt flogen. Für diese Zwecke gab es spezielle Unterkünfte, riesige Hotels nahe dem Zentrum, deren Preise verrieten, dass man auch auf Doomsday sein Geschäft verstand.

Ras Tschubai, Jett Sherman und Pal Sortsch bewohnten drei Appartements in einem solchen Hotel in *Center of Doom.* Ras hatte sich den Namen Wyl Bettan zugelegt, für die beiden SolAb-Agenten bestand keine Notwendigkeit, falsche Namen zu verwenden.

Sie erwarteten den Teleporter in Shermans Appartement. Es gab moderne Möbel, ein komfortables Bett, eine Duschkabine und ein kombiniertes Telekom- und TV-Gerät darin.

Ras schloss die Tür hinter sich und setzte sich in einen der Sessel. Sherman und Sortsch sahen ihn fragend an.

»Die gleiche gereizte Stimmung wie bei unserer Ankunft«, begann Tschubai. »Sie ist eher noch schlimmer geworden. Die Menschen haben Angst. Was uns unsere Freifahrerin über die Mooner berichtete, war noch untertrieben. Der Regent versucht zwar, die Leute zu beruhigen, aber er erreicht damit eher das Gegenteil. Niemand scheint mehr zu wissen, was er glauben soll – vor allem nach der Verhaftung einer Gruppe von Jägern am Spätnachmittag. Und es gibt Stimmen, die all das, was jetzt ins Rollen zu kommen scheint, mit den Fremden in Zusammenhang bringen, die vor zwei Monaten auf Doomsday landeten.«

Pal Sortschs Blicke schienen an Tschubais Lippen zu kleben.

»Diese Fremden«, sagte Sherman, wobei er sich zu seinem Partner umdrehte, wie er das immer tat, egal, mit wem er sprach. »Hast du Näheres über sie in Erfahrung bringen können?«

Wie immer, wenn sie allein zusammen waren, duzten sich die Terraner.

Ras nickte zögernd.

»Ihr erstes Schiff kam vor zwei Monaten, danach drei weitere. Sie boten dem Regenten die Hilfe an, die wir ihnen nun nicht mehr offiziell geben können. E'Cuuna ergriff die Gelegenheit beim Schopf, und ich kann's ihm nicht verdenken. Vorerst bekamen die Doomsday-Menschen neue, leistungsfähigere Strahler. Für den angebotenen Beistand sollen sie alles, was der Planet hergibt, an diese Fremden liefern, die angeblich aus einer anderen Galaxis stammen.«

»Deshalb kamen keine Frachter mehr nach Olymp.«

»Genau. Ich konnte einen Raumfahrer, der ziemlich viel getrunken hatte, eine Weile lang ausfragen.« Ras lächelte. »Fast wäre ich in der Kneipe gelandet, in der die Jäger festgenommen wurden. Schade.« Er winkte ab. »Jedenfalls sagte der Mann, dass die Waren nicht zu einem Planeten geflogen werden, sondern zu einem bestimmten Ort im All, dessen Koordinaten die im Palast befindlichen Fremden den Kommandanten über den Regenten mitteilen. Dort wartet ein Schiff und nimmt sie in Empfang – aber niemals am gleichen Ort.«

»Seltsam«, murmelte Sherman.

»Allerdings. Was nun unsere Freunde von Dabrifa und der ZGU angeht, so scheinen sich unsere Befürchtungen nicht bewahrheitet zu haben, und sollten diese Extragalaktiker tatsächlich keine Nebenabsichten verfolgen, so werden sie sich kaum an den Planeten heranwagen, wenn erst die angekündigte Flotte der Methans eingetroffen ist.«

Sortsch machte Sherman einige Zeichen.

»Er fragt, wieso du von ›Methans‹ sprichst.«

»Ungute Erinnerungen, nicht wahr? Mir ging es genauso, als ich den Begriff zum ersten Mal hörte. Die Fremden sind Methanatmer und sehen angeblich den Maahks nicht unähnlich. Deshalb der Name in Erinnerung an unsere alten Freunde aus Andromeda. Aber es sind keine Maahks. Ich erhielt von dem Mann eine ziemlich gute Beschreibung der Fremden. Einige von ihnen, vermutlich die, die noch im Regierungspalast sind, zeigten sich mit E'Cuuna im Fernsehen. Auf Doomsday gibt es übrigens nur die eine Station hier in der Hauptstadt, und das TV-System ist ziemlich veraltet. Die Fremden sind kleiner als Maahks und haben sechs Arme und nur zwei Augen.«

»Das könnte Maske sein«, gab Sherman zu bedenken.

»Es wäre zu fantastisch.« Ras schüttelte den Kopf. »Nein, Jett. Ich bin überzeugt davon, dass wir es mit Wesen zu tun haben, die alles andere sein mögen – nur keine Maahks und keine Wohltäter der Menschen auf Doomsday. Spekulationen darüber, weshalb sie ausgerechnet jetzt, so kurz nach dem Verschwinden des Solsystems, in der Galaxis auftauchen, sind im Moment sinnlos. Wenn wir uns an die Tatsachen halten, ergibt sich ein Bild, das schlimm genug ist.«

Ras stand auf, holte sich etwas zu trinken, goss sich ein und nahm einen kräftigen Schluck. »Einige der Studenten und Raumfahrer, die mit den Jägern zusammen waren, konnten der Gefangennahme entkommen. Ein Mann tauchte in der Kneipe auf, in der ich mich umhörte, und berichtete, dass die Aktion einem Mann und einer Frau gegolten habe, die behaupteten, dass die Mooner mit den gleichen Waffen ausgerüstet worden seien wie die Doomsday-Menschen, und das ist noch nicht alles. In sechs Tagen soll es keinen lebenden Menschen mehr auf dieser Welt geben. Die Mooner werden systematisch darauf vorbereitet, die Niederlassungen im Dschungel und anschließend die Städte zu stürmen und niederzubrennen – von jenen, die ihnen die Waffen lieferten und die sie als ihre neuen Götter verehren. So sieht die Lage aus, und es kann kein Zweifel daran bestehen, dass die neuen Götter der Mooner mit den Methans identisch sind. Dies wussten die beiden Jäger und darum wurden sie gejagt und verhaftet.«

Sherman schwieg beeindruckt.

»Ich glaube nicht an Extragalaktiker, die in eine für sie fremde Galaxis einfliegen und nichts anderes wollen, als Beschützer für bedrohte Welten zu spielen. Ihr Auftauchen war nicht zufällig. Wer immer sich hinter ihnen verbirgt – jetzt gilt es zu verhindern, dass Doomsday und unser Telepath *ihnen* in die Hände fallen. Und wer immer der Mann ist, er hat sein Wissen bisher für sich behalten. Es wäre sinnlos, von dem Regenten und seinen Beratern zu erwarten, dass sie die Situation in den Griff bekommen. Im Gegenteil versuchen sie zu vertuschen, was sich im Dschungel tut. Sie sind den Fremden bereits hörig. Wenn wir die Katastrophe verhindern wollen, müssen wir uns etwas einfallen lassen.«

Ras machte wieder eine Pause.

»Jett, du und Pal, ihr werdet weiterhin konzentriert an die Erde denken und daran, dass Terraner auf Doomsday sind, um den Leuten hier zu helfen. Denkt intensiv an Olymp und den Mann, der Argyris die Botschaft zukommen ließ. Früher oder später wird er hier auftauchen, wenn es diesen Telepathen gibt. Ganz egal, was geschieht, der Mann muss in Sicherheit gebracht werden. Und vielleicht kann er uns helfen, die Katastrophe zu verhindern. Ich werde in den Regierungspalast teleportieren und die beiden Jäger befreien. Vielleicht können sie uns weiterbringen. Wenn ich Erfolg habe, komme ich mit ihnen direkt hierher zurück. Ihr …«

In diesem Moment schaltete sich das TV-Gerät selbsttätig ein.

»Die übliche Propaganda«, erklärte Sherman, als noch das Symbol der einzigen TV-Anstalt Doomsdays auf dem Schirm stand. »Gleich werden sie … da, sieh selbst.«

Und Ras sah die Bilder des regen Treibens am Rand des Raumhafens. Unterkünfte für die erwarteten »Schutztruppen« wurden errichtet. Ein Kommentator erklärte, dass es sich um Wohneinheiten handle, die den Lebensbedürfnissen der »neuen Freunde« optimal angepasst seien.

»Jede Stunde zeigen sie das«, sagte Sherman.

Das Bild wechselte. Niederlassungen der Handelsgesellschaften mitten im Dschungel wurden gezeigt, wie sie friedlich in der grünen Hölle lagen.

Männer und Frauen kamen aus den Baracken und winkten in die Kameras der über sie hinwegziehenden Gleiter.

Sortsch tippte seinen Partner an und machte ihm einige Zeichen in der Taubstummensprache.

»Er sagt, dass die Bilder falsch sind, Ras«, übersetzte Sherman.

»Falsch? Wieso?«

»Es sind die gleichen, die schon zweimal gezeigt wurden, nur anders zusammengeschnitten. Ehrlich gestanden sehe ich den Betrug nicht.«

»Ich bin sicher, niemand wird ihn bemerken«, murmelte Ras nachdenklich. »Nur eben Pal mit seinen Augen.«

Der von der Natur geschenkte, später systematisch trainierte Ausgleich für Sortschs Gehör- und Sprachlosigkeit. Ras dachte daran, was Pal vielleicht entdecken konnte, wenn er Bilder von einem der mysteriösen Fremden zu sehen bekäme. Er war froh, ihn und seinen Partner bei sich zu haben.

»Das könnte bedeuten, dass die entsprechende Niederlassung inzwischen nicht mehr existiert«, sagte Sherman trocken.

Ras nickte finster.

Wieder wechselte das Bild. Nun war das Gesicht eines Mannes auf dem Schirm zu sehen, der seine besten Jahre weit hinter sich hatte. Die Falten in seinem Gesicht waren nicht nur Altersfalten. Der in eine bestickte Kombination – soweit dies an seinen Schultern und dem sichtbaren Teil des Oberkörpers zu erkennen war – aus blauem Samt gekleidete Mann hatte volles, weißes Haar und einen weißen Bart. Seine Augen wirkten sanft – und müde. Die Nase war scharf geschnitten, das Gesicht oval.

»E'Cuuna«, flüsterte Ras.

Dann hörten die drei Terraner gebannt, was der Regent der Bevölkerung von Doomsday zu verkünden hatte: dass zwei der Volksverhetzung und der böswilligen Aufwiegelei, ferner eines geplanten Mordanschlags auf ihn, E'Cuuna, überführte Jäger, Stace Maccabor und seine Gefährtin Sharla Ollon, zum Tode verurteilt worden seien und am nächsten Morgen nach Sonnenaufgang öffentlich hingerichtet werden sollten.

Die Bevölkerung wurde aufgerufen, sich nach Möglichkeit selbst beim Palast einzufinden oder die Hinrichtung an den TV-Geräten mitzuverfolgen. E'Cuuna gab noch einige Erklärungen ab, die seine Entscheidung rechtfertigen und die ganze Tragweite der Verbrechen verdeutlichen sollten, die mit einer solch drastischen, für Doomsday-Verhältnisse unglaublichen Strafe geahndet wurden.

Der Regent beendete seine Ansprache damit, dass keine Gefahr durch die Mooner bestehe und jeder Mann und jede Frau in den Städten wie gewohnt ihrer Arbeit nachgehen und keinen falschen Propheten Glauben schenken sollten.

Der Bildschirm erlosch.

Fast eine Minute lang sprach niemand im Apartment.

Ras konnte nicht glauben, was er eben gehört hatte. E'Cuuna war selbst auf der Erde ein Begriff gewesen – ein Mann, der energisch dafür eingetreten war, alle Rachefeldzüge gegen die Mooner einzustellen und, auch wenn es noch so aussichtslos erschien, die Verständigung mit ihnen zu suchen.

Und dieser Tay E'Cuuna verkündete die erste Hinrichtung in der jungen Geschichte der Kolonie.

Sortsch machte Sherman Zeichen.

»E'Cuuna sprach unter Druck«, übersetzte Sherman. »Er ist entsetzt über sich selbst.«

»Das brauchst du mir nicht mehr zu sagen«, entgegnete Ras.

»Jetzt, Pal, es geht los. Ich glaube, dass das, was sich über uns und Doomsday zusammenbraut, weit mehr fortgeschritten ist, als wir alle dachten. Ihr konzentriert euch. Wir müssen den Telepathen haben, bevor sich der Planet in ein Tollhaus verwandelt. Ich hole die Jäger!«

Ras' Hand fuhr tastend über die Stelle seiner Kleidung, unter der die mitgeführte Waffe verborgen war.

»Ich könnte E'Cuuna entführen ...«, murmelte er.

Sherman schüttelte den Kopf.

»Das würde die Fremden warnen. Sie müssen sich sicher fühlen, wenn wir sie aus der Reserve locken wollen.«

»Du hast recht, Jett.«

Ras entmaterialisierte.

Ras Tschubai kam nun zugute, was er an der Theke über die Lage der Zellen im Regierungspalast gehört hatte, als die den Uniformierten Entkommenen über die Blitzaktion berichteten und Männer ihrer Empörung lautstark Luft machten.

Er materialisierte in einem lang gezogenen Korridor, der zu seinem Glück leer war. Am Ende des Korridors befanden sich Liftschächte.

Ras ging vorsichtig darauf zu, sich immer wieder umsehend. Er war noch etwa zwanzig Meter vom Ende des Ganges entfernt, als er das Geräusch einer sich hinter ihm öffnenden Tür hörte. Blitzschnell teleportierte er hinter sie und drückte sich gegen die Wand.

Zwei Männer in der Uniform der Leibgarde des Regenten traten auf den Korridor hinaus. Hinter der nach außen aufgestoßenen Tür konnte Ras ihre Unterhaltung mit anhören, bevor sie sich entfernten und in einen der Lifte stiegen.

»Wohl ist mir bei der ganzen Sache nicht«, sagte eine dunkle Stimme. »Die armen Kerle tun mir leid. Vor allem Maccabor und das Mädchen. Maccabor ist eine Legende. Ich war als junger Bursche gefesselt von dem, was man sich über ihn erzählte. Ha, ich wollte werden wie er, Merle. Ein Waldläufer.«

»Dafür bist du nun für die Sicherheit unseres Regenten verantwortlich«, sagte der Zweite.

»Ja, aber ich glaube, die Aufgabe haben uns andere abgenommen.«

»Er weiß, was er tut, Haggard.«

»Weiß er es?«

»Hör auf damit, Haggard. Gehen wir nach ihnen sehen?«

»Lass ihnen die letzten Stunden, die sie noch haben. Dort unten sind sie sicher untergebracht. Selbst falls sie durch ein Wunder aus der Zelle ausbrechen könnten, lägen sechs Stockwerke zwischen ihnen und dem Erdgeschoss, und selbst wenn sie bis hierher kämen, wäre der Weg in die Freiheit versperrt. Jeder, der die Lifte benutzt, wird durchleuchtet, ohne dass er etwas davon merkt. Verdammt, ich wünschte, sie könnten fliehen. Für mich sind sie dschungelkrank und müssen Furchtbares erlebt haben. Den Tod haben sie nicht verdient.«

»Aber die Morddrohung gegen E'Cuuna?«

»Verdammt, Merle, du müsstest die Verhörpraktiken der Kommissare kennen!«

Ras wartete, bis er sicher sein konnte, dass die beiden Gardisten das Erdgeschoss verlassen hatten.

Sechs Stockwerke!, dachte er. *Danke, Merle und Haggard! Danke auch für die Warnung!*

Er teleportierte.

Der Korridor, auf dem er sich wiederfand, unterschied sich auf den ersten Blick nur dadurch von dem des Bodengeschosses, dass drei Wachen vor einer der vielen Eisentüren zu beiden Seiten des schwach erleuchteten Ganges standen. Wieder hatte Ras Glück. Die Männer unterhielten sich angeregt und bemerkten ihn nicht.

Bevor sich das ändern konnte, konzentrierte Tschubai sich auf den Raum hinter der bewachten Tür und entmaterialisierte sofort wieder.

Der Mann und das Mädchen, die eng umschlungen am Boden

hockten, zuckten heftig zusammen, als er direkt vor ihnen wie aus dem Nichts entstand.

»Seid ruhig!«, flüsterte Ras schnell. »Ich bin hier, um euch zu holen. Stellt jetzt keine Fragen, auch wenn ihr nichts versteht.«

»Wer … bist du?«, fragte Maccabor. Das Mädchen drängte sich Schutz suchend noch fester an ihn und starrte Tschubai aus weit aufgerissenen Augen an.

»Ein Freund. Ich weiß alles über euch und über das, was hier vorgeht.« Ras lächelte flüchtig. »Fast alles. Steht auf und gebt mir die Hände!«

Plötzlich entkrampften sich Maccabors Gesichtszüge. Ein Lächeln umspielte seine Lippen, und in seine Augen trat ein seltsamer Schimmer, als er sich erhob.

»Stace!«, flüsterte Sharla. »Du wirst ihm doch nicht …!«

»Ich glaube, wir haben tatsächlich Hilfe bekommen«, gab er leise zurück. »Sie sind einer von ihnen, nicht wahr? Einer der legendären Mutanten – einer von Perry Rhodans …«

»Die Erde existiert nicht mehr, Stace«, sagte Ras.

»Ich glaube, ich weiß es jetzt besser. Sharla, dieser Mann heißt …«

»Wyl Bettan«, schnitt Tschubai ihm das Wort ab. Er ergriff Staces Armgelenk und streckte Sharla die andere Hand entgegen. Er nickte ihr aufmunternd zu.

Zögernd nahm sie die Hand.

Ras konzentrierte sich auf Shermans Apartment und sprang mit den beiden Jägern.

Sharla schrie, als sie direkt neben Sherman stofflich wurde, und ging in die Knie. Maccabor hatte offenbar gewusst, was kommen würde, und sich besser darauf eingestellt. Er presste die Zähne aufeinander.

»Der Entzerrungsschmerz geht gleich vorbei«, sagte Ras. »Jett, erkläre ihnen alles. Ich muss noch einmal zum Palast.«

»Wozu?«

»Es muss für E'Cuuna und seine Freunde so aussehen, als wären die beiden gewaltsam befreit worden, wenn der Regent oder die, die ihn lenken, nicht auf gefährliche Gedanken kommen sollen.«

»Übernimm dich nicht«, warnte Sherman.

Ras hörte es nicht mehr.

Er materialisierte direkt hinter den drei Posten. Bevor sie begriffen, was mit ihnen geschah, hatte er zwei von ihnen von hinten im Nacken gepackt und schlug ihre Köpfe hart gegeneinander. Sie sanken bewusstlos zu Boden, ohne einen Laut von sich gegeben zu haben. Der dritte Mann wich zurück, so überrascht, dass es zu spät für ihn war, zu schreien, als Ras' Faust ihn an der Schläfe traf.

»Nun schlaft schön und lange«, wünschte er ihnen flüsternd. Nach kurzem Suchen fand er bei dem, den er niedergeschlagen hatte, den Impulsgeber, der das Schloss der Zellentür öffnete. Ras riss die Tür weit auf. Dann lief er zu den Liften, betrat einen von ihnen und ließ sich aufwärts tragen, bis die verborgene Durchleuchtungsanlage ihn als Unbefugten registriert und den Alarm ausgelöst hatte. Als die Sirenen zu heulen begannen, entmaterialisierte er.

Ras ließ sich in den Sessel neben Sortsch fallen. Diesmal zuckten Sharla und Maccabor noch leicht zusammen, aber in ihren Blicken war kein Erschrecken mehr.

»Sie sind informiert«, verkündete Sherman. Ras rieb sich über die Wangen, schloss für einen Moment die Augen und holte tief Luft. »Allerdings haben wir nun ein Problem mehr. Maccabor weiß, wer du bist.«

»Dachte ich mir«, sagte Tschubai. Er winkte ab. »Im Augenblick haben wir andere Sorgen. Im Palast wird man sich den Kopf darüber zerbrechen, wer bis zu den Zellen vordringen und die Wachen überwältigen konnte. Bald wird ein Kesseltreiben auf die Geflohenen einsetzen.« Er sah Maccabor in die Augen. »Stace, wir müssen annehmen, dass die Mooner schon die ersten Niederlassungen überfallen haben. Fühlen Sie sich kräftig genug, um mit mir in den Dschungel zu springen?«

»Sofort!«, rief Maccabor überschwänglich aus. »Sie glauben

nicht, wie gut man sich fühlt, wenn man soeben dem sicher geglaubten Tod entronnen ist.«

»Oh«, meinte Tschubai grinsend. »Das Gefühl kenne ich ganz gut.«

Maccabor trat auf ihn zu und reichte ihm die Hand.

»Ich möchte Ihnen danken, Mr. Tschubai. Jetzt, wo ich weiß, dass das Solsystem noch existiert und Perry Rhodan noch lebt, habe ich neue Hoffnung.«

Ras winkte ab.

»Vergessen Sie das ganz schnell, Stace. Von der Erde haben Sie keine Hilfe zu erwarten. Sie müssen sich schon mit uns begnügen. Und danken Sie mir nicht, bevor wir genug über das wissen, was auf Ihrer Welt gespielt wird, um effektiv handeln zu können.«

»Noch fünf Tage …«

»Weniger. In fünf Tagen soll alles *vorüber* sein. Der Angriff der Mooner auf die Städte wird eher beginnen. Deshalb müssen wir in den Dschungel, um uns ein Bild davon zu machen, wie weit sie schon sind. Warten Sie einen Augenblick.«

»Ich will mitkommen!«, rief Sharla.

Ras nickte. Wieder schloss er die Augen, lehnte sich im Sessel zurück und wartete, bis er glaubte, genügend neue Kräfte für das gesammelt zu haben, was ihm bevorstehen mochte. Der Zellaktivator schickte wohltuende Ströme durch seinen Körper.

»Jett, auf die Gefahr hin, dass wir uns dadurch verraten – von nun an müssen wir uns hiermit verständigen.« Ras tippte mit dem Zeigefinger auf das Armbandfunkgerät am Handgelenk. »Aber nur, wenn's wirklich dringend ist.«

»Wenn unser Telepath sich bemerkbar macht.«

»Oder wenn das, was wir im Dschungel sehen, uns zum sofortigen Handeln zwingt. Dann bleibt uns nichts anderes übrig, als in den Palast zu gehen und E'Cuuna zu stellen.«

Sherman nickte finster. Was das bedeutete, darüber waren sich alle im Klaren.

Ras stand auf und streckte den Jägern die Hände entgegen.

»Sie halten sich an mir fest, auch wenn wir materialisiert sind«, wies Ras Maccabor und Sharla an. »Vielleicht müssen wir sofort wieder springen. Es wird wehtun.«

»Ich ertrage es«, versicherte Sharla.

Wieder blieben die beiden SolAb-Agenten allein im Apartment zurück, nachdem Maccabor Ras die Niederlassung und ihre Lage beschrieben hatte.

Sie sahen sich an. Sortsch bediente sich der Taubstummensprache, und Sherman nickte.

Allein gegen eine Welt und einen Gegner, über dessen Identität und über dessen Stärke so gut wie nichts bekannt war. Solange sie im dunkeln tappten, standen ihre Chancen, die Katastrophe zu verhindern, denkbar schlecht. Es ging längst nicht mehr nur darum, den Mann zu finden, der auf Olymp vielleicht nur einen Schuss ins Blaue abgegeben hatte und in Wirklichkeit überhaupt nichts über den Verbleib des Solsystems wusste. Es ging um das Schicksal einer Welt.

Sie konnten in den Regierungspalast eindringen und E'Cuuna direkt zur Rede stellen, vielleicht auch die dort befindlichen Fremden. Aber was sollten sie gegen eine Flotte unternehmen, wenn sie nicht einmal die Schiffe Olymps zu Hilfe rufen durften?

Sherman fühlte, dass die Lösung des Rätsels zum Greifen nahe war, vielleicht so naheliegend, dass sie ihm wahrsten Sinn des Wortes blind dafür waren.

Plötzlich sprach der Telekom an.

Es war nur eine knappe Nachricht, die die beiden Agenten erreichte, doch diese wenigen Worte genügten, um sie in Alarmbereitschaft zu versetzen:

»Ich bin auf dem Weg zu Ihnen!«

Sortsch machte aufgeregt seine Zeichen.

»Ja«, murmelte Sherman. »Die Dinge kommen ins Rollen.«

Der Bildschirm des kombinierten Geräts blieb hell. Die nächste Nachrichtensendung stand ins Haus.

Ras Tschubai, Stace Maccabor und Sharla materialisierten zwischen niedergebrannten Baracken und Lagerhäusern der Niederlassung, der Temm vorgestanden hatte.

Es war unheimlich still ringsum. Nur in der Ferne waren Trommeln zu hören. Der Mond stand noch am Himmel. Es war Nacht, und Sharlas Zittern war weniger auf die Nachwirkung der Teleportation zurückzuführen als vielmehr auf die plötzlich wiederaufgeflammte Angst vor den weiß bepelzten Bestien.

An einigen Stellen züngelten noch blaue Flämmchen an den Resten der Gebäude entlang. Ras ließ den Anblick einige Augenblicke auf sich wirken. In die Erschütterung mischte sich wilder Zorn.

»Und den Leuten in der Stadt werden friedliche Niederlassungen mit winkenden Männern und Frauen vorgegaukelt«, presste er bitter hervor.

Stace hatte sich von ihm gelöst und damit begonnen, die Ruinen zu untersuchen. Sharla hielt sich in seiner Nähe. Ras hatte den Strahler gezogen und folgte ihnen in einigem Abstand, sich immer wieder umblickend.

Fünf zu Wracks geschossene Gleiter standen zwischen den niedergebrannten Baracken.

»Niemand ist ihnen entkommen!«, entfuhr es Maccabor. »Kein einziger konnte fliehen!«

Ras spürte einen Kloß im Hals, als er die Leichen sah. Er hatte viele Tote in seinem langen Leben gesehen. Aber selten hatte es ihn soviel Überwindung wie jetzt gekostet, hinzusehen. Die Männer und Frauen am Boden waren kaum noch als solche zu erkennen. Einige hatten mehrere Einschusslöcher im ganzen Körper, anderen waren die Köpfe zerstrahlt worden. Von etwa einem halben Dutzend Menschen waren nur noch Gliedmaßen übrig geblieben.

Einige wenige hatten die Gleiter erreicht. Sie lagen ebenso grausam verstümmelt wie die anderen auf den Sitzbänken.

Sharla hatte keine Tränen mehr. Irgendwo lag jene Grenze,

jenseits derer ein Mensch unfähig war, das sich ihm bietende Grauen zu begreifen. Sie stand apathisch neben Stace, der nun auf einen verstümmelten Körper vor seinen Füßen deutete.

»Das war einmal Temm«, sagte er mit tonloser Stimme.

Ras Tschubai musste all seine Willenskraft aufbieten, um bei diesem Anblick seinen klaren Verstand zu bewahren. Seine Hände waren zu Fäusten geballt, die Lippen fest aufeinandergepresst.

Maccabor musste es ähnlich ergehen, aber er hatte sich nicht mehr so gut in der Gewalt.

»Sie sind auf dem Weg zur Stadt!«, schrie er. »Hören Sie die Trommeln! Und sie werden bezahlen, Mr. Tschubai. Sie werden für alles bezahlen, was sie getan haben, das schwöre ich.« Stace bückte sich schnell und kam mit einem Strahler in der Hand wieder in die Höhe. Wie ein Besessener räumte er Trümmerstücke beiseite, wälzte Leichen auf den Rücken und suchte in den Gleitern, bis er eine zweite Waffe gefunden hatte, die er Sharla reichte. Sie nahm den Strahler mit zitternden Händen und drückte ihn fest gegen die Brust.

»Ich weiß, dass es schwer für Sie ist, die Fassung zu bewahren«, sagte Tschubai. »Aber sinnloses Töten hat jetzt keinen Sinn. Die Mooner sind nur Werkzeuge! Wir müssen ...!«

»Bestien!«, schrie Maccabor. »Sie sind Bestien! Springen Sie in die Stadt zurück, Ras! Sharla und ich werden hier tun, was wir zu tun haben! Spätestens in ein paar Stunden, wenn die Sonne aufgeht, müssen die Mörder haltmachen. Sie sind dann wie scheintot. Und wir werden sie finden und ...«

Ras war mit zwei Schritten bei ihm und schlug dem Jäger mit der flachen Hand ein paar Mal ins Gesicht.

Maccabors Augen blitzten auf. Er stieß den Terraner von sich und richtete die Waffe auf ihn.

Sekundenlang starrte Ras in die Mündung des Strahlers. Er wagte nicht zu atmen.

Dann sank Maccabors Arm herab. Der Jäger senkte den Blick und ließ den Kopf hängen.

»Wir müssen wissen, wie weit die Mooner schon gekommen sind, bevor wir in die Stadt zurückkehren«, sagte Ras mit einer Ruhe, die ihm selbst unheimlich war. »Und ich schwöre Ihnen, wir werden die wahren Schuldigen stellen!«

»Worte!«, schrie Maccabor. »Wir machen alle nur Worte! Wie sollen wir sie stellen? Die drei, die im Palast sind? Was können wir tun, wenn ihre Schiffe am Himmel erscheinen?«

»Ich glaube, ich weiß es jetzt«, sagte Ras ruhiger. »Stace, Sharla, wenn Sie so weit sind, dass Sie glauben …«

»Schon gut«, sagte die Jägerin. »Wir werden keine Dummheiten machen, wenn Sie das meinen. Ich vertraue Ihnen.«

»Und ich auch, verdammt!«, sagte Stace. Mit einem verzweifelten Lachen zuckte er die Schultern. »Was bleibt uns anderes übrig?«

»Kommen Sie jetzt.«

Stace beschrieb den Weg, den die Mooner zur Stadt nehmen würden, so gut er es konnte. Die Trommeln erleichterten die Orientierung zusätzlich.

Dann sprangen sie …

Sie landeten mitten in einem Aufmarsch der Mooner.

6.

Tay E'Cuuna fühlte sich schwach, müde und hilflos, als er sich kurz vor Sonnenaufgang auf den Weg zu den Quartieren der Fremden machte.

Diesmal ging er allein, ohne die Begleitung seiner Kommissare. Er wusste, dass er wieder die gleichen Antworten auf seine quälenden Fragen erhalten würde wie bisher, und er wusste, dass sie ihn ebenso wenig wie bisher befriedigen konnten. Aber er musste zu ihnen. Eine vage Hoffnung trieb ihn voran. Vielleicht bekam er doch einen Hinweis auf das, was um ihn herum vorging.

Er wusste längst nicht mehr, was er glauben sollte. Konnte er seinen engsten Mitarbeitern noch vertrauen? Sagten Sie ihm die Wahrheit oder hatten Sie ihn dazu gebracht, die Bevölkerung zu belügen und Unschuldige zum Tode zu verurteilen? Warum hatten sie ihn erst so spät informiert? Alle schienen schon über die ungeheuerlichen Behauptungen der zum Tode verurteilten und nun auf unfassbare Weise entkommenen Jäger Bescheid gewusst zu haben, nur er nicht. Die beiden waren verhaftet worden, ohne dass er davon gewusst hatte. Eigentlich hatte er erst davon erfahren, als ihm das Magnetband mit der Aussage Maccabors vorgespielt wurde.

Von einem der Exekutivkommissare.

Nein, diesmal wollte er sich nicht mit den gleichen Antworten abspeisen lassen. Vielleicht hatte die Entwicklung ihn überrollt. Vielleicht war hinter seinem Rücken ein Komplott im Gang, dessen Ausmaß er nicht einmal erahnte. E'Cuuna hatte alle neun Kommissare zu sich bestellt und ihnen direkte Fragen gestellt. Und ihre Antworten waren die gleichen gewesen, die ihm die Fremden gaben. Es drohte keine Mooner-Gefahr, sagten sie. Und er sei erst so spät informiert worden, um ihn nicht noch mehr zu belasten, als dies in dieser Zeit des Umdenkens ohnehin schon der Fall war. Er hätte sich nur unnötig über die ungeheuerlichen Fantastereien der beiden Jäger aufgeregt, sagten sie. Die Situation sei völlig unter Kontrolle. Gleiterstaffeln kontrollierten den Dschungel und die Siedlungen der Mooner aus der Luft. Die Weißpelze waren ruhig, wurde ihm versichert.

Und er verkündete dies über das TV-Netz, um die Bevölkerung zu beruhigen, ohne selbst von dem, was er sagte, überzeugt zu sein.

Auch die Hinrichtung der Jäger hatte er akzeptieren müssen. Die Entscheidung war vorher gefallen. Er, der Regent, musste nur sein Einverständnis geben.

Schweren Herzens hatte er es getan, um jetzt keinen offenen Bruch mit seinen Vertrauten zu riskieren. Je länger E'Cuuna darüber nachdachte, desto mehr wurde er sich dessen bewusst, dass er von ihnen völlig abhängig war. Sie verwalteten den Planeten und lieferten ihm alle Informationen, Daten und Prognosen, die er zur Führung der Regierungsgeschäfte brauchte. Sie befehligten die Schutztruppe und schienen selbst über die Leibgarde mehr Macht zu haben als er selbst.

E'Cuuna kam sich vor wie ein Mann, dem man beide Arme abgeschnitten hatte.

Und er war fest entschlossen, diesen Zustand zu beenden. Er musste wissen, was geschah und warum es geschah. Seine erste dahin gehende Anordnung war gewesen, dass nur noch er selbst Kontakt mit den Besuchern aus dem Weltraum aufnehmen durfte. Die bisherigen Wachen vor ihren Quartieren hatte er durch Männer auswechseln lassen, von denen er wirklich zu wissen glaubte, dass er sich auf sie verlassen konnte.

Je näher er seinem Ziel kam, desto unbehaglicher fühlte sich der Regent. Er musste sich selbst eingestehen, dass er letzten Endes dem Todesurteil nur zugestimmt hatte, weil er jede Verstimmung der Gäste vermeiden wollte. Er brauchte sie. Doomsday brauchte sie. Ohne sie waren die Tage der Freiheit gezählt.

E'Cuuna erschrak über seine Gedanken. War er denn noch Herr seiner Entscheidungen – oder waren es schon die Methanatmer? War seine Angst, sie zu verstimmen, schon größer als sein Verantwortungsbewusstsein den Menschen gegenüber, die ihn zu ihrem Oberhaupt gewählt hatten?

Innerlich aufgewühlt betrat der Regent den großen Raum, der genau in der Mitte durch eine Panzerglasscheibe in zwei ungleiche Hälften geteilt war – eine für Menschen, die andere für die Gäste, die auch E'Cuuna nur als »Methans« bezeichnete. Der Name ihres Volkes, den sie ihm genannt hatten, war ein Zungenbrecher, für menschliche Lippen fast unaussprechbar.

Drei schwer bewaffnete Wachen zu jeder Seite des Eingangs wichen zur Seite und grüßten respektvoll. E'Cuuna war schon im Raum, als er stehen blieb und sich noch einmal umdrehte.

»Irgendwelche Vorkommnisse?«, fragte er.

»Nein, Exzellenz.«

»Keiner meiner Kommissare hat versucht, sich Zutritt zu verschaffen?«

»Nein, Exzellenz.«

E'Cuuna nickte nachdenklich und wandte sich wieder den hinter der Trennscheibe aus nahezu unzerstörbarem Material wartenden drei Extragalaktikern zu. Sie waren aufgestanden und nahe genug an die Scheibe herangetreten, dass er sie gut erkennen konnte. Je weiter sie sich zurückzogen, desto verschwommener wurden ihre Konturen in den wallenden Nebeln des abgetrennten Teiles des Raumes, in denen mit viel Aufwand ihre Lebensbedingungen geschaffen worden waren. Dazu gehörte neben der Methan-Ammoniak-Wasserstoffatmosphäre eine künstliche Schwerkraft von 2,1 Gravos. Spezielle, der Körperform der Methans angepasste Möbel waren in aller Schnelle angefertigt worden.

Über eine Reihe von Bildschirmen konnten sie die stündlichen Nachrichtensendungen mitverfolgen. Neben den Schirmen und anderen Anlagen stand das Gerät, das E'Cuuna in den letzten Stunden mit die größten Sorgen bereitet hatte: eine auf ihren ausdrücklichen Wunsch hier aufgestellte Hyperfunkanlage, über die sie mit ihren Schiffen auf dem Raumhafen jederzeit Kontakt aufnehmen konnten. Momentan waren keine ihrer Schiffe dort. E'Cuuna fragte sich mit Unbehagen, ob der Kontakt mit dem Raumhafen der einzige Zweck dieser Miniaturanlage war.

Der Sender war von einem ihrer Schiffe geholt worden und völlig unbekannter Konstruktion. E'Cuuna hatte darauf verzichtet, ihn untersuchen zu lassen. Das hätte in den Augen der Methans einen Affront darstellen können, worauf er keinen Wert legte. Nun fragte er sich, wie groß die Reichweite des Senders war.

Groß genug, um eine Flotte herbeizurufen?

Der Regent trat bis dicht vor die Trennscheibe. In Kopfhöhe befanden sich ein Mikrofon und ein Lautsprecher – auf dieser wie auf der anderen Seite. Ein Translator war zwischengeschaltet.

Tay E'Cuuna betrachtete seine Gäste einige Sekunden. Fast zwei Meter groß, hatten sie jeweils vier Arme und ein Paar säulenartiger Beine. Der runde, haarlose Kopf saß halslos auf einem massiven Rumpf von graubrauner Grundfarbe. Eigentlich war er das Einzige an den Methans, das annähernd menschlich wirkte. Zwei dunkle Augen saßen über den sich unablässig öffnenden und schließenden Atemöffnungen und dem breiten, lippenlosen Mund. Seitlich am Kopf saßen große Gehörmuscheln.

Die drei Methans brauchten hier keine Schutzanzüge, und E'Cuuna hatte es als ein Zeichen ihres Vertrauens zu ihm gewertet, dass sie sie abgelegt hatten. Die Druckanzüge lagen allerdings griffbereit in einer Ecke ihres Quartiers. Die drei trugen nun nur ihre silberfarbenen, von roten und blauen Streifen und Symbolen überzogenen Kombinationen, die nur die Hände und den Kopf freiließen. In der Beinmitte verschwanden sie unter schwarzen Stiefeln.

Zum ersten Mal lief E'Cuuna nun bei ihrem Anblick ein Schauer über den Rücken. Zum ersten Mal empfand er jetzt die Fremdartigkeit dieser Geschöpfe. War er bisher blind gewesen?

Er schalt sich selbst einen Narren für seine Gefühle. Er durfte sich nicht von Äußerlichkeiten irritieren lassen. Die Methans waren als Freunde gekommen – als Freunde in der Not. Er hatte keinen Grund, ihnen zu misstrauen.

Wirklich nicht?

E'Cuuna presste die Lippen aufeinander. Er war entschlossen, seine Zweifel auszuräumen, selbst auf die Gefahr hin, die Besucher zu verstimmen. Wenn sie nichts zu verbergen hatten und so großmütig waren, wie sie zu sein vorgaben, würden sie ihn verstehen müssen.

Der Regent presste die linke Handfläche neben dem Mikrofon gegen die transparente Wand.

»Ich grüße euch«, sagte er halblaut.

Einer der drei drückte seine Hand gegen die andere Seite der Trennwand und sprach ebenfalls ins Mikrofon. Der Translator übersetzte einwandfrei:

»Wir grüßen dich, Tay E'Cuuna.«

Der Regent zog die Hand zurück und nickte.

»Wir sind überrascht«, kam es aus dem Lautsprecher. »Wir rechneten nicht mit deinem Besuch, Tay E'Cuuna. Hat sich etwas ereignet, das wir wissen sollten?«

E'Cuuna beobachtete die Mundbewegungen des Fremden. Sie waren so anders! Wieso empfand er das erst jetzt? Hatte die Euphorie sie alle blind gemacht?

Er erinnerte sich an die Landung ihres ersten Schiffes, mit dem auch diese drei »Botschafter« gekommen waren. Das Entsetzen der Menschen, die den Raumer am Himmel sahen, der keine Ähnlichkeit mit den Schiffen Olymps hatte. Und mit keiner anderen Welt als mit Olymp hatte Doomsday noch Kontakt. Dann, nach den furchtbaren Stunden der Angst und der Ungewissheit endlich das Aufatmen, als die Botschaft der Fremden über jedes Kommunikationsgerät auf Doomsday empfangen wurde.

»Wir sind nicht eure Gegner! Habt keine Angst vor uns! Wir sind Suchende, die den Sprung über das Große Nichts gewagt haben! Alles, was wir wollen, ist eure Freundschaft!«

Es hatte wie Musik in den Ohren der Menschen geklungen, die so plötzlich den einzigen Schutz verloren hatte, der die Freiheit der Kolonie in Zeiten skrupelloser Machtpolitik der Sternenreiche gewährleistet hatte – den Schutz Perry Rhodans und des Solaren Imperiums.

Hatte dies sie blind gemacht?, fragte der Regent sich nun, als er dem Sprecher der Fremden in die Augen sah.

Konnten sie gewusst haben, was ein gutes Jahr zuvor in der Galaxis geschehen war?

E'Cuuna zwang sich dazu, seine Gedanken zu ordnen.

»Es hat sich tatsächlich etwas ereignet«, sagte er. »Die beiden Jäger, die zum Tode verurteilt wurden, konnten auf bisher ungeklärte Weise entkommen.«

»Jäger?«, kam es aus dem Lautsprecher. E'Cuuna bedauerte, dass diese Art der Kommunikation verhinderte, dass aus der Stimme des Gegenübers Emotionen herauszuhören waren.

Wussten denn auch die Fremden nichts von Maccabor und seiner Gefährtin? Von den von ihnen aufgestellten Behauptungen?

Hatten seine Kommissare sie nicht informiert?

E'Cuuna wollte nicht mehr um die Sache herumreden.

»Ihr wisst, dass unsere Jäger in Scharen aus dem Dschungel fliehen, weil die Mooner angeblich Amok laufen«, sagte er.

»Wir wissen es, und wir erklärten schon einmal, dass kein Grund zur Sorge besteht. Sollten diese Geschöpfe euch angreifen, so werden wir euch gegen sie beistehen.«

Schöne Worte, dachte der Regent.

»Diese beiden Jäger, von denen ich sprach, behaupteten, dass die Mooner bewaffnet seien und sich auf einen Generalangriff vorbereiteten – auf einen Krieg gegen uns Menschen.«

E'Cuuna spürte, wie sein Herz schneller schlug. Vergeblich versuchte er, Gefühlsregungen auf den Gesichtern der Methans zu erkennen.

»Es sollte euch keine Schwierigkeiten bereiten, sie mit den

Waffen zurückzuschlagen, die ihr von uns erhalten habt«, antwortete der Methanatmer. »Ich erkenne dein Problem nicht, Tay E'Cuuna.«

In diesem Moment hatte der Regent das bestimmte Gefühl, dass der Fremde log. Von plötzlichem Zorn erfüllt, sagte er heftig: »Die Jäger behaupten, dass die Mooner über die gleichen Waffen verfügen wie wir! Über die gleichen Strahler, wie wir sie von euch erhielten! Und dass sie zu neuen Göttern beten, die aus dem Weltraum zu ihnen kamen und wiederkommen werden, um ihren Feldzug gegen uns zu leiten.« E'Cuuna konnte nun nicht mehr zurück. »Sie behaupten, dass *ihr* ihnen die Waffen liefertet und ihre neuen Götter seid!«

Unwillkürlich machte er einen Schritt zurück. Es war heraus! Seine Hände zitterten leicht und waren schweißnass, als er auf die Entgegnung der Methans wartete.

Es dauerte einige Sekunden, bis er die Stimme aus dem Lautsprecher wieder hörte. Der Sprecher hatte beide Hände erhoben. Die beiden anderen standen völlig reglos neben ihm – unbewegt, kühl.

»Diese Jäger sind Lügner! Und du, Tay E'Cuuna schenkst ihren Worten Glauben?«

Es war wie eine Drohung. E'Cuuna hatte ein Gefühl, als richteten sich die Strahlkanonen von Schlachtschiffen auf ihn. Die Luft im Raum schien vor Spannung zu knistern. E'Cuunas Herz schlug ihm bis zum Hals.

Du musst jetzt stark bleiben!

»Ich wäre nicht allein gekommen, würde ich ihnen glauben«, sagte er. »Sie wurden zum Tode verurteilt, weil sie die Bevölkerung aufzuhetzen versuchten.«

»Und sie sind entkommen. Wir verlangen, dass du sie wieder einfängst und uns bringst, Tay E'Cuuna!«

Sie verlangten es! Sie forderten es!

»Sie werden bereits gesucht. Sie können nicht aus der Stadt entkommen.«

»Das ist gut, Tay E'Cuuna. Es würde uns mit großer Trauer

erfüllen, solltest du an unserer Freundschaft zweifeln. Ihr braucht Hilfe, und wir werden sie euch geben. Wir wollen eure Freundschaft und hoffen, dass ihr sie uns nicht verweigern werdet. Allein deshalb ist es logisch, dass wir alles tun, um euch zu schützen. Die Behauptung, wir hätten die Mooner bewaffnet, ist ungeheuerlich. Du musst uns die beiden Jäger bringen, damit wir herausfinden können, wie sie zu ihrer Behauptung kommen. Schenke ihnen das Leben, Tay E'Cuuna. Wenn es jemanden gibt, der unsere Präsenz auf eurer Welt nicht wünscht, so wollen wir seine Argumente hören. Wenn es euer Wunsch ist, dass wir gehen, so werden wir nicht zögern und ein Schiff herbeirufen, das uns abholt. Doch es wäre große Trauer in unseren Herzen.«

E'Cuuna war verwirrt. Sein Zorn schwand. Waren dies die Worte von Aggressoren, von Wesen, die Tod und Verderben über Doomsday bringen wollten?

Hatte er ihnen Unrecht getan? War er schon so voller Misstrauen, dass er nicht mehr klar denken und erkennen konnte, wer Freund und wer Feind war?

»Wir verstehen dich gut, Tay E'Cuuna«, sagte der Sprecher der Methanatmer. »Du trägst die Last der Verantwortung, und niemand kann sie von deinen Schultern nehmen. Wir können dir nur versichern, dass wir unsere Freundschaft beweisen werden. Vielleicht wäre es gut, die Wachen an den Stadtmauern zu verstärken. Zumindest dürfte es dich beruhigen. Schicke zusätzlich Patrouillen aus und zögere nicht, von euren Waffen Gebrauch zu machen, sollte es sich erweisen, dass die Mooner tatsächlich einen Marsch auf eure Städte vorbereiten. Ich kann dir nur versichern, dass sie keine Waffen von uns erhalten haben. Es gab keinen Kontakt zwischen uns und ihnen, und es wird keinen solchen Kontakt geben, denn ihr Menschen seid die Herren dieser Welt. Wir suchen nicht die Freundschaft von Wilden.«

E'Cuuna hatte das Gefühl, vor den Methans im Boden versinken zu müssen.

»Ich wollte euch nicht beschuldigen«, hörte er sich sagen. »Ich wollte, dass ihr erfahrt, was auf Doomsday vorgeht und wessen ihr … beschuldigt werdet. Ich muss mich für diese Verblendeten entschuldigen und werde sie zu euch bringen, sobald sie gefasst sind.«

»So sei es, Tay E'Cuuna. Auch sie werden ihren Irrtum erkennen. Uns aber ist daran gelegen, herauszufinden, wer ihnen diese ungeheuerliche Geschichte erzählte, denn wir wollen in Freundschaft und Frieden mit allen Menschen auf Doomsday leben.«

»Dies ist auch mein Wunsch«, sagte der Regent. Er fühlte sich zunehmend unwohl und hatte es nun eilig, den Raum zu verlassen, um sich persönlich um die Suche nach den Ausbrechern zu kümmern – und bewies nicht ihre gewaltsame Entführung, dass es diese Hintermänner gab, von denen der Methanatmer sprach?

Wieso war er nicht selbst auf diesen Gedanken gekommen?

»Ich werde alles Nötige veranlassen«, murmelte er. Wieder presste er die Hand gegen die Scheibe. »Friede mit euch.«

»Friede mit dir und den Menschen«, erwiderte der Sprecher der Extragalaktiker. Es war die inzwischen geläufig gewordene Abschiedsfloskel.

E'Cuuna nickte den Wachen zu und verließ den Raum. Auf dem Korridor angelangt, fühlte er sich noch elender als drinnen. Seine Beine zitterten.

Er wollte den Fremden ja glauben, aber immer noch war der Zweifel tief in ihm.

E'Cuuna gab sich einen Ruck. Die Jäger mussten gefunden werden. Wenn sie den Methans gegenübergestellt wurden, musste sich erweisen, ob sie an ihrer Geschichte festhielten.

Steckten die Hintermänner im Palast? War das Geständnis Maccabors erzwungen worden?

Tay E'Cuuna fühlte sich allein und von allen verlassen. Was er nun zu tun hatte, wollte er allein tun. Keiner seiner Berater sollte die Suche leiten. Die Jäger durften nicht in die Hände jener fallen, die sie zu ihren Aussagen gezwungen hatten.

Als der Regent gegangen war, traten die Wesen in der Atmosphärekammer von der Trennwand zurück und sahen einander an.

»Es ist so weit«, sagte der, der mit E'Cuuna gesprochen hatte. »Wir können nicht mehr warten. Satzor, nimm nun Verbindung zu unseren Schiffen auf. E'Cuuna darf nicht hinter die Wahrheit kommen. Bevor die Doomsday-Menschen begreifen, was mit ihnen geschieht, muss es geschehen sein.«

»Und die Mooner?«

»Das übernehme ich. Sie sind nahe genug an der Stadt, um sie in der kommenden Nacht zu erreichen. Ihre Götter werden nach Anbruch der Dunkelheit zu ihnen sprechen.«

»Es ist noch dunkel«, sagte der Dritte.

»Aber bald werden sie erstarren. Nein, Kan, ihr Hass wird um so größer sein, je frischer der Eindruck des Spektakels ist, das ihre Priester ihnen bieten werden.«

Der mit »Satzor« Angesprochene begab sich zum Hypersender.

Damit war das Urteil über Doomsday gesprochen.

Die Menschen hatten noch einen Tag zu leben.

Wer die kommende Nacht überstand, würde spätestens am Nachmittag des folgenden Tages die Schiffe der herbeigerufenen Flotte am Himmel sehen. Er würde vielleicht zuerst voller Hoffnung auf Rettung sein. Dann aber würde er seinen Irrtum erkennen.

7.

Noch war es dunkel. Noch brachen die ersten Strahlen der Sonne nicht durch das Dickicht, um die Mooner erstarren zu lassen.

Ras Tschubai war vorbereitet. Nur dem harten Training, das er jahrhundertelang durchlaufen hatte, war es zu verdanken, dass er nun blitzschnell die Situation erfasste und Kraft genug hatte, sofort nach der Materialisation wieder den Entstofflichungsimpuls zu geben.

Die Mooner, die schreiend zur Seite gewichen waren, als drei Gestalten mitten unter ihnen aus dem Nichts entstanden waren, sahen entsetzt, wie diese drei Gestalten sich vor ihren Augen wieder auflösten.

In abergläubischer Furcht standen sie da und starrten auf die Stelle, an der das Unfassbare geschehen war.

Schnell herbeigeeilte Priester bückten sich und zogen mit den weiß bepelzten zottigen Fingern die Umrisse von sechs Fußabdrücken nach.

Die Erscheinung konnte nur eines bedeuten.

Die Götter selbst hatten sich unter sie begeben, um zu sehen, ob sie ihre Befehle befolgten! Zum ersten Mal waren sie selbst erschienen! Und es waren mächtige Götter! Götter, die aus dem Nichts auftauchten und sich in Luft auflösten!

Die Erstarrung wich hektischer Aktivität. Die Priester bellten Befehle, riefen der zottigen Meute zu, dass sie sich noch mehr beeilen mussten, um bei Sonnenaufgang die Formation erreicht zu haben, in der sie die Stadt der Menschen erstürmen wollten, wenn die Nacht erneut hereinbrach.

Trommeln wurden geschlagen und fanden ihr Echo überall im Dschungel, wo Kolonnen der Mooner unterwegs waren, um sich der Hauptstreitmacht hier anzuschließen.

Ras Tschubai und die beiden Jäger hörten sie. Der Dschungel schien unter ihnen im Rhythmus der Trommelschläge zu erbeben. Ras war mit Stace und Sharla in eine mächtige Astgabel teleportiert, die er blitzschnell als Ziel erfasst hatte, als sie inmitten der weißen Horde landeten.

Stace, der den doppelten Teleportationsschock schneller überwunden hatte als Sharla, hatte einen Arm um die Hüfte der Partnerin gelegt und hielt sie fest, während er selbst mit dem Rücken zwischen zwei starken, sich nach oben verzweigten Ästen lehnte. Die Astgabel gab sicheren Halt. Auf den Ästen hätten drei kräftige Männer bequem schlafen können. Dichtes Laub ringsum bot einerseits Schutz vor Entdeckung und ließ die drei Menschen auf der anderen Seite erkennen, was zwanzig Meter unter ihnen vorging.

Ras hatte sich auf einem der Äste ein Stück vorgeschoben. Als sie zwischen den Ruinen der Niederlassung standen, hatte er sich auszumalen versucht, wie die Kolonnen aussehen mochten, die stadtwärts zogen. Nun sah er seine schrecklichsten Visionen bei Weitem übertroffen.

Dort unten, auf einer in das Dickicht gebrannten riesigen Lichtung, saßen, standen und liefen Tausende von Moonern, zottige Gestalten mit glühenden Augen. Ein Teil von ihnen gestikulierte heftig und deutete immer wieder in den Himmel. Sie waren mit Strahlern, Keulen, Lanzen und Messern bewaffnet. Zwischen Feuern standen die Priester und stimmten nun einen monotonen, heiseren Gesang an. Am Rand der Lichtung waren Speere zusammengestellt und Bögen mit prall gefüllten Köchern abgelegt.

Und das war nicht alles.

Aus allen Richtungen kamen weitere Horden heran, um sich hier mit der Hauptstreitmacht zu vereinen. Die glühenden Augen der Albtraumwesen leuchteten wie Fackeln in der Dunkelheit. Nur das fahle Mondlicht beschien die weißen Pelze. Wie lebende Mauern, wie endlose Riesenschlangen aus roter Glut, zottigem weißen Pelz und blinkenden Waffen wälzten sie sich durch den Dschungel, vorangetrieben durch das dumpfe Trommeln, das dröhnend in den Ohren hallte.

Ras brauchte nicht viel Fantasie, um sich vorzustellen, dass es so wie hier an vielen anderen Stellen des Dschungels aussah, rings um die Städte der Doomsday-Menschen.

Es waren apokalyptische Bilder. Dies also waren die Feinde der Kolonisten. Vieles, das Ras kopfschüttelnd hingenommen hatte, als er sich in der Stadt umsah, verstand er jetzt.

Er hatte die Fäuste geballt. Wie lange noch bis zum Sonnenaufgang? Auf wie viele Tausende würde diese Streitmacht des Grauens bis dahin angewachsen sein?

Die Menschen in den Städten hatten keine Chance gegen diese Horden. Viele würden den Verstand verlieren, wenn sie sie aus dem Dschungel brechen und angreifen sahen. Sie würden ihre Waffen fortwerfen und rennen.

Das durfte nicht geschehen. Egal, ob die Mooner in der kommenden Nacht oder erst später angreifen würden – sie durften die Städte niemals erreichen!

Ras kroch zu den Jägern zurück. Er blickte in Staces Augen und erschauerte. Wie sehr musste dieser Mann, der so lange im Dschungel gelebt und oft genug diesem Grauen gegenübergestanden hatte, nun um seine Beherrschung kämpfen. Noch steckte der Strahler in Maccabors Gürtel, aber die Finger des Jägers zuckten.

Und Sharla bot nun das Bild einer sprungbereiten Wildkatze. Ras wusste, dass er sie keinen Moment aus den Augen lassen durfte.

Plötzlich erstarben die Trommeln auf der Lichtung. Nur noch aus der Ferne waren sie zu hören, von dort, wo sich weitere Kolonnen heranwälzten.

Einer der Priester stand genau zwischen den Feuern und hatte beschwörend die Arme erhoben. Er begann laut auf die Horden einzureden.

Stace lauschte.

»Können Sie verstehen, was er sagt?«, fragte Tschubai.

Maccabor bedeutete ihm zu schweigen. Er hatte den Kopf

etwas geneigt und schnitt Grimassen, wenn das ferne Trommeln zu laut wurde.

Als der Mooner unten auf der Lichtung schwieg und die Trommeln wieder geschlagen wurden, stieß Maccabor eine Reihe von Flüchen aus. Sharla hatte alle Farbe aus dem Gesicht verloren.

»Sie werden die Nacht abwarten und dann angreifen«, bestätigte er die Vermutungen des Teleporters. »In uns sahen sie ihre Götter, die gekommen waren, um sich davon zu überzeugen, dass sie so weit sind. Außerdem hat der Kerl«, Maccabor deutete auf den Priester hinab, »soeben eine neue Botschaft der angeblichen Götter erhalten. Heute Abend wird der Regent vor dem Regierungspalast angeblich eine wichtige Botschaft verkünden. Alle Bewohner der Hauptstadt sollen dazu aufgerufen werden, zum Palast zu kommen. Dann brauchen die Mooner nur die verstärkten Wachen an den Stadtmauern zu überwältigen, und der Weg für sie ist frei.«

Ras pfiff leise durch die Zähne.

»Sie stehen also in direktem Kontakt mit den Fremden. Die Priester müssen Funkgeräte haben. Vermutlich bekamen sie sie auf die gleiche Weise wie die Strahler.«

»Er sagte auch, dass die Götter zum ersten Mal leibhaftig erschienen seien.«

Ras nickte.

»Dann bestand der Funkkontakt schon seit den ersten Lieferungen an sie. Die Geräte wurden zusammen mit den Kisten entweder von den Fremden selbst oder von ihren menschlichen Verbündeten über ihren Siedlungen abgeworfen.«

»Wie sollte ein Mooner wissen, wie er mit einem Funkgerät umzugehen hat?«, fragte Sharla ungläubig. Ihre Stimme spiegelte wie ihre Augen das namenlose Entsetzen wider, das sie erfasst hatte.

»Sie wissen ja auch, wie sie mit den Strahlern umzugehen haben. Vermutlich waren die Geräte auf Empfang geschaltet, und die staunenden Wilden hörten plötzlich die Stimmen ihrer Götter. Sie bekamen ausführliche Anleitungen, wurden aufgehetzt und bekamen wahrscheinlich Versprechungen gemacht.«

»Niemand braucht sie durch Versprechungen zu motivieren, uns auszulöschen«, knurrte Maccabor, die Hand verdächtig nahe am Griff der Waffe.

»Lass das sein, Stace!«, warnte Ras. »Tatsache ist, dass die Mooner über unseren Kurzbesuch völlig aus dem Häuschen waren. Leibhaftig vor ihnen erscheinende Götter sind mehr als nur Stimmen aus ihren Zaubergeräten. Ich glaube, ich weiß, wie wir dafür sorgen können, dass sie die Stadt nie erreichen. Der Plan der Fremden mag noch so raffiniert ausgeklügelt sein. Ich verspreche euch, er wird nicht aufgehen.«

Ras lächelte, was angesichts der Situation, in der die drei sich befanden, mehr als grotesk wirkte.

»Wir werden noch einmal ihre Götter spielen. Heute Abend, wenn sie aus ihrer Starre erwachen. Bis dahin muss der Funkkontakt zu den Fremden im Palast unterbrochen sein. Dies ist jetzt unsere Aufgabe. Danach werden wir zusehen, was wir gegen die drohende Invasion unternehmen können.«

»Ich verstehe das nicht«, sagte Stace. »Was nützt diesen Fremden eine menschenleere Welt?«

»Es muss nicht unbedingt zum totalen Ausrottungskrieg kommen. Wenn die Mooner den Krieg überleben, werden diese nur zu bereitwillig für ihre Götter arbeiten. Aber dazu kommt es nicht. Ich ...«

Ras wurde durch das Summen des Armbandgeräts unterbrochen. Er führte es dicht an sein Ohr und lauschte.

»Deine Freunde?«, fragte Sharla, als Tschubai die Hand sinken ließ. Der Respekt vor dem legendären Mann von Terra war geschwunden. Wie selbstverständlich gebrauchte auch sie nun die auf Doomsday gebräuchliche Form der Anrede.

»Der Telepath ist bei ihnen«, sagte Ras. »Sie werden sich wieder melden, wenn sie genug von ihm erfahren haben.«

»Dann gibt es ihn also wirklich? Ein Telepath auf Doomsday?«

Ras nickte.

»Es gibt ihn, obwohl ich selbst manchmal daran zweifelte. Und er weiß, wer die Fremden im Palast sind. Er kennt ihre Gedanken.«

Jett Sherman schaltete das Funkgerät wieder auf Empfang, nachdem er Tschubai gebeten hatte, noch nicht zu erscheinen. Der Mann, der nun vor ihm und Sortsch stand, war völlig verunsichert. Das Auftauchen des Teleporters hätte ihn nur unnötig zusätzlich verwirrt.

Der Mann war kaum größer als Sortsch, der in seinem Sessel saß und ihn mit freundlichem, fast naiven Lächeln ansah. Nichts verriet, dass der kleine Agent sich voll auf den Eingetretenen konzentrierte.

Der Mann trug die normale Straßenkleidung der Doomsday-Menschen. Er war unscheinbar. Niemand hätte in ihm etwas anderes als einen normalen Bürger der Kolonie gesehen – niemand, der nicht über das Wissen der SolAb-Agenten verfügte.

Blassrote Stiefel, eine gleichfarbige schlichte Kombination und eine kragenlose Jacke aus schwerem Leinen. Ein zerfurchtes Gesicht mit buschigen Brauen und schmalen Lippen, das es schwer machte, das Alter des Mannes zu schätzen. Strähniges braunes Haar, streng gescheitelt, fiel bis auf die schmalen Schultern.

Sechzig Jahre alt, schätzte Sherman. Höchstens. Eigentlich recht alt für einen Raumfahrer.

Sherman deutete auf einen leeren Sessel und wartete, bis der Mann sich zögernd gesetzt hatte. Vornübergebeugt, die Hände ineinander verschlungen, sah er abwechselnd Sherman und Sortsch an.

Sherman bemühte sich, die Verkrampfung von dem Mann zu nehmen. Er schob ihm ein Glas über den Tisch und nickte ihm auffordernd zu. Der Telepath trank hastig. Sherman stellte eine Flasche neben das Glas und lächelte.

»Sie haben lange gebraucht, um zu uns zu kommen, Mister …?«

»Tensen«, sagte der Mann. »Mein Name ist Tensen. Sie brauchen sich mir nicht vorzustellen. Ich kenne ihre Namen und weiß alles über Sie.« Er zuckte zusammen und schenkte sich schnell ein, trank das zweite Glas aus und sagte, als ob er sich für seine Eröffnung zu entschuldigen hätte: »Ich lese es in Ihren Gedanken. Ich ... kann nicht anders ...«

»Das ist gut so«, sagte Sherman. »Dann wissen Sie auch, warum wir hier sind und warum es so wichtig für uns war, dass Sie sich meldeten.«

»Die Erde ... ja. Niemand darf wissen, was wirklich mit dem Solsystem geschah. Und ich weiß das. Darum ...«

»Vergessen Sie das Solsystem jetzt, Tensen. Es ist nicht strafbar, die Wahrheit zu kennen. Niemand will etwas von Ihnen, weil Sie Anson Argyris die Botschaft zukommen ließen. Wir kamen nur deshalb hierher, um zu verhindern, dass Sie in die Hände von Leuten geraten, die auf keinen Fall die Wahrheit über den Verbleib des Solsystems erfahren dürfen. Nun aber ...«

»Sie wissen nicht, wie groß diese Gefahr war ... und noch *ist,* Mr. Sherman.«

Sherman stutzte. Er sah seinen Partner an, doch dieser machte noch keine Zeichen.

»Nun aber geht es um diese Welt, Tensen, um Doomsday. Selbst wenn wir wollten, könnten wir Sie noch nicht von hier wegbringen, weil unser Schiff noch nicht zurückgekehrt ist – und von hier nach Olymp zu teleportieren, das schafft selbst ein Ras Tschubai nicht.«

Tensen lachte, aber es wirkte wie ein Weinen.

»Wir haben also die kommenden Tage hier durchzustehen und werden alles tun, um die Katastrophe zu verhindern. Sie können uns dabei helfen, wenn Sie wirklich wissen, wer sich hinter den Besuchern aus dem Weltraum verbirgt und welche Ziele sie verfolgen.«

»Ich kenne sie«, bestätigte der Telepath. »Um eines möchte ich Sie aber bitten. Wenn Sie etwas unternehmen, schonen Sie den

Regenten. Er ist ahnungslos – das heißt: Er ahnt schon, dass hinter seinem Rücken Dinge geschehen, von denen er nichts weiß und die er niemals gutheißen würde. Aber er hat eben keine Gewissheit. Er ist ein guter Regent. Mit dem, was gegen uns vorbereitet wird, hat er nichts zu tun.«

Langsam entspannte sich Tensen. Sherman nickte ihm aufmunternd zu.

»Wir hatten selbst diesen Eindruck. Aber nun sagen Sie uns, was Sie wissen.«

Tensen zögerte noch.

»Was wird später mit mir geschehen?«, fragte er vorsichtig.

»Darüber wird Ras Tschubai entscheiden – oder ein anderer, der das, was Sie für uns getan haben werden, zu würdigen wissen wird. Verlassen Sie sich darauf.«

»Dieser andere ist … Perry Rhodan?«

Sherman nickte.

»Ich kann mir denken, dass Tschubai Ihnen den Vorschlag machen wird, mit uns ins Solsystem zurückzukehren. Möchten Sie das?«

»Doomsday ist meine Heimat«, flüsterte der Telepath.

»Niemand wird Sie zu etwas zwingen, das versprechen wir. Allerdings müssen Sie uns verstehen, wenn wir vorsichtig sein müssen. Sie haben niemandem von ihrer Entdeckung berichtet?«

»Keinem Menschen«, versicherte Tensen. »Aber als ich die Wahrheit auf Olymp erfuhr, musste ich meinen Gefühlen irgendwie Luft machen. Deshalb die Nachricht an Argyris.« Tensen erschrak. »Es hat doch niemand …?«

»Nur Argyris empfing sie«, konnte Sherman ihn beruhigen. »Was Ihnen passieren kann, ist, dass wir Ihnen das Wissen nehmen müssten, wenn Sie sich dafür entscheiden, auf Doomsday zu bleiben. Womit wir beim Thema wären. Tensen, wir haben keine Zeit zu verlieren. Ras Tschubai ist mit den beiden zum Tode verurteilten Jägern im Dschungel. Können Sie seine Gedanken empfangen?«

»Nicht auf diese Entfernung!«, sagte Tensen heftig. »Ich bin froh, dass meine Sinne nicht so weit reichen. Manchmal erfasse ich die Gedanken … nein, den *Hass* der Mooner. Es ist furchtbar.«

»Das verstehen wir gut. Wer sitzt im Regierungspalast, Tensen? Wer sind die Menschen, die mit den Fremden kooperieren?«

»Alle neun Kommissare des Regenten«, berichtete der Telepath. »Sie sind alle den Fremden hörig, bestochen durch Versprechungen. Wenn der Krieg vorbei und der Planet besetzt ist, sollen sie große Macht erhalten.« Tensen lachte rau. »Sie werden sterben, wenn es vorüber ist – sterben wie wir alle.«

»Sie allein können es verhindern«, sagte Sherman.

Tensen nickte. Mit zittrigen Händen griff er nach der Flasche und goss sich wieder ein. Er leerte drei Gläser.

»Betrunken nützen Sie uns wenig«, warnte Sherman.

»Es ist schon besser. Es ist nur … die Angst. Bisher wurde ich einigermaßen gut mit meiner Begabung fertig, aber nun … Es erdrückt einen Menschen, wenn er plötzlich weiß, dass von ihm soviel abhängt.«

Sortsch machte Handzeichen. Sherman nickte.

»Langsam und der Reihe nach, Tensen. Lassen Sie sich Zeit. Wir haben so lange auf Sie gewartet, dass …«

»Ich kenne doch Ihre Gedanken!«, schrie Tensen. »Ich weiß doch, dass uns keine Zeit bleibt! Noch weniger Zeit, als *Sie* wissen.« Er atmete heftig ein. »Die neun Kommissare und bestochene Mitglieder der Leibwache und der Schutztruppe arbeiten gegen den Regenten und gaukeln der Bevölkerung diese falschen Bilder vor, die Sie aus den Propagandasendungen kennen. Es wird keine Flotte der Fremden kommen, um uns neue Geschenke und Schutz zu bringen. Die Flotte existiert. Sie befindet sich abrufbereit in wenigen Lichtjahren Entfernung.« Die Worte sprudelten nun nur so aus Tensen heraus.

Sortsch hatte seine gespielte Gleichgültigkeit abgelegt und sich neben dem Partner nach vorne gebeugt. *Er sagt die Wahrheit!*, signalisierte er. »Sie ist bereits alarmiert und soll morgen, nach dem Angriff der Mooner auf unsere Städte, den Scheinangriff auf Doomsday fliegen.«

»Scheinangriff?«, entfuhr es Sherman. Er stand auf und beugte sich über den Tisch.

»Natürlich! Es gibt keine Extragalaktiker! Die Fremden im Palast und die, die mit den vier Schiffen kamen, sind Menschen! Sie sind Agenten der Zentral-Galaktischen Union! *Ihre* Flotte ist es, die Doomsday besetzen soll. Sobald die äußerlich veränderten Schiffe der angeblichen Extragalaktiker den Scheinangriff auf Doomsday fliegen, wird der Regent von seinen Beratern dazu gedrängt werden, einen Hilferuf an die ZGU zu senden. Deren Flotte wird im Nu hier sein und die angeblichen Invasoren aus einer anderen Galaxis vertreiben. Damit gehört ihnen der Planet! Der Scheinangriff und die ›Rettung‹ des Planeten durch die bereitstehende ZGU-Flotte soll so spektakulär sein, dass die halbe Galaxis Zeuge wird. E'Cuuna wird sie als Retter in höchster Not begrüßen, wenn schon außer ihm und seinen Kommissaren kein Mensch mehr auf Doomsday lebt, außer einigen Jägern vielleicht, die noch in den Wäldern sind. Bevor die ZGU-Flotte aber überhaupt erst landet, werden die drei als Extragalaktiker getarnten Agenten im Palast ihn und die Kommissare umbringen. Die ZGU wird die drei Agenten in der Maske der Methanatmer töten, damit das Rätsel um deren Herkunft gewahrt bleibt, und Doomsday gehört ihnen! Das ist die Wahrheit!«

Die letzten Worte hatte Tensen laut herausgeschrien. Jetzt schnappte er nach Luft und sank total entkräftet und verausgabt im Sessel zusammen.

Die Zentral-Galaktische Union also!

Sherman und Sortsch blickten sich schweigend an. Kein Muskel zuckte im Gesicht des Taubstummen. Er bewegte die Hände nicht. Es gab nichts zu sagen, den Worten des Telepathen nichts hinzufügen.

Sie waren nach Doomsday gekommen, um zu verhindern, dass Tensen in die Hände der Mächtigen der ZGU oder des Diktators Dabrifa fiel. Sie hatten eine Welt am Rand des Abgrunds vorgefunden, in diesen Abgrund gesteuert von mysteriösen »Extragalaktikern« – und diese waren nichts anderes als Agenten der ZGU, die die Übernahme des Planeten vorbereiten sollten.

Shermans Gedanken überschlugen sich. Fast lähmte ihn die Erkenntnis, wie nahe Tensen daran gewesen war, zum Verräter an der solaren Menschheit zu werden – unfreiwillig, denn die Agenten der ZGU hatten mehr als eine Möglichkeit, selbst die Tapfersten zum Reden zu bringen. Natürlich war noch lange nicht gesagt, dass sie Tensen als das, was er war, erkennen und sein Wissen entdecken würden. Aber die Möglichkeit bestand, und das genügte. Zu leicht konnte er sich verraten – durch eine scheinbar unbedeutende Kleinigkeit …

Unsinn!, dachte Sherman. Er hätte den Überfall der Mooner ebenso wenig überlebt wie alle anderen.

Oder doch? Er als Einziger, weil er wusste, was kommen würde? Weil er in ihren Gedanken las und wusste, wo er sicher war?

Diese Spekulationen brachten nichts ein. Nun war keine Minute mehr zu verschenken. Sherman wusste, was er und Sortsch zu tun hatten. Noch war nichts verloren. Sie mussten auf schnellstem Weg in den Palast. Vorher musste Ras benachrichtigt werden.

»Kümmere dich um ihn«, bat Sherman seinen Partner. Sortsch nickte und erhob sich schwerfällig aus seinem Sessel, mit einem Gesicht, als ob ihn dies alles, was er gerade gehört hatte, nichts anging.

Wenn Sherman es nicht besser gewusst hätte, hätte er ihn für einen Idioten halten müssen. Aber das war er ganz gewiss nicht. Vielleicht hing es von ihm ab, ob das teuflische Komplott aufgedeckt werden konnte, solange noch Zeit dazu war.

Und es war teuflisch! Hunderttausende unschuldige Kolonisten sollten sterben, damit die 21 machtgierigen Kalfaktoren, die

die ZGU diktatorisch regierten, in den Besitz eines Planeten kamen, der wohl noch bedeutender war, als Anson Argyris ihn geschildert hatte. Damit sie ihn sich einverleiben konnten, ohne dass es deshalb zu einem Krieg mit Dabrifa kam.

Alles, was bisher an Übergriffen und Gräueltaten der ZGU bekannt geworden war, verblasste hinter dem, was sie mit Doomsday vorhatte.

Sherman rief Ras Tschubai an und bat ihn, sofort zu teleportieren.

Dennoch dauerte es eine halbe Minute, bis der Afroterraner vor ihnen stand. In jeder Hand hatte er einen Strahler. Seine eigene Waffe steckte im Gürtel.

»Ich musste sichergehen«, erklärte er knapp. »Ich durfte nicht riskieren, dass Maccabor und Sharla während meiner Abwesenheit auf dumme Gedanken kommen.«

Sherman berichtete, was er und Sortsch von Tensen erfahren hatten.

Ras Tschubai musste sich setzen.

»Etwas Ähnliches ahnte ich«, sagte er leise. »Irgendetwas in dieser Art.«

Er sprang auf.

»Uns bleiben nur wenige Stunden. Ich springe zu Maccabor und Sharla zurück und werde versuchen, die Mooner aufzuhalten. Sie werden sich erst bei Anbruch der Nacht wieder rühren können. Inzwischen sind sie außer Gefecht. Als die Sonne aufging, sanken sie zu Boden. Sie erstarrten wirklich, nachdem sie sich unter Büsche und Bäume schleppten, wo sie vor dem Sonnenlicht einigermaßen geschützt sind. Bis dahin muss ich wissen, wie es bei den drei anderen Städten aussieht. Euch bringe ich vorher in den Palast. Ihr werdet E'Cuuna zwingen, euch zu den Agenten zu führen, und sie vor ihm demaskieren. Dann muss er eine Ansprache halten. Jeder Bewohner der Städte, der über ein TV-Gerät verfügt, soll wissen, was die Stunde geschlagen hat.«

»Das war auch unsere Absicht«, erklärte Sherman. »Aber was tun wir, wenn die Flotte auftaucht und den Scheinangriff fliegt? Die ZGU-Schiffe werden nicht lange auf sich warten lassen.«

»Die edlen Retter stehen bereit«, knurrte Tschubai. »Aber sie werden ihr blaues Wunder erleben. Wir brauchen zwei Dutzend zu allem entschlossener Leute, die die Hyperfunkstation stürmen – für alle Fälle, falls E'Cuuna selbst nicht in der Lage sein sollte, einen Hilferuf zu senden.«

»Hilferuf?«, entfuhr es Sherman. »Aber das ist ja gerade das, was sie wollen? Willst du Argyris …?«

»Nicht Argyris«, sagte Ras. »Wir spielen mit, Jett!«

Pal Sortschs Blicke hefteten sich auf Tschubais Lippen, als der Mutant den SolAb-Agenten seinen Plan erklärte.

Sherman pfiff durch die Zähne. Sortsch ließ für einen Moment die Maske des Unbeteiligten fallen, deutete auf Tensen und machte dem Partner Zeichen.

»Pal meint, wir dürften ihm nicht zuviel zumuten. Er steht am Rand eines Nervenzusammenbruchs.«

»Wer, dein Partner?«

»Unsinn, er meint den …« Sherman zog die schwarzen Brauen zusammen. »Ich denke nicht, dass jetzt die Zeit für Scherze ist.«

Ras zuckte die Schultern.

»Hast recht, Jett. Aber wir müssen es ihm zumuten. Dann wird er seine Ruhe haben, und wir sehen zu, was wir für ihn tun können. Der Gedanke, ihm seine Erinnerungen zu nehmen, ist mir alles andere als angenehm. Er ist ein tapferer und braver Kerl.« Ras gab sich einen Ruck. »Ich muss zu Maccabor und dem Mädchen zurück. Seid ihr bereit?«

Sherman sah Tensen unsicher an. Der Telepath saß wieder aufrecht im Sessel und hatte die Unterhaltung schweigend mitverfolgt, nachdem Sortsch ihm ein Stimulans injiziert hatte.

»Es kommt darauf an«, sagte Sherman, »ob *er* sich in der Lage fühlt, die …«

»Ich werde es schaffen«, sagte Tensen. Er lächelte flüchtig. »Bringen Sie mich in den Palast. Ich zeige Ihnen den Weg.« Dann sagte er Ras, wo sich die Privatgemächer des Regenten im Palast befanden, in denen E'Cuuna sich augenblicklich aufhielt.

»Es wird nicht leicht sein«, murmelte Tschubai. »Wir werden eine Menge Glück brauchen. Es gibt viele Unbekannte in meiner Rechnung, aber es gibt keinen anderen Weg.«

»Nein«, bestätigte Sherman finster. »Es gibt keine Wahl.«

Tensen stand auf und ergriff zögernd Tschubais ausgestreckte Hand. Der Teleporter nickte ihm aufmunternd zu.

»Es wird unangenehm sein«, sagte er. »Aber das geht schnell vorbei. Achten Sie auf die Gedanken der Kommissare und der Gardisten in E'Cuunas Nähe.«

Sortsch machte Sherman Zeichen.

»Was meint er?«, wollte Ras wissen.

»Er sagt, du redest zu viel.«

8.

Ras Tschubai musste zweimal springen. Beim ersten Mal beförderte er Sherman und den Telepathen in den Palast, beim zweiten Sprung Pal Sortsch.

»Ihr seid jetzt auf euch allein gestellt«, sagte er schnell. »Ich werde im Dschungel alle Hände voll zu tun haben. Ruft mich also nur, wenn ihr in akuter Gefahr seid.«

Tensen hatte die Augen geschlossen. Er kämpfte noch gegen den Schwindel und den Entzerrungsschmerz an. Dennoch musste er espern können, denn er sagte leise:

»Es ist niemand in unmittelbarer Nähe … niemand außer E'Cuuna.«

Ras schlug ihm aufmunternd auf die Schulter, nickte den SolAb-Agenten noch einmal zu und entmaterialisierte.

Sie waren allein.

Sie befanden sich in einem großen Saal. Zwei lange Tische mit zwei Dutzend Stühlen. Kostbare Wandteppiche. Eine lange Reihe von Bildschirmen.

Sherman und Sortsch hatten ihre Waffen in den Händen. Sherman sah Tensen abwartend an.

Endlich schlug der Telepath die Augen auf.

»Wir müssen noch warten«, sagte er. »Zwei der Exekutivkommissare sind bei E'Cuuna.«

»Was wollen sie?«, fragte Sherman.

»Sie drängen ihn, am Abend eine Rede vor dem Palast zu halten. Sie tun dies im Auftrag der ZGU-Agenten. Sie stehen in ständigem Funkkontakt mit ihnen. Und E'Cuuna …«

Tensen esperte. Sherman wechselte einige Blicke mit Sortsch. Sie wagten es nicht, die Konzentration des Telepathen zu stören. Sherman bewegte lautlos die Lippen, und Sortschs Finger waren in Bewegung.

»E'Cuuna lehnt ab! Er ist misstrauisch! Er wird auf keinen Fall jetzt etwas tun, das die Bevölkerung noch mehr irritiert. Und …

er ist entschlossen, sich nicht mehr von den Kommissaren beeinflussen zu lassen. Ja, das ist der wahre Grund. Sie bestürmen ihn und …« Tensen wurde kreidebleich und begann wieder zu zittern.

»Und … was?«, fragte Sherman alarmiert.

»Sie sind entschlossen, ihn notfalls zu töten, sollte er ihre Pläne durchkreuzen wollen. Und er ist auf dem richtigen Weg. Er ahnt die Zusammenhänge vage, aber er fürchtet sich davor, sie zu akzeptieren. Er ist total verunsichert.«

»Kein Wunder«, murmelte Sherman.

Sie warteten, bis Tensen heftig nickte.

»Sie gehen jetzt. Der Regent ist allein.«

»Dann führen Sie uns zu ihm.«

Tensen sah von einer der vielen Türen, die in den Saal führten, zur anderen. Immer wieder schüttelte er den Kopf, bis er auf eine von ihnen zeigte.

»Diese dort. Wir müssen schnell von hier verschwinden. Die Kommissare treffen sich hier, um über ihr weiteres Vorgehen zu beraten!«

Sherman nahm ihn bei der Hand und lief auf die Tür zu. Sortsch folgte ihnen, wobei er den Telepathen nicht aus den Augen ließ. In seiner Tasche steckte noch eine Kapsel mit dem Stimulans, um Tensen notfalls noch einmal auf die Beine zu bringen.

Sie überquerten menschenleere Korridore. Einige Male blieb Tensen stehen und warnte die Agenten vor sich nähernden Leibgardisten.

Dann standen sie vor dem Regenten.

Sortsch warf die Tür ins Schloss, nachdem sie den relativ kleinen, komfortabel ausgestatteten Raum betreten hatten, in den E'Cuuna sich zurückgezogen hatte.

Der Regent schrak zusammen und hatte eine Waffe in der Hand, bevor Sherman ein Wort sagen konnte.

»Rufen Sie nicht nach der Leibgarde«, rief Sherman schnell. »Und legen Sie das Ding weg. Wir …«

»Er denkt, dass wir geschickt worden sind, um ihn zu ermorden!«, rief Tensen.

E'Cuuna schrak heftig zusammen. Kreidebleich geworden, wich der Regent einige Schritte vor den Eindringlingen zurück, ohne den Strahler zu senken.

»Wer … wer sind Sie?«, fragte er stockend. »Woher wissen Sie …?«

»Bitte lassen Sie uns erst reden«, sagte Sherman. Erst jetzt wurde er sich bewusst, dass er noch den Strahler in der Hand hielt. Er nickte Sortsch zu und warf die Waffe vor E'Cuunas Füße. »Wir sind nicht von den Kommissaren geschickt.«

»Wer sind Sie denn? Niemand kommt in den Palast, ohne dass …« In E'Cuunas Augen blitzte es auf. »Sie haben die Jäger befreit, nicht wahr?«

»Nicht wir, aber ein Freund von uns. Und nun hören Sie zu.«

So knapp wie möglich erklärte Sherman, was er von Tensen erfahren hatte. E'Cuuna hörte zu und wurde noch bleicher. Kein einziges Mal versuchte er, Sherman zu unterbrechen. Als der SolAb-Agent schwieg, setzte er sich.

»Ich kann es nicht glauben«, murmelte der Regent. Befriedigt registrierte Sherman, dass er den Strahler beiseite legte.

»Es ist die Wahrheit. Führen Sie uns zu den Fremden, und wir werden Ihnen beweisen, dass wir recht haben.«

E'Cuuna sah sie unsicher an. Der Mann tat Sherman leid. Eine Welt musste jetzt für ihn zusammenbrechen – eine Welt, die schon vorher an allen Ecken und Enden zu bröckeln begonnen hatte.

»Geben Sie mir einen Beweis dafür, dass Sie von der Erde kommen«, sagte der Regent.

Sherman hatte keine andere Möglichkeit gesehen, als dem geschlagenen Mann vor ihm die volle Wahrheit zu sagen. Aber welchen Beweis sollte er ihm erbringen?

»Die Kommissare«, flüsterte Tensen. »Sie … sie beschließen in diesem Augenblick, den Regenten umzubringen … Der Öffentlichkeit werden sie erklären, dass die Jäger, die noch im Palast gefangen gehalten werden, sich befreien konnten und ihn ermordeten …«

Tensen vermied es, den Regenten anzusehen.

»Ist das Beweis genug?«, fragte Sherman ungeduldig.

Sortsch gab ihm zu verstehen, dass E'Cuuna nahe daran war, zu resignieren.

»Führen Sie uns zu den Fremden!«, drängte Sherman. »Tun Sie es für die Menschen, die Sie gewählt haben und die Ihnen vertrauen!«

E'Cuunas Kopf fuhr in die Höhe. Einen Moment sah es so aus, als wollte dieser alte Mann sich auf den Agenten stürzen.

Dann bückte er sich und hob die Strahler auf, kam auf die Terraner zu und reichte sie ihnen.

»Kommen Sie!«, sagte er.

Diesmal brauchten sie keine Umwege zu machen. In der Begleitung des Regenten waren sie sicher, solange die Kommissare und die mit ihnen zusammenarbeitenden Gardisten nicht erfuhren, dass sie zum Quartier der »Extragalaktiker« unterwegs waren. Früher oder später *würden* sie es erfahren. Bis dahin musste Sortschs und Shermans Arbeit getan sein.

»Wo befinden sich die Kontrollen für die künstliche Atmosphäre und die Schwerkraft?«, fragte Sherman, bevor sie den von den Gardisten bewachten Kommunikationsraum erreichten.

E'Cuuna erschrak.

»Sie wollen …? Nein, es wäre Mord, wenn Sie doch unrecht hätten.«

Sherman verfluchte die Unentschlossenheit und Wankelmütigkeit des Regenten, aber ein Blick auf Tensen zeigte ihm, dass E'Cuuna intensiv an die Kontrollen gedacht hatte. Tensen wusste, wo sie sich befanden.

Die vor dem Eingang postierten Gardisten konnten ihre Überraschung nicht verbergen, als sie den Regenten mit den drei

Unbekannten erblickten. Doch sie stellten keine Fragen und wichen ergeben zur Seite.

Sherman fragte sich, ob einer von ihnen mit den Kommissaren gemeinsame Sache machte, obwohl E'Cuuna versichert hatte, dass es sich um absolut loyale Männer handelte, die er selbst hierhergestellt hatte.

Sie betraten den großen Raum mit der Trennscheibe in der Mitte.

Zum ersten Mal sahen Sherman und Sortsch die »Extragalaktiker«. Sherman nickte beeindruckt, während sein Partner wieder sein Idiotengesicht aufsetzte.

E'Cuuna musste es unendliche Überwindung kosten, jetzt ruhig zu bleiben.

Tensen blieb hinter den SolAb-Agenten.

Die drei »Extragalaktiker« kamen durch die wallenden Schleier der künstlichen Atmosphäre auf die Scheibe zu.

»Verhalten Sie sich ganz normal«, bat Sherman den Regenten. Mit unsicheren Schritten ging E'Cuuna zur Trennscheibe und presste die Handfläche gegen das Panzerglas.

Sherman drehte sich schnell zu Sortsch um und bewegte die Lippen. Nur Tensen las in den Gedanken der beiden Männer, worüber sie sich lautlos unterhielten. Und wieder war er gelinde schockiert über die Art und Weise, wie sich diese kurze Unterhaltung vollzog.

Sie werden jetzt schon wissen, was gespielt wird, Pal. Du gibst mir das Zeichen, wenn sie handeln wollen. Sieh dir ihre Masken genau an! Wir müssen sie ihnen beim ersten Versuch herunterreißen. Sobald ich dein Zeichen habe, beschäftigst du E'Cuuna, und ich gehe hinaus und pumpe die künstliche Atmosphäre ab.

Einer der Fremden presste seine riesige Hand nun ebenfalls gegen die Scheibe.

»Ich grüße euch!«, sagte der Regent.

»Wir grüßen dich und sind erstaunt. Wer sind diese Männer bei dir?«

Sortschs Augen arbeiteten.

»Freunde, die sich mit euch unterhalten wollen«, antwortete E'Cuuna.

»Es ist jetzt nicht die Zeit, um …«

Sortsch blickte den Partner nur kurz an. Sherman wusste Bescheid. Er brauchte nicht zu warten, bis die beiden etwas im Hintergrund stehenden ZGU-Agenten zurücktraten und in die Nähe der technischen Geräte in der Druckkammer gelangten.

Als Pal Sortsch sich neben den Regenten stellte, so, dass dieser, solange er sich nicht umsah, den Eindruck haben musste, auch Sherman wäre dicht bei ihm, drehte Sherman sich um und machte einige Schritte auf den Ausgang zu.

Tensen hielt ihn am Ärmel fest.

»Sie wissen Bescheid«, flüsterte er. »Die Kommissare sind gewarnt. Einer der Gardisten kooperiert mit ihnen. Er heißt Kalhar.«

»Danke«, flüsterte Sherman. Dann öffnete er leise die Tür. Kurz sah er sich um. Der Regent sprach mit den »Extragalaktikern«. Er hatte nichts gemerkt.

So leise wie möglich öffnete Sherman die Tür, trat auf den Korridor hinaus und schloss sie ebenso leise wieder.

Die Posten sahen ihn fragend, mit einer Spur von Misstrauen im Blick, an.

»Befehl vom Regenten«, sagte Sherman knapp. »Einer von euch soll mich zu den Kontrollen des Umwälzsystems für die Methans führen. Wer von euch ist Kalhar?«

Einer der Gardisten trat vor. Wie die anderen trug er ein Energiegewehr an einem verzierten Riemen über der Schulter. Sein Gesicht war ausdruckslos.

»Gehen wir«, sagte Sherman.

Auch ohne Tensen konnte er sich ausmalen, was nun in Kalhars Kopf vorging. Er musste ahnen, was er bei den Kontrollen wollte. Da die drei Männer, die mit E'Cuuna gekommen waren, aber offensichtlich dessen Vertrauen genossen und die anderen fünf Gardisten keinen Verdacht schöpfen durften, blieb ihm nichts anderes übrig, als Sherman in die kleine Kammer hinter dem Quartier der Fremden zu führen.

Dort würde er versuchen, ihn unschädlich zu machen.

Sherman war vorbereitet, und als Kalhar die Tür des mit Instrumenten übersäten Raumes hinter sich ins Schloss warf, ließ er ihm nicht die Zeit, das Gewehr von der Schulter zu reißen.

Sherman riss den Strahler heraus und schlug den Griff der Waffe gegen Kalhars Schläfe. Der Gardist gab einen röchelnden Laut von sich und sank bewusstlos zu Boden.

»Das wäre dies«, murmelte Sherman. Dann untersuchte er schnell die Instrumente. Schließlich lächelte er dünn.

Mit einem Knopfdruck setzte er die Absaugpumpe in Betrieb. Mit einem zweiten sorgte er dafür, dass das schnell abgesaugte Methan-Ammoniak-Wasserstoffgemisch durch Normalluft ersetzt wurde. Der Vorgang würde einige Minuten dauern. Alles kam nun darauf an, dass Pal die »Extragalaktiker« solange in Schach halten konnte, bis er die Trennscheibe sprengen konnte.

Oder bis die Kommissare mit ihren Helfershelfern heran waren.

Das zu verhindern, sollte Shermans Aufgabe sein.

Er kam nicht dazu, die fünf verbliebenen Gardisten entsprechend zu instruieren. In dem Augenblick, in dem der Agent sich von den Kontrollen abwandte, sah er einen Schatten auf sich zustürzen. Irgendetwas traf ihn hart seitlich am Kopf. Sherman schrie unterdrückt und ging in die Knie. Ein zweiter, noch heftigerer Schlag traf ihn am Hinterkopf.

Sherman brach bewusstlos zusammen.

Er sah nicht mehr, wie Kalhar die Waffe auf ihn richtete.

Die drei »Extragalaktiker« bemerkten innerhalb von Sekunden, was geschah. Die Absauggeräusche und die Anzeigen auf ihren Messgeräten waren eindeutig.

»Hören Sie damit auf, E'Cuuna!«, forderte ihr Sprecher. Noch wirkte er ruhig, so, als ob er und seine beiden Artgenossen noch immer Herr der Lage wären. »Sie erreichen nichts dadurch, dass Sie uns umbringen. Ein Funkspruch an unsere Flotte genügt, um sie herbeizuholen. Einen Anschlag auf unser Leben wird man nicht ohne Weiteres hinnehmen!«

E'Cuuna war entsetzt von der Trennscheibe zurückgetreten. Er fuhr herum und sah, dass Sherman nicht im Raum war. Diesen Moment nutzte Sortsch, um sich blitzschnell zu bücken und die winzige Kapsel mit der Sprengladung knapp über dem Boden anzubringen.

»Sie haben hinter meinem Rücken …!«

Sortsch konnte ihm nicht antworten. Der Regent stand nun vollkommen hilflos da und gestikulierte verzweifelt mit den Armen.

Tensen sagte: »Sie werden nicht sterben, Exzellenz, denn sie atmen Sauerstoff wie wir. Sie haben entsprechende Geräte unter ihren Masken. Sie würden in *dieser* Atmosphäre auf der Stelle sterben, wenn sie schutzlos wären.«

Dies hatte er in Sortschs Gedanken gelesen, der die Maske der ZGU-Agenten regelrecht durchleuchtet hatte. Jede kleine Unregelmäßigkeit, jede »Beule« in ihrer künstlichen Haut lieferte ihm wertvolle Hinweise. Sortsch warf Tensen einen dankbaren Blick zu.

Und nicht nur E'Cuuna hörte seine Worte. Die drei »Extragalaktiker« wichen von der Scheibe zurück, blickten sich an, machten sich Zeichen und begannen schließlich, laut durcheinander zu reden. Sie brauchten sich nicht mehr zu verstellen. Aus dem Lautsprecher kamen verzerrte, fremdartige Geräusche.

»Was … was ist das?«, fragte E'Cuuna. Er schwankte plötzlich. Tensen war bei ihm, als ihm die Beine den Dienst versagten, und führte ihn zu seinem Stuhl. Auch der Telepath war dem erneuten Zusammenbruch nahe. Was er in den Gedanken der Agenten las, ließ ihn zittern. Er schrie Sortsch etwas zu, aber dieser konnte nicht hören. Sortsch stand ganz nahe vor der Scheibe und wartete darauf, dass die an der linken Wand gleich hinter der

Scheibe angebrachten Kontrollen ihm anzeigten, dass im anderen Teil des Raumes normale Druck- und Luftverhältnisse herrschten. Erst dann konnte er die Sprengladung zünden …

Es besteht keine unmittelbare Gefahr!, dachte er konzentriert. *Und diese Leute, die ihr hört, sind die, die sie hörten, als in das Mikrofon zu ihnen gesprochen wurde! Sie unterhalten sich jetzt in ihrer wirklichen Sprache, und der Translator ist noch nicht umprogrammiert!*

Tensen »übersetzte« es für den Regenten, der nun endlich begriffen hatte.

Doch wenn die getarnten Agenten schon ihre Flotte nicht herbeizaubern konnten, so konnten sie doch alle im Palast befindlichen Helfer alarmieren. Sortsch begann zu schwitzen. Wenn Jett sie nur lange genug aufhalten konnte!

Die drei hinter der Trennscheibe hatten plötzlich Waffen in den Händen. Einer von ihnen hockte noch am Funkgerät, während die beiden anderen zögerten, auf die Trennscheibe zu schießen. Noch war der Druck in ihrem Teil des Raumes zu groß. Noch bestand die Gefahr, dass sie sich mit dem ersten Schuss selbst töteten.

Sortsch trat zurück und dachte intensiv, dass Tensen den Regenten in Sicherheit bringen sollte.

Tensen nickte nur und stürzte einen massiven Holztisch um. E'Cuuna ließ sich willig von ihm führen und legte sich neben ihm hinter die Tischplatte.

Von draußen war Lärm zu hören. Jemand versuchte, sich mit Gewalt Zutritt zu verschaffen. Schüsse. Männer schrien wild durcheinander. Sortsch konnte nicht mehr zögern. Die Nebelschleier hinter der Scheibe waren so gut wie verschwunden. Er musste es *jetzt* riskieren.

Pal Sortsch, eben noch unbeholfen wirkend, fuhr herum und war mit zwei, drei Sätzen bei E'Cuuna und Tensen. Er warf sich hinter der Tischplatte zu Boden.

Im gleichen Augenblick wurde die Tür von außen aufgestoßen. Einer der Gardisten taumelte in den Raum, aus einer Schulterwunde blutend. Er bewegte die Lippen, aber bevor er auch nur ein Wort stammeln konnte, traf ihn ein Energiestrahl im Rücken.

Gardisten und fünf Kommissare, unter ihnen drei Frauen, stürmten in den Raum. Sortsch fluchte innerlich. Er wollte ihnen zurufen, dass sie in Deckung gehen sollten.

Die Kommissare überwanden ihre erste Überraschung, entdeckten die hinter dem Tisch liegenden und richteten ihre Waffen auf sie.

Tensen schrie auf, und Sortsch wusste, warum.

Mit zusammengepressten Zähnen zündete er die Sprengladung an der Scheibe, bevor die ZGU-Agenten feuern konnten.

Sortsch hörte die Detonation nicht. Er lag flach auf dem Boden, die Hände schützend in den Nacken gelegt. Die Druckwelle schob den Tisch vor sich her, bis die hinter ihm Liegenden zwischen der Platte und der Wand eingeklemmt waren. Die Eindringlinge wurden zu Boden geschleudert. Splitter des Panzerglases schossen durch den Raum, töteten oder verletzten die meisten Gardisten und Kommissare. E'Cuunas Bein war eingeklemmt. Der Regent schrie vor Schmerzen. Tensens Augen waren blicklos in die Ferne gerichtet, sein Gesicht zu einer Grimasse des Grauens verzerrt. Die Flut telepathischer Impulse, von Männern in höchster Todesnot ausgestoßen, musste ihn überwältigt haben.

Von den menschlichen Helfern der »Extragalaktiker« drohte im Moment keine Gefahr. Diejenigen, die die Explosion überlebt hatten, waren genug mit sich selbst beschäftigt. Aber weitere mussten unterwegs hierher sein.

In maßlosem Zorn ballte Sortsch die Fäuste und sprang auf. Wo blieb der Partner?

Sortsch war auf den Anblick vorbereitet, der sich ihm nun bot. Alle drei »Extragalaktiker« hatten den abgetrennten Teil des Raumes verlassen und standen nun wenige Meter vor ihm. Sie waren noch benommen, aber die Detonation hatten sie besser überstanden, als er gehofft hatte. Die Glassplitter waren beim plötzlichen Druckausgleich nach außen geschleudert worden. Die drei waren durch ihre klobige Verkleidung behindert, aber schnell genug, um ihre Waffen sofort auf Sortsch zu richten, als sie ihn erblickten.

Pal erschoss zwei von ihnen und ließ sich fallen. Dort, wo er gestanden hatte, brannten fingerdicke Energiestrahlen ein schwarzes Loch in Kopfhöhe in die Wand. Sortsch konnte nicht warten, bis der nächste, tiefer gezielte Schuss die Tischplatte durchschlug und E'Cuuna oder Tensen traf. Er machte einen Satz zur Seite, sprang auf und schoss noch in der Bewegung.

Der Strahl aus seiner Waffe trennte dem letzten der Maskierten die rechte Hand mit dem Strahler ab. Sortsch wusste, dass er den Mann nicht zum Krüppel schoss, denn die Hand, die jetzt zu Boden fiel, war nur eine mit allen technischen Raffinessen ausgestattete Attrappe.

Sortsch stürmte hinter dem Tisch hervor und richtete den Strahler auf die Brust des Agenten.

Am Beben des Bodens merkte er, dass weitere Personen in den Raum stürmten. Er drehte sich so weit um, dass er sie sehen konnte, ohne den Agenten aus den Augen zu verlieren.

»Verrat!«, schrie jemand. Sortsch erkannte ihn an seiner Kleidung als einen der Kommissare. »Nehmt diesen Mörder fest! Er …!«

»Schweig, Talkun!«, war die Stimme des Regenten zu hören. E'Cuuna richtete sich an der Wand auf, leichenblass im Gesicht und am ganzen Körper bebend.

»Exzellenz!« Die Stimme des Kommissars verriet Entsetzen.

»Ich lebe noch, Talkun. Leibgarde! Ich will, dass ihr ihn festnehmt. Er hat zusammen mit …!«

»Niemand wird hier irgendjemanden außer dir und deinen Freunden festnehmen, E'Cuuna!«, schrie Talkun. »Wir alle sind Zeugen deines ungeheuerlichen Anschlags auf das Leben unserer Gäste.« Der Kommissar deutete mit der Waffe auf den Regenten, auf Tensen, der ebenfalls benommen in die Höhe kam, und auf Sortsch. »Überwältigt sie, aber lasst sie am Leben. Wir werden ihnen den Prozess machen!«

Sortsch begriff, dass der Mann nicht mehr wusste, was er sagte. Der Plan der Agenten und ihrer Verbündeten war fehlgeschlagen – zumindest zum Teil. Noch gab es die Flotte der ZGU.

Aber die Gardisten waren verunsichert. Für sie mochten die Fremden so etwas wie Überwesen gewesen sein. Nun sahen sie zwei von ihnen tot am Boden, und den dritten ohne Schutzanzug in einer für ihn doch absolut tödlichen Atmosphäre.

Sortsch erkannte seine Chance. Sie sollten erfahren, wie sehr sie zum Narren gehalten wurden.

Der getarnte ZGU-Agent stand noch unbeweglich an der gleichen Stelle. Offensichtlich kam die ganze Entwicklung auch für ihn etwas zu plötzlich. Sortsch nutzte dies aus und war bei ihm, bevor er sich zu den Bewaffneten hinüberretten konnte.

Pal Sortschs Hände griffen nach genau den Stellen der Verkleidung, die er als jene erkannt hatte, an denen, für einen »normalen« Menschen verborgen, die feinen Nahtstellen und Verschlüsse saßen. Sortsch musste sich recken, um an die Schulter des »Extragalaktikers« zu kommen. Seine Finger schoben sich blitzschnell in winzige Öffnungen der »Haut« und der Kleidung und rissen die Maske mit einem einzigen Ruck herab.

Eine menschliche Schulter und ein menschlicher Oberarm erschienen. Der zweite linke Arm des Agenten hing lose baumelnd nach unten. Sortsch setzte noch einmal an und zog mit einem Ruck die ganze linke obere Hälfte der Verkleidung fort.

Die Kommissare und Gardisten stießen erstickte Schreie aus. Hände mit Waffen senkten sich.

»Was … was ist …?«, stammelte Talkun.

»Unsere Wohltäter!«, rief E'Cuuna. Sortsch sah ihn schnell an. »Reißen sie ihm die Kopfmaske herunter, Mr. Sortsch!«, befahl der Regent.

Sortsch hatte den ZGU-Agenten für einen kurzen Augenblick

vernachlässigt, um die Worte E'Cuunas von dessen Lippen abzulesen. Blitzschnell hatte der Agent sich gebückt und den Strahler aus der abgeschossenen Hand der Verkleidung genommen. Er richtete ihn auf Sortsch, der geistesgegenwärtig zurückgesprungen war. Mit der freien Hand riss er sich die unförmige Verkleidung vom Kopf.

»Ihr werdet nichts mehr ändern können!«, schrie der Mann. Jetzt, ohne den Miniaturtranslator hinter dem »Mund« der Maske, waren seine Worte für alle im Raum Befindlichen klar verständlich. »Die Mooner sind auf dem Weg! Nichts hält sie mehr auf!«

Sortsch sprang zur Seite. Wieder zielte der ZGU-Mann. Ein Schuss zischte auf. Sortsch riss sich die Hände vor die Augen.

Doch nicht er sank tödlich getroffen zu Boden.

Exekutivkommissar Talkun hielt den Strahler noch auf den toten ZGU-Agenten gerichtet.

Unheimliche Stille breitete sich aus. Niemand sprach. Niemand wagte in diesem Moment zu atmen.

Die Blicke der Menschen waren auf die drei toten Agenten gerichtet und auf die eigenen Gefallenen. Männer wimmerten vor Schmerzen.

E'Cuuna bewegte sich als Erster wieder. Und nun erinnerte kaum noch etwas an ihm an den gebrochenen Mann von vorhin. Er trat vor Talkun hin und streckte die Hand verlangend aus.

»Sie … Sie wussten alles?«, fragte der Kommissar, als er ihm die Waffe reichte. »Sie wussten, dass wir getäuscht wurden, Exzellenz?«

»Ich erfuhr es gerade früh genug. Und ohne diese Männer«, er deutete auf Sortsch und den zitternden Tensen, »wäre euer Plan aufgegangen, Talkun. Für einige Stunden hättet ihr die euch versprochene Macht gehabt, bevor ihr als gefährliche Mitwisser aus dem Weg geräumt worden wäret.«

E'Cuuna ging zu einem Interkom-Anschluss und rief seine Leibgarde herbei. Diejenigen der Gardisten, die nicht mit den

Kommissaren hier erschienen waren, waren nicht in den schmutzigen Plan der ZGU-Agenten und ihrer Helfer eingeweiht gewesen.

Endlich konnte der Regent wieder das Gefühl haben, seinen Leuten vertrauen zu dürfen. Aber der Kampf war noch lange nicht gewonnen.

»Kümmert euch um die Verwundeten!«, befahl E'Cuuna den unversehrt gebliebenen Verrätern.

Er sah sich um.

»Wo ist Sherman?«

Pal Sortsch brauchte ihm die Frage nicht von den Lippen abzulesen. Er war bereits aus dem Raum gestürmt und lief den Korridor bis zum kleinen Kontrollraum entlang.

Was er sah, ließ ihm das Blut in den Adern stocken.

Sherman lag neben zwei Gardisten am Boden. Die Gardisten waren tot. Einer von ihnen hatte ein Loch in der Stirn, der andere war durch die Brust geschossen worden.

Und Jett?

Langsam, als könnte jeder Schritt ihm die Gewissheit über den Tod des Partners bringen, ging Sortsch auf Sherman zu. Er kniete neben ihm nieder und berührte vorsichtig seine Schulter.

Kein Einschussloch. Kein Blut …

Er drehte ihn um, legte die Hand auf seine Brust.

Sherman lebte! Er atmete schwach, aber er war nur bewusstlos.

Draußen rannten die Angehörigen der Leibgarde über den Korridor. Sortsch blieb neben dem Partner am Boden und hörte, wie E'Cuuna Befehle gab. Männer wurden abgeführt, ohne Gegenwehr zu leisten.

Dann standen der Regent und Tensen, der sich wieder erholt hatte, hinter ihm.

»Er lebt«, sagte der Telepath. »Er wird bald zu sich kommen.«

Wir haben nur einen Teilerfolg errungen!, dachte Sortsch.

Tensen sah den Regenten fragend an.

»Sie wissen, was nun zu tun ist, Exzellenz?«

»Ich weiß es, und gebe Gott, dass es nicht zu spät ist!« Er schüttelte den Kopf, konnte immer noch nicht fassen, was geschehen war, und machte sich heftige Selbstvorwürfe.

»Sie haben sich nichts vorzuwerfen, Exzellenz«, sagte Tensen.

»Doch«, sagte der Regent. »Vieles. Ich werde nun die Bevölkerung informieren.« Er zögerte zu gehen. »Sind Sie sicher, dass Tschubai die Mooner aufhalten kann?«

Die Frage war an Sortsch gerichtet, der endlich den Kopf gehoben hatte.

»Nein«, antwortete Tensen ehrlicherweise für den Taubstummen. »Aber die Flotte der ZGU ist jetzt wichtiger.«

E'Cuuna nickte.

»Gebe Gott, dass sie noch nicht zu nahe ist.«

Ras Tschubai hatte nicht geglaubt, eine leichte Aufgabe vor sich zu haben. Doch als er am späten Nachmittag zu Stace und Sharla zurückkehrte, war er sichtlich erschöpft. Er atmete tief ein, hielt die Augen für Sekunden geschlossen und wischte sich Schweiß von der Stirn.

Maccabor und Sharla befanden sich noch immer in ihrem Baumversteck. Noch rührte sich unten auf der Lichtung nichts. Noch schwiegen die Trommeln. Noch lagen die Mooner unter dem schützenden Dickicht.

»Eigentlich sollte es uns trösten, dass auch Unsterbliche dann und wann schlappmachen«, sagte Stace. »Andererseits …«

»Andererseits werden meine Dienste noch gebraucht«, murmelte Ras. Er schlug die Augen auf und lächelte schwach. »Keine Sorge, Stace. Solange dieses Ding hier«, er klopfte sich leicht auf die Brust, wo der Zellaktivator saß, »arbeitet, kippe ich nicht um.«

Und die Jäger spürten förmlich die neuen Energien, die vom Zellaktivator in den Mutanten überflossen.

»Du warst lange fort, Ras.«

Tschubai nickte.

»Eine Vergnügungstour war es gerade nicht. Alle drei Städte sind auf die gleiche Weise eingeschlossen wie die Hauptstadt. Die Mooner haben ringsherum jeweils ein halbes Dutzend Trupps wie den hier zusammengezogen. Zehn- bis zwanzigtausend von ihnen für jede Stadt – für *Center of Doom* die doppelte Anzahl. Zahlenmäßig sind die Menschen trotz allem um das Zehnfache überlegen.«

Stace schüttelte finster blickend den Kopf.

»Du weißt so gut wie wir, dass diese Rechnung nicht aufgeht. Der Anblick der angreifenden Horden allein macht diesen scheinbaren Vorteil wett.«

Ras setzte sich auf einen starken Ast und ließ die Beine herabbaumeln.

»Ich kann eine, zwei oder drei Gruppen aufhalten, aber nicht alle. Und selbst ich kann nicht bei allen Städten zugleich sein.« Ras sah die Jäger ernst an. »Ich hatte Zeit, nach einigen Niederlassungen zu suchen. Alle Außenposten, die ich fand, waren niedergebrannt.«

»Wir hatten nichts anderes erwartet«, sagte Sharla tonlos.

»Allerdings haben wir vielleicht doch noch eine Chance. Vielleicht genügt ein Auftritt, um *alle* Mooner in den Dschungel zurückzutreiben.«

»Ich verstehe nicht«, sagte Stace.

»Ich begab mich unter die Wilden. Es sah aus, als schliefen sie nur, aber selbst mit Fußtritten hätte ich sie nicht aufwecken können. Was ist wirklich mit ihnen los?«

»Das weiß niemand. Sobald die Sonne aufgeht, fallen sie in diese Starre.« Maccabor lachte rau. Immer wieder sah er nach unten. »Sie haben noch keinen von uns an sich herangelassen, um sie zu untersuchen.«

»Aber sie sind hilflos, wenn sie schlafen … oder erstarrt sind.«

»Wer klug ist, bleibt auch dann aus ihrer Nähe.« Maccabor winkte ab. Das war kein Thema für ihn. »Was meintest du mit einer Chance?«

»Ich konnte mich ungefährdet zwischen ihnen bewegen und sah mir ihre Priester an – und ihre Funkgeräte. Es sind einfache kleine Handsprechgeräte, aber mit großer Reichweite. Und es werden zwei Kanäle benutzt. Die ›Götter‹ haben sie deutlich markiert. Über einen sprechen sie zu ihnen, und über den anderen …«

»Untereinander?« Stace richtete sich auf. »Du meinst, dass alle Priester untereinander Kontakt haben?«

»Alle, die ein Funkgerät besitzen, und das ist bei jeder Gruppe mindestens einer.«

Stace und Sharla blickten sich an. Maccabor lachte irr.

»Das ist unfassbar! Wilde, Bestien, die sich per Funk über viele Kilometer hinweg verständigen. Vielleicht haben wir uns getäuscht. Vielleicht sind *sie* die intelligenten Bewohner dieser Welt.«

»Dein Sarkasmus bringt uns nicht weiter. Sie werden sich absprechen, bevor sie angreifen. Die Geräte sind für sie Zauberkästen, die sie samt Bedienungsanleitung von ihren vermeintlichen Göttern bekamen, und was sie damit tun, ist für sie nicht schwieriger, als eine Banane zu schälen. Du brauchst mir nicht zu sagen, dass es auf Doomsday keine Bananen gibt.«

»Es gibt sie. Nur wachsen sie nicht auf Bäumen, sondern im Boden. Sie sind eine Delikatesse.«

»Oh«, sagte Ras grinsend. »Dann sollte ich wohl ein paar von ihnen für einen Freund mitnehmen.«

»Wenn dein Freund der ist, den ich jetzt meine, dann könnten wir ihn verdammt gut gebrauchen. Ras, du musst deiner Sache verdammt sicher sein, wenn du Witze machst …«

Die Verärgerung des Jägers war nicht zu überhören. Auch Sharla sah Tschubai ungeduldig und gereizt an.

»Wenn meine Vermutung richtig ist, brauche ich nur einer einzigen Gruppe zu erscheinen, allerdings mit dir, Stace, denn ich kann kaum zu ihnen sprechen. Der Priester wird das Erscheinen von zwei ›Göttern‹ an seine Kollegen weitermelden. Gesetzt den

Fall, dass Sortsch und Sherman Erfolg hatten, werden sie die Stimmen ihrer Götter nicht mehr hören, dafür aber die des Regenten. Sie werden glauben müssen, dass sich Götter und Menschen gegen sie verbündet haben.«

»Ich verstehe«, sagte Maccabor. »Es könnte klappen – wenn deine Freunde Glück gehabt haben. Warum teleportierst du nicht noch einmal in den Palast?«

Ras zögerte. Dann schüttelte er den Kopf.

»Es wird gleich zu dämmern beginnen, und ich muss hier sein, wenn die Mooner erwachen. Noch einmal will ich mein Glück nicht herausfordern. Eine einzige Wache, die zufällig die Waffe in die richtige Richtung hält und einen schnellen Finger hat, wenn ich materialisiere …«

Maccabor verstand.

»Wann werden wir springen?«, fragte er.

»Sobald sie die Trommeln zu schlagen beginnen.«

Maccabor schwieg. Sharla kroch auf ihn zu und legte den Kopf gegen seine Brust.

Sie hatten Angst. Sie versuchten, sie nicht zu zeigen, sich gegenseitig Mut zu machen. Aber sie saß in ihnen, bohrend und quälend.

Ras hätte ihnen einen Teil dieser Angst nehmen können. Er hätte ihnen sagen können, dass er von E'Cuuna selbst über Armbandfunk angerufen worden war, nachdem die ZGU-Agenten im Palast enttarnt und getötet worden waren. Dass E'Cuuna die Lage im Palast voll im Griff hatte und alle, die mit den Agenten kooperiert hatten, in sicherem Gewahrsam waren. Dass er sich mit dem Regenten abgesprochen hatte.

Er tat es nicht, weil er vermeiden wollte, dass Stace und Sharla im entscheidenden Augenblick übermütig wurden. Zu viel stand auf dem Spiel.

Immer wieder ertappte er sich dabei, wie er durch das Laubdach den Himmel absuchte.

Was war gewonnen, wenn es gelang, die Mooner zurückzutreiben, und die Flotte der »Extragalaktiker« zu früh über Doomsday erschien – dicht gefolgt von der nun ebenfalls mit Sicherheit alarmierten Flotte der »Retter«, wobei es keine Rolle spielte, dass nun niemand mehr die ZGU um Hilfe anrufen würde, wie es deren Plan vorgesehen hatte?

Es war ein verzweifelter Wettlauf mit der Zeit. Die Entscheidung über das Schicksal Doomsdays und seiner Menschen entschied sich nicht hier, sondern im Weltraum.

Und E'Cuuna konnten den vorbereiteten Hyperfunkspruch nicht abstrahlen, bevor die »Extragalaktiker« nicht erschienen waren. Sie würden auf der Stelle umkehren, und nichts war gewonnen.

Ras wartete. Auch seine Nerven waren zum Zerreißen gespannt.

Dann versank die Sonne. Ein leichter Wind kam auf.

Als die Mooner sich aus ihren Verstecken schoben, noch benommen auf die Lichtung taumelten und ihre Feuer entfachten, streckte Ras schweigend die Hand nach Maccabor aus. Sharla wollte den Gefährten halten. Maccabor stieß sie sanft zurück.

Die Hände der beiden Männer berührten sich.

Die Minuten verrannen. Es wurde schnell dunkel. Ras gab Sharla und Stace die Waffen zurück und erklärte der Jägerin, was sie zu tun hatte.

Ras wartete, bis von überallher wieder das Getrommel zu hören war. Die Priester traten zwischen die Feuer und bellten mit heiseren Stimmen Befehle. Die Mooner nahmen ihre Waffen und stellten sich in Marschkolonnen auf.

Weiße zottige Gestalten und glühende Augen. Bewegungen, die unbeschreibliche Wildheit und ungezügelten Blutdurst verrieten.

Ras spürte seinen Herzschlag und bekämpfte die eigene Angst. Maccabor verzog keine Miene. Sharla hatte das Gesicht in den Händen verborgen. Sie wollte nicht sehen, wie ihre Begleiter verschwanden – und vielleicht geradewegs in den Tod sprangen.

Ras atmete tief ein, nickte Stace ein letztes Mal zu und gab sich den Entstofflichungsimpuls.

Sie materialisierten genau zwischen den Priestern. Ras hatte den Strahler in der freien Hand und gab einige Schüsse mit breitest gefächertem Strahl in die Höhe ab. Sharlas Baumversteck war weit genug entfernt, um nicht gefährdet zu sein, als Zweige und Blätter Feuer fingen. Es sollte ein Paukenschlag sein. Für die entsetzten Mooner sah es tatsächlich so aus, als seien da zwei übernatürliche Wesen vor ihnen aus dem Nichts entstanden, göttliches Feuer verschleudernd.

Die Priester wichen zurück. Die zu Marschkolonnen formierten Mooner fielen auf die Knie oder rannten schreiend, die Waffen weit von sich schleudernd, in den Dschungel.

Ras sah das kleine Funkgerät in der Hand eines der Priester. Sobald er E'Cuuna das Signal gab, würde der Mooner die erwarteten Stimmen hören – aber es würden nicht die ihrer Götter sein.

Ihre Götter waren hier.

Ras hob beschwörend die Arme. Jetzt fielen auch die Priester vor ihm und Stace auf die Knie. Tschubais Gesicht war durch die Feuer dämonisch beleuchtet. Immer noch hallten aus der Ferne die Trommeln, und sie wurden übertönt vom Schreien der fliehenden Wilden.

»Hört die Botschaft eurer Herren!«, rief Ras, so laut er konnte. Er bemühte sich dabei, möglichst dramatisch zu klingen. Er schwitzte. Maccabor hatte Mühe, sich ruhig zu halten, aber als Ras schwieg, übersetzte er.

Die Köpfe der Priester richteten sich auf. Glühende rote Augen starrten die beiden Männer an.

»Ihr, die ihr aus dem Nichts erscheint«, krächzte der Priester mit dem Funkgerät, »schont eure Diener!«

Stace übersetzte flüsternd. Ras nickte triumphierend. Sie hatten also ein schlechtes Gewissen. Sie hatten bereits mit den Be fehlen ihrer »Götter« gerechnet und vergeblich auf die Stimmen aus dem Zaubergerät gewartet.

»Hört unseren Willen!«, rief Ras. Er streckte die Arme noch weiter gen Himmel. Schnelle Blicke nach allen Seiten zeigten ihm, dass keiner der Wilden Anstalten machte, sie anzugreifen. Sie waren wieder erstarrt, alle, aber diesmal in Ehrfurcht vor den vermeintlichen Göttern.

»Die Glatthäutigen, die Menschen in den Städten, sind nicht länger eure Feinde! Wir gaben euch Waffen und den Befehl, sie zu vernichten. Und ihr folgtet den Befehlen.« Ras ließ Stace übersetzen. Seine Handflächen waren feucht. Alles hing nun davon ab, ob es ihm gelang, die richtigen Worte zu treffen. Wie oft hatte er sie sich zurechtgelegt? Er durfte nicht zugeben, dass die Götter sich geirrt hatten, denn Götter, die sich irrten, waren schwache Götter.

»Wir stellten euch auf die Probe!«, fuhr er fort, als Stace schwieg und die Mooner ihn nach wie vor mit dem gleichen Schrecken und der gleichen Andacht ansahen. »Wir wollten sehen, wie groß euer Hass auf die Menschen ist! Und wir sahen es!«

Stace übersetzte. Ras machte eine bedeutungsvolle Pause und eine Reihe von Gesten, von denen er hoffte, dass sie ihren Eindruck nicht verfehlten.

»Unser Wunsch ist es, dass ihr und die Menschen auf dieser Welt in Frieden miteinander lebt! Kehrt zurück in eure Dörfer! Lernt euren Hass zu vergessen! Ihr Priester – von nun an werdet ihr die Stimmen der Menschen aus den Städten aus euren Zaubergeräten hören, und wisset, dass sie in unserem Namen sprechen. Wir werden über euch wachen und schwerste Strafen senden, falls auch nur einer der Menschen getötet wird – durch eure Schuld. Die Menschen werden euch Geschenke bringen und euch mit ihrer Freundschaft neue Macht geben. Kehrt zurück und wartet!«

Stace übersetzte. Ras nahm die Arme herunter. Er wagte kaum zu atmen. Jetzt, wo sie aus Maccabors Mund erfuhren, was von ihnen verlangt wurde, musste sich herausstellen, wie groß ihr Respekt war.

Und ob sie dann noch Götter in ihnen sahen.

Was Ras befürchtet hatte, trat ein.

Kaum hatte Stace geendet, sprang der Priester mit dem Funkgerät auf. Er deutete anklagend auf die beiden Männer und schrie seiner Streitmacht etwas zu. Das Aufblitzen in Staces Augen sagte Ras genug. Ein halbes Dutzend Mooner sprang auf und griff zu den Strahlern.

»Halt!«, schrie Ras und streckte den rechten Arm in die Höhe.

Das war das Signal für Sharla.

Ein blendend heller Strahl fuhr wie ein Blitz scheinbar direkt aus dem Himmel auf die Lichtung herab, und Feuer umhüllte den Priester für Sekunden. Als es erlosch, war nichts von ihm übrig geblieben als ein Haufen Asche.

Ras verfluchte die Jägerin. Sie hatte ihn nicht töten sollen!

Doch der Blitz der Götter verfehlte seine Wirkung nicht. Alle Mooner fielen wieder auf die Knie. Ihre Gesichter berührten den Boden.

Ras sah das Funkgerät, das der Priester in Entsetzen von sich geschleudert hatte, am Boden liegen. Er hob es auf, ging damit zu einem Mooner und drückte es ihm in die Hand.

»Sag ihm, er soll aufstehen, Stace«, sagte er zu Maccabor.

Der Jäger bellte etwas in der Sprache der Mooner. Nur zögernd, mit halb erloschenen Augen gehorchte der Wilde.

»Die Strafe der Götter wird jeden treffen, der sich ihrem Willen widersetzt!«, rief Ras. Kein Mooner wagte aufzuschauen. Ras befahl dem Mooner mit dem Funkgerät, nun Kontakt zu den anderen Gruppen aufzunehmen und ihnen von dem zu berichten, was hier geschehen war. Der Wilde zitterte am ganzen Körper. Seine Angst vor den vermeintlichen Göttern war übermächtig.

Ras half noch ein wenig nach. Er machte einige Teleportersprünge in direkter Folge, die ihn zwischen die am Boden Kauernden brachte, dann einige Meter hoch in die Luft, wo er scheinbar für Sekunden schwerelos schwebte, schließlich wieder zu Maccabor.

»Gehorche!«, forderte er den Mooner auf, der unartikulierte Geräusche des Schreckens von sich gab.

Stace half nach. Der Mooner hielt das Gerät andächtig vor den Mund und begann zu krächzen. Ras verstand nicht, was er sagte, aber Stace nickte ihm heftig zu.

Ras berührte das Armbandfunkgerät und strahlte den mit E'Cuuna vereinbarten Impuls aus.

»Nun wird der Herrscher der Menschen seine Botschaft an euch richten«, verkündete er. »Hört, was er für uns zu sagen hat, und dann geht dorthin zurück, woher ihr gekommen seid!«

Ras winkte den Mooner mit dem Funkgerät zu sich heran und regulierte die Lautstärke so, dass ein großer Teil der Halbmenschen die Worte hören musste, die E'Cuuna in diesem Augenblick an sie richtete.

Ras verstand sie nicht. Sie waren in der Sprache der Mooner gehalten. E'Cuuna benutzte die Geräte, mit denen auch die ZGU-Agenten ihre Befehle gegeben hatten. Durch einen den Sendegeräten vorgeschalteten Translator erreichten sie, dass die Mooner glaubten, sie redeten in ihrer Sprache zu ihnen.

Als E'Cuuna schwieg, erhoben sich die Horden. Überall im Dschungel waren die Trommeln verstummt.

Stace konnte nicht fassen, was er sah. Er hatte nie wirklich an einen Erfolg geglaubt. Und nun standen die Mooner, die grausamsten Feinde der Menschen auf Doomsday auf, ließen ihre Waffen zurück und trotteten mit hängenden Köpfen in den Dschungel zurück.

Ras atmete auf. Es hätte nicht viel gefehlt, und er und Stace wären sich um den Hals gefallen und hätten Freudentänze aufgeführt. Doch noch waren sie Götter.

Und als Ras wieder zum Himmel aufblickte, verging ihm die Lust auf Freudentänze.

Die hellen Punkte, die sich nun über das Firmament schoben, waren keine Sterne.

Der letzte Hilferuf der Agenten hatte seine Wirkung nicht verfehlt.

Sie kamen einen Tag früher als vorgesehen. Und es waren Hunderte von Schiffen.

9.

Es kostete den Regenten, die beiden SolAb-Agenten, Tensen und die Männer und Frauen, die E'Cuuna zum Senden des Hyperfunkspruchs benötigte, all ihre Willenskraft, um angesichts der am Himmel erschienenen Flotte nicht in Panik auszubrechen. E'Cuunas Autorität allein gab ihnen diese Kraft. Sie wussten nun wie jeder Mensch, der die Botschaft des Regenten hatte empfangen können, woran sie waren und dass sie mitten in einer verheerenden Entwicklung steckten, die vielleicht nur ein Wunder noch stoppen konnte.

E'Cuuna hatte den Menschen in allen vier Städten schonungslos die Wahrheit gesagt. Er hatte ihnen berichtet, wer die »Neuen Freunde« in Wirklichkeit waren, welche Ziele sie verfolgten und was Doomsday bevorstand. Die Angst vor den Moonern konnte er ihnen noch nicht nehmen, weil er noch keine Nachricht von Tschubai erhalten hatte.

Die Verräter befanden sich in sicherem Gewahrsam. Sollte es noch einige Mitglieder der Leibgarde oder der Schutztruppe geben, die mit den Exekutivkommissaren unter einer Decke gesteckt hatten, so würde Tensen sie aufspüren. E'Cuuna konnte sich endlich wieder auf seine Untertanen verlassen. Er fühlte sich von einer fürchterlichen Last befreit, die ihm schon lange den Mut und das Selbstvertrauen genommen hatte. Erst jetzt spürte er dies in vollem Ausmaß.

Vielleicht war es diesem neuen Selbstvertrauen zu verdanken gewesen, dass nur relativ wenige Menschen in Panik ausgebrochen waren, als die Wahrheit verkündet wurde. Die meisten begriffen, dass sie nur gemeinsam etwas gegen die Invasoren ausrichten konnten. Auch wenn die Chancen noch so schlecht standen – sie wollten um ihre Freiheit kämpfen.

Nun befanden sich der Regent und seine Helfer im oberen Teil des Turmes, in dem die Hyperfunkanlage untergebracht war. Sherman war wiederhergestellt. Er und Sortsch standen wieder nebeneinander und boten das Bild des seltsamen Paares, das kein Wässerchen trüben konnte. Zwei Schweiger. Tensen schien ebenfalls von einer zentnerschweren Last befreit. Die Veränderung, die mit diesem ängstlichen Mann vorgegangen war, war verblüffend.

»Es hat wohl keinen Sinn, noch länger auf Tschubais Signal zu warten«, murmelte E'Cuuna. Er sah Sortsch und Sherman ernst an, doch beide schwiegen weiter.

»Nun hängt wirklich alles davon ab, wie nahe die ZGU-Schiffe sind«, fuhr E'Cuuna fort. »Die ›Retter‹, meine ich.«

Noch standen die »Extragalaktiker« abwartend am Himmel. Sie sollten den Planeten, den die ZGU übernehmen wollte, ja nicht in Schutt und Asche legen. Die Menschen auf Doomsday, die der Inbesitznahme des Planeten durch die ZGU im Weg standen, sollten von den Moonern aus dem Weg geschafft werden.

Immer noch war der Regent nicht völlig davon überzeugt, dass seine Vermutungen über die zeitliche Abfolge der Invasion und der »Rettung« richtig waren.

Er seufzte und nickte den Männern und Frauen am Hyperfunksender zu.

»Strahlen Sie den Spruch nun ab«, sagte er dann nur.

Wenige Augenblicke später verließ der sorgfältig vorbereitete Hilferuf die Antennen des Senders. E'Cuuna, Tensen und die SolAb-Agenten hielten den Atem an. Sie alle kannten den Wortlaut: *»Wir werden von unbekannten Raumschiffen angegriffen! Wir sind selbst nicht in der Lage, uns gegen die Invasoren zur Wehr zu setzen und bitten alle, die uns hören können, um sofortige Hilfe!«*

Dieser knappe Funkspruch sollte über Fortbestand oder Untergang der Sternkolonie entscheiden. Es folgten die astronomischen Daten Doomsdays und leicht entschlüsselbare Hinweise auf die wirtschaftliche Bedeutung des Planeten als Köder.

Kern des Hilferufs aber war das Wörtchen »alle«. Und jene, die sich angesprochen fühlen sollten, würden den Ruf mit Sicherheit empfangen. Bedroht von einem der vom Solaren Imperium abgefallenen Sternenreiche, lag die einzige Hoffnung für Doomsday ausgerechnet in einem der beiden anderen – im Imperium Dabrifa.

Die Menschen hielten den Atem an. Nun blieb ihnen nur das Warten. Das Warten darauf, wie die »Extragalaktiker« und die Flotte der »Retter« auf den Hilferuf reagieren würden, der so breit gestreut war, dass jedes Schiff, jeder Planet im Umkreis von vielen Lichtjahren ihn empfangen musste. Das Warten darauf, ob Dabrifa anbiss.

Eine Welt hielt den Atem an. Die Straßen hinter den Stadtmauern waren von Menschen überfüllt, die bereit waren, ihr Leben für ihre Freunde und Angehörigen zu geben, falls es nicht gelang, die Mooner von ihrem Ansturm auf die Städte abzubringen. E'Cuuna hatte hierüber nur vage Andeutungen gemacht. Die Handelsgesellschaften, die bisher von den Kommissaren zum Schweigen gezwungen worden waren, hatten verkündet, dass ausnahmslos alle Niederlassungen im Dschungel von den Moonern überrannt und dem Erdboden gleich gemacht worden waren. Außer in den Städten lebten auf Doomsday keine Menschen mehr.

Hunderttausende hatten ihre Wohnungen verlassen und sich in die untersten Stockwerke der Häuser und Wohnsilos zurückgezogen. Die wenigen von den ersten Siedlergenerationen errichteten Bunker nahmen nur einen kleinen Teil der Bevölkerung auf. Männer hielten ihre Strahler bereit, um sich und ihre Angehörigen zu erschießen, bevor sie in die Hände der Mooner fallen konnten. Andere saßen zitternd und bebend in der dunkelsten Ecke, die sie hatten finden können. Keine Magnetbahnen fuhren mehr. Alles war still. Niemand war mehr auf den Straßen.

Dann, nur vier Minuten nach dem Hilferuf, griffen die »Extragalaktiker« an – fast im gleichen Augenblick, in dem Ras Tschubai mit den beiden Jägern vor E'Cuuna materialisierten.

E'Cuuna starrte ungläubig auf die Bildschirme. Die Hyperfunkstation war gleichzeitig das Raumüberwachungszentrum des Planeten. Der Regent schien für Augenblicke wieder jegliches Selbstvertrauen, allen Mut verloren zu haben.

Wie sehr hatte er gehofft, die silbernen Punkte am nächtlichen Firmament würden weiterhin lautlos ihre Bahnen ziehen und endlich verschwinden. Nun stießen sie herab, wurden größer und schickten grelle Strahlbahnen auf Doomsday herab, die den Dschungel an vielen Stellen in Brand setzten. Todbringende Energieblitze fuhren in die Türme und Wohnblocks der Städte, fraßen sich in die Straßen und schufen glühende Schluchten quer durch ganze Stadtviertel. Donner, Kreischen von Metall und das Geräusch einstürzender Bauwerke erfüllten die Luft. Menschen rannten aus ihren Verstecken und starben in den entfesselten Gewalten.

Das ist das Ende!, durchfuhr es E'Cuuna, der kreidebleich vor den Schirmen stand und Tschubai kaum wahrnahm. *Das Ende! Wir haben von Anfang an keine Chance gehabt!*

Der Regent spürte, wie jemand ihn an den Schultern packte und schüttelte. In unmittelbarer Nähe der Station fuhren Energiebahnen in die Straßen. Jeden Augenblick mussten sie …

»E'Cuuna!«, schrie Tschubai, der Mühe hatte, die Schreie der in Panik geratenen Menschen zu übertönen. Ein Lichtblitz blendete ihn für Sekunden. Die großen Fenster des Raumes schienen zu brennen, um dann von einem Augenblick zum anderen dunkel zu werden. Ras sah aus den Augenwinkeln heraus, dass Tensen sie verdunkelte.

»E'Cuuna! Kommen Sie zu sich!«

Der Regent ließ die Schultern hängen und sah den Teleporter blicklos an.

»Die Mooner ziehen ab! Sagen Sie das der Bevölkerung!«

»Der Bevölkerung!« E'Cuuna lachte irr. »Es gibt keine Bevölkerung mehr. Sie töten uns alle. Es ist zu spät, und wir …«

»Sprechen Sie zu ihnen!« Wieder rüttelte Ras an den Schultern des Regenten. Endlich klärte sich E'Cuunas Blick. »Sie müssen ihnen Mut machen, damit sie den Angriff durchstehen! Sagen Sie ihnen, dass die Mooner keine Gefahr mehr darstellen! Sagen Sie ihnen, dass sie durchhalten müssen! Doomsday wird nicht untergehen! Sie werden leben!«

»Aber sind Sie blind?«, schrie E'Cuuna und riss sich los. Er fuhr herum und deutete auf die Schirme. Einige waren bereits ausgefallen. »Wir haben uns verrechnet! Sie ...«

»Sie sind in Panik geraten! Einige Kommandanten drehen durch, aber es ist ein Scheinangriff! Wenn sie wollten, läge schon jetzt kein Stein mehr auf dem anderen!«

»Die Schiffe Dabrifas können nicht schnell genug hier sein! Es war eine falsche Hoffnung!«

»Es genügt, wenn das Imperium Dabrifa einen einzigen Hyperfunkspruch sendet, in dem das Eintreffen einer Flotte angekündigt wird!«

E'Cuuna wurde still. Sekundenlang sah er Ras in die Augen und sah Angst, aber auch Zuversicht darin. Der Terraner machte ihm nichts vor. Er glaubte an das, was er sagte.

»Es genügt, wenn Menschen durch die Kanonen der ZGU-Schiffe sterben, E'Cuuna! Verhindern Sie, dass es noch mehr Opfer gibt, wenn sie beginnen, sich selbst umzubringen!«

Ohne noch ein Wort zu sagen, drehte der Regent sich um und setzte sich in einen Stuhl vor einem Kontrollpult. Mit unsicheren Fingern fuhr er über die Schalter und Knöpfe, bis er endlich in ein Mikrofon sprach.

Ras beobachtete die noch intakten Schirme. Einige von ihnen zeigten die Schiffe am Himmel, die durch ihre verfremdeten Aufbauten wie Posbi-Raumer wirkten. Andere zeigten Teile der Stadt, und nun war ganz deutlich zu erkennen, dass die Angreifer gezielt schossen, und zwar so, dass so wenig Schaden wie möglich entstand. Das Bild des Chaos ringsum täuschte. Aber für die Menschen unten in ihren Verstecken musste es die Apokalypse sein.

»Sagen Sie ihnen, dass Hilfe unterwegs ist!«, rief Ras E'Cuuna zu. »Machen Sie ihnen Hoffnung!«

Ras glaubte nicht, dass viele den Regenten überhaupt hören würden, aber wenn es nur einige waren, die er vor dem Selbstmord bewahrte, lohnte sich jedes Wort. Ras kämpfte mit sich. Wenigstens er musste die Fassung bewahren, obwohl alles in ihm in Aufruhr war. Sollten Tausende sterben müssen, nur weil ein paar Raumschiffskommandanten ihre Felle davonschwimmen sahen und sich zu Kurzschlusshandlungen hinreißen ließen? Konnte die »echte« ZGU-Flotte dies hinnehmen?

Wann traf der ersehnte Hyperfunkspruch ein?

Sortsch und Sherman standen da, als gäbe es keine angreifenden Schiffe, als könnte der Sendeturm nicht jeden Augenblick ebenfalls getroffen werden. In diesen Momenten wurden die beiden selbst Tschubai unheimlich.

Ganze Häuserreihen brannten ab. Dort, wo es lange Zeit nicht geregnet hatte, mussten riesige Waldflächen in Flammen stehen. Selbst falls sich die verzweifelten Hoffnungen doch noch erfüllten, würde es viele Jahre dauern, bis Doomsday sich von diesem Tag wieder erholt hatte.

Warum konnten keine Schiffe des Solaren Imperiums auftauchen? Ras verfluchte Rhodans Entschluss, die Flucht vor den Sternenreichen einem unvorstellbaren Blutvergießen, einem Bruderkrieg unter Menschen vorzuziehen. Dabei wusste er doch, dass Rhodan das einzig Richtige getan hatte.

Dabrifa meldete sich nicht. Und der Beschuss hielt an.

E'Cuuna sprang plötzlich auf. Mit zitternden Fingern deutete er auf die Schirme, die den Himmel zeigten.

Ras sah die neuen Punkte am Firmament im gleichen Augenblick.

Die Flotte der ZGU!

Aber sie kam nicht, um dem Planeten den Todesstoß zu versetzen. Die ZGU-Schiffe schossen auf die eigenen, als Extragalaktiker getarnte Einheiten!

»Was … was bedeutet das?«, fragte E'Cuuna mit krächzender Stimme.

Innerhalb von Minuten war eine regelrechte Raumschlacht entbrannt. Keine Raumschlacht im eigentlichen Sinn, denn die Angegriffenen schossen nicht zurück. Doomsday wurde nicht mehr beschossen. Alles kam so plötzlich, dass Ras erst allmählich begriff, was sich dort oben, immer weiter in den freien Weltraum verlagernd, tat.

»Ein Rückzugsgefecht der ZGU!«, schrie er triumphierend. »E'Cuuna, nun kommen sie *wirklich* als Retter! Aber anders, als sie sich das vorgestellt hatten! Sie müssen ihre schießwütigen eigenen Leute zurückschlagen, wenn sie ihr Gesicht wahren wollen!«

»Hyperfunkspruch!«, rief eine der Frauen, die jetzt wieder an ihrem Platz saß.

Und dann hörten sie es alle. Die Stimme war ihnen unbekannt. Es spielte auch keine Rolle, wer da sprach, das bevorstehende Eintreffen eines Verbands des Imperiums Dabrifa ankündigte und die Menschen auf Doomsday zum Durchhalten aufforderte.

Männer und Frauen fielen sich um den Hals. Ras Tschubai spürte, wie sein Herz schneller schlug. Fast hätte er laut geschrien.

Die »Extragalaktiker« flohen, verfolgt von den ZGU-Schiffen, die nun aber nicht mehr auf sie feuerten. Nach Minuten war kein Raumschiff mehr am Himmel zu sehen. Ras versuchte sich vorzustellen, was nun in den Gehirnen der Kommandanten vorging. Die »Extragalaktiker« mussten von der Bildfläche verschwunden sein, bevor die Dabrifa-Flotte erschien, eins der Schiffe aufbringen und den Betrug enthüllen konnte.

Niemand sprach ein Wort. E'Cuuna saß wieder vor den Kontrollen und hatte das Gesicht in die Hände gelegt, damit niemand seine Tränen sah. Die Stadt brannte noch an vielen Stellen, aber nun erschienen Menschen zu Hunderten auf den Straßen, starrten ungläubig in den Himmel, der nun nur noch die bekannten Sterne zeigte, und führten Freudentänze auf.

Doomsday schien gerettet.

Jett Sherman und Pal Sortsch sahen sich an, nickten sich zu und schüttelten sich die Hände.

Ras Tschubai musste sich setzen.

Er konnte die Freude der Menschen in den Straßen nicht ganz mitempfinden. In die Erleichterung mischte sich ein Wermutstropfen.

Es hatte zu viele Opfer gegeben.

E'Cuuna erhob sich, kam auf ihn zu und streckte ihm die Hand entgegen. Lange sahen die beiden Männer sich an, bevor Ras sie ergriff.

»Der Albtraum ist vorbei«, sagte der Regent leise, doch er dachte das Gleiche wie Ras.

Wie viele Opfer hatte es gegeben? Und wofür?

»Sprechen Sie wieder zur Bevölkerung«, sagte der Terraner. »Sprechen Sie, bis Sie heiser sind, E'Cuuna. Ihr Volk braucht Sie jetzt. Noch feiern sie ihr Überleben, aber die Ernüchterung kommt bald.«

Der Regent nickte und setzte sich wieder vors Mikrophon.

10.

Fünf Tage waren vergangen, und für die drei Terraner schlug die Stunde des Abschieds.

Nur sie, der Regent, die beiden Jäger und der Telepath befanden sich in einem von E'Cuunas Privatgemächern im Regierungspalast, der beim Angriff der »Extragalaktiker« keinen einzigen Treffer abbekommen hatte, was Ras' Behauptung von einem gezielten, genau kalkulierten Chaos nachträglich bestätigte.

Die Verwüstungen waren, im Nachhinein betrachtet, weit weniger groß, als es zunächst den Anschein haben musste. Insgesamt waren 4627 Menschen ums Leben gekommen. Ein Viertel der Wohn- und Verwaltungsgebäude war zerstört oder stark beschädigt worden. Etwa die Hälfte der Magnetbahnstrecke musste neu aufgebaut werden. Die Bewohner der Städte waren bereits dabei, die in die Straßen geschmolzenen Schluchten mit Erdreich zu füllen und mit neuem Asphalt zu überziehen. Ebenso wurden Schäden in der Kanalisation repariert und durchtrennte Kabelstränge neu verlegt. Doomsday befand sich im Wiederaufbau. Bagger und Raupenfahrzeuge entfernten die Trümmer. In die Stadtmauern geschossene Breschen wurden schnellstens ausgebessert. Noch traute man dem Frieden nicht, obwohl über dem Dschungel patrouillierende Gleiter berichtet hatten, dass die Mooner sich tatsächlich in ihre Dörfer zurückgezogen hatten und Ruhe bewahrten. Die Handelsgesellschaften machten bereits Pläne zur Wiedererrichtung ihrer Niederlassungen, und die von den Kommissaren zeitweilig festgesetzten Jäger sammelten sich in ihren Spelunken, um wieder in den Dschungel zu gehen.

»Was wird aus den Kommissaren und den anderen, die für die ZGU arbeiteten?«, fragte Ras.

E'Cuuna saß ihm an einem großen runden Tisch gegenüber, auf dem Getränke und kulinarische Kostbarkeiten des Planeten für seine Gäste bereitstanden.

»Ich werde sie bestrafen müssen«, sagte der Regent. »Sie haben sich schuldig gemacht. Auch wenn sie über die wahre Identität derer, die ihnen die Macht als Belohnung für ihren Verrat versprachen, nicht Bescheid wussten, so waren sie doch bereit, die gesamte Bevölkerung Doomsdays ihrer Machtgier zu opfern. Und das Volk soll das Urteil über sie fällen.«

Ras nickte langsam. Dies war eine Angelegenheit der Doomsday-Menschen, in die er sich nicht einzumischen hatte.

»Sagen Sie mir, wie ich Ihnen danken kann«, fuhr der Regent fort. »Von nun an dürfte die Sicherheit Doomsdays garantiert sein, durch das Imperium Dabrifa und«, er lachte humorlos, »durch die ZGU. Beide Sternenreiche haben starke Verbände in unserer Nähe stationiert, und beide trauen sich gegenseitig nicht über den Weg. Solange sie sich misstrauisch beobachten, wird keine der beiden Parteien es wagen, auch nur um eine Lichtminute zu nahe an Doomsday heranzukommen. Vor allem die ZGU kann heilfroh sein, dass sie mit einem blauen Auge davonkam und die ›Extragalaktiker‹ schnell genug in ihre ferne Heimat zurückfanden.« Wieder lachte E'Cuuna. »Ich gehe jede Wette ein, dass sie als ZGU-Schiffe zurückgekehrt sind, nachdem sie ihre Tarnung entfernten. Immerhin – beide Sternenreiche haben uns ihren Schutz garantiert. Welcher Planet kann außer Doomsday noch auf zwei so starke Schutzpatrone verweisen?«

Beißender Spott klang aus E'Cuunas Stimme. Ras war nachdenklich.

»Doomsday ist bestimmt kein Einzelfall. Sie kamen mit Glück davon, aber andere Welten in ähnlichen Lagen …«

»Eines Tages wird es wieder ein Solares Imperium geben«, sagte E'Cuuna mit Bestimmtheit. »Und wir wissen nun, wo unsere wahren Freunde sind. Wir waren Narren! Wir fielen auf die Erstbesten herein, die uns großartige Versprechungen machten!«

»Eines Tages, ja, aber wie lange dies dauern wird, liegt nicht in unserer Hand.« Ras trank und sah den Regenten, Tensen, dann Stace und Sharla ernst an. »Sie wissen, dass Sie vergessen müssen, was Sie über die Erde erfahren haben.«

E'Cuuna nickte.

»Wir werden es vergessen. Wir haben die Mittel dazu.«

Ras zweifelte nicht daran. E'Cuuna würde Wort halten, denn dies war der einzige Dank, den er der Erde abstatten konnte.

»Tensen hat sich nun doch dafür entschieden, auf Doomsday zu bleiben«, sagte E'Cuuna. Er drehte sich zum Telepathen um und lächelte. »Auch er wird vergessen müssen, aber ich bin froh über seine Entscheidung. Er wird mir ein Garant dafür sein, dass sich das, was wir erleben mussten, nicht wiederholt.«

»Falls er nicht selbst ...«

Tensen zuckte zusammen, als er Ras' Gedanken las. Er errötete.

Tschubai grinste. »Vergönnen Sie mir diesen kleinen Scherz. Niemand zweifelt an Ihrer Loyalität. Schade, wir hätten Sie gebrauchen können.« Ras Stimme klang plötzlich traurig. »Es gibt leider nicht mehr viele von uns, und wir haben einen Gegner, der ...«

Er sprach nicht zu Ende. Schon früher, als ihm lieb sein konnte, konnte er gezwungen sein, wieder gegen Ribald Corello, den unheimlichen Supermutanten antreten zu müssen, zusammen mit den wenigen Mutanten, die Perry Rhodan geblieben waren.

»Ich verstehe Sie gut«, sagte Tensen leise. »Aber ich gehöre hierher, und das abenteuerliche Leben als Mitglied des Mutantenkorps wäre mit Sicherheit nichts für mich.«

»Abenteuerlich und gefährlich«, murmelte Tschubai, mit den Gedanken schon wieder im Solsystem.

»Ich wünsche Ihnen allen viel Glück«, sagte er. Der Reihe nach sah er E'Cuuna, Tensen, Maccabor und seine Gefährtin an. Er stand auf und schüttelte den beiden Jägern die Hände. »Ihr geht auch zurück in den Dschungel?«

»Ja«, antwortete Maccabor grinsend. Er warf Sharla einen Seitenblick zu. »Zusammen. Ich glaubte bis vor Kurzem nicht, jemals wieder mit einer ... Partnerin jagen zu können. Gegen Sharlas Charme bin ich machtlos.«

»Ha!«, machte das Mädchen.

»Vielleicht war der Angriff aus dem Weltraum ein zusätzlicher Schock für die Mooner«, sagte Ras. »Jene, die von unserem Schauspiel nicht überzeugt wurden und im Stillen zweifelten, werden darin eine Strafe der Götter gesehen haben. Vielleicht werde ich eines Tages zurückkehren und Doomsday noch einen Besuch abstatten. Ich bin der festen Überzeugung, dass es dann keine Feindschaft zwischen Menschen und Moonern mehr geben wird.«

»Das hoffen wir alle«, sagte E'Cuuna.

Sie standen auf, sahen sich noch einmal an und schüttelten sich ein letztes Mal die Hände. Es war nichts mehr zu sagen. E'Cuuna wusste, an wen er sich zu wenden hatte, sollten die beiden »Schutzmächte« auf die Idee kommen, gemeinsame Sache zu machen und den Planeten unter sich aufzuteilen. Die Möglichkeit konnte immerhin nicht ausgeschlossen werden. Doomsday würde seine Waren wieder nach Olymp schicken, und Kaiser Anson Argyris würde ein waches Auge auf den Planeten haben.

Jett Sherman und Pal Sortsch stellten sich neben den Teleporter.

»Und nun freue ich mich auf die Begegnung mit einer bezaubernden jungen Dame«, scherzte Tschubai. »Nur schade, dass sie mich kaum wiedererkennen wird …«

Ras ergriff die Hände der SolAb-Agenten und entmaterialisierte mit ihnen, gerade als E'Cuuna noch einen weiteren Anlauf nehmen wollte, um sie seiner Dankbarkeit zu versichern.

Diesmal sprangen sie nicht direkt an Bord der URSA MAJOR, die im Ortungsschatten der Sonne inzwischen auf sie warten musste. Sie teleportierten zum Raumhafen und bestiegen einen Frachter, dessen Besatzung die Anweisung bekommen hatte, die drei, die E'Cuuna den Doomsday-Menschen als Agenten von Olymp vorgestellt hatte, zu ihrem wartenden Schiff zu bringen.

Antje Freudenberg erwartete ihre Passagiere mit finsterem Gesicht. Breitbeinig und die Fäuste in die Hüften gestemmt, stand sie vor dem Panoramaschirm und musterte Ras Tschubai, Jett Sherman und Pal Sortsch geringschätzig.

Alle drei trugen noch die Kleidung der Doomsday-Menschen. Ras' Gesicht war noch geschminkt. Die krausen Haare lagen unter der Perücke. Der Schnurrbart zierte nach wie vor seine Oberlippe.

»Geht an eure Plätze!«, befahl die Kommandantin der URSA MAJOR den beiden Männern, die die Terraner in Empfang genommen und in die Zentrale geführt hatten. Dann machte sie einen Schritt auf die drei zu und musterte jeden von ihnen eindringlich.

»Und wegen euch haben wir zwei Tage in dieser gottverlassenen Gegend warten müssen. Seltsame Passagiere, um keinen härteren Ausdruck zu gebrauchen. Na, mir soll's recht sein. Wenn Argyris so ein Theater um euch macht, müsst ihr wichtig für ihn sein.« Sie winkte ab. »Ich an seiner Stelle würde keinem vertragsbrüchig gewordenen Handelspartner hinterherlaufen. Soll ich euch deshalb nach Olymp bringen? Wollt ihr um Schönwetter bitten?«

»Lady«, sagte Ras eine Spur zu höflich. »Von welchem Theater sprechen Sie?«

»Ich wette, du weißt ganz genau, wovon ich rede, Langer! Und hör auf, mich anzugrinsen!«

Ras wurde ernst. Sie war offenbar der Ansicht, es mit einer Delegation von Doomsday zu tun zu haben, die nach Olymp gebracht werden sollte, um dem Kaiser das Ausbleiben der Warenlieferungen zu erklären und die Handelsbeziehungen wiederaufzufrischen. In gewissem Sinn stimmte das sogar. Ras wollte Argyris um Wirtschaftshilfe für Doomsday bitten. E'Cuuna wusste davon allerdings nichts.

»Du grinst ja schon wieder!«, erzürnte sich die Kommandantin.

»Ich musste nur gerade daran denken, wie Sie mir beschrieben wurden. In gewisser Hinsicht hatten die Leute recht.«

Sie kniff die Augen zusammen.

»Was meinst du? Wer hat über mich geredet?« Sie fuhr herum und starrte wütend die beiden Raumfahrer an, die die Passagiere zur Zentrale gebracht hatten. »Die beiden Kerle?«

»Nein«, wehrte Ras schnell ab. »Aber Ihr Ruf ist weitverbreitet. In Raumfahrerkneipen zum Beispiel. Dort nennt man Sie …«

»Wie?«

»Nun … ein Mannweib!«

»Die beiden Kerle haben doch geredet!« Sie drehte sich wieder zur Mannschaft um und schüttelte die Fäuste.

»Bestimmt nicht, Lady«, versicherte Ras. »Und ich sagte, die Leute hätten *in gewisser Weise* recht. Wer Sie als Mannsweib bezeichnet, hat noch nie eine richtige Frau gesehen.«

Antje Freudenbergs Augen wurden zu schmalen Schlitzen.

»Irgendwann muss ich das schon mal gehört haben …«, murmelte sie. Aber ihre Miene wurde um eine Spur freundlicher. »Egal. Du scheinst jedenfalls ein Gentleman zu sein, Langer. Sag, sind deine Begleiter immer so schweigsam?«

Ras hatte Mühe, ernst zu bleiben. Sie hatte tatsächlich alles vergessen.

Leider, dachte er wehmütig.

Und so erklärte er ihr zum zweiten Mal, dass Sortsch taubstumm und Sherman kein Freund vieler Worte war. Sie nickte und sah ihn unaufhörlich mit einem schwer deutbaren Blick an.

Schließlich ließ sie ihnen von einem Raumfahrer ihre Quartiere anweisen.

»Eine seltsame Frau«, meinte Tschubai, als die SolAb-Agenten in ihren Kabinen waren.

»Ja«, bestätigte der Raumfahrer mit gequältem Grinsen. »Ich möchte nicht darüber reden. Aber …«

»Ja?«

»Seit einiger Zeit ist sie noch merkwürdiger als sonst. Sie redet immer wieder von einem einsamen Planeten und einem Mann, einem Gentleman, mit dem sie eines Tages …« Er winkte ab und sah sich schnell um, als suchte er verborgene Mikrofone in den Korridorwänden. »Reden wir nicht darüber. Ich glaube, dass sie …« Er tippte sich bezeichnend mit dem Zeigefinger gegen die Stirn.

Ras grinste und betrat seine Kabine.

Er ließ sich auf die Liege fallen und starrte die Decke an. Konnte es sein, dass er einen so nachhaltigen Eindruck auf sie gemacht hatte, dass sie trotz der Hypno-Behandlung im Unterbewusstsein Erinnerungen an ihn hatte?

Ein schmeichelnder Gedanke …

Dann dachte er wieder an Doomsday und den Plan der ZGU, an all die Menschen, die nur knapp dem Tod entronnen waren. Wie viele Doomsdays gab es noch? Wie viele Welten, deren Bewohner in der gleichen oder einer ähnlichen Gefahr schwebten wie der, die gerade noch hatte abgewendet werden können?

Der Türsummer riss den Teleporter aus seinen Gedanken.

»Bitte!«, rief er.

Antje Freudenberg trat ein. Ras stand auf und blickte sie erwartungsvoll an.

»Setz dich ruhig wieder hin, Langer«, sagte die Kommandantin. »Ich bin nur gekommen, weil …«

»Weil?«

Sie schlug mit der Faust auf eine Stuhllehne.

»Irgendwie erinnerst du mich an jemanden!«

»Und das ist so schlimm?«

»Pah! Schlimm ist, dass ich nicht weiß, an wen! Aber er war ein Gentleman.«

»Der mit Ihnen auf einen einsamen Planeten … auswandern wollte?«

Sie starrte ihn mit offenem Mund an.

»Woher …?«

Die Versuchung war groß. Aber selbst wenn er ihr nun davon berichtet hätte, dass dieser »Gentleman« kein anderer als Ras Tschubai gewesen war, sie hätte ihn verlacht.

Ras schüttelte schmunzelnd den Kopf und trat auf sie zu.

Was einem Ras Tschubai gelungen war, sollte, er, der Mann von Doomsday, allemal schaffen!

Als die URSA MAJOR auf Olymp gelandet war, dauerte das Abschiednehmen länger als beim vorigen Mal.

Sherman und Sortsch standen schweigend wie immer in der Schleuse und warteten darauf, dass Ras Tschubai und Antje Freudenberg endlich erschienen. Sortsch machte Handzeichen, und Sherman nickte nur bekräftigend.

Dann endlich, nach einer guten Viertelstunde, kamen die beiden. Die burschikose Kommandantin der URSA MAJOR hatte einen seltsam verklärten Blick, und Ras bot ein nicht viel anderes Bild.

Sortsch machte Zeichen in der Taubstummensprache, und Sherman bewegte lautlos die Lippen.

»Was hast du ihm gesagt?«, wollte die Freifahrerin wissen.

»Dass ich seine Meinung voll und ganz teile«, erklärte Sherman.

»Worüber?«

»Ein seltsames Paar, wirklich«, meinte Antje Freudenberg. Noch einmal sahen sie und Ras sich tief in die Augen.

»Solltest du noch einmal nach Olymp kommen, dann ...«

»... frage ich nach der URSA MAJOR«, vollendete der Teleporter.

»Woher weißt du schon wieder, was ich sagen wollte?«

»Eingebung, liebste Antje, reine Eingebung.«

Sie sah ihn forschend an, gab aber dann endgültig alle Versuche auf, aus ihm schlau zu werden.

»Hier.« Sie griff sich in eine Tasche der fantasievollen Bordkombination und reichte ihm etwas, das in rosa Papier verpackt war.

»Für mich?«

»Für wen sonst! Mach's auf, wenn ihr unten seid. Ein kleines Andenken an mich.« Sie holte tief Luft. »Und jetzt macht, dass ihr von Bord kommt!« Sie legte die Arme um Ras und küsste ihn lange.

Dann fuhr sie auf dem Absatz herum und verschwand. Ihre Stimme war zu hören, als sie ihre Mannschaft zusammenstauchte.

Die Terraner verließen das Schiff. Als sie die Verwaltungsgebäude am Rand des Landefelds erreicht hatten, blieb Ras stehen und entfernte das Papier von seinem »Andenken«.

»Ein Bild«, murmelte Sherman, der ihm über die Schulter blickte. »Von einem Mädchen. Sie hat eine Tochter?«

Ras schmunzelte. Ein etwa fünfzehnjähriges Mädchen mit Pausbacken und dunkelblondem Pony-Haarschnitt, frechen Augen, einem braven, aber unausrechenbaren Gesicht.

Ras drehte das Bild um und las:

»Auch ich sah einmal anders aus …!«

Ras steckte das Bild schnell ein, bevor Sherman den Text lesen konnte. Nein, erkannt hatte sie ihn gewiss nicht. Vielleicht glaubte sie, ihm früher schon einmal begegnet zu sein, irgendwo, unter Raumfahrern, auf einem anderen Planeten, irgendwann …

Ras räusperte sich und ging weiter.

Anson Argyris erwartete sie. In wenigen Stunden würden sie wieder über die Straße der Container gehen. Vorher aber war noch eine Menge mit dem Freihändlerkaiser zu bereden.

Über Doomsday, über die ZGU, über den Telepathen, der nichts mehr von der Erde wusste.

Und über die Menschen, die ihre Welt Doomsday genannt hatten. Ras glaubte nun zu wissen, warum.

Dort, auf dem Planeten, den sie sich zur Heimat gemacht hatten, wo sie sich unter großen Opfern etabliert hatten, wollten sie bleiben bis zum Ende aller Tage. Sie liebten ihre Welt und würden ihr die Treue halten.

Ras verstand Tensen. Er verstand ihn nur zu gut. Er liebte seine Welt ebenso sehr wie er die Erde.

ENDE

Auch Horst Hoffmann ist zum ersten Mal in den neuen Planetenromanen vertreten – Zeit also, ihn vorzustellen, zumal er sich bei PERRY RHODAN nicht nur einen Namen als Autor machte, sondern zudem als Chefredakteur tätig war.

Horst Hoffmann wurde am 21. März 1950 in Bergheim geboren, wo er heute auch lebt. Nach dem Abitur begann er zunächst ein Studium der Kunstgeschichte, anschließend der Volkswirtschaft. Dann allerdings fasste er den Entschluss, professioneller Schriftsteller zu werden, was das Ende seines Studiums bedeutete.

Er war bereits Mitte der siebziger Jahre kein Unbekannter mehr in der SF-Szene. So erschien eine seiner Kurzgeschichten (»Blockierte Seelen«) schon im November 1974 auf der Leserkontaktseite von PERRY RHODAN-Band 691. Sein ernsthafter Durchbruch als Schriftsteller erfolgte 1976 mit seiner ersten Romanveröffentlichung in der kurzlebigen SF-Serie »Gemini Science Fiction« des Kelter-Verlages, von der 1976 und 1977 insgesamt 47 Hefte veröffentlicht wurden. Der Roman hieß »Sie kamen von jenseits der Sterne« und erschien unter dem Pseudonym Neil Kenwood, ebenso zwei weitere Romane, die der Autor über eine Agentur an Kelter verkaufte.

Es folgten Romane für TERRA ASTRA (1976), ATLAN (1977) und »Raumschiff Orion« (1977). Für den »König von Atlantis«-Zyklus der ATLAN-Serie zeichnete er von Band 300 bis 343 Karten und Innenillustrationen, die die Atmosphäre dieser Bände und ihrer Handlung maßgeblich beeinflussten.

Über die MYTHOR-Serie landete er schließlich 1982 bei PERRY RHODAN. Sein erster Band war im April dieses Jahres »Der Weg der Porleyter« mit der Bandnummer 1076. In rascher Folge kamen drei weitere Romane heraus, deren letzter im Dezember 1982 der längst legendäre Band 1111 war. In »Die Macht der Elf« nahm er, der Bandnummer entsprechend, die Serie auf die Schippe, blieb ihr dabei aber in einem gewissen Respekt verhaftet.

So lässt er Gucky auf einem von diesem »Gucklon« genannten Planeten auf ein Gemeinschaftswesen stoßen, das aus elf einzelnen Individuen besteht. Diese nennen sich Hakn, Clda, Kahas, Ervl, Hgew, Hgfr, Dgwi, Kuma, Pegr, Masy und Wivo – man sieht, worauf das hinausläuft … Sie stammen aus einer anderen Existenzebene, zusammen bilden sie die Macht der Elf. Allerdings ist ihr Schicksal unauslöschlich mit den Handelnden dieser Realität verbunden. Diese Verbundenheit besteht seit 1111 Einheiten, und vielleicht wird es in weiteren 1111 Einheiten zu einem weiteren Kontakt kommen …

Man kann sich vorstellen, dass der Roman die Gemüter erregte, und Horst Hoffmann nahm sich erst einmal eine Auszeit, bis sich die Wogen wieder geglättet hatten.

Die Schreibpause dauerte neun Jahre und endete im August 1991 mit »Report der Unsterblichkeit«. Ab dann erschienen über lange Zeit in regelmäßigen Abständen PR-Romane von Horst Hoffmann, und er wurde zu einer wichtigen Stütze der Serie.

Allerdings war er ihr nie wirklich verloren gegangen: Nach dem Tod von William Voltz übernahm er 1985 die Redaktion der Silberbände (die er bis Ende 2002 und Band 80 innehaben sollte) sowie die Betreuung der Leserkontaktseite. Zudem war er von Ausgabe 111 bis Ausgabe 148 für den Inhalt des PERRY RHODAN-Reports verantwortlich. Und nicht zuletzt wurde er zum PERRY RHODAN-Chefredakteur befördert – ein Posten, der eigens für ihn geschaffen wurde. Bis dahin hatte es keine Person im Verlag gegeben, die hauptamtlich nur für die größte Weltraumserie zuständig war. Diesen Posten gab Horst Hoffmann aber schon 1987 an Dr. Florian F. Marzin ab.

Als im Jahre 2004 der Band 2222 der Heftromanserie anstand, war es eigentlich nur folgerichtig, dass der Autor auch diesen Band schreiben würde. Deshalb erschien am 19. März »Rendezvous mit der Ewigkeit«. Der Roman spielte diesmal aber nicht im eigentlichen Perryversum, sondern in einer Parallelrealität, was die Gemüter nicht ganz so stark erhitzte. Dennoch trafen wir auch hier auf alte Bekannte, denen wir schon in Band 1111 begegnet waren – richtig: die »Gucklon-Wesen«. Der Kontakt kam also tatsächlich nach weiteren 1111 Einheiten erneut zustande.

Im September 2009 gab Horst Hoffmann nach 27 Jahren (die Auszeit mitgerechnet) seinen Abschied aus dem Autorenteam der PERRY RHODAN-Serie bekannt. Sein letzter Band war Nummer 2509, »Insel im Nebel«.

Insgesamt verfasste Horst Hoffmann 133 Heftromane für die PERRY RHODAN-Serie; damit liegt er auf Platz 7 der »ewigen« Autorenstatistik der Serie. Hinzu kommen 13 Planetenromane und 62 ATLAN-Hefte (58 davon ab Band 312 bis zum Ende der Serie, weitere vier in den Miniserien). Hervorgehoben werden soll zudem seine Mitarbeit an der »Orion«-Serie, zu der er insgesamt 30 Romane beisteuerte (neun in der eigenständigen Serie, die restlichen 21 im Rahmen von TERRA ASTRA, darunter die von ihm konzipierten »Jugendabenteuer« der Crew um Cliff Allistair McLane).

Dass Horst Hoffmanns literarisches Schaffen einen starken humorvoll-satirischen Zug hat, war ja bereits zu bemerken – da verwundert es auch wenig, dass er bereits 1976 mit dem Satire-Fanzine »Watchtower« auf sich aufmerksam machte. In vielen seiner Romane findet man humorvolle, manchmal gar klamaukartige Elemente. Insbesondere sein Taschenbuch »Als die Kröten kamen« (Band 380, November 1994) hat hier eine gewisse … Berühmtheit erlangt.

Der Autor hat aber zudem das Perryversum mit seinen eigenen, unverwechselbaren und schwer zu vergessenden Figuren bereichert. Er kam gut mit den Ennox zurecht, und später nahm er sich gern des »Triumvirats der Kleinen« an (Gucky, Beodu und Salaam Siin – da sind wir schon im Linguiden-Zyklus). Zweieinhalb Jahre lang (ab Band 1657 vom Mai 1993) begleitete uns der enigmatische Cyrn Dow durch die Handlung, bis sich

Ende 1995 sein Schicksal in Band 1792 gegen Ende des Hamamesch-Zyklus erfüllte.

In seinen Taschenbüchern erzählte Horst Hoffmann gern einfach spannende Geschichten vor dem großen Hintergrund des Perryversums; eine davon haben wir in diesem Band abgedruckt. Sie ist während des »Tausendjahressprunges« zwischen den Bänden 399 und 400 der Heftromanserie angesiedelt, über den wir im Nachwort zu Taschenheft 34 bereits berichtet haben. Wieder einmal stehen die Machenschaften der ZGU, der Zentralgalaktischen Union, im Mittelpunkt. Vielleicht liegt es daran, dass uns seinerzeit in der Heftserie die ZGU zwar als Teil der »Antiterranischen Koalition« vorgestellt wurde, wir aber deutlich weniger über sie hörten als über den Carsualschen Bund sowie das Imperium Dabrifa.

Im vorliegenden Falle breitet Horst Hoffmann vor diesem Hintergrund ein actionreiches Planetenabenteuer vor unseren Augen aus. Als Handlungsträger hat er sich dabei Ras Tschubai ausgewählt, einen der ersten Mutanten der Serie, der bereits in Band 4 zu Perry Rhodan findet. Ihm sind wir schon in Band 32 in einem vergleichbaren Einsatz für Terra begegnet, zusammen mit dem Telepathen und Orter Fellmer Lloyd.

Beide Mutanten wurden im Sommer 1990 im Rahmen des »Großreinemachens« des Linguiden-Zyklus »entsorgt«. Dies liegt aber zum Zeitpunkt der Erstveröffentlichung des vorliegenden Romans noch zehn Jahre in der Zukunft, sodass der Autor sich eines aktiven und beliebten Charakters bedienen kann.

Manchmal (wenn auch selten) aber schloss Horst Hoffmann auch Lücken in der vergangenen Serienhandlung oder ergänzte älteres Material sinnvoll; mit einem Beispiel dafür beschäftigen wir uns im zweiten Teil dieser Sammlung.

Rainer Nagel

Horst Hoffmann

Wächter der Unsterblichkeit

Er regiert den Planeten History – er ist Herr über Leben und Tod

Warum entführten die Tefroder über Jahrtausende hinweg Menschen von der Erde?

Eine wichtige Rolle in der Entwicklung der Terraner spielte die Auseinandersetzung mit den Meistern der Insel, die über die Nachbargalaxis Andromeda herrschten. Es gibt eindeutige Beziehungen zwischen den im Lauf des Kriegs gegen die »Bestien« nach Andromeda geflohenen Lemurern (die später als Tefroder bekannt werden sollten), den Meistern der Insel und der Superintelligenz ES – Beziehungen, die für das Verständnis der kosmischen Bedeutung der Zweiten Menschheit von hoher Wichtigkeit sind.

Im Jahr 1173 Neuer Galaktischer Zeitrechnung enthüllte ES die Hintergründe des Entstehens der Meister der Insel – und doch ist dies nicht die einzige Version dieser Ereignisse. Es gibt andere, vielleicht teilweise bewusst unterdrückte. Der Einfluss übergeordneter Wesenheiten ist gerade in diesem Bereich überall fühlbar. Vielleicht wollte ES zuerst seine Beteiligung verschleiern?

Anhaltspunkte für solche Vermutungen gibt es durchaus. Es ist allgemein bekannt, dass die Meister der Insel unter großem Aufwand über Tausende von Jahren kleine Gruppen von Terranern von der Erde in der »Zweiten Galaxis« (wie die MdI die Milchstraße nannten) nach Apsuhol (also Andromeda) schaffen ließen. Die dazu notwendigen Reisen durch den Sonnentransmitter waren gefährlich und aufwendig. Die Entführten wurden auf dem Planeten Lando angesiedelt, dem einzigen Planeten einer kleinen roten Sonne in der abgeschotteten Zentrumszone Andromedas, der dazu eigens mit einem konservierenden Zeitfeld umgeben wurde.

Warum taten die Meister der Insel dies? Wussten sie, dass ihnen die Terraner dereinst gefährlich werden würden, und hielten sie sie deshalb von Anfang an unter Beobachtung? Falls ja – woher hatten die Meister dieses Wissen?

Mancher Berichterstatter ist der Ansicht, dass nur ES es ihnen vermittelt haben kann. Aber auch dann stellt sich die Frage: Warum? Die von den Lemurern abstammenden Tefroder waren unter ihren Herren ein Volk, mit dem die Superintelligenz ihre Mächtigkeitsballung zu stabilisieren versuchte. Erst später stellte sich heraus, dass die Mittel der MdI mit den Zielen von ES nur bedingt übereinstimmten.

Wollte das Geisteswesen bereits früh eine »Sicherung« einbauen? Oder wollte ES, das ja über die *Große Zeitschleife* Bescheid wusste und den Ablauf der Geschichte kannte, schon früh die Wurzeln für den Aufstieg der Terraner legen? Sah es die Terraner, bekanntlich ebenfalls Lemurerabkömmlinge, als die in seinen Augen legitimen Nachfolger der Tefroder an?

Sofern ES nicht noch einmal sein Schweigen bricht und sich dieses Mal eindeutig äußert (was sehr unwahrscheinlich ist), werden wir all dies nie erfahren. Klar ist, dass die Terraner nie von Lando (oder History, nach terranischer Lesart) erfahren sollten – denn als im Jahre 2404 n.Chr. Terraner in der Kontrollstation auf Lando materialisierten, schalteten die MdI das Zeitfeld ab. Ihrer Konservierung beraubt, zerfielen die Bewohner Landos/Historys allesamt zu Staub.

Das Geheimnis bleibt gewahrt.

(Aus: Hoschpians unautorisierte Chronik des 14. Jahrhunderts NGZ; Kapitel 3.0.1, Die Lemurer und ihre Bedeutung für die terranische Menschheit)

Prolog

Der Bildschirm zeigte kein Gesicht und keine Gestalt. Barim-Nantor sah nur ein Symbol.

»Hören Sie gut zu«, sagte eine Stimme, die mechanisch klang. »Ich erteile Ihnen einen Auftrag, Faktor neun. Es ist wichtig, dass er fehlerfrei und ohne Verzögerung ausgeführt wird. Sie sind mir persönlich dafür verantwortlich.«

Barim-Nantor spürte, wie er sich verkrampfte. Er gab sich Mühe, gefasst und entschlossen zu wirken.

Im Gegensatz zu ihm konnte sein Gegenüber mit Sicherheit jede Regung des anderen beobachten.

»Ich bin bereit, Faktor eins«, sagte er.

»Das freut mich. Sie werden sich an Bord eines Raumschiffs begeben, das ich bereits zu Ihnen geschickt habe. Mit diesem Schiff werden Sie in die Zweite Galaxis fliegen, zu einem Planeten, dessen Koordinaten im Bordcomputer gespeichert sind. Auch der Kurs, der in die Nachbargalaxis führt, ist dem Schiffsgehirn bekannt.«

Barim-Nantor brauchte einige Sekunden, um dies zu verdauen.

Mit vielem hatte er gerechnet. Es war selten, dass Faktor I sich außerhalb der festgesetzten Instruktions- und Beratungszeiten direkt an einen der anderen zwölf Meister der Insel wandte. Wenn es doch geschah, ging es um ernste Dinge, um Probleme, die überraschend aufgetaucht waren und schnelle Bereinigung erforderten.

»Sie werden dort landen«, fuhr die mechanische Stimme fort, »und Exemplare der eingeborenen, halbintelligenten Lebewesen an Bord nehmen. Seien Sie darauf vorbereitet, dass diese Wilden uns äußerlich ähneln. Es werden jedoch viele Jahrtausende vergehen, bis sie vielleicht einmal die Entwicklungsstufe der heutigen Tefroder erreichen. Haben Sie mich so weit verstanden, Faktor neun?«

Barim-Nantor nickte zögernd.

»Ich habe verstanden«, hörte er sich sagen.

Seine Stimme verriet, dass er gar nichts verstand.

»Stellen Sie jetzt Ihre Fragen«, forderte Faktor I ihn auf. »Sobald dieses Gespräch beendet ist, haben Sie keine Gelegenheit mehr dazu.«

Der Meister der Insel nickte abermals.

Dann hatte er sich wieder in der Gewalt.

»Ich war lediglich überrascht, Faktor eins«, gab er zu. »Eine Reise in die Zweite Galaxis ist nichts Alltägliches.«

Die künstliche Stimme lachte auf.

»Sie wollen sagen, dass Sie niemand kennen, der in der Zweiten Galaxis war und von dort wieder zurückgekehrt ist. Das soll nicht Ihr Problem sein, Faktor neun. Ich erteile keine Aufträge, deren Durchführung unmöglich wäre.«

»Ich habe nicht an Ihnen gezweifelt«, beeilte sich Barim-Nantor zu versichern.

»Weiter. Sie werden mit den Eingeborenen in diese Galaxis zurückkehren und sie zu einem Planeten innerhalb der Zentrumszone bringen, dessen Koordinaten Sie ebenfalls an Bord des Schiffes erfahren. Diese Welt ist eigens für den Zweck präpariert, die Bewohner jenes Planeten in der Zweiten Galaxis aufzunehmen und zu beherbergen. Diese Wesen werden dort nicht altern. Wenn Sie so wollen, kommen sie in den gleichen Genuss des ewigen Lebens wie Sie und die anderen Mitglieder unserer Organisation.«

Unwillkürlich fasste sich Barim-Nantor an die Brust und fühlte die kleine Kugel des Zellaktivators, der seinen körperlichen Alterungsprozess beim Stand von 59 Jahren aufgehalten hatte.

In diesem Augenblick wurde ihm etwas von der Bedeutung des Auftrags klar, den er da von Faktor I erhielt.

Schweigend wartete er ab, bis die Stimme weitersprach:

»Sie werden anschließend auf dieser Welt die Errichtung einer Station beaufsichtigen und für die Versorgung und den Schutz der Primitiven verantwortlich sein. In regelmäßigen Abständen sind weitere Exemplare der Planetarier aus der Zweiten Galaxis zu holen. Solange sie noch primitiv sind, genügen tausend Jahre. Später werden Sie häufiger in die Zweite Galaxis müssen.«

Barim-Nantor spürte Schwindel in sich aufsteigen. Was Faktor I da von ihm verlangte, das war kein gewöhnlicher Auftrag mehr. So wie seine Worte klangen, rechnete das Oberhaupt der Organisation mit einer langen Zeitdauer seines Projekts.

»Wozu?«, fragte der neunte Mann in der Hierarchie der Mächtigen. Die Frage rutschte ihm heraus, und er verfluchte sich für seine Unbeherrschtheit.

Er machte das Beste daraus, indem er sie neu formulierte:

»Verzeihen Sie meine Neugier, Faktor I, aber es könnte die Ausführung des Befehls vereinfachen, wenn ich etwas über den Sinn dieser Aktion wüsste …«

»Es ist mein Wunsch, dass es geschieht«, lautete die Antwort.

»Natürlich«, erwiderte Barim-Nantor, während seine Gedanken sich jagten.

Er wünschte, er hätte gewusst, wer sich hinter dem Symbol mit den beiden goldenen Galaxien verbarg. Es stand nicht nur für die absolute Macht innerhalb dieser Sterneninsel, sondern seit geraumer Zeit auch für erbarmungslose Härte gegen alles, was gegen Faktor I aufzubegehren wagte. Es war nicht gut, seinen Unwillen zu erregen.

Man lebte länger und besser, wenn man gehorchte, ohne viel zu fragen.

Barim-Nantor dachte bereits daran, dass ihn die Erfüllung einer derart wichtigen Aufgabe ein Stück näher an Faktor I bringen konnte. Es musste doch möglich sein, einen Platz unter den ersten fünf oder gar drei Männern der Sterneninsel zu erkämpfen.

»Sie erhalten die weiteren Informationen an Bord Ihres Schiffes«, sagte die Kunststimme. »Machen Sie sich jetzt zum Abflug bereit, Faktor neun. Ich erwarte Ihren Bericht, sobald die ersten

Eingeborenen des Beobachtungsplaneten eingetroffen und einquartiert sind.«

»Sie werden mit mir zufrieden sein, Faktor I«, versicherte Barim-Nantor.

Er wartete ab, bis der Bildschirm verblasst war.

Dann trat ein triumphierendes Lächeln auf seine Züge.

Natürlich war er im ersten Moment erschrocken, als er von der bevorstehenden Reise in die Zweite Galaxis hörte. Es war fast unvorstellbar, was Faktor I da von ihm verlangte.

Es war außergewöhnlich, aber nicht unmöglich. Auch Barim-Nantor wusste, dass es eine Reihe von technischen Geheimnissen der Vergangenheit gab, gigantische Anlagen, die den Abgrund zwischen den Inseln überbrückten. Faktor I kannte diese Geheimnisse.

Und er, Barim-Nantor, würde sie kennenlernen. Da war er jetzt vollkommen sicher.

Er beeilte sich, zum Raumhafen zu kommen. Was er brauchte, würden seine Diener ihm dorthin bringen.

1.

Die Zweite Galaxis; Valuur III

Auf dem großen Panoramaschirm funkelten die Sterne eines fremden Weltalls.

Die Besatzung der RAMESCH hatte sich von dem Schock erholt, der das Passieren der gigantischen Sonnentransmitter begleitet hatte. Viele Stunden lang war niemand an Bord handlungsfähig gewesen. Die Bordpositronik hatte den Kugelraumer nach dem fest einprogrammierten Kurs gesteuert.

Der Planet, der jetzt vor dem Hintergrund der fremden Sterne zu sehen war, umlief als dritter von insgesamt neun eine gelbe Sonne. Es gab keine Anzeichen für Raumfahrt in diesem System. Es lag in einem Spiralarm der zweiten Galaxis, in dem die Sterne nicht sehr dicht beieinanderstanden. Die Antennen der RAMESCH hatten auf dem Weg hierher mehrfach Hyperfunk registriert und einmal einen kleinen Raumschiffverband geortet. Hier allerdings schien alles ruhig zu sein.

Der Name des Kommandanten war Gronimo.

Gronimo stand äußerlich ruhig vor dem Pilotenpult und beobachtete, wie der dritte Planet sich unter dem Schiff drehte. Der Tefroder mit der für sein Volk typischen samtbraunen Haut und dem tiefschwarzen Haar hatte alle nötigen Befehle bereits gegeben. Im Haupthangar warteten drei Kommandos darauf, mit ihren Beibooten zu starten und Eingeborene von dem Planeten zu sammeln, der in den provisorischen Sternkarten der Zweiten Galaxis als Valuur III eingetragen war. Wer seiner Sonne den Namen Valuur gegeben hatte, das hatte der Kommandant der RAMESCH ebenso wenig zu interessieren wie die ganze Mission.

Gronimo wollte eines der drei Kommandos selbst anführen. Mit gemischten Gefühlen dachte er an den Mann, der ebenfalls mit von der Partie sein würde.

Er sah aus den Augenwinkeln, wie die hohe Gestalt des Meisters der Insel zu ihm trat.

Barim-Nantor überragte Gronimo um einen halben Kopf. Dabei war der Tefroder mit seinen 1,93 Metern selbst schon außergewöhnlich groß gewachsen. Barim-Nantor trug eine eng anliegende, silberfarbene Kombination. Jeder Muskel war darunter zu sehen. Der Meister hatte kein Gramm Fett zu viel. Sein Gesicht passte zum Körper eines Modellathleten. Es war wie eine stählerne Maske – hart und ausdruckslos, mit zwei pechschwarzen Augen und hellblondem Haar, das den Kopf bis zu den Ohren und in den Nacken wie eine dünne Kappe umgab.

»Wir müssen aufbrechen, Maghan«, sagte Gronimo. Er gebrauchte die Anrede, die seit einiger Zeit für die Beherrscher der Sterneninsel gebräuchlich war.

Wieder sah ihn der Mächtige mit diesem forschenden Blick an. Dann musterte er das Bild auf dem Schirm.

»Dies ist also der geheimnisvolle Planet«, sagte er gedehnt. »Man sollte meinen, er sieht aus wie jede andere Welt mit primitivem Leben.«

»Ja«, erwiderte Gronimo nur. Er trat zurück und deutete eine Verneigung an. »Bitte kommen Sie jetzt, Maghan.«

Der Meister folgte ihm mit entschlossen wirkenden Bewegungen zum zentralen Antigravlift. Gronimo fragte sich, was in seinem Kopf vorgehen mochte.

Sicher war, dass er ihm misstraute.

Gronimo war ihm mit der RAMESCH und ihrer Besatzung geschickt worden. Barim-Nantor musste sich fragen, von wem. Er musste sich fragen, welche Informationen Gronimo besaß, die er nicht hatte. Barim-Nantor war ehrgeizig. Seine Maske war diesbezüglich nicht schwer zu durchschauen. Er spielte das Spiel der Macht, und er spielte es vermutlich gut.

Doch allmählich begann er Gronimo mit seinen versteckten Fragen auf die Nerven zu gehen. Der Kommandant hatte jetzt andere Dinge zu beachten, und er konnte ihm auch keine Antworten geben.

Zwei der Landungsboote waren startfertig. Nur im dritten

standen die Luken noch offen. Gronimo nahm sich seinen Raumanzug und die Waffen aus einer langen Nische in der Hangarwand.

Der Meister der Insel lächelte nur überlegen, als er auf Gronimo wartete. Seine rechte Hand lag demonstrativ auf dem breiten Gürtel mit den vielen verschiedenen Kontakten.

»Es wird kalt sein«, sagte Gronimo.

»Machen Sie sich um mich keine Sorgen«, erhielt er zur Antwort.

Der Tefroder nickte und ließ Barim-Nantor den Vortritt ins Beiboot.

Der Landeplatz lag in den östlichen Ausläufern einer großen Hügelkette, hoch in der nördlichen Hemisphäre. Von der Kuppe aus ließ sich die weite Ebene übersehen, die am Horizont in eine Morast- und Seenlandschaft überging.

Es war eine raue, noch unberührte Welt. Ein eisiger Wind strich über dicht bewaldete Hänge. Gronimo entdeckte zwei größere Tierherden, die baumloses Gelände unterhalb von schroffen Felsen abweideten. Die Steinbrocken sahen aus wie in diese Landschaft hineingesetzt.

Gronimo deutete mit ausgestrecktem Arm nach Norden, als der Meister der Insel zu ihm trat.

»Dort haben die Sonden die Eingeborenen entdeckt«, erklärte er. »Ich schlage vor, dass wir fliegen.«

Der Vorschlag war insofern eine Farce, als das Fliegen die einzige rasche Möglichkeit war, sich auf dieser Welt schnell zu bewegen. Doch auch diese Entscheidung, wie alle anderen, behielt sich Barim-Nantor vor.

»Einverstanden«, sagte der Meister großzügig.

Gronimo fluchte im Stillen über die Arroganz und gab seinen Männern ein Zeichen. Einige von ihnen führten Antigravtragen mit.

Sie aktivierten ihre Antigrav-Paks und hoben wie ein Schwarm riesiger Insekten von der Hügelkuppe ab. Gronimo und Barim-

Nantor flogen an der Spitze gen Norden, wo die Erhebungen allmählich in die Ebene und den Morastsee übergingen. Das kugelförmige Beiboot blieb gut bewacht hinter ihnen zurück. Gronimo war ein vorsichtiger Mann.

Die frühzeitig von der RAMESCH ausgeschleusten Sonden hatten insgesamt drei Gruppen von menschlichen Eingeborenen entdeckt, und zwar an verschiedenen Stellen des Planeten. Es ging letztlich darum, repräsentatives Leben zu sammeln und auf Lando anzusiedeln.

Lando war der Name des Planeten, dessen Koordinaten in der Bordpositronik gespeichert waren. Noch niemand hatte ihn je gesehen, aber Gronimo ging davon aus, dass er Valuur III stark glich.

Gronimo überprüfte seine Paralysewaffe. Er hatte strikte Anweisung gegeben, nur mit Lähmstrahlen auf die Eingeborenen zu schießen. Er wusste nicht, was an ihnen so wichtig war, dass sie aus der Zweiten Galaxis nach Lando geholt werden mussten. Es hatte ihm zu genügen, *dass* sie es waren.

Gronimo war ein Mann, der nie viele Fragen stellte. Er war geeignet für heikle Aufgaben. Wenn ihm gesagt wurde, tue dies, dann führte er den Befehl so gewissenhaft wie möglich aus. Er fragte nicht nach dem Warum. Sein ganzer Ehrgeiz galt der Aufgabe, nicht seinem Weiterkommen in der Hierarchie der Raum flotte.

Wahrscheinlich war er deswegen für diese Mission ausgewählt worden. Er wusste es nicht.

»Dort drüben«, sagte er.

Barim-Nantor entdeckte die Eingeborenen ebenfalls.

Es waren etwa zwanzig. Sie trugen Felle und Keulen. Unter den Stricken, mit denen sie ihre primitive Bekleidung zusammenhielten, steckten einfache, große Messer, manchmal auch Beile. Alles in allem machten diese Geschöpfe einen trägen Eindruck. Aber das konnte sich vermutlich rasch ändern, wenn sie sich herausgefordert fühlten.

Sie bewegten sich über karges Land, von den Hügeln weg über die Ebene nach Südosten, wo der Morastsee lag. Möglicherweise waren sie auf der Suche nach neuen Jagdgründen. Mit ihren Kriegern, Frauen, Kindern und Alten musste es sich um einen ganzen Stammesverband handeln.

»Wir nehmen alle«, befahl Barim-Nantor. Seine Finger berührten den Gürtel. Um seinen Körper entstand das charakteristische Flimmern eines Individualschutzschirms.

Gronimo machte seinen Männern ein entsprechendes Zeichen. Sie schwärmten aus, als die Wilden sie sahen.

Die Paralysatoren der Jäger fauchten leise. In ihren Strahlbahnen brachen die Eingeborenen zusammen, einer neben dem anderen, in ungläubigem Erstaunen. Sie kamen nicht zum Schreien. Mütter sanken neben ihren Kindern zusammen, den Kriegern blieb nicht die Zeit, sich zu wehren.

Es war alles vorbei, bevor es richtig angefangen hatte.

»Hervorragend«, lobte der Meister der Insel die Aktion, als ob die Soldaten etwas Besonderes vollbracht hätten. »Schafft sie zum Boot. Nein, wartet noch.«

Gronimo sah erstaunt zu, wie Barim-Nantor landete und sich mitten zwischen die gelähmten Frühzeitmenschen stellte. Als der Meister eine Art Siegerpose einnahm, wusste er, was er wollte.

Geduldig winkte Gronimo einem Soldaten, der die Aufgabe hatte, die Eingeborenen in ihrer natürlichen Umgebung zu filmen und die Gefangennahme für spätere Anlässe zu dokumentieren. Er machte ihn auf den Maghan aufmerksam.

Die Holokamera richtete sich auf Barim-Nantor und verewigte ihn mit seiner »Beute«.

Gronimo wartete schweigend, bis der Meister der Insel wieder abhob. Ganz kurz spürte er eine eigentümliche Faszination, die von dem Szenario auf ihn ausgehen wollte. Es war nicht das erste Mal, dass er eingeborenen Intelligenzen fremder Welten gegenüberstand. Aber noch nie waren Menschen darunter gewesen, die vielleicht seine eigenen Vorfahren hätten sein können.

Das war allerdings kaum vorstellbar, und außerdem gab es für Tefroder einen blinden Fleck dort, wo es um ihre Herkunft ging. Über die Entwicklung zum Intelligenzwesen wurde auf keiner Schule etwas gelehrt. Die Schüler erfuhren lediglich, dass die Anfänge der Zivilisation schon zu weit zurücklägen, als dass es Sinn hätte, sich mit ihnen zu befassen.

Von Gronimo wurde nicht verlangt, dass er sich solche Gedanken machte. Deshalb verscheuchte er sie und gab das Kommando zum Rückflug. Die paralysierten Wilden wurden auf die Antigravtragen geladen.

Als das wartende Boot fast schon wieder erreicht war, traf der Notruf von einer der anderen beiden Fängergruppen ein.

Die Tefroder hatten sich hinter großen Steinen verschanzt und feuerten auf alles, was sich bewegte. Dem Befehl gehorchend, benutzten sie nur ihre Paralysatoren.

Doch damit konnten sie dem Dschungel nicht zu Leibe rücken.

Die Gruppe war in unmittelbarer Äquatornähe gelandet. Ihr Schiff stand in einer weiten, baumlosen Senke, die von mehreren kleinen Flüssen durchzogen wurde. Nach den Seiten stieg das Gelände leicht an und ging nach einigen Metern Höhenunterschied abrupt in dichten Dschungel über.

Die Sonde hatte die Menschen am Rand des Urwalds erspäht. Die Eingeborenen bewegten sich am dichten Gehölz entlang, als wollten sie einerseits dessen Schutz genießen, um auf der anderen Seite die Tiere der Senke zu jagen. Es gab reichlich Wild, von kleinen und flinken Springern bis hin zu den schwerfälligen, grauen Riesen, die in Herden durch das Land trotteten.

Es war den Tefrodern nicht schwergefallen, die Eingeborenen zu überraschen und zu lähmen. Doch als sie begonnen hatten, die Paralysierten auf die Tragen zu laden, erfolgte der Überfall.

Die ersten Wurfgeschosse aus den Baumkronen hatten gleich drei Soldaten zu Boden gestreckt. Zwei weitere waren im Hagel der Steine, Äste und Baumfrüchte zusammengebrochen, ehe die

Männer sich eine Deckung gesucht hatten und begriffen, dass sie es mit einer zweiten Gruppe von Wilden zu tun hatten.

Kein Kameraauge hatte sie entdeckt. Die Dschungelbewohner mussten durch die Schreie angelockt worden sein, die ihre überraschten Artgenossen noch von sich geben konnten.

Mit den entsprechenden Waffen wäre der Angriff für die tefrodischen Soldaten kein Problem gewesen. Sie hätten die Bäume kurzerhand niedergebrannt, mit allem, was dort existierte. Doch selbst wenn sie die Lähmstrahlen auf breite Fächerung einstellten, war damit kein durchschlagender Erfolg zu erzielen. Die Eingeborenen wechselten anscheinend ihre Positionen unglaublich schnell. Ihre Geschosse kamen immer wieder aus neuen Richtungen.

Dagegen waren die Tefroder auch hinter den Steinen nicht sicher. Sobald sich einer von ihnen aus der Deckung wagte, hagelte es Steine. Die Körperschutzschirme wehrten zwar auftreffende Energien ab, jedoch keine primitiven Geschosse.

An einen geordneten Rückzug war nicht zu denken, wollte der Kommandant der Gruppe keine Verletzten und Toten zurücklassen. So kam es, dass er einen Notruf an die RAMESCH sendete, der von dort sofort an Gronimo weitergeleitet wurde.

Keine halbe Stunde später war Gronimo da. Er wurde wieder von Barim-Nantor begleitet.

Ihr Beiboot hatte sie ausgeschleust, als es über dem Dschungel schwebte. Mit seinen Mitteln wäre es jetzt ein leichtes gewesen, das Problem rasch zu lösen. Doch Barim-Nantor wollte einen weiteren Auftritt. Offensichtlich fühlte er sich in der Rolle des Wilden-Bezwingers wohl.

Gronimo fluchte im Stillen über ihn, dachte aber in keinem Moment daran, ihm zu widersprechen. Er machte auch keine Sekunde lang den Fehler, diesen Mann zu unterschätzen.

Wer zu den Mächtigen gehörte und sich dort behauptete, der konnte kein Dummkopf sein. Schwächen erlaubte sich nur der ungestraft, der sie sich leisten konnte.

Allerdings schien der Meister der Insel diesmal die Regel durch die berühmte Ausnahme zu bestätigen.

Barim-Nantor verließ die Deckung hinter den Steinen, hinter die er und Gronimo sich ebenfalls begeben hatten, und schritt mit gewölbter Brust und hocherhobenem Haupt auf den Dschungel zu. Seine Hand lag auf dem Gürtel, um den TV-Schirm zu aktivieren, der völlig anders war als jene der Soldaten. Ein Prallfeld schützte vor jeder Art physischer Gewalt.

Barim-Nantors Auftritt hatte etwas Imponierendes. Gronimo hatte kurz seine Augen gesehen, als er sich erhob, und das kalte, berechnende Lächeln. Der Meister der Insel wusste, dass ihm im Schutz des Schirmes nichts geschehen konnte. Ein Befehl an das Beiboot genügte, und der Widerstand der Planetarier brach zusammen.

Aber Barim-Nantor wollte es eindrucksvoller.

Er hatte nichts zu befürchten. Vielleicht war es nur ein Nervenkitzel für ihn, noch ohne Schutzschirm zu gehen. Bei der ersten verdächtigen Bewegung im Gehölz, beim ersten verräterischen Laut würde er um ihn entstehen.

Vielleicht wollte er sehen, ob er die Wilden allein durch seine Ausstrahlung zum Kuschen brachte. Gronimo hätte nicht dagegen gewettet.

Doch auch ein Meister der Insel war kein Übermensch, der durch feste Materie sehen konnte.

Der Boden gab so plötzlich unter ihm nach, dass er instinktiv die Arme hochriss und nach einem Halt suchte. Er hatte die halbe Strecke zu den Bäumen zurückgelegt, und noch kein Stein war geflogen. Die Fallgrube brach ein, ohne dass Barim-Nantors Schutzschirm sich aktiviert hatte.

Gronimo stockte der Atem, als er den Meister der Insel scheinbar im Boden verschwinden sah und den abrupt abbrechenden Schrei hörte. Für einen Moment herrschte Totenstille, selbst die Geräusche des Dschungels schienen zu verstummen.

Gronimo konnte Barim-Nantor nicht sehen. Er musste zu der

bisher perfekt durch Äste, Laub und Humus getarnten Grube, sicher einer Falle der Eingeborenen für größere Tiere.

»Sie bleiben hier«, schärfte er den Soldaten ein. »Sie geben mir Feuerschutz, aber nur mit den Paralysatoren.«

Er wartete keine Bestätigung ab, sondern sprang auf und rannte los. Noch bevor er den Rand der Grube erreichte, erwachte der Dschungel zu neuem Leben.

Plötzlich brachen überall die dunklen Körper der Wilden aus dem Dickicht. Mit lautem Geschrei griffen sie an. Barim-Nantors Sturz und das Aufspringen Gronimos musste für sie ein Signal gewesen sein. Sie stürmten blindwütig vor, schleuderten dabei Steine und fuchtelten mit Äxten und Messern durch die Luft.

Gronimo schoss im Laufen. Er fällte auf Anhieb drei Gegner und warf sich vor der Grube flach auf den Boden. Ein Geschoss traf ihn an der linken Schulter, die anderen flogen über ihn hinweg. Hinter ihm begannen die Soldaten zu schießen. Jetzt, im freien Gelände, paralysierten sie die Planetarier ohne viele Umstände.

Gronimo brauchte sich nicht weiter um die Wilden zu kümmern. Doch was er sah, jagte ihm einen eiskalten Schauder über den Rücken.

Barim-Nantor lag mit dem Gesicht nach oben auf dem Grund der Grube, fast drei Meter unterhalb des Randes. Die Augen des Meisters waren geschlossen, Arme und Beine weit ausgestreckt. Barim-Nantor lag zwischen zwei langen und dicken, oben angespitzten Pfählen, die in den Boden gerammt worden waren. Nur wenige Zentimeter nach rechts oder links, und der mächtige Mann wäre nicht nur bewusstlos gewesen, sondern tot.

Doch das konnte sich jetzt ganz schnell ändern.

Die Schlange kroch mit dem Vorderkörper über Barim-Nantors Brust. Gronimo konnte nicht wissen, ob sie harmlos oder giftig war. Vorsichtshalber paralysierte er sie auf der Stelle. Ihr Kopf hatte sich schon gehoben, um dem Meister die Zähne in den Hals zu schlagen.

Leider wurde Barim-Nantor durch den Strahl ebenfalls vorübergehend gelähmt. Gronimo ließ sich vom Antigrav zum Grund der Grube tragen, ging in die Knie und hob den schlaffen Körper vorsichtig an. Er schüttelte die Schlange ab und sah dabei mit Entsetzen, dass sie bereits einmal zugebissen hatte.

Die beiden Wunden befanden sich an Barim-Nantors rechtem Handgelenk.

Gronimo vergaß seine schmerzende Schulter und stieg mit dem Mächtigen in die Höhe. Er rief seinen Männern Befehle zu und flog ihnen voraus zum Beiboot. Daran, dass möglicherweise schon ein tödliches Gift in Barim-Nantors Körper wirkte, durfte er gar nicht erst denken.

Er brachte den Bewusstlosen auf schnellstem Weg in die RAMESCH, wo die Ärzte bereits warteten.

Der Befund war eindeutig.

Das Gift war bereits bestimmt und ließ sich einer Gruppe zuordnen, die der tefrodischen Wissenschaft bekannt war. Als Gronimo von der medizinischen Station die Nachricht erhielt, war ein Gegenmittel schon im Blut des Meisters. Allerdings machten die Wissenschaftler Gronimo keine Hoffnungen. Sie taten, was sie tun konnten. Um Barim-Nantors Leben zu retten, hätte das Mittel sofort nach dem Biss injiziert werden müssen.

Nach menschlichem Ermessen war keine Rettung für den Meister der Insel mehr möglich.

Gronimo wachte persönlich bei dem Mächtigen. Er verfluchte Barim-Nantors Leichtsinn. Wenn er einen toten Meister der Insel nach Hause brachte, musste ihn das den Kopf kosten. Da konnte er hundertmal unschuldig sein. Auch seine Rettungsaktion würde nichts daran ändern, dass er zur Rechenschaft gezogen wurde.

Ein wenig Hoffnung keimte in ihm auf, als sich die Voraussagen über Barim-Nantors maximale restliche Lebenszeit nicht erfüllten. Der Meister der Insel lebte immer noch, obwohl das nach Ansicht der Ärzte gar nicht möglich sein durfte. Das

Gegengift war längst abgebaut, ohne gewirkt zu haben. Und doch stellten die Wissenschaftler maßlos erstaunt fest, dass sich die Giftkonzentration in Barim-Nantors Leib mehr und mehr verminderte, was nachweislich nicht auf das gegebene Mittel zurückzuführen war.

Schließlich schlug der Meister die Augen auf. Für die Ärzte war es ein Wunder, eine biologische und medizinische Unmöglichkeit, aber er lebte und erholte sich von Stunde zu Stunde, bis er die Krankenstation verlassen konnte.

Von da an genoss der Meister der Insel bei der Besatzung gottähnliche Verehrung.

Barim-Nantor bedankte sich nicht bei Gronimo. Der Meister der Insel verhielt sich so, als wäre überhaupt nichts geschehen. Er verlangte die Berichte über die abgeschlossene Aktion auf Valuur III, stattete den Räumen einen Besuch ab, in denen die Eingeborenen untergebracht waren, und ordnete die Heimreise an.

Gronimo zeigte keine Reaktion. Wenn er verärgert war, wich dieses Gefühl bald der Erleichterung darüber, dass er keine Strafe zu erwarten hatte. Im Grunde war er froh darüber, dass keine Verpflichtung nach irgendeiner Seite hin entstanden war.

So blieb er frei, dachte er.

Barim-Nantor schätzte seine Situation realistisch ein, und deshalb blieb Gronimo am Leben.

Der Tefroder hatte ihn aus der Grube geholt, in die er durch einen dummen Zufall geraten war. Barim-Nantor hatte auch die Lage im Angesicht der aggressiven Eingeborenen realistisch beurteilt. Seine Aktion war kein Leichtsinn gewesen. Die Chance, auf den wenigen Metern zum Dschungel auf die Abdeckung einer Fallgrube zu treten, stand eins zu einer Milliarde.

Es war immer gut, den Untergebenen von Zeit zu Zeit ein Schauspiel zu bieten. Das hatte mit Barim-Nantors Auftritt geschehen sollen. Darüber hinaus wollte er tatsächlich sehen, ob er die Wilden allein durch seine Entschlossenheit zähmen konnte.

Die verdammte Fallgrube hatte ihm die Schau gestohlen. Er war nie wirklich in Gefahr gewesen, dafür hatte er seinen Zellaktivator. Das Gerät neutralisierte alle Gifte, die sich innerhalb einer gewissen Zeit abbauen ließen. Dem Pech mit der Grube stand das Glück mit der Schlange gegenüber und wog es doppelt auf. Jetzt wurde Barim-Nantor für ein Überwesen gehalten, für unverletzlich und vielleicht auch – unsterblich.

Dem Meister der Insel gefiel der Gedanke, auch wenn er eine Einschränkung machen musste. Es war nicht gut, wenn die Sterblichen von seinem Zellaktivator erfuhren. Diese technische Komponente konnte zu leicht einen Mythos zerstören.

Was fing er mit Gronimo an?

Der Tefroder hatte vieles gesehen und miterlebt, vielleicht zu viel. Unter anderen Umständen hätte Barim-Nantor ihn kurzerhand getötet.

Aber er wusste noch immer nicht über Gronimos Hintergrund Bescheid. Er war ihm mit der RAMESCH von Faktor I geschickt worden. Hatte Faktor I ein Interesse an ihm? War die Wahl auf diesen Mann gefallen, oder gab es eine Verbindung, an die man besser nicht rührte.

Nein, Gronimo musste leben, vorerst.

Doch während des Fluges zurück in die Erste Galaxis änderte der Meister der Insel seine Meinung.

Es gab keinen Grund, den Tefroder aus dem Verkehr zu ziehen, ganz im Gegenteil.

Gronimos Verhalten überzeugte Barim-Nantor davon, dass dieser Mann, wie die Schlange, ein ausgesprochener Glücksfall für ihn war.

Gronimo war loyal und verschwiegen wie ein Grab. Einige Tests, denen Barim-Nantor Gronimo ohne dessen Wissen unterzog, bewiesen das. Er hatte keinen übersteigerten Ehrgeiz, der gefährlich war, und erfüllte seine Pflichten, ohne viele Fragen zu stellen.

Wenn Barim-Nantor sich auf unabsehbare Zeit um die Einführung von Eingeborenen aus der Zweiten Galaxis kümmern musste, brauchte er Untergebene, mit denen er eng zusammenarbeitete. Er hatte noch andere Dinge zu tun und konnte sich nicht auf ewig an Lando binden.

Faktor I wünschte, dass die Besatzungen der künftigen Station auf Lando mindestens alle drei Jahre ausgetauscht wurden. Er hatte dafür keine Gründe angegeben, aber es hing wohl mit dem ominösen Feld zusammen, das die Menschen nicht altern ließ. Wahrscheinlich galt dies also auch für die Tefroder. Unsterbliche Tefroder wären das Letzte gewesen, das die Meister der Insel gebrauchen konnten.

Je mächtiger ein Mensch war, desto größer waren die Schwächen, die er in einem unbeobachtet geglaubten Moment preisgeben konnte. Und je mehr verschiedene Personen er im Lauf der Zeit um sich hatte, desto höher wurde die Gefahr, dass jemand daraus Kapital zu schlagen versuchte.

Bei Gronimo, dessen war er ganz sicher, brauchte er diese Sorgen nicht zu haben.

An der richtigen Stelle eingesetzt, konnte Gronimo ihm einen Teil der Verantwortung abnehmen. Als Stationskommandant konnte er Lando und die dort angesiedelten Menschen verwalten, während Barim-Nantor sich um seine eigenen Geschäfte kümmerte.

Also Gronimo die Unsterblichkeit gewähren?

Barim-Nantor beschloss bei sich, den Tefroder zunächst weiter zu beobachten und dann seine endgültige Entscheidung zu treffen.

Die Unsterblichkeit und, wenn man sich ihrer bewusst geworden war, ihre Erhaltung konnte ein ausgezeichnetes Druckmittel sein, fand der Meister der Insel.

Und jederzeit genügte ein kurzer Befehl, Gronimo zu töten, falls er zum Problem wurde.

2.

Andromeda

Drei Jahre später war die Station errichtet und bereits ausgebaut. Es gab auf dem Grund eines der drei Ozeane, in rund zweitausend Meter Tiefe, mehrere Kuppeln, die untereinander durch Röhrensysteme verbunden waren. Schlanke Türme und Antennen gaben der Anlage ein bizarres Aussehen.

Der Kommandant der Station hieß Gronimo.

Barim-Nantor war zuletzt über ein halbes Jahr abwesend gewesen. Jetzt, als es an die Ablösung der Besatzung ging, war er zurückgekommen. An Bord seines Schiffes warteten im Orbit zweihundert Männer und Frauen darauf, ihre neuen Aufgaben zu übernehmen.

Gronimo nutzte die Gelegenheit, mit dem Meister der Insel einen Inspektionsflug zu unternehmen. Er wusste noch nicht, ob er bleiben konnte oder wieder ein Kommando über ein Raumschiff bekam. Wenn er unsicher war, ließ er es sich nicht anmerken.

Lange Zeit saßen die beiden Männer schweigend hinter den Kontrollen des Gleiters, den Gronimo über die Oberfläche des Planeten steuerte. Lando war tatsächlich wie ein Ebenbild der Welt in der Zweiten Galaxis, von der die Menschen stammten. Die Tage waren nur unwesentlich kürzer, die Schwerkraft geringfügig stärker. Sie ließ sich gut ertragen. Gronimo hatte selten eine bessere Sauerstoffatmosphäre geatmet. Die Luft war frisch und würzig. Die Kontinente waren von riesigen Wäldern bedeckt, die mit ihrer üppigen Vegetation für die Sauerstoffproduktion sorgten. Daneben gab es ausgedehnte Savannen und schroffe Gebirge.

Das tierische Leben ähnelte dem auf Valuur III insofern, als die Fische im Wasser Flossen und Kiemen hatten, die Vögel Federn, und die Säuger auf vier Beinen liefen. Es war das gleiche Bild wie auf allen vergleichbaren Sauerstoffplaneten in diesem

Stadium. Die Herrschaft der Reptilien war vorüber, die am besten für den Überlebenskampf gerüsteten Arten hatten sich durchgesetzt. Selten sah man Säuger mit sechs oder acht Beinen. Sie waren die große Ausnahme.

»Eine der drei Menschengruppen haust momentan am Fuß der Berge dort vor uns«, sagte Gronimo, nachdem sie sich erst einige Kilometer vom Meer entfernt hatten. »Diese Burschen bleiben nie lange an einem Ort, obwohl ihnen Nahrung fast im Überfluss zur Verfügung steht. Wenn sie kein Wild jagen können, ernähren sie sich von Früchten. Aber die Unrast treibt sie nach einiger Zeit immer wieder weiter.«

Barim-Nantor musterte ihn eindringlich von der Seite.

»Sie interessieren sich sehr für diese Wesen, nicht wahr?«, sagte er plötzlich.

Gronimo zuckte mit den Schultern.

»Es gehört zu meinen Pflichten, Maghan. Wenn ich diese Menschen gut verwalten soll, muss ich sie kennen. Ich meine damit, so gut kennenlernen, wie es uns unter den Umständen möglich ist.«

»Und wie gut kennen Sie sie?«

»Nie gut genug, Maghan«, erwiderte Gronimo, dem diese Art der Fragerei ausgesprochen unangenehm wurde.

Barim-Nantor nickte langsam.

»Ihr Urteil über sie«, verlangte er dann. »Sagen Sie mir ganz offen, was Sie von den Extragalaktikern halten.«

»Ich verstehe nicht, Maghan.«

»Keine Scheu, Kommandant. Ich habe Sie mit der Aufgabe der Verwaltung dieses Planeten betraut, damit ich eine Ansprechperson habe, die mich sozusagen auf Lando vertritt. Ich verlange von Ihnen, dass Sie mich jederzeit so ins Bild setzen, als wäre ich selbst an Ihrer Stelle.«

Das war logisch.

»Diese Kreaturen sind nicht dumm«, urteilte der Tefroder also. »Wir haben bei ihnen Gegenstände gefunden, die sie anfertigten.«

»Sie meinen primitive Waffen?«, unterbrach ihn der Meister. »Ihre Äxte und die Messer?«

»Nein, Maghan. Im Anfertigen und im Gebrauch ihrer Waffen sind die Menschen schon sehr versiert. Aber ich rede von Kunstgegenständen. Männer und Frauen des Stammes hier vor uns modellieren aus Stein, Holz und weichem Material Statuetten, die ihre Götter zeigen. Meist sind diese Götter weiblich, eine Art Urmutter scheint im Mittelpunkt ihrer primitiven Religion zu stehen.«

Barim-Nantor schwieg. Er machte auf Gronimo einen sehr nachdenklichen Eindruck, während der Gleiter auf einem Hochplateau zur Landung ansetzte.

»Sie würden es für möglich halten, dass diese Wilden eines Tages richtige Intelligenz entwickeln und vielleicht eine eigene Zivilisation haben werden?«, wollte der Meister wissen, als sie ausgestiegen waren.

Gronimo blickte ihn erstmals direkt an. Kurz hielt er dem Blick der Augen stand, die ihn schaudern ließen. Sie drückten etwas aus, das nicht mit Worten zu erklären war; vielleicht eine Mischung aus geheimem Wissen, Überlegenheit, Neugier und Kaltblütigkeit.

»Ich halte es für möglich, ja«, antwortete er.

Er wollte weitergehen, zum Rand des Plateaus, von dem aus man die Menschen vor ihren Höhlen sehen konnte. Sie befanden sich im gegenüberliegenden Schräghang. Um diese Tageszeit, es war noch früher Nachmittag, waren sie meistens draußen und schliefen zwischen dem Geröll.

Barim-Nantor hielt ihn am Arm fest.

»Gronimo«, sagte er ernst, »ich meinte die Menschen auf ihrem Planeten, Valuur III. Diese hier werden sich nicht weiterentwickeln. Sie werden auch keine Nachkommen haben. Wer nach Lando gebracht wird, der wird nach sehr kurzer Zeit unfruchtbar. Dies gilt auch für die Tefroder, solange sie ihren Dienst hier verrichten.«

»Warum sagen Sie mir das, Maghan?«, erkundigte sich Gronimo verwundert.

Barim-Nantor lächelte überlegen.

»Weil Sie es früher oder später selbst herausfinden würden, Kommandant. Ja, ich habe beschlossen, dass Sie hier auf Lando bleiben und die Extragalaktiker weiter betreuen. Sie werden sehen, dass die Menschen nicht älter werden. Sie werden sich darüber wundern, dass sie nach tausend Jahren noch keinen Schritt weiter in ihrer Entwicklung getan haben – vermutlich im Gegensatz zu den neuen Exemplaren, die dann aus der Zweiten Galaxis geholt werden.«

»In … tausend Jahren?«, rief Gronimo ungläubig aus.

Barim-Nantor nickte. Diesen Augenblick schien er zu genießen.

»Und später, wir werden sehen. Es liegt an Ihnen, Gronimo. Sie werden leben, solange wir auf Lando mit Ihnen zufrieden sind.«

Es war ein Satz, dessen ganze Brutalität Gronimo erst später voll zu Bewusstsein kam. In diesem Augenblick schwirrten ihm hundert andere Dinge durch das Gehirn. Was hatte der Meister der Insel gesagt? Er sollte auf Lando bleiben und nicht in wenigen Tagen abgelöst werden? Auch nicht in drei, sechs oder neun Jahren?

»Sie … machen sich über mich lustig, Maghan«, brachte er nur hervor. Im gleichen Moment verwünschte er sich für die unbeholfene Antwort.

»Ich meine es vollkommen ernst, Kommandant«, sagte der Meister. »Ich gebe Ihnen drei Tage Zeit, es sich zu überlegen. Falls Sie sich der Aufgabe nicht gewachsen fühlen, sagen Sie es besser gleich. Ich garantiere Ihnen den Rest Ihres Lebens auf einem schönen, aber abgelegenen Planeten – wenn Sie mich verstehen. Es wird Ihnen an nichts mangeln, nur verlassen werden Sie diesen Planeten nie mehr. Wollen Sie auf Lando bleiben, dann winkt Ihnen ein unbegrenztes Leben, solange Sie uns keine Enttäuschung bereiten. In beiden Fällen werden Sie kein Wort über dieses Gespräch verlieren. Die Strafe, die Sie sonst erwartet, können Sie sich gar nicht ausmalen.«

Barim-Nantor ließ seine Worte wirken. »Sie sehen, ich bin offen zu Ihnen, werde aber keine weiteren Fragen beantworten. Wählen Sie, Gronimo. In drei Tagen geben Sie mir Ihre Entscheidung bekannt.«

Gronimo hatte immer geglaubt, sich gut unter Kontrolle zu haben. Nie hätte er es für möglich gehalten, dass ihn das überraschende Angebot Barim-Nantors, das in Wirklichkeit ein Ultimatum war, so außer Fassung bringen würde.

Ganz gleich, wie er sich entschied – er hatte bereits zu viel erfahren, als dass er sein Wissen an andere hätte weitergegeben werden dürfen. Er würde niemals mehr so frei sein wie vorher.

Er schwieg, als sie am Rand des Plateaus standen und die Menschen am gegenüberliegenden Berghang beobachteten, die plötzlich aufgeregt zu palavern begannen. Sie hatten die beiden Männer entdeckt und warfen in dem verzweifelten Bemühen, sie zu erreichen, mit großen Steinen nach ihnen.

»Ich brauche keine Bedenkzeit, Maghan«, sagte Gronimo nach zehn Minuten, als sie zum Gleiter zurückkehrten. »Sie können mit mir rechnen, jetzt und auch in Zukunft …«

Gronimo sah die Stationsbesatzungen kommen und gehen. Beim ersten Mal litt er noch unter dem Abschied von Tefrodern, denen er auf die eine oder andere Weise nähergekommen war. Beim zweiten Mal fiel es bereits leichter, und dann gewöhnte er sich daran, in den neuen Männern und Frauen immer nur Marionetten der Meister der Insel zu sehen, die jederzeit austauschbar waren. Es entstanden keine gefühlsmäßigen Bindungen mehr. Wer heute von Lando abflog, weil er abgelöst wurde, erinnerte sich morgen nicht mehr an einen Kommandanten namens Gronimo, und Gronimo hätte gewettet, dass Barim-Nantor dafür sorgte, dass niemals zwei Tefroder aufeinandertrafen, die einmal zu verschiedenen Zeiten auf Lando gewesen waren.

Er verstand die Umstände nicht ganz, die um seine Person gemacht wurden, und manchmal ertappte er sich dabei, mit steigendem Unbehagen an seine Zukunft zu denken.

Als er von Barim-Nantor vor die Wahl gestellt wurde, hatte er so reagiert, wie es seine Art war: nicht lange gezögert, sondern die so unverhoffte, fantastische Chance sofort ergriffen. Auch wenn er noch nichts verstand, es war unwahrscheinlich, dass er ein solches Angebot noch einmal erhielt.

Vor allem bei der Alternative.

Gronimo versuchte, die Zweifel zu verdrängen, die ihn dann und wann überkamen. Er konzentrierte sich dann auf seine Arbeit. Vor allem der Gedanke daran, dass er die Ankunft der nächsten Eingeborenen von Valuur III erleben konnte, wenn alle anderen Tefroder längst tot und vergessen waren, hielt ihn aufrecht.

Es wurde ihm klar, welcher gigantische Plan hinter der Errichtung des Menschen-Museums stehen musste, wenn dabei in solchen Zeiträumen gedacht wurde. Seine Bewunderung für die Meister der Insel wuchs fast ins Unermessliche.

Die Stationsbesatzungen kamen und gingen. Alle drei Jahre sah Gronimo neue Gesichter, wies die Ankömmlinge in ihre Tätigkeitsbereiche ein und hatte ansonsten so wenig Kontakt wie möglich zu ihnen. Meist war er unterwegs und studierte die Menschen.

Er setzte einen Stellvertretenden Kommandanten ein, der bald mehr als er selbst von den anderen Tefrodern als Stationsleiter betrachtet wurde. Gronimo gab ihm den Titel »Schichtführer«, weil er immer nur drei Jahre lang das Sagen hatte. Dabei war Gronimos Autorität als oberste Instanz unumstritten, wenn es um wichtige Entscheidungen oder um Streitfragen ging.

Was war denn eigentlich wichtig?

Die Frage beschäftigte den Tefroder immer wieder, wenn er durch die Wälder streifte oder die Bergwelt erforschte.

Wichtig war, dass er die nächste Lieferung von Menschen erlebte. Die Eingeborenen, die er selbst aus der Zweiten Galaxis geholt hatte, kannte er mittlerweile in- und auswendig. Er hatte sich sogar mit ihnen angefreundet, selbst mit dem wilden Stamm aus den Tropen. Es tat sich bei ihnen bald nichts Neues mehr.

Er sah einen Planeten vor sich, der so dicht mit Spezies dieser Menschengattung bevölkert war, dass diese Geschöpfe sich begegneten, einander kennenlernten und Handel trieben, Wissen austauschten, irgendetwas wirklich Neues machten.

Gronimo hatte die primitive Sprache der Extragalaktiker erlernt. Er kannte ihre Götter und hatte viel über ihr Leben auf Valuur III erfahren. Wie würden die nächsten aussehen? Sprachen sie noch dieselbe Sprache? Verehrten sie die gleichen Götter? Jagten sie mit den gleichen Waffen?

Wichtig war, dass er auch noch die übernächste und die darauffolgende Ankunft von Menschen erlebte. Er durfte sich kein Versagen leisten.

Aber worin sollte er denn versagen?

Es gab keine Probleme, außer seinem ureigenen. Die Stationsbesatzungen bestanden aus ausgesuchten Leuten. Sie kamen und gingen. Ihre Zeit auf Lando war viel zu kurz, als dass sie auf dumme Gedanken kommen könnten. Gronimo nahm an, dass die Meister der Insel die Männer und Frauen genau aussuchten, bevor sie sie schickten.

Der Tefroder hatte sich schon überlegt, ob er nicht hingehen und die Menschenstämme zusammenbringen sollte. Vielleicht geschah dann endlich etwas Aufregendes.

Doch immer scheute er im entscheidenden Augenblick davor zurück.

So wurde Gronimo im Lauf der Jahrzehnte und Jahrhunderte zu einem einsamen Mann, dessen Angst vor jedem engeren Gefühlskontakt zu den Besatzungsmitgliedern sich noch verstärkte. Einige Male liebte er Frauen, doch er empfand für sie nur flüchtige Gefühle. Die beiden Ausnahmen bezahlte er mit doppeltem Kummer, als die betreffenden Tefroderinnen abgelöst wurden und ihn wieder verlassen mussten.

Barim-Nantor ließ sich jahrzehntelang nicht blicken. Es gab eine spezielle Hyperfunkfrequenz, über die Gronimo den Meistern der Insel Botschaften senden konnte. In festgelegten Zeitabständen war darüber hinaus seine Routinemeldung über eventuelle besondere Vorkommnisse fällig. Gronimo wusste nicht einmal, ob Barim-Nantor oder ein anderer Meister der Insel seine Meldungen empfing.

Er fragte auch nicht danach.

Und dann kam der Tag, an dem das Raumschiff mit den neuen Menschen landete.

3.

Dexter, Texas; Juli 1952

Suzanne Banks, von allen immer nur Sue genannt, war von Beruf Telefonistin. In ihrer Freizeit betätigte sie sich am liebsten als Hobby-Archäologin.

Sue war im Frühjahr 28 Jahre alt geworden und lebte mit ihrem Vater, einem armamputierten Weltkriegsveteranen, und dem jüngeren Bruder Jeff in dem kleinen Dorf Dexter, nahe der mexikanischen Grenze. Vom Geld, das sie verdiente, mussten sie alle drei leben. Bisher waren sie immer gut über die Runden gekommen.

Dexter bestand aus einer Kirche, einem Dutzend windschiefer Häuser, einem Kolonialwarenladen, einem Saloon und zwei großen Farmen mit Land, weiter als das Auge reichte.

Sue Banks war einssiebzig groß, hatte naturblonde Locken, die bis über die Schultern fielen, und grünblaue Augen. Selten sah man sie anders gekleidet als in Bluejeans und locker fallende Hemden oder Pullovern. Sie war hübsch und liebte das ungezwungene Leben auf dem Land. Bei schlechtem Wetter hockte sie in ihrem kleinen Zimmer, hörte sich ihre Platten an und las. Sobald sich die Sonne zeigte, ritt sie aus und ging ihrer Leidenschaft nach.

Es blieb ihr immer noch Zeit, sich um ihren Vater und Jeff zu kümmern. Der Junge war zwanzig Jahre später als sie geboren worden, ihre Mutter war dabei gestorben. Jeff begleitete Sue manchmal, aber natürlich fehlte ihm noch jedes Verständnis für das Hobby seiner großen Schwester. Jeff, ein ganz normaler Junge mit strohblonder Mopsfrisur und Sommersprossen, steckte gerade mitten im Lausbubenalter. Lieber spielte er mit lebenden Kröten und Fröschen als mit Sues »ollen Pfeilspitzen«.

Das richtige Verständnis fehlte auch Marty, dem einzigen Sohn eines der beiden Rancher. Marty Hancock tat jedoch wenigstens so, als interessierte er sich für Sues Altertümer.

Dass die beiden gleichaltrigen jungen Menschen ein Liebespaar waren, das wusste inzwischen jeder in Dexter. In einem solchen Ort konnte man keine Geheimnisse haben.

Und doch hatte Sue eines.

An diesem Tag begleitete Marty sie hinaus in die Berge. Es war schwülwarm. Alles wartete auf ein Gewitter, das die Luft reinigte und dem Land den bitter nötigen Regen brachte.

Wo das Land bestellt war, lag das Korn flach auf dem staubtrockenen Boden. Auf den Weiden flirrte die Luft zwischen träge in der Sonne liegenden Rindern. Nur wer unbedingt musste, – oder wer von etwas so besessen war wie Suzanne Banks, bewegte sich an diesem Tag.

»Na komm schon«, bettelte Marty, als sie um einen kaum bewaldeten Hügel herumritten. Sie schonten die Pferde und kamen nur entsprechend langsam voran. Marty, dunkelhaarig und schlank, zeigte beim Lächeln sein eindrucksvolles Gebiss. »Spann mich nicht länger auf die Folter. Was ist denn so wichtig, dass du heute unbedingt wieder hin musst?« Er lachte. »Wo alle braven Leute sich in den Schatten legen und warten, bis es endlich abkühlt oder kracht.«

»Du wirst es noch früh genug sehen«, sagte Sue. »Vielleicht.«

»Was heißt vielleicht?«

»Vielleicht heißt, dass ich es mir noch überlegen muss, Mr. Hancock junior. Es hängt davon ab, wie artig du bist.«

»Artig?«, fragte Marty entgeistert. »Schatz, hier draußen sind wir allein. Niemand beobachtet uns.«

»Eben«, erwiderte sie. »Genau deshalb.«

Er seufzte in schlecht gespielter Verzweiflung und schüttelte den Kopf.

»Euch Frauen soll nur einer verstehen. Zuerst macht ihr einen Mann halb verrückt, und dann lasst ihr ihn im Regen stehen.«

»Etwas Geduld hat noch keinem geschadet.«

Marty sah ein, dass er so nichts aus ihr herausbekam.

Sie war ganz ungewohnt nervös gewesen, als er heute nach

Feierabend zu ihr kam. Sie machte Scherze und versuchte, durch kecke Bemerkungen darüber hinwegzutäuschen, dass etwas sie beschäftigte und erregte.

Sie hatte versucht, Marty abzuwimmeln. Doch dieser ließ sich nicht einfach fortschicken. Schließlich hatte sie ihm erlaubt, sie zu begleiten. Allerdings musste er versprechen, über alles zu schweigen, das sie eventuell finden würden.

Marty hatte ihr den Gefallen getan. Anschließend hatte sie sich verraten und zugeben müssen, dass sie bereits etwas besaß, über das sie noch nicht zu reden bereit war.

Sie hatte es in den Bergen hinter der Hancock-Ranch gefunden.

Dort hatten vor Jahren Wissenschaftler aus einem archäologischen Forschungsinstitut in Kalifornien gegraben. Sue war jede Stunde, die sie sich freimachen konnte, bei ihnen gewesen und hatte zugesehen. Sie hatte mit den Männern und Frauen gesprochen und vieles gelernt. Von dieser Zeit an war sie von ihrem Hobby besessen.

Sie ließ sich teure Zeitschriften schicken und sparte sich Bücher zusammen. Sie führte Briefwechsel mit einer Gleichgesinnten aus Oklahoma, deren Adresse sie aus einem der Magazine hatte. Und manchmal, wenn sie wirklich ganz ungestört war, schrieb sie selbst ihre Gedanken nieder.

Zum Beispiel über ihren Fund.

Es gab vieles, das ihr dazu einfiel. Die meisten Seiten hatte sie jedoch wieder zerrissen. Was sie da niedergeschrieben hatte, kam ihr dann doch viel zu weit hergeholt vor.

In den Bergen hinter der Ranch hatte einst ein Indianerstamm gelebt. Dieser Stamm war längst ausgestorben.

Diese Indianer, so erklärten es die Gelehrten, waren hier vor zweitausend Jahren ansässig gewesen. Sie hatten ihre Toten nicht verbrannt, sondern in der ihnen heiligen Erde am Hang der Hügel bestattet.

Ihre Gräber waren durch Zufall wiederentdeckt worden. In ihnen fanden sich neben den Überresten der Toten auch Grabbeigaben, wie sie in dieser Form eher von südamerikanischen Stämmen bekannt waren. Es handelte sich dabei um Schmuck oder Waffen, bemalte oder behauene Steinplatten oder kostbare Kleidungsstücke.

Die Wissenschaftler konnten anhand ihrer Funde Schlüsse auf die Lebensweise der Indianer ziehen. Sue hatte den später erschienenen Artikel aus einer Fachzeitschrift ausgeschnitten und in eine spezielle Mappe geklebt, mit eigenen Fotos von den Gelehrten und den Gräbern.

Wer sich nicht näher damit beschäftigte, für den waren die Gräber überhaupt nicht da. Man sah nur halb mannshohe Steine, halb in den Hang eingegraben und grün von Moosen und Flechten. Sue dagegen hatte gewusst, wo sie nach dem Abzug der Wissenschaftler weitersuchen konnte. Sie wollten noch einmal zurückkehren, um nach weiteren Gräbern zu suchen. Solange sie das nicht konnten (was sie von ihren begrenzten Mitteln und von Förderung erzählt hatten, das war Sue zu kompliziert gewesen, um es alles zu verstehen), forschte sie eben für sie.

Sie hatte zwei neue Gräber teilweise freigelegt. Zum Glück hatten die Arbeiten der Archäologen keine große Öffentlichkeit erreicht, und der Indianerfriedhof blieb von Schatzsuchern verschont.

Sue hatte drei Armringe gefunden, eine reich verzierte Streitaxt und eine flache Messingschale von Tellergröße. Das Bild zweier Indianer war eingeritzt, die vor einer schlanken, menschlichen Gestalt knieten, die aus der Sonne zu kommen schien.

Solche Darstellungen waren nichts Neues. Bei den Schlanken handelte es sich, wie die Wissenschaftler meinten, um Götter, die vom Himmel oder aus der Sonne kamen.

So etwas gab es auch bei anderen Kulturen. Nur hier hatten die Forscher es nicht unbedingt erwartet.

Sue hielt ihr Pferd vor der Stelle an, wo sie gegraben hatte, und stieg ab.

Marty schüttelte lachend den Kopf.

»Ich wusste, dass es wieder darum geht. Warum sagst du nicht einfach, dass du einen starken, gut aussehenden jungen Mann brauchst, der dir das Graben abnimmt? Darüber lässt sich natürlich verhandeln.«

»Hör auf«, wehrte sie ab. »Du machst dich über mich lustig. Wenn ich das gewusst hätte, wäre ich wirklich allein geritten.«

»Versuch doch, mich abzuschütteln, Sue. Das schaffst du in diesem Leben nicht mehr.« Er grinste, stieg ebenfalls ab und nahm sie in die Arme. »Höchstens in deinem nächsten, wer weiß?«

Er küsste sie lange. Als Sue sich löste, musste sie erst einmal tief Luft holen. Sie lächelte etwas verlegen und ging zum einen der beiden halboffen daliegenden, mit Reisig getarnten Indianergräber. Hinter dem Stein, unter einem Busch, lagen ihre Spaten und zahlreiche Lappen versteckt, in die sie gefundene Gegenstände eingewickelt hatte.

»Marty, ich habe etwas gefunden, das sagte ich dir bereits. Ich weiß wirklich nicht, ob ich es dir zeigen soll.«

»Natürlich sollst du, Kleines. Wir haben doch keine Geheimnisse voreinander, oder doch?«

»Nenne mich nicht Kleines, Marty. Du wirst mir glauben, wenn ich dir sage, dass ich das hier in diesem Grab dort gefunden habe?« Sie holte einen kleinen, ebenfalls eingewickelten Gegenstand aus der Hosentasche und hielt ihn in beiden Händen.

Der Texaner nickte.

»Ganz ehrlich, Sue. Ich glaube dir alles, was du mir sagst. Und ich werde nicht lachen, wenn du das vielleicht befürchtest.«

»Das wirst du wohl wirklich nicht.«

Sie wickelte den Gegenstand aus und legte ihn vorsichtig in seine aufgehaltene Hand.

Marty bekam große Augen. Dann lachte er doch.

»Du willst mich veralbern, oder? Das Ding ist …«

»Es ist aus diesem Indianergrab, Marty«, unterbrach sie ihn ernst. »Und ich habe es dort gefunden. Ich habe es nicht gekauft und hineingeschmuggelt, um irgendjemanden anzuführen.«

Marty Hancock schwieg betreten und starrte den Gegenstand in seiner Hand an.

Das Ding sah aus wie eine Armbanduhr, allerdings eine sehr moderne, mit deren Skalen und seltsam rechteckigen Ziffern er so wenig anfangen konnte, wie mit den vielen winzigen Knöpfchen.

4.

Andromeda

Gronimos erstes Gefühl war eine maßlose Enttäuschung.

Natürlich hatte er mehr erwartet. Jahrhunderte lang hatten sich seine Gedanken damit beschäftigt, wie die neuen Menschen denn nun aussehen würden, was sich an ihnen verändert hatte.

Sie sahen so aus wie die alten Exemplare.

Sie redeten wie sie, sie jagten wie sie, sie beteten die gleichen Gottheiten an.

Gronimo lernte, was es hieß, Enttäuschungen einzustecken und Geduld zu haben. Er lernte ein wenig mit der Zeit umzugehen. Wieder tausend Jahre musste er warten. Wie verbrachte er sie, ohne langsam verrückt zu werden?

Die Bewunderung für die Meister der Insel begann wieder zu bröckeln. Sie waren weiterhin Überwesen für den Tefroder, aber war das von ihnen gewährte Ewige Leben ein Geschenk oder ein Fluch?

Mehr als einmal saß Gronimo einsam vor der Funkanlage der Station und war bereit, Barim-Nantor zu bitten, dieser Existenz ein Ende zu machen. Er schaffte es nicht. Als er dann bei einem der seltenen Besuche des Meisters alle Verzweiflung und allen Mut zusammennahm, kam ihm der Mächtige mit einer wie zufällig vorgetragenen Eröffnung zuvor.

Barim-Nantor erklärte, dass es kein anderes Leben mehr für ihn geben konnte. Die Alternative zum Ewigen Leben auf Lando sei für ihn ein schneller Tod, sobald er diesen Planeten verließe.

Der Meister der Insel machte dabei fast den Eindruck, als hätte er ein tiefes Verständnis für Gronimos Nöte. Konnte es sein, dass es ihm ähnlich erging?

Dass er den gleichen Preis für seine eigene Unsterblichkeit zu bezahlen hatte?

Das waren gefährliche Gedanken. Gronimo glaubte dem Meister der Insel aufs Wort. Sein Wunsch blieb auch diesmal unausgesprochen, und wieder suchte er Trost und Ablenkung in den Wäldern und den Savannen.

Es gab jetzt sieben Menschenstämme auf Lando. Um jedem soviel Bewegungsfreiheit wie möglich zu garantieren, waren sie immer noch weit voneinander entfernt angesiedelt. Selbst ihre Wanderungen hatten die ersten drei einander nicht näher bringen können.

Gronimo hatte sich inzwischen längst daran gewöhnt, dass die Menschen nicht alterten und nicht starben – es sei denn, durch einen Unfall. Vier Tote gab es bisher zu beklagen. Zwei waren im Kampf getötet worden, die anderen beiden waren in eine Schlucht gestürzt.

Kein einziger Extragalaktiker war durch Krankheit oder giftigen Pflanzen und Tiere umgekommen.

Irgendwann entdeckte Gronimo, dass die Menschen der zweiten Lieferung sich doch von den ersten unterschieden. Es waren Kleinigkeiten in ihrem Verhalten, die ihm auffielen. Sie wirkten findiger und verstanden es besser, mit einfachen Werkzeugen umzugehen.

Diese Erkenntnis riss den Tefroder wieder aus seinen Depressionen. Er begann von Neuem zu forschen, und die zweiten tausend Jahre schienen schon schneller zu vergehen als die ersten. Auch sie zogen sich länger hin, als ein Sterblicher es sich vorstellen konnte. Doch Gronimo lernte den Umgang mit der Zeit, und als die nächsten Menschen kamen, hatte er keine übersteigerten Erwartungen mehr.

Entsprechend leichter fiel es ihm zu verdauen, dass auch sie auf den ersten Blick noch keinen Fortschritt in der Entwicklung dieser Art darstellten.

Er suchte die kleinen Unterschiede, und er fand sie wieder.

Nachdem zum zehnten Mal Menschen aus einem Raumschiff entladen und auf Lando verteilt worden waren, war ihr Fortschritt auf einen Blick zu sehen. Ihre neue Welt war außerdem jetzt kleiner für sie. Noch war es nicht zu einer Begegnung zwischen einzelnen Stämmen gekommen. Der Tag, an dem es geschah, war jedoch absehbar, und Gronimo fieberte ihm entgegen.

Die mit der letzten Lieferung gekommenen Valuurer jagten nicht nur, um sich zu ernähren. Sie wanderten auch nicht mehr rastlos umher.

Sie suchten sich ein Gebiet, in dem sie sich niederließen, und begannen, das Land zu bestellen. Sie rodeten und pflügten, indem sie kräftige Tiere zähmten und ihnen Geschirr anlegten, damit sie das schwere Ackerwerkzeug zogen. Überhaupt domestizierten sie Tiere und hielten sie sich. Sie bauten Getreide an und verwerteten es.

Der Fortschritt gegenüber der ersten »Generation« war nicht mehr zu übersehen.

Gronimos Erregung wuchs, als sich das andeutete, worauf er so lange gewartet hatte. In der Station gab es Karten des Planeten, auf denen genau festgehalten war, wo sich die einzelnen Menschengruppen aufhielten. Jede noch so geringe Ortsveränderung wurde registriert.

Die beiden Stämme, die sich als Erste auf Lando begegnen würden, konnten unterschiedlicher gar nicht sein. Die Wilden, die sich auf die Siedlung der Ackerbauern zu bewegten, waren ausgerechnet jene, die Barim-Nantor und die Tefroder in der Äquatorzone Valuurs angegriffen hatten.

An dem Tag, an dem es zum Zusammentreffen kommen musste, befand sich Gronimo mit zwei Begleitern in unmittelbarer Nähe des Dorfes, das aus vier primitiven Hütten bestand. Sie verbargen sich im Wipfel eines großen Baumes am Rand der Lichtung, auf der die Ackerbauern hausten.

Noch saßen die Frauen und Alten des Stammes faul in der Sonne und dösten vor sich hin oder machten Handarbeiten. Die Kinder spielten miteinander. Gronimo sah vor den Hütten einfache Krüge stehen. Die Valuurer konnten inzwischen aus Ton Gefäße formen und brennen. Den Gebrauch des Feuers hatten sie längst erlernt. Stets brannten zwischen den Hütten Holzscheite. Ihr Feuer erlosch nur dann, wenn es regnete oder ein Sturm es ausblies.

Die jungen Männer des Stammes waren auf ihren Feldern.

»Was erwarten Sie, Kommandant?«, fragte einer der Tefroder. Er hieß Surman und war zu dieser Zeit der »Schichtführer« in der Station.

»Wenn die Stämme zusammentreffen?« Gronimo lächelte. Sie unterhielten sich leise. »Was würden Sie tun, wenn Sie aus ihrer gewohnten Umgebung gerissen würden, viele Jahre lang einsam in einer fremden Welt lebten und dann einem Artgenossen begegneten?«

»Ich würde ihm entweder um den Hals fallen oder ihn töten«, antwortete Surman. »Aber das wäre eine völlig andere Situation.«

»Genau«, kam es von Shalin, dem dritten Tefroder. »Man kann die Reaktion eines Individuums nicht mit der einer Gruppe vergleichen.«

»Danke für die Belehrung«, sagte Gronimo. »Ich denke, unsere Freunde werden uns gleich selbst eine Antwort geben. Wenn ich ehrlich bin – ich weiß selbst nicht, was ich eigentlich erwarte. Ich habe mir diesen Moment so oft auszumalen versucht, aber immer gewusst, dass die Wirklichkeit ganz anders aussehen würde.«

»Was ist daran so wichtig für Sie?«, erkundigte sich Shalin.

Gronimo beobachtete auf einem kleinen Armbandmonitor, wie sich die Wilden von Westen her näherten. Das Bild wurde von einer Kamerasonde übertragen.

»Es ist gleich so weit«, flüsterte er, statt auf die Frage zu antworten.

»Sollten wir nicht doch dafür sorgen, dass sie sich aus dem Weg gehen?«, meinte Surman. »Als ich sagte, begrüßen oder töten, habe ich natürlich übertrieben. Aber die Frauen, Kinder und Alten hier sind wehrlos. Wenn der aggressive Stamm sie angreift, haben sie keine Chance, sich zu verteidigen.«

»Einmal müssen sie aufeinandertreffen«, wehrte Gronimo den

Einwand ab. »Wir können nicht immer dabei sein, wenn es jetzt oder später geschieht. Später einmal werden die Menschen sich gegenseitig auf die Füße treten.«

Shalin lachte rau.

»Schon möglich, Kommandant. Aber dann lebt längst keiner von uns mehr. Warum sollte das also unsere Sorge sein?«

Er sah nicht, wie Gronimo zusammenzuckte.

»Weil es unsere verdammte Pflicht ist, uns hier um die Menschen zu kümmern«, erwiderte dieser scharf.

Er wollte noch etwas hinzufügen, aber da sah er die ersten Gestalten auf die Lichtung treten.

Natürlich musste er damit rechnen, dass es bei dieser ersten Begegnung zweier Menschenstämme gewalttätig zuging. Er hoffte es nicht und wollte ihnen jeden möglichen Freiraum lassen.

Für alle Fälle aber trugen er und seine Begleiter Paralysatoren bei sich und würden eingreifen, wenn die Situation außer Kontrolle geriet.

Die dunkelhäutigen Wilden blieben abrupt stehen, als sie vor sich die Hütten und deren Bewohner sahen.

Im Dorf sprangen die Frauen auf. Die Kinder hörten mit ihren Spielen auf und schnatterten erregt. Immer mehr Hände zeigten auf die Fremden, die aus dem Dickicht getreten waren.

Gronimo hielt den Atem an.

»Wir hätten die Männer des Dorfes holen sollen«, unkte Surman weiter.

Langsam kamen die Wilden näher. Immer nach ein paar Schritten blieben sie stehen. Sie witterten mit vorgestreckter Nase in den Wind, der vom Dorf kam.

Dort hatten die Frauen ihre Überraschung überwunden und gingen ihnen zögernd ein Stück entgegen. Die Kinder folgten ihnen. Nur die Alten blieben zurück. Einige von ihnen schien das Auftauchen anderer Menschen überhaupt nicht zu interessieren.

Gronimo zählte im Stillen die Meter, die beide Gruppen noch voneinander entfernt waren. Er sah seine schlimmsten Befürchtungen schon ausgeräumt. Keiner der Wilden griff nach seiner Waffe.

Und die Dorfbewohner legten ihre anfängliche Scheu vollkommen ab. Jetzt erhoben sich auch die Alten. Die Frauen streckten den Wilden begrüßend die Hände entgegen.

Gronimo hatte plötzlich ganz andere Befürchtungen. Wenn sich die Frauen den fremden Männern nun selbst als Begrüßungsgeschenk darboten …

Sollte er eingreifen? Seine Moralvorstellungen galten für ihn, aber nicht für diese Menschen, die sich auf einer ganz anderen Stufe befanden.

Da geschah es.

Die Frauen boten sich den Wilden nicht an. Die Wilden nahmen sie einfach.

Mitten in die Idylle hinein platzte der Ausbruch roher Gewalt.

Bevor Gronimo seinen Begleitern einen Befehl zurufen konnte und selbst nach der Waffe griff, rissen die Wilden ihre Messer und Äxte in die Höhe und warfen sich auf die Frauen. Lautes Gebrüll erklang. Die Hälfte der Wilden rannte hinter den fliehenden Kindern her zum Dorf und überfiel die wehrlosen Alten. Innerhalb von Sekunden gerieten sie in einen Blutrausch, der Gronimo einen Schock versetzte.

»Schießt!«, rief er Shalin und Surman zu. »Auf das Dorf!«

Er selbst nahm sich die Frauen und die Wilden bei ihnen vor. Die Dorffrauen wehrten sich verzweifelt. Sie zerrten an den Haaren der Wilden, traten und schrien aus Leibeskräften. Einige weinten. Die Fremden versuchten, ihnen den Mund zu stopfen und sie mit brutaler Gewalt zu nehmen.

Zwei weibliche Gestalten lagen schon tot am Boden, als Gronimo zu feuern begann.

Seine minimal gefächerten Strahlen bestrichen das ganze kämpfende Knäuel. Die Menschen brachen zusammen, wenn sie voll getroffen wurden. Wer sich noch bewegen konnte, floh vor der unheimlichen Kraft, die die Beine lähmte.

Gronimo hörte erst auf zu schießen, als er keinen davonrennenden Wilden mehr sah.

Auch im Dorf herrschte Ruhe.

Gronimos Augen bot sich ein Bild des Grauens.

Die Menschen lagen gelähmt nebeneinander, dunkel- und hellhäutig, tot und lebendig. Gronimo zählte auf Anhieb sieben getötete Dorfbewohner und wusste, dass auf Lando von diesem Tag an nichts mehr so sein würde wie früher.

Der Planet hatte seine Unschuld verloren – und er war schuld daran.

Jedenfalls redete er sich das in seiner ersten Bestürzung jetzt ein. Alle Argumente, die er sonst selbst anführte, zählten in diesen Augenblicken nicht mehr.

»Diese verdammten Narren«, hörte er seine Stimme wie aus weiter Ferne.

»Immerhin haben sie ganze Arbeit geleistet.«

Surmans Sarkasmus war absolut fehl am Platz. Gronimo hätte ihm am liebsten mit der Faust ins Gesicht geschlagen, doch er beherrschte sich.

»Wir wussten, dass es ein aggressiver Stamm ist«, sagte Shalin und berührte einen Dunkelhäutigen mit der Stiefelspitze. »Dieser Zwischenfall muss nicht bedeuten, dass es bei zukünftigen Begegnungen zwischen Menschen auch so sein wird.«

Gronimo starrte ihn wütend an.

»Einen Zwischenfall nennen Sie das, Shalin? Eine Gruppe hätte eine andere fast ausgelöscht!«

»Dann müssen wir sie alle weiter beobachten und verhindern, dass sie aufeinandertreffen«, zog Shalin die logische Folgerung. »Das wird nicht ohne Gewalt möglich sein.«

»Wir brauchten eine Eingreiftruppe, die schnell immer dort sein kann, wo die Gefahr eines Zusammentreffens besteht«, spann Surman den Faden weiter. »Aber ist das im Sinn dieses Projekts?«

»Was wissen Sie über das Projekt?«, fuhr Gronimo ihn an.

»Nichts«, gab der Tefroder zu. »Jedenfalls nicht viel.«

»Dann schweigen Sie!«

Gronimo atmete tief und zwang sich zur Ruhe. Er schüttelte stumm den Kopf und wischte sich Schweiß aus der Stirn.

»Die Männer des Stammes werden bald zurück sein«, sagte er. »Es ist besser, wenn sie dann keinen von den Wilden mehr sehen. Wir schaffen sie fort. Übernehmen Sie das, bitte. Nehmen Sie die Antigravtragen und laden Sie die Wilden auf die Lastenplattform des Gleiters, und dann weit genug von hier ab. Sie dürfen so schnell nicht wieder hierherfinden. Ich kümmere mich inzwischen um die Toten und Verletzten.«

Die Männer gehorchten.

Gronimo machte sich daran, zuerst die verletzten Frauen und Alten zu untersuchen. Er bekämpfte die Übelkeit, die in ihm aufkam. Die Kinder hatten Glück gehabt. Sie waren sofort geflohen, als die Wilden rasend wurden. Flink genug, um sich in Sicherheit zu bringen.

Jetzt kehrten sie nur langsam zurück. Ihre Blicke verrieten, dass sie noch gar nicht begriffen, was hier geschehen war. Einige weinten.

Der Kloß in Gronimos Hals wurde immer dicker.

Er zwang sich dazu, verletzte Menschen anzufassen und vorsichtig zu untersuchen. Eine noch junge Frau starb ihm unter den Händen. Er hatte ihren Puls gefühlt, der plötzlich aufhörte zu schlagen.

Aus den Augenwinkeln heraus sah er, wie Surman und Shalin begannen, die gelähmten Wilden abzutransportieren. Es dauerte eine Viertelstunde, bis der ganze Stamm auf der Gleiterplattform lag.

»Wir kommen so schnell wie möglich zurück«, versprach Shalin.

Gronimo winkte ihm zu und rief: »Seht euch aus der Luft nach den Bauern um! Gebt mir Bescheid, wo sie sind, und wann sie hier sein können!«

Er hatte nicht unbedingt Lust, ihnen allein zu begegnen – zwar bewaffnet, aber ohne den Gleiter von der Station abgeschnitten.

Was sollte er ihnen sagen? Wie konnte er ihnen begreiflich machen, was hier geschehen war, und warum?

Er unterdrückte den Impuls, Surman und Shalin zurückzurufen und einfach mit ihnen zu verschwinden. Niemand hatte ihm aufgetragen, sich in die Angelegenheiten der Menschen einzumischen. Er sollte sie beobachten und schützen. Aber auch vor sich selbst?

Wie sagte er es Barim-Nantor?

Ihm wurde ganz heiß, als er daran dachte. Hatte er bereits in den Augen des Meisters der Insel versagt?

Er erhielt vom Gleiter die Nachricht, dass die Bauern auf dem Weg zurück ins Dorf seien. Das Feld lag gut eine Stunde von hier, es war das am weitesten entfernte von insgesamt vier. Die Männer konnten die Schreie ihrer Frauen unmöglich gehört haben. Sonst wären sie auch gelaufen, was aber nicht der Fall war.

Von jetzt an zählte Gronimo die Minuten, bis Shalin und Surman zurück waren. Es stimmte. Niemand konnte von ihm verlangen, dass er auf die Männer wartete und ihnen erklärte, was sie sowieso nicht verstanden. Seine Selbstvorwürfe grenzten an Masochismus. Durch Selbstquälerei machte er die Toten nicht wieder lebendig.

Gronimo hatte zwölf tote Menschen gezählt, als der Gleiter zurückkehrte und direkt vor den Hütten landete.

Shalin stieg aus und erstattete Bericht.

»Wir haben die Wilden hinter einer Schlucht ausgesetzt, die sich viele Kilometer weit nach beiden Richtungen zieht«, erklärte er. »Sie können sie unmöglich überqueren und werden kaum Lust haben, sie zu umlaufen. Sollten sie es doch versuchen, dann werden sie nach der halben Strecke vergessen haben, was sie eigentlich auf der anderen Seite wollten.«

»Gut«, sagte Gronimo. »Wo sind die Bauern inzwischen?«

»Gleich hier. Ich würde vorschlagen, dass wir uns schnellstens zurückziehen. Helfen können wir nicht mehr, und …«

»Ich werde ihnen Mediziner schicken«, unterbrach Gronimo ihn. »Roboter, Medikamente, alles, was sie brauchen. Wir müssen sie beschützen und für sie da sein, wenn sie krank werden.« Er redete wie in Trance. Die Augen waren glasig in die Ferne gerichtet. »Es ist unsere Pflicht. Sie sind uns anvertraut. Sie sind wichtig für die Meister der Insel …«

Shalin bedachte ihn mit einem undefinierbaren Blick.

»Das mag ja alles stimmen, Kommandant. Dennoch wäre es besser, wenn Sie jetzt mit mir …«

Ein Schrei schnitt ihm das Wort ab.

Die Köpfe der Tefroder fuhren herum.

Zwei Männer, in den kräftigen Händen Werkzeuge und Säcke, waren aus dem umgebenden Wald getreten und starrten auf das Bild, das sich ihnen bot.

Ihnen folgten andere. Sie begannen zu gestikulieren, dann zu brüllen und rennen. Sie warfen alles von sich. Zwischen ihren toten Artgenossen sanken sie zu Boden und betasteten die reglosen Körper.

Blankes Entsetzen löste sich in wütenden Schreien. Hände rüttelten an leblosen und paralysierten Körpern, und Gronimo begriff, dass die Männer auch alle Gelähmten für tot halten mussten.

Und sie, die Tefroder, für die Mörder!

Shalin zog seine Waffe, aber es war schon zu spät.

Auch Surmans Warnschrei aus dem Gleiter kam nicht mehr rechtzeitig.

Die Männer des Stammes sprangen auf und griffen an. Es geschah wie auf ein unhörbares Kommando. Bevor die Tefroder auch nur einen Schuss abgeben konnten, flog eine Axt heran und tötete Shalin.

Gronimo wusste hinterher nicht mehr, wie er entkommen war. Als er Shalin neben sich zusammenbrechen sah, hatte das Unterbewusstsein die Kontrolle über sein Handeln übernommen. Er hatte Shalin hochgezerrt und in den Gleiter gebracht. Mit einem Satz war er bei Surman gewesen, der die Maschine schon abheben ließ. Er musste die Valuurer regelrecht abschütteln, die schon nach dem Gleiter griffen und sich an ihm festzuklammern versuchten.

Jetzt war er zurück in der Sicherheit der Station, und er hatte nicht nur zwölf tote Menschen zu beklagen, sondern auch einen Tefroder.

In Gronimos Wut über das, was im Dorf der Ackerbauern geschehen war, mischte sich mehr und mehr ein anderes Gefühl.

Es war die nackte Angst davor, von den Meistern der Insel zur Rechenschaft gezogen zu werden und Lando verlassen zu müssen.

Gronimo wurde klar, wie sehr er bereits an diesem Leben hing, das er von Gnaden der Meister führte. Er durfte sich einfach kein Versagen leisten.

Natürlich musste er einen Bericht machen. Spätestens bei der Ablösung der Besatzung würde nach Shalin gefragt werden. Es wurde immer genau registriert, wer nach Lando kam, und wer den Planeten verließ.

Shalins Tod als Unfall darstellen? Nichts von dem Überfall erwähnen? Und falls ja, würde Surman schweigen? Konnte nicht ein unbedachtes Wort an der falschen Stelle alles verderben?

Eine Entscheidung wurde Gronimo abgenommen, denn es geschah etwas, das niemand erwartet hatte.

Ein Meister der Insel kündigte seinen Besuch an, und dieser Meister der Insel hieß nicht Barim-Nantor.

5.

Bodensee, Europa, April 1953

Suzanne Banks war seit fünf Wochen Mrs. Suzanne Hancock, und es war ihre Hochzeitsreise. Sue hatte keinen größeren Wunsch gehabt, als verschiedene historische Stätten in Europa zu besuchen. Dank der Großzügigkeit ihrer neuen Schwiegereltern war ihr dieser Wunsch erfüllt worden.

Sue und Marty Hancocks erste Stationen waren Italien und Griechenland, die Ruinen der Antike. An manchen Abenden hatte der junge Ehemann allen Grund, sich zu beschweren. Sue genoss den Hauch der Geschichte in vollen Zügen. Wenn sie mit Marty redete, dann über das, was sie gesehen hatten oder gerade sahen. Vor lauter Begeisterung über die Akropolis, über Delphi, über Rom und Pompeji, vergaß Sue fast das Essen und Schlafen.

Nach dem Mittelmeer ging es weiter nach Norden, über die Alpen zu den stein- und bronzezeitlichen Pfahldörfern, die am deutschen Bodenseeufer freigelegt und rekonstruiert worden waren.

Es war dort in Unteruhldingen, wo sie den Mann aus Deutschland trafen.

Gegen zehn Uhr vormittags hatten sie, nach knapp einstündigem Anstehen an der Kasse, die Pfahlbauten des Freilichtmuseums besichtigt. Sue hatte Probleme damit, den Führer zu verstehen. Zwar verstand sie ein wenig Deutsch, doch das reichte nicht aus. Ihre gerunzelte Stirn und das unbewusste dauernde Kopfschütteln mussten ihm aufgefallen sein. Sue hatte das Gefühl, dass er sie schon länger beobachtete. Jedenfalls stand er plötzlich neben ihr und Marty, stellte sich vor und bot an, die Ausführungen des Führers für sie zu übersetzen.

Er hieß Heinz Martin und war etwa im gleichen Alter wie die Flitterwöchner. Er sprach fließend englisch und war Sue eine große Hilfe. Marty war anfangs skeptisch, aber das legte sich, als er merkte, dass dieser Heinz Martin kein anderes Interesse an Sue hatte als die Leidenschaft für alles Alte, die sie auf Anhieb miteinander verband.

Als Dank für seine Hilfe luden die Hancocks Martin später zum Mittagessen ein. Der Student der Germanistik und der Geschichte und Sohn nicht wohlhabender Eltern war froh über eine solche Gelegenheit und sagte sofort zu.

Sie kamen sich näher.

Am Nachmittag, bei einer Bodenseefahrt, rückte Heinz Martin schließlich damit heraus, was ihn an Sue von Anfang an so interessiert hatte, dass er sie schließlich ansprach.

»Es ist das Amulett«, erklärte er etwas verlegen. »Sie tragen es sehr auffällig.«

Sue sah an sich herab. Das handgroße Amulett aus Messing hing an einer Kette um ihren Hals.

»Das?«, fragte sie überrascht. »Was ist daran so Besonderes?«

»Sie hat es selbst gemacht«, sagte Marty. »Ganz allein nach einer Vorlage graviert. Nicht wahr, Schatz?«

»Nun ja«, gab sie lächelnd zu. »Ich habe das Motiv nur übernommen. Es gefiel mir so gut. Ich meine, ich weiß nicht, wie ich es ausdrücken soll ...«

»Welche Vorlage war das?«, fragte Heinz Martin.

»Eine Schale, eine Art Teller.«

»Und Sie haben sie gefunden? Sie selbst?«

»Ja.« Sue wunderte sich über die Hartnäckigkeit des jungen Deutschen. »Aber weshalb interessiert Sie das so?«

»Weil ...« Martin zögerte. »Bitte ertragen Sie meine Neugier noch eine Minute, Sue und Marty. Ich erkläre Ihnen alles später. Vorher aber möchte ich noch wissen, wo das war.« Er zeigte auf das Amulett. »Wo Sie diese Schale gefunden haben, Sue.«

Sie erzählte ihm von den Indianergräbern und ihrer Betätigung als Hobby-Archäologin. Er hörte aufmerksam zu, ohne sie zu unterbrechen.

Marty lehnte sich zurück und runzelte die Stirn.

»Ich dachte mir so etwas, als ich Sie mit dem Amulett sah«, sagte Heinz Martin schließlich.

Dann begann er zu erzählen.

»Es war vor drei Jahren während der Semesterferien. Zwei Freunde und ich hatten gearbeitet, um uns das Geld für eine Frankreichreise zu verdienen. Unter anderem besuchten wir die Höhle von Lascaux.«

Sues Augen leuchteten auf.

»Die Wandmalereien«, sagte sie, fast ehrfürchtig. »Oh ja, ich habe viele Bilder davon gesehen. Leider haben wir nicht die Zeit, einen Abstecher dorthin zu machen.«

»Vielleicht können Sie es später einmal«, sagte Heinz Martin. »Es lohnt sich bestimmt.«

»Was haben diese Wandmalereien mit dem Amulett meiner Frau zu tun?«, wollte Marty wissen. »Ich kenne die Höhlenbilder, und es sind keine von irgendwelchen Göttern dabei, die aus der Sonne kommen.«

»Das habe ich auch nicht behauptet.« Der Deutsche nahm einen tiefen Schluck von seinem Bier. »In Lascaux gibt es keine solchen Darstellungen, da haben Sie recht. Aber ich lernte dort einen Mann kennen, der mir später andere Bilder zeigte – Fotografien von Wandgemälden steinzeitlicher Jäger. Sie stellten einen oder mehrere Jäger vor einem schlanken menschlichen Wesen dar, das aus der Sonne kam. Aus der Sonne oder aus etwas anderem, das rund ist …«

Marty pfiff durch die Zähne, während Sue kein Wort herausbrachte.

»Sie meinen, diese Aufnahmen und die Bilder waren echt?«

Heinz Martin nickte.

»Ich konnte mich selbst davon überzeugen. Dieser Mann hatte die Höhlen, übrigens ebenfalls in Frankreich, selbst entdeckt.«

»Und wieso weiß man nichts davon?«, wunderte sich Sue. »Ich meine, er muss doch an die Öffentlichkeit gegangen sein, um seine Entdeckung bekannt zu machen.«

Heinz Martin schüttelte den Kopf.

»Das hat er nie getan, Sue. Er hatte Angst davor, nicht ernst genommen zu werden. Außerdem wollte er nicht im Rampenlicht stehen. Mein Freund hasste jeden Rummel. Er war im Grunde ein einsamer Mensch.«

»War?«, fragte Sue.

»Er ist vor einem halben Jahr gestorben, Sue. Ja, wir waren Freunde geworden. Durch einen reinen Zufall lernten wir uns kennen. Mir gefiel seine ruhige Art, und ich glaube, er mochte mich auch. Er war übrigens 58 Jahre alt, als er an Lungenkrebs starb. Vor allem aber hatten wir die gleichen Interessen. Er lebte als deutscher Emigrant in Frankreich. Während des Krieges war er aktiv in der Resistance. Er kehrte nie wieder nach Deutschland zurück.«

»Aber Sie waren in Verbindung, bis zu seinem Tod?«, vermutete Sue.

Heinz Martin trank sein Glas aus.

»Ich studierte in Konstanz weiter, während er sich in der Nähe von Toulouse verkroch. Wir schrieben uns. Ich besuchte ihn zuletzt kurz vor seinem Ende.«

»Das ist tragisch«, meinte Marty. »Aber, bitte entschuldigen Sie, Heinz, warum erzählen Sie uns das alles?«

Der Student zeigte abermals auf das Amulett über Sues Brust.

»Es ist wegen der großen Ähnlichkeit in der Darstellung, Marty. Götter, die aus der Sonne oder dem Himmel kommen, sind für uns keine Seltenheit. Es gibt diese Bilder bei vielen ehemaligen Hochkulturen Mittel- und Südamerikas, zum Beispiel. Es gibt sie kaum hier in Europa, das nur nebenbei.« Er schüttelte den Kopf. Sein Gesicht wurde sehr ernst. »Nein, es ist die Art und Weise, wie diese Menschen und ihre Götter vor der … Sonne gezeichnet sind. Die Darstellungen gleichen sich so, als hätten beide, uns unbekannte Künstler, das Gleiche gesehen und festgehalten.«

Sue und Marty sahen sich an. Sie schwiegen und warteten darauf, dass der Deutsche fortfuhr.

Heinz Martin stand auf und winkte einem Steward.

»Meinem alten Freund kam die Farbe sehr merkwürdig vor«, sagte er, nachdem er bezahlt hatte. »Die Farbe, mit der die Götter an die Wände der Höhlen gemalt waren. Ich konnte es selbst sehen und kratzte etwas davon ab. Dann ließ ich diese Farbspuren von einem Kommilitonen im Labor untersuchen. Ich sagte nicht, woher ich sie hatte.«

»Und?«, fragte Sue, die etwas zu ahnen schien. Sie stand auch auf. »Nun spannen Sie uns nicht länger auf die Folter, Heinz. Es gab eine Überraschung für Sie, oder?«

»Das kann man wohl sagen«, antwortete Heinz Martin. »Die Farbe, das konnte mein Kommilitone eindeutig feststellen, war auf Kunstharzbasis aufgebaut. So eine Zusammensetzung kennen wir Heutigen noch nicht. Sue, Marty. Und unsere Vorfahren erst recht nicht …«

6.

Andromeda

Miras-Etrin wirkte noch ziemlich jung. Gronimo war mit Schätzungen vorsichtig, denn er ahnte bereits, dass Miras-Etrin genauso wie Barim-Nantor nicht alterte. Der Meister der Insel hatte die bräunliche Haut der Tefroder und schwarzes Lockenhaar. Er war groß, schlank und athletisch und machte einen noch härteren und berechnenderen Eindruck als Barim-Nantor.

Miras-Etrin erwähnte diesen mit keinem Wort. Es war jedoch bald klar, dass Barim-Nantor nicht mehr nach Lando kommen würde. Miras-Etrin hatte jetzt die Verantwortung und das Sagen. Mit ihm würde Gronimo es in den nächsten Jahren und Jahrhunderten zu tun haben, wenn man ihn auf seinem Posten ließ.

Seine diesbezüglichen Befürchtungen erwiesen sich als unbegründet. Er hatte Glück im Unglück.

Für Miras-Etrin war Lando eine lästige Pflicht, die ihm von Faktor I aufgebürdet worden war. Darin unterschied er sich nicht von seinem Vorgänger.

Barim-Nantor war in Ungnade gefallen und bestraft worden. So jedenfalls hatte Faktor I es verkündet. Er gehörte zu den »Verrätern«, die nach der Macht gegriffen hatten. Ihr Putschversuch scheiterte. Nunmehr gab es nur noch sieben Meister der Insel. Miras-Etrin war Faktor IV.

Als die Aufgaben und Verantwortlichkeiten neu verteilt wurden, war ihm der Museumsplanet Lando zugefallen.

Miras-Etrins Macht war größer als die seines Vorgängers. Entsprechend größer waren auch seine Interessen, die er ohne Wissen von Faktor I verfolgte. Es passte nicht unbedingt in seine Pläne, sich nun intensiv um Lando kümmern zu müssen.

Um so willkommener war ihm der Tefroder Gronimo. Er kannte die Rolle, die dieser Mann für Barim-Nantor gespielt hatte, und er wusste um die unbedingte Zuverlässigkeit Gronimos.

Das war der Grund dafür, dass Gronimo auf Lando blieb. Den

Zwischenfall bei einem der Menschenstämme überging der Meister großzügig, ebenso Shalins Tod. Er gab zu verstehen, dass eine gewisse Härte im Umgang mit den Extragalaktikern durchaus in seinem Sinn sei. Das galt auch und besonders für künftig zu erwartende Kämpfe zwischen den einzelnen Gruppen.

Was Gronimo betraf, so wünschte er allerdings, dass sich dessen Rolle geringfügig änderte. Im Grunde kam dies jedoch nur den tatsächlichen Gegebenheiten entgegen. Gronimo sollte offiziell das Amt des Kommandanten an einen Tefroder aus der jeweiligen Stationsbesatzung abgeben und selbst als eine Art Direktor auftreten. Als solcher zog er weiterhin alle Fäden und hatte die ultimate Entscheidungsgewalt auf Lando.

Er hatte den »Schichtführer« oder »Nebenkommandanten« längst schon selbst eingeführt. Nun wurde das Ganze nur offiziell abgesegnet. Gronimo konnte dies recht sein.

Miras-Etrin ordnete an, die Menschen weitgehend sich selbst zu überlassen und nur dann einzugreifen, wenn der Bestand einer Gruppe gefährdet war. Dann sollte mit aller Härte gegen die überlegene Partei vorgegangen werden. Miras-Etrin schloss auch den Gebrauch tödlicher Waffen nicht aus.

Das Leben eines Tefroders, sagte er, zählte mehr als das eines Wilden.

Seine weiteren Anordnungen machten ihn, ob Meister der Insel oder nicht, Gronimo sehr schnell unsympathisch.

Miras-Etrin wollte, dass Menschen eingefangen und untersucht wurden. Die Wissenschaftler in der Station sollten sie sezieren und dabei vor allem beobachten, wie sich die neuen »Generationen« von den vorherigen körperlich unterschieden. Verschiedene Tests, hinter denen sich nichts anderes als Psychofolter verbarg, sollten Aufschluss über ihre Intelligenz erbringen.

Es war im Umgang mit den Humanoiden grundsätzlich alles erlaubt. Das Einzige, das bedacht werden musste, war der zu erhaltende Bestand der einzelnen Menschengruppen.

Die Stationsbesatzung sollte von nun an alljährlich ausgetauscht werden. Gronimos zaghaften Protest nahm der Meister der Insel gar nicht zur Kenntnis. Er nannte auch keine Gründe für seine Entscheidung.

Die künftigen Besatzungen sollten zum größten Teil aus Duplos bestehen. Gronimo konnte am Anfang mit dem Begriff nicht viel anfangen. Die Tefroder in der Station hatten nie über Duplos gesprochen. Miras-Etrin gab auch hier keine langen Erklärungen. Er deutete nur geheimnisvoll an, dass »das Projekt Lando dadurch sicherer vor Verrat« sei.

Gronimo erfuhr durch Fragen an seine nächste Besatzung, was es mit den Duplizierten auf sich hatte. Und da begriff er auch den Hintersinn der Andeutung.

Die Duplos wurden in einem Gerät namens Multiduplikator nach der Atomschablone eines Originaltefroders erschaffen. Es konnten viele solcher Duplikate entstehen. Diesen Tefrodern konnten darüber hinaus sogenannte Reizwellenempfänger implantiert werden, durch die sie von den Meistern der Insel steuerbar waren und jederzeit aus der Ferne getötet werden konnten.

Damit war der Hintersinn der Andeutung klar.

Es war eine versteckte Drohung an Gronimo.

Gronimo durfte weiterleben, aber die Grenzen waren ihm erneut aufgezeigt worden.

Er konnte diesen Planeten niemals mehr verlassen, ohne nach kürzester Zeit qualvoll zu sterben. Und nun war auch der Möglichkeit weitgehend ein Riegel vorgeschoben, dass er einem anderen Tefroder seine Geheimnisse anvertraute, die dieser irgendwo preisgab.

Gronimo wäre nie auf diese Idee gekommen. Doch Miras-Etrin war gerissener als Barim-Nantor und sicherte sich ab, so gut es nur ging.

Am Ende war Gronimo froh, als der Meister der Insel endlich abreiste.

Er war ein Gefangener in einem faszinierenden Kerker.

Es vergingen weitere achttausend Jahre. Die Humanoiden, die in dieser Zeit nach Lando gebracht wurden, waren mit den ersten kaum noch zu vergleichen. Ihre Körperbehaarung ließ stark nach, sie kleideten sich nicht mehr in Felle, sondern in selbst gefertigte Stoffe. Sie schnitten ihr Haar mit scharfen Werkzeugen, die jetzt aus Metall bestanden und mit großer Fertigkeit hergestellt wurden.

Als es zum ersten schwerwiegenden Zwischenfall innerhalb der Station kam, hieß deren Kommandant Fueron. Fueron war ein skrupelloser Emporkömmling, der mehr zu wissen schien, als gut für ihn war.

Gronimo sah, dass er auf ihn zu achten hatte. Im Allgemeinen kümmerte er sich kaum noch um die alltäglichen Belange der Besatzung. Nur hin und wieder musste er ein Exempel statuieren, um zu zeigen, wer tatsächlich das Sagen hatte. Dies hielt sich normalerweise im Rahmen.

Es gab inzwischen eine schlagkräftige Flugbootflotte, deren Aufgabe es war, überall dort einzugreifen, wo es zu größeren Kämpfen zwischen den Extragalaktikern kam.

Die Eingeborenen des Planeten Valuur III ließen sich längst nicht mehr voneinander trennen. Auch, auf Befehl von Miras-Etrin, wurden mehr als doppelt so viele von ihnen mit einem Transport gebracht als zuvor. Außerdem flogen die Schiffe nicht mehr nur alle tausend, sondern alle fünfhundert Jahre in die Zweite Galaxis.

Der Kommandant der Flugbootflotte hieß zu dieser Zeit Kalago.

Im Gegensatz zu den meisten Tefrodern, die neben den Duplos noch nach Lando geschickt wurden, war Kalago intelligent. Gronimo hatte sich einige Male mit ihm unterhalten und wusste, dass er sich Fragen stellte.

Dennoch hätte er nicht erwartet, dass Kalago zum Rebellen und zur Gefahr für das Projekt Lando wurde.

Bevor Kalago Fueron aufsuchte, kam es zu einem tragischen

Gleiterunfall. Zwei Mitglieder des wissenschaftlichen Stabs kamen dabei ums Leben. Wie Gronimo später erfuhr, hatte Fueron dabei die Hände im Spiel. Dieser Kommandant hätte zu einem noch größeren Problem als Kalago und seine Mitbeschwörer werden können, hätte er nicht bald der Ablösung weichen müssen.

Kalago hatte durch genaues Beobachten und Kombinieren die Wahrheit über die Menschen auf Lando herausgefunden und Fueron daraufhin zur Rede gestellt. Er hatte ihm auf den Kopf zugesagt, dass es ein Unrecht sei, diese Menschen zu entführen und hier wie in einem Zoo zu halten. Er verurteilte es scharf, sie darüber hinaus in die Station zu verschleppen und zu foltern, wie er sagte.

Wahrscheinlich war es ein Glück für ihn, dass er nicht allein mit Fueron war. Ein Tefroder informierte Gronimo, und das rettete Kalago vermutlich das Leben. Er erlitt nicht, wie die beiden anderen aufmerksam gewordenen Tefroder, einen Unfall.

Fueron machte ihm in Gronimos Beisein scharf klar, dass er sich besser nie mehr laut über diese Dinge äußern sollte, wenn ihm sein Leben lieb war.

Das tat Kalago dann auch nicht.

Stattdessen scharte er Gleichdenkende um sich und kaperte mit ihnen das Raumschiff SAMUR, das neue Menschen von Valuur III brachte.

Gronimo hörte nie wieder von ihm und den anderen Verschwörern. Ein neues Schiff musste geschickt werden, um die Besatzung der SAMUR abzuholen. Mit ihm kam Miras-Etrin und stauchte Gronimo so zusammen, dass dieser mit seinem Leben abschloss.

Doch auch diesmal blieb er auf Lando und in seinem Amt, das nun wieder das des einzigen Stationsbefehlshabers war. Miras-Etrin machte Gronimo direkter als bisher für alles verantwortlich, das auf Lando geschah. Es gab keinen zweiten Mann mehr, dem ein Versagen angekreidet werden konnte.

Das bedeutete für Gronimo, dass er härter wurde. Schon in den letzten Jahrtausenden war er zwar gerecht, aber unerbittlich gewesen. Den manchmal von Gefühlen geleiteten Zauderer gab es nicht mehr.

Die Angst vor dem Ende des als ewig akzeptierten Lebens war zu groß geworden. Sie bestimmte im Grunde sein ganzes Handeln. Wo anfangs zwei Seelen in seiner Brust gerungen hatten, wenn es um die Valuurer ging, regierte die Konformität. Es ging um sein Leben, und das Leben eines Ewigen zählte mehr als das von tausend Normalsterblichen.

Gronimo sah das so.

Nun ließ er keine Stellvertreter mehr das Einfangen und Untersuchen von Humanoiden befehlen, sondern tat es selbst.

Wenn die Flugbootflotte Einsätze gegen allzu vitale Menschen flog, Streitereien schlichtete oder Grenzen zwischen den Stämmen korrigierte, flog Gronimo mit und befehligte die Aktionen.

Vorbei war die Zeit, in der er sich darum bemüht hatte, die Extragalaktiker verstehen zu lernen. Als er sie studierte und fast so etwas war wie ein Freund.

Jeder neue Tag war eine neue Bewährungsprobe.

Es vergingen weitere Jahrtausende, und plötzlich begannen die Menschen sich rasend schnell zu verändern.

Gronimo wusste, dass die Valuurer das Flugboot als »Himmelsvogel« oder »Götterwagen« ansahen. Manche Stämme verehrten die Maschine sogar und beteten sie an. Gronimo war das ziemlich egal.

Wer ihm unaufgefordert zu nahe kam, der erhielt einen Warnschuss vor die Füße. Wenn er dann vernünftig war, hatte sein Stamm danach einen zornigen Gott mehr. Wenn er glaubte, das Boot oder den Gleiter weiter bedrängen zu müssen – sein Pech.

Neben Gronimo saß Jergel, der in den letzten Monaten so etwas wie seine rechte Hand geworden war. Jergel war intelligent, und er hatte schnell gelernt, wie er sich seinem Vorgesetzten gegenüber zu verhalten hatte. Gronimo hörte man am besten interessiert zu, wenn er einmal sein Schweigen brach und über dies und das redete. Wenn man konnte, trug man etwas zu einer guten Unterhaltung bei. Wenn man nicht konnte und nur Gemeinplätze verbreitete, tat man besser daran, zu schweigen.

An diesem Tag hatte Gronimo den jungen Tefroder mit auf seine mittlerweile allwöchentliche Beobachtungstour genommen. Gronimo war nicht mehr soviel draußen wie früher. Oft verließ er tagelang seine Kabine nicht und brütete vor sich hin oder machte Aufzeichnungen.

Wenn er aus seinem Versteck kam und Gesellschaft suchte, dann hielt er sich bevorzugt bei den wenigen echten Tefrodern auf, die noch geschickt wurden. Die Duplos sprach er nur dann an, wenn es sich nicht vermeiden ließ. Dass ihm deshalb Diskriminierung nachgesagt wurde, störte ihn wenig.

Er konnte mit diesen stupiden Gesellen einfach nichts anfangen.

»Ich bin gespannt, wie weit sie inzwischen gekommen sind«, sagte Jergel. »Werden wir eingreifen?«

Gronimo zuckte mit den Schultern.

»Das hängt von ihnen ab. Wir lassen sie gewähren, solange sie nicht den Bestand einer anderen Gruppe gefährden.«

»Das ist das einzige Gesetz, das Sie akzeptieren, nicht wahr?«, meinte Jergel.

»Alles hängt von den Umständen ab«, antwortete Gronimo ausweichend. »Auch jedes Gesetz.«

Er drückte das Flugboot langsam tiefer.

Sie überflogen eine weite Ebene mit spärlichem Baumwuchs. Das Meer mit der Unterwasserstation lag weit im Süden. Im Norden erhoben sich die Ausläufer einer gewaltigen Bergkette, die das Vorland hufeisenförmig umschlossen.

Nach weiteren zehn Minuten Flugzeit sahen sie die Männer, die in einer geschlossenen Formation von Westen her kamen.

»Soldaten«, stellte Jergel nüchtern fest. »Es sind tatsächlich richtige Soldaten.«

Die Valuurer trugen alle die gleiche knappe Bekleidung und Helme, die in der Sonne blitzten. Ihre Beine waren frei, die Füße steckten in hohen Sandalen, Schulter und Brust waren von glitzernden Rüstungsteilen bedeckt. In den Händen hielten die Krieger lange Speere, und an ihren Gürteln baumelten kurze Schwerter aus Eisen.

Sie waren erst vor Kurzem abgeliefert worden, insgesamt 36 Humanoide, ausschließlich Männer. Dem Bericht des Schiffskommandanten zufolge, der die neue Ladung Menschen gebracht hatte, hatten sie sich gerade im Kampf gegen andere Valuurer befunden. Zwei riesige Heere hätten sich gegenübergestanden und mit Speeren, Pfeilen, Schwertern und Wurfgeräten bekämpft.

Auch die Menschen der drei anderen neu angelieferten Gruppen waren nicht mehr so, wie die bisher bekannten. Sie trugen ihr Haar anders, und auf ihrem Planeten lebten sie jetzt in größeren Gemeinschaften. Die Krieger in ihren Rüstungen, so berichtete der Schiffsführer, hatten eine große Stadt mit prächtigen Bauten errichtet, in der sie lebten wie die Insekten.

Es war nicht mehr möglich, einen ganzen Stammesverband zu entführen. Es mussten nun einige Exemplare aus einer größeren Gruppe herausgerissen werden. Dies unbemerkt geschehen zu lassen, erwies sich als immer schwieriger.

Mit zunehmender Bevölkerungsdichte und zunehmendem Grad der Zivilisation spezialisierten sich die Extragalaktiker. Ein Teil von ihnen lebte in ihrer Stadt, während andere auf Raub- und Kriegszug gingen. Diese eisengerüsteten Krieger hatten große Teile ihrer Welt erobert und ihrem Reich einverleibt. Im besetzten Land gründeten sie neue Siedlungen und machten die von ihnen besiegten Menschen zu Sklaven.

Und das Gleiche schienen sie hier nun auch vorzuhaben.

»Einunddreißig«, zählte Jergel. »Sie marschieren fast vollzählig nach Osten. Spätestens heute Abend werden sie das Dorf der Barbaren erreicht haben.«

»Wenn sie nicht ihre Richtung ändern.«

»Das tun sie nicht, Kommandant. Es sind keine Hindernisse da, die sie umgehen müssten. Und ohne zwingenden Grund marschieren sie immer weiter vorwärts. Wer ihnen im Weg steht, der wird platt gedrückt wie von einem Panzer.«

»Panzer«, überlegte Gronimo laut. »Eines Tages werden sie auch die haben, Jergel. Ist Ihnen klar, dass wir hier wahrscheinlich erstmals Zeuge eines reinen Eroberungskrieges werden?«

Der andere sah ihn überrascht und etwas befremdet an.

»Sie reden ja, als ob Sie die Humanoiden schon ewig studierten, Kommandant.«

Gronimo erschrak. Schnell bemühte er sich, Jergel auf andere Gedanken zu bringen.

»Ich kenne die Berichte meiner Vorgänger, und ich mache mir meine Gedanken – genau wie Sie. Wir werden später zu den Kriegern zurückkehren. Jetzt will ich mir ihre Siedlung ansehen.«

Das Flugboot nahm Fahrt auf. Die Krieger hatten es anscheinend nicht bemerkt. Sie marschierten stur nach Osten, je zwei Mann nebeneinander. Ihre Waffen hielten sie so verkrampft, als würden sie die ganze Zeit über von einem strengen Feldherrn beobachtet.

Bald tauchte die Siedlung auf, die sie in der relativ kurzen Zeit seit ihrer Ankunft errichtet hatten.

Sklaven, hierher verschleppte Menschen, schufteten sich unter Aufsicht der fünf daheimgebliebenen Krieger mit großen Steinblöcken ab, die sie zu Baustellen transportieren und aufeinanderschichten mussten. Die Wohnunterkünfte waren noch primitiv. Dennoch konnte Gronimo sich vorstellen, dass diese hellhäutigen Kriegermenschen eines Tages prachtvolle Paläste errichteten – wenn man sie ließ.

»Wie weit lassen Sie sie gehen?«, fragte Jergel, als hätte er Gronimos Gedanken gelesen. »Bis zur nächsten Menschenlieferung sind diese Soldaten allen anderen Menschengruppen überlegen. Sie werden immer weiter erobern und immer mehr Sklaven machen. Sie gefährden die Ordnung auf Lando.«

Wieder einmal staunte Gronimo über die Weitsicht des jungen Tefroders.

»Jetzt reden Sie wie einer, der schon seit Ewigkeiten hier ist«, sagte er belustigt.

Jergel winkte ab.

»Wir sind hier und haben Verantwortung übernehmen müssen, nicht wahr? Und diese Verantwortung prägt uns.« Er lächelte. »Manchmal wünschte ich mir allerdings, diese Welt und ihre neuen Bewohner länger als nur das eine Jahr studieren zu können. Es muss faszinierend sein. Aber ich glaube, ich möchte es doch nicht. Es kann auch Besitz von uns ergreifen.«

»Das ist genau wie mit den Kriegern«, gab ihm Gronimo Bescheid. »Es kommt darauf an, ob man es zulässt.« Er sah, wie eine Gruppe Sklaven von zwei Aufsehern brutal ausgepeitscht wurde. »Und ich denke, wir sollten dem hier jetzt ein Ende machen.«

Jergel wirkte erleichtert.

»Mit Verlaub, Kommandant, aber das denke ich auch.«

Gronimo lächelte dünn und drückte das Flugboot herunter. Die Sklaven und ihre Peiniger blickten erschrocken hoch, als sie die Motoren hörten und der Schatten über sie fiel.

»Diese Krieger«, prophezeite Gronimo, »werden von heute an verdammt zornige Götter kennen.«

Bevor er die fünf Aufseher paralysierte und die Barbaren davonjagte, lieferte er den Humanoiden ein Feuerwerk, das sie so schnell nicht wieder vergessen sollten.

Mit Impulsstrahlen setzte er Bäume in Brand und vernichtete die bereits fertigen Wohngebäude. Eine große Statue, die einen Gott mit einem Blitz in der Faust zeigte, explodierte. Die Menschen brachten sich schreiend vor den herabregnenden Trümmern in Sicherheit. Einige wurden von ihnen getötet und begraben.

»Ich denke, das reicht«, sagte der Kommandant grimmig und paralysierte die Sklavenhalter. Als diese starr am Boden lagen, flog er einige gewagte Manöver, um die Barbaren zu verscheuchen. Wenn die Krieger wieder auf den Beinen waren, sollten sie in Sicherheit vor einer Verfolgung sein.

»Entweder finden sie zu ihrem Stamm zurück, oder sie suchen sich eine neue Heimat. Jetzt sehen wir uns an, was unsere tapferen Helden machen.«

Gronimo wendete das Boot und flog zurück nach Osten.

Schon von Weitem sahen er und Jergel den dunklen Rauch, und dann die Flammen, die in den Himmel schlugen.

»Das Barbarendorf!«, entfuhr es Jergel. »Es steht in Flammen!«

»Diese Hitzköpfe!«, knurrte Gronimo. »Wir werden sie abkühlen.«

Die Krieger in den Rüstungen kämpften zwischen den brennenden Holzhütten gegen die sich verzweifelt wehrenden Barbaren. Diese zottigen Gestalten in ihren Fellen waren weitaus schlechter bewaffnet, dafür aber stärker. Es waren in der Regel Hünen, und auch ihre Frauen verstanden es, sich ihrer Haut zu wehren. Schwerter, Speere und List standen Äxten, Lanzen und Mut gegenüber, und es war nicht abzusehen, wer diesen Kampf am Ende gewann.

Klar war aber auf jeden Fall, dass er viele Opfer fordern würde, wenn er nicht schnell beendet wurde.

Gronimo gab einige Impulsschüsse auf die Umgebung ab, bis der Wald ebenfalls brannte und die Kämpfenden sich voneinander lösten. Als sie zu dem Göttervogel heraufstarrten, eröffnete der Tefroder das Paralysefeuer.

Die Menschen knickten reihenweise um und blieben gelähmt liegen. Wer floh, den holten die Strahlen ein. Wer Rettung im Wald suchte, wurde ein Opfer der Flammen. Es hatte schon Tote gegeben, und es gab noch mehr durch Gronimos Aktion.

»Hört mir zu!«, rief Gronimo über die Außenlautsprecher des Flugboots. Der zwischengeschaltete Translator übersetzte. Die Sprache der Krieger war von den bereits in der Station untersuchten Exemplaren her bekannt. »Ihr werdet in eure Siedlung zurückkehren und künftig auf Raubzüge verzichten. Wir sind mächtige Götter, und unsere Augen sehen alles! Wenn ihr es wagt, gegen unser Gebot zu verstoßen, werden wir wiederkommen und euch bestrafen!«

Gronimo grinste und wendete die Maschine. Obwohl die Krieger gelähmt waren, hatten sie jedes Wort gehört. Die Sinne waren nicht ausgeschaltet.

»Götter«, sagte Jergel halblaut. »Wir treten ihnen jetzt also als Götter entgegen.«

»Wem kann es schaden?«, fragte der Kommandant.

7.

Dexter, Texas; September 1954

Es war das erste Mal, dass Heinz Martin die Hancocks besuchen kam. Seit über einem Jahr hatten sie sich regelmäßig geschrieben. Martin hatte in dieser Zeit wenig Gelegenheit gehabt, seiner Leidenschaft nachzugehen. Prüfungen und andere Verpflichtungen hatten ihn davon abgehalten. Jetzt hatte er sein Examen gemacht und ein Dreivierteljahr Zeit, bevor er eine Referendarstelle an einem Gymnasium antrat.

Einen bescheidenen Teil dieser Zeit wollte er nutzen, um alles Versäumte nachzuholen. Die Fahrt nach Amerika hatte er sich zur Hälfte selbst zusammengespart. Die andere Hälfte steuerten seine Eltern bei, als Geschenk zum bestandenen Abschluss.

Sue und Marty waren inzwischen höchst rege gewesen und hatten Heinz in ihren Briefen daran Anteil nehmen lassen. Denn auch Marty hatte sich mittlerweile ganz in die Hobby-Archäologie gestürzt, von Sue angesteckt. Großen Anteil daran hatten zweifellos ihr Fund in dem Indianergrab und die Sensation, mit dem Heinz Martin in Unteruhldingen aufwartete.

Der Begriff Hobby-Archäologie traf das, was die beiden jungen Hancocks betrieben, allerdings nicht mehr ganz. Besser hätte ein anderer gepasst, der dreißig Jahre später zu einem abgedroschenen Schlagwort werden sollte:

Astro-Archäologie.

Heinz hatte ihnen an jenem Abend seine Idee vorgetragen. Er fragte sie, ob es nicht sein könnte, dass diese angeblichen Götter, die aus der Sonne kamen, nicht nur Fantasiegestalten gewesen seien. Er ging davon aus, dass die Höhlenbewohner im heutigen Frankreich und die Indianer das gleiche gesehen hatten und in ihren Zeugnissen festhielten. Es waren Wesen, die aus einem Kreis oder einer Kugel kamen, und zwar vom Himmel.

Wenn man nun die Farbanalyse und Sues Fund hinzuzog und mit den Göttern in Verbindung brachte, so lag der Schluss nahe, dass diese fremden Wesen keine Zeitgenossen derjenigen waren, die sie abbildeten, und auch keinem der damaligen anderen Kulturkreise angehörten.

Mehr noch. Sie lebten auch heute noch nicht auf der Erde. Die chemische Zusammensetzung der Farbe, das hatte eine zweite, inzwischen vorgenommene Analyse ergeben, war der heutigen Wissenschaft vollkommen unbekannt. Und das Ding, das in etwa so aussah wie eine supermodern gestylte Armbanduhr, war keine Uhr und auch kein Schmuckstück. Es war ein Instrument, und Sue hatte inzwischen herausgefunden, dass es noch funktionieren musste.

Sie hatte durch reinen Zufall einige der winzigen Knöpfe in einer Reihenfolge nur leicht angetippt, die das runde Ding mit dem elastischen Armband plötzlich zum Summen brachten. Sue hatte sich fast zu Tode erschreckt und sofort nach Marty gerufen.

Doch als sie in seiner Gegenwart noch einmal das Gleiche tun wollte, klappte es nicht mehr, und sie begann zu begreifen, dass es wiederum nur ein Zufall sein konnte, wenn sie die richtige Kombination nochmals fand.

Jedenfalls war Marty seit der Rückkehr aus Europa mit seiner jungen Frau Feuer und Flamme, was die ungelösten Fragen und ihre möglichen Antworten anbetraf. Er ließ sich ihre Zeitschriften geben und las sie, aber mehr als die Berichte über Ausgrabungen und Funde interessierte es ihn, was zwischen den Zeilen stand. Sie begannen gemeinsam, den von Heinz gesponnenen Faden weiterzuspinnen und nach Hinweisen zu suchen, die in ihre langsam zustande kommende Theorie passten. Und die besagte nichts anderes, als dass die Götter der alten Kulturen zum Teil nichts anderes waren als fremde Wesen aus dem Weltraum, die einst die Erde besucht und ihre Spuren hinterlassen hatten.

Bestärkung in ihrem Glauben fanden die Hancocks durch einen Mann aus Mexiko, den der verstorbene Freund Heinz Martins gut gekannt hatte. Dieser hatte mit ihm brieflich verkehrt und ihm von Martin berichtet. Irgendwann musste er ihm Martins Anschrift gegeben haben, denn Heinz bekam im Dezember 1953 plötzlich Post von einem Pablo Sanchez aus Mexiko-Stadt.

Und dieser Pablo Sanchez, 66 Jahre alt, von Beruf Journalist, war auf der Hancock-Ranch, als Heinz Martin zu seinem Besuch eintraf. Sue hatte ihn eingeladen, und bei dieser Gelegenheit lernten sie sich kennen.

Sanchez war schlank und weißhaarig. Alles in allem, machte er eine gute Figur. Er konnte gut reden und besaß das Talent, andere zum Zuhören zu zwingen, ohne dass es aufdringlich wirkte. Seine Kleidung war vom Feinsten und erweckte, zusammen mit Sanchez' ganzem Verhalten, den Eindruck eines weit gereisten, welterfahrenen Mannes.

Sanchez gehörte zu einer Gruppe von Leuten, die sich ebenfalls mit Altertümern beschäftigten und ähnliche Gedanken hatten wie Sue, Marty und Heinz. Sie gingen allerdings noch weiter und sagten, dass die »Außerirdischen« auch heute noch landeten und sich mancherorts sogar unerkannt unter den Menschen bewegten.

In einer Zeit des allgemeinen Aufbruchs und des Wegfalls der wissenschaftlichen Tabus war diese kein großes Wunder. Fast jeden Tag war neuerdings in den Zeitungen von sogenannten fliegenden Untertassen die Rede, von UFOs. Kaum eine Woche verging ohne neue Sensationsberichte, und Sue und Marty nahmen sie ernst.

Sie mussten sie natürlich mit ihren eigenen Entdeckungen in Verbindung bringen, hatten aber andererseits soviel Angst vor einer Blamage, dass sie sich weiterhin nicht der Öffentlichkeit mitteilten.

Nur Sanchez hatten sie davon geschrieben, und deshalb war er jetzt Gast auf ihrer Ranch.

Heinz Martin wirkte wie frisch aus dem Ei gepellt, als er nach gründlicher Dusche zu ihnen auf die große Veranda kam. Dort saßen Sue, Marty und Pablo Sanchez jetzt allein bei Wein und

Knabbereien. Martys Eltern hatten sich zurückgezogen, um die jungen Leute mit ihrem Lieblingsthema ungestört zu lassen.

Sie ließen die beiden gewähren. »Es gibt schlimmere Ticks«, sagte Jim Hancock immer, und Ma Hancock glaubte immer noch daran, dass »den Kindern diese Flausen eines Tages von selbst vergehen werden«.

Martin setzte sich an den großen runden Tisch und ließ sich ein kaltes Bier schmecken. Er schloss für einen Moment die Augen und atmete genießerisch aus.

»Das sind die Freuden dieser Welt«, philosophierte er. »Ein Bier, kühle Luft, keine Musik und eine Frau, die einen versteht.«

Er beugte sich vor, küsste Sue galant die Hand und zwinkerte Marty entschuldigend zu. Marty lächelte zurück. Er wusste genau, dass Heinz Sue und ihn gleichermaßen mochte, und dass daran nichts Anrüchiges war. Sie waren wirkliche Freunde geworden, und einer wäre für den anderen durchs Feuer gegangen.

Pablo Sanchez saß etwas abseits dabei und sah wohl den Zeitpunkt für gekommen, um wieder auf sich aufmerksam zu machen.

»Alle Freuden dieser Welt«, wiederholte er die Worte des Deutschen. »Recht haben Sie, Heinz. Aber was ist das, *unsere* Welt. Wo beginnt und wo endet sie?« Er rauchte Pfeife und zeigte mit ihrem Stiel auf den sternklaren Nachthimmel, auf den Mond und auf das schwach schimmernde Band der Milchstraße. »Hier hinter den Nadelwäldern und dem Hügel dort drüben? Über unserer Atmosphäre oder etwa erst hinter dem guten alten Mond? Oder hinter diesem Stern dort oder jenem da. Ist nicht vielmehr das ganze Universum unsere Welt, mit den vielen Brüdern und Schwestern, die zwischen den Sternen leben und nur darauf warten, dass wir endlich erwachsen werden?«

»Uff!«, sagte Marty. »Das ist etwas viel starker Tobak auf einmal.«

»Lass ihn«, bat Sue. »Erklären Sie uns, was Sie meinen, Pablo. Sie haben mir zwar in Ihren Briefen viele Andeutungen gemacht, aber ganz schlau geworden bin ich daraus nicht. Das muss ich leider zugeben.«

Der weißhaarige Mexikaner beugte sich langsam zu ihr vor. Seine Augen wurden um eine Spur enger.

»Aber gern«, sagte er. »Wie ich Ihnen auch schrieb, Sue, habe ich viele Freunde, über die ganzen USA verteilt und auch im alten Europa. Ich will damit sagen, dass wir Gleichgesinnte sind. Eine große Familie von Menschen, die an die gleichen Dinge glauben und die gleichen Überzeugungen haben.«

»Die Außerirdischen«, warf Heinz Martin lachend ein, »die Marsmenschen sind unter uns.«

Sanchez blickte ihn indigniert an.

»Sie machen sich darüber lustig?«, wunderte er sich. »Das erstaunt mich, ehrlich gesagt.«

Martin wurde sofort wieder ernst.

»Entschuldigen Sie, Pablo. Nein, lustig mache ich mich nur über die Verrückten, für die der Tag erst richtig beginnt, nachdem sie ihr tägliches UFO gesichtet haben. Die Zeitungen sind doch voll davon.«

»Das ist alles dummes Zeug«, urteilte Sanchez. »Das heißt, das meiste davon. Ich will nicht leugnen, dass wir die Existenz von UFOs im Prinzip für möglich halten. Wir glauben fest daran, dass es, außer uns Menschen, noch eine Vielzahl von intelligenten Bewohnern des Universums gibt. Wir sind, aufgrund von Beweisen, der Überzeugung, dass diese unbekannten Wesen in der Vergangenheit mehrfach auf unserer Erde landeten. Sie beobachteten uns und unsere Entwicklung und tun es noch immer.«

Sue hielt ihren Fund in das Licht einer Petroleumlampe.

»Dies hier haben sie dann wohl vergessen. Aber was ist mit der Farbe aus den Höhlen, die Ihr Freund entdeckt hat? Wie passt die ins Bild?«

»Es gibt viele Erklärungen. Vielleicht schenkten Außerirdische sie den primitiven Menschen. Vielleicht war es eine Farbe, die sie zu Markierungsarbeiten benutzten, und sie vergaßen sie. Vielleicht wurde die Farbe von Steinzeitmenschen geraubt. Benutzen Sie nur Ihre Fantasie.«

»Vielleicht existieren noch andere Gegenstände, die bisher nicht entdeckt wurden«, vermutete Marty.

»Oh«, meinte Sanchez, »sagen Sie das nicht. Es ist genau wie mit diesen UFOs. Wir sind auch davon überzeugt, dass man an höherer Stelle viel mehr weiß, als man uns gegenüber zugibt.«

»Sie meinen die Regierung«, kam es von Marty.

»Die Regierungen, die Geheimdienste, das Militär. Ich sage Ihnen, man versucht, uns dumm zu halten, während man vielleicht schon längst Kontakt mit Wesen aus dem Weltraum hat.«

»Allerhand«, sagte Heinz Martin. »Und dafür haben Sie Beweise?«

Sanchez tippte sich mit dem Pfeifenkopf gegen die Schläfe.

»Der gesunde Menschenverstand liefert die Beweise, Heinz. Versetzen Sie sich in einen Außerirdischen, der die Erde besucht und Kontakt mit uns Menschen aufnehmen will. Wen würden Sie ansprechen, nachdem sie die Erde einige Zeit aus dem Weltall beobachtet hätten? Irgendeinen Mann von der Straße? Oder Leute, die die Macht in den Händen halten?«

»Natürlich die da oben«, sagte Heinz. »Wenn ich Politiker wäre und mit einem anderen Land verhandeln wollte, ginge ich auch nicht erst zum Chauffeur des Präsidenten, sondern gleich zu ihm selbst.«

»Sehen Sie! Und die da oben haben natürlich kein Interesse daran, die Bevölkerung über ihre Kontakte aufzuklären. Denn dieser Kontakt mit außerirdischen, hoch überlegenen Wesen bedeutet Macht! Stellen Sie sich nur einmal vor, wie fortgeschritten ihre Technologie sein muss, wenn damit interstellare Abgründe überquert werden können. Und welche Waffen müssen die Fremden erst haben! Jedes Militär der Welt würde dafür sorgen, dass keine andere Partei die Möglichkeit bekommt, an diese Waffen zu gelangen.«

»Also schweigt man die Besucher einfach tot«, gab sich Sue beeindruckt.

»Davon sind wir fest überzeugt«, sagte Sanchez.

Er ließ seine Worte wirken. Minutenlang sagte keiner der vier etwas. Jeder hing seinen eigenen Gedanken nach und versuchte sich vorzustellen, was die Worte des Mexikaners tatsächlich bedeuteten.

»Aber die UFOs«, sagte Marty schließlich. »Sie lassen sich nicht verbergen und totschweigen.«

»Sie haben es erfasst, junger Freund«, sagte Sanchez. Auf dieses Stichwort schien er gewartet zu haben. »Wenn Außerirdische Kontakt mit den Regierungen aufnehmen, müssen sie zu den Menschen kommen. Umgekehrt geht es nicht – *noch* nicht. Das heißt, sie müssen mit ihren Raumschiffen irgendwo landen. Das geht natürlich nicht mitten in einer Regierungsmetropole, denn sie wollen ja nicht gesehen werden.«

Alle nickten. Sie stellten die Existenz und den Besuch außerirdischer Wesen schon gar nicht mehr infrage, sondern folgten Sanchez in dessen Argumentation. Es ging nicht mehr um das »Ob überhaupt«, sondern nur um das »Wie«.

»Also«, fuhr der Journalist fort, der nach eigenen Angaben nur noch in Zeitschriften seiner Gesinnungsgenossen veröffentlichte, »landen sie an Orten, wo die Gefahr einer zufälligen Entdeckung gering ist.«

»Natürlich haben sie diesen Ort vorher ihren Kontaktleuten mitgeteilt«, sagte Heinz Martin.

Der Blick des Mexikaners war schwer zu deuten. Sanchez schien für einen Moment zu überlegen, ob die Bemerkung ironisch gemeint war.

»Natürlich«, antwortete er dann. »Das ganze Gelände wird danach abgesperrt, niemand kommt mehr herein, der dort nichts zu suchen hat. Der Regierung fallen in solchen Fällen die tollsten Ausreden ein. Das Land sei verseucht, zum Beispiel.«

Marty steigerte sich immer mehr in das Thema hinein.

»Aber die UFOs müssen diesen Ort ja irgendwie anfliegen«, ereiferte er sich. »Ja, und dabei werden sie beobachtet.«

Sanchez klopfte ihm auf die Schulter. Jetzt schien er endlich dort angekommen zu sein, wohin er die ganze Zeit über gewollt hatte.

»Sie sind nicht auf den Kopf gefallen, Marty. Ich wusste das aus den Briefen Ihrer entzückenden Frau. Sie haben vollkommen recht. Und die Raumschiffe kommen nicht nur zum Treffen, sondern sind bereits vorher in der betreffenden Gegend. Denn die Begegnung muss ja vorbereitet werden.« Sanchez lehnte sich zurück, holte Luft und sah seine Gegenüber eines nach dem anderen an. »Ich darf Ihnen jetzt verraten, dass wir entsprechende Beobachtungen bereits machten, die über jeden Zweifel erhaben sind. Vor zwei Jahren landeten Raumschiffe in Colorado. Damals sind wir bei dem Versuch gescheitert, mit den außerirdischen Intelligenzen Kontakt aufzunehmen oder wenigstens Zeuge der Begegnung zu sein.«

»Damals?«, fragte Sue.

Sanchez nickte ernst. Dann wurde seine Stimme noch um eine Spur feierlicher, als er verkündete:

»Es gibt sichere Anzeichen dafür, dass eine erneute Landung bevorsteht, und diesmal werden wir uns nicht daran hindern lassen, mit von der Partie zu sein.«

8.

Andromeda

Für Gronimo, der sie aus einer quasi zeitlosen Perspektive verfolgte, verlief die Entwicklung der Valuurer in einer steil ansteigenden, exponentiellen Kurve. Er staunte jedes Mal mehr, wenn neue Menschen gebracht wurden, und stellte sich immer öfter die Frage, welchen Sinn dieses Menschen-Museum Lando für die Meister der Insel tatsächlich hatte.

Die Meister hatten schon vor Jahrhunderten auf seine Berichte reagiert, indem sie in noch kürzeren Abständen die Besorgerschiffe in die Zweite Galaxis schickten. Jetzt lagen zwischen den Lieferungen keine tausend und auch keine fünfhundert Jahre mehr. Der rasanten Entwicklung der Extragalaktiker Rechnung tragend, schickten die Meister alle hundert Jahre ihre Schiffe und manchmal sogar noch öfter.

Die Anordnungen der Meister der Insel kamen Gronimo oft chaotisch vor. Darauf ansprechen konnte er sie nicht, denn sie traten ihm nur noch als anonyme Macht gegenüber. Miras-Etrin schien viel wichtigere Dinge zu haben, als sich noch einmal persönlich nach Lando zu begeben.

Immer häufiger ließ Gronimo einzelne Menschen einfangen und untersuchte sie in der brennenden Neugier, hinter das große Geheimnis der Meister der Insel zu kommen.

Für ihn musste es ja so aussehen, als wäre es ein Geheimnis der Meister. Als beobachteten die Meister durch ihn und andere die Entwicklung der Humanoiden aus der Zweiten Galaxis, und verfolgten damit einen unbekannten Zweck.

Er konnte nichts von einem Lemurer namens Nermo Dhelim wissen, und schon gar nichts von der Superintelligenz ES, die Dhelim den Auftrag gegeben hatte, auf dem von ihr präparierten Planeten die Menschen aus der Nachbargalaxis anzusiedeln.

Also forschte er, und er war bei der Wahl seiner Mittel nicht zimperlich. Er studierte die Anatomie der Menschen und deren

Veränderungen im Lauf der Jahrtausende. Er testete die Intelligenz der Humanoiden und suchte nach dem entscheidenden Hinweis, der ihn auf die richtige Fährte brachte. Mehr als ein Valuurer starb durch Gronimos Methoden, etwas finden zu wollen, wo einfach nichts zu finden war.

Es gab nichts so Außergewöhnliches an den Extragalaktikern, dass es den mit ihnen getriebenen Aufwand rechtfertigte. Und doch wachten die Meister der Insel peinlich genau darüber, dass ihr Projekt weitergeführt wurde.

Erstaunlich war natürlich die immer größere Ähnlichkeit mit den Tefrodern. Gronimo schätzte, dass die Valuurer bald die Dampfmaschine und alles das erfinden würden, was im Zuge dieser technischen Revolution folgte. Und eines Tages würden sie sich durch einen Atomkrieg selbst auslöschen oder nach den Sternen greifen.

Im letzten Fall wurde es wirklich interessant.

Gronimo stellte sich manchmal vor, dass die Valuurer, die sich natürlich selbst »Menschen« nannten, die interstellare Raumfahrt entwickelten und in nicht allzu ferner Zukunft in der Ersten Galaxis auftauchten.

Was würden dann die Meister der Insel sagen? Würden sie es überhaupt dazu kommen lassen?

Gronimo beobachtete und untersuchte die Menschen weiter. Manchmal unterhielt er sich mit den in die Station Geholten wie mit einem Tefroder. Der schon relativ hohe Entwicklungsstand der Extragalaktiker und die Translatortechnik machten das möglich.

Aus diesen Gesprächen wusste er, dass die nach Lando gebrachten Menschen nach einiger Zeit geistig abstumpften. Das, was sie am Leben erhielt und nicht altern ließ, bewahrte sie zwar vor körperlichen Gebrechen, aber ihr Geist wurde träger.

Aber war es verwunderlich, wenn jemand in Apathie versank, für den der neue Tag keine Herausforderungen mehr bereithielt?

Dieses Fehlen von Aufgaben, vermutete der Kommandant,

kompensierte sich durch die Aggressionen, die zu den Kriegen führte. Derartige Auseinandersetzungen waren mittlerweile an der Tagesordnung und wurden häufiger und heftiger, je mehr Menschen auf Lando lebten. Und da kaum welche starben und spätestens alle hundert Jahre neue hinzukamen, war der Tag abzusehen, an dem Lando förmlich aus den Nähten platzte.

Und dann?

Wenn die Meister der Insel nicht bald energisch für Abhilfe sorgten, würden sich die Menschen gegenseitig auf die Füße treten und eines Tages auf den Gedanken kommen, die stationierten Tefroder herauszufordern.

Noch waren sie nicht so weit, aber irgendwann würden sie nicht mehr an Götter in Himmelswagen und mit Blitzen glauben, sondern die Tefroder als das sehen, was sie waren.

Gronimo durfte nicht so an die Zukunft denken. Es machte ihn krank. Denn es war immer die Frage nach seiner eigenen Zukunft.

Was sollte aus ihm werden, wenn das Projekt Lando eines Tages aus den Fugen glitt und von den Meistern der Insel eingestellt wurde? Konnten sie dann nicht auf ihn verzichten?

Es sei denn, dachte er sich, ich qualifiziere mich für andere Aufgaben.

Aber alles das waren Gedanken, die ihn krank machten.

Er erlebte die Ankunft von Menschen, die ihre Ritterrüstungen ausgezogen hatten und dafür aufwendige, von kurzzeitigem Modegeschmack bestimmte Kleidung trugen. Er sah Humanoide kommen, die mit Feuerwaffen kämpften. Und diese Waffen wurden immer raffinierter.

Dann erfanden sie tatsächlich die Dampfmaschine und fuhren auf ihrem Heimatplaneten mit Automobilen umher. Es war bei der dichten und dichter werdenden Bevölkerung ein Abenteuer, Menschen unbeobachtet zu entführen. Die Order der Meister der Insel lautete eindeutig, die Entführungen so unauffällig wie möglich vorzunehmen.

Gronimo hätte in diesen Tagen kein Schiffskommandant sein mögen.

Eine Gruppe von neu angekommenen Menschen bestand aus einem Trupp Soldaten, die mitten aus einem verheerenden Krieg herausgeholt worden waren. Eine andere setzte sich aus Abenteurern zusammen, eine dritte aus Eingeborenen, die in ihrer Lebensweise und ihrem Verhalten fast schon wieder an die Frühzeitmenschen vergangener Jahrtausende erinnerten.

Und dann, eines Tages, kam *sie*.

9.

Dexter, Texas; November 1954

Heinz Martin war schon viel länger geblieben, als er eigentlich beabsichtigte. Marty und Sue bestanden ganz einfach darauf, dass er ihre Einladung annahm und als ihr Gast auf der Ranch blieb.

Pablo Sanchez hatte in ihnen allen ein Feuer entfacht, das sich so schnell nicht wieder löschen ließ.

Zwar hatten sie die angesprochenen Dinge nach seiner Abreise plötzlich viel nüchterner gesehen, aber ganz ausräumen konnten sie die Möglichkeit nicht, dass tatsächlich außerirdische Wesen heimlich auf der Erde landeten. Die Argumentation des Mexikaners war so einleuchtend gewesen, und im späteren Briefwechsel hatte er Fotos von UFO-Beobachtungen mitgeschickt, die wirklich absolut echt aussahen.

In einer von ihm mit herausgegebenen Zeitschrift gab es Aussagen von Menschen, die UFOs gesehen haben wollten. Und sie klangen völlig glaubhaft.

Die Landung sollte im südlichen Kalifornien stattfinden.

Laut Sanchez, waren dort mehrmals UFOs gesehen worden, und zwar an verschiedenen Orten, aber immer aus einer gemeinsamen Richtung kommend. Im Schnittpunkt ihrer Bahnen, so hatten die Experten der UFO-Gemeinde erkannt, sollte die bevorstehende große Landung erfolgen.

Wann das sein sollte, das wussten die Sanchez-Leute auch zu sagen.

Sie hatten den Polizeifunk abgehört und dabei erfahren, dass das betreffende Gebiet eine Woche lang für die Öffentlichkeit gesperrt werden sollte. Angeblich wurde eine neue Straße durch das gebirgige Land gebaut, wozu mehrere Sprengungen notwendig waren.

Die UFO-Jünger hatten diese Finte natürlich sofort durchschaut.

So reisten Sue, Marty und Heinz Anfang November 1954 gemeinsam nach Kalifornien. Dort trafen sie auf Pablo Sanchez und eine Reihe seiner Freunde. Sie verbrachten den ersten Abend mit Reden und dem Zeigen von möglichst aufregenden Beweisen für die Existenz Außerirdischer, und spätestens danach stellte sich bei den Hancocks und Heinz Martin wieder eine Ernüchterung ein.

»Getürkte Fotos«, sagte Heinz, als sie in ihrem Motel noch einen Schluck zur guten Nacht nahmen. »Krächzende Stimmen auf abgeriebenen Tonbändern. Indianerzeichnungen, von denen jede irgendeinen außerirdischen Gott darstellen soll.« Er lachte rau. »Freunde, ich glaube, wir haben es hier mit einer Horde von Spinnern zu tun. Nehmt es mir nicht übel.«

Sue schwieg.

Marty stand auf und ging unruhig im Zimmer auf und ab.

»Schön und gut, Heinz. Die Leute übertreiben vielleicht. Aber weil sie übertreiben, muss doch nicht alles falsch sein, was wir glauben.«

»Was wir für möglich halten«, korrigierte der Deutsche ihn. »Das muss nicht heißen, dass es auch möglich ist.«

Marty setzte sich wieder. »Heinz, wir haben Beweise für die Existenz außerirdischer Lebewesen. Und wir müssen jede Chance ergreifen, mit ihnen in Kontakt zu kommen, falls sie tatsächlich noch einmal zurückkehren. Ich meine damit, vielleicht werden wir hier enttäuscht – aber wir würden es uns hinterher vorwerfen, wenn wir es nicht versucht hätten.«

»Wir warten ab«, sagte Sue. »Wenn an der Sache etwas Wahres ist, möchte ich sehen, was. Und wenn Sanchez uns an der Nase herumführt, dann will ich sehen, wie weit er und seine Leute gehen.«

»Es sind Besessene«, meinte Heinz Martin.

»Das sind wir auch«, antwortete Sue. »Oder?«

»Natürlich, aber wir haben den Bezug zur Realität noch nicht verloren, Sue. Wir leisten uns das Hobby, nach den Spuren außerirdischer Intelligenzen zu suchen. Wir *können* es uns leisten, weil wir Beweise für ihre Existenz haben. Leute wie Sanchez sind UFO-Gläubige, die ihrem Glauben selbst nachhelfen, wenn sich die grünen Männchen nicht einstellen wollen. Sie sind dabei nicht einmal die Schlimmsten. Wie ihr wisst, gibt es Prediger, die mit dem, was sie verkünden, vor allen Dingen reich werden wollen, und mächtig. Sanchez geht es nur um die Idee. Aber dafür lebt er. Es dürfte so ziemlich der einzige Sinn in seinem Leben sein.«

»Also sind es Spinner«, stellte Sue fest.

»Wir werden es sehen«, meinte Marty.

Die große Landung fand nicht statt.

Im Laufe der nächsten Tage reisten weitere UFO-Gläubige aus ganz Amerika an. Viele biwakierten in mitgebrachten Zelten. Wie naiv die Sanchez-Leute waren, zeigte sich schon daran, dass ihr Aufmarsch schon am zweiten Tag den örtlichen Tageszeitungen dicke Meldungen wert war. Pablo Sanchez gab sogar Interviews. Er beschuldigte die Behörden bis hinauf zum Präsidenten, von der bevorstehenden großen UFO-Landung zu wissen und sie der Öffentlichkeit zu verschweigen.

Danach wunderte er sich darüber, dass sich die Sheriffs für die »Mondgucker« interessierten und sie rund um die Uhr beobachteten.

Als die einzige Straße durch das fragliche Gebiet tatsächlich gesperrt wurde, blies Sanchez zum Marsch auf den Landeplatz. Wo genau dieser in dem großen Umkreis war, wusste er auch nicht, aber anscheinend glaubte er an eine Eingebung.

Die Polizei, inzwischen entsprechend verstärkt, riegelte die Straße ab und vereitelte die Versuche, über die Felder vorwärts zu kommen. Der Himmel schien es nicht gut mit Sanchez zu meinen, denn am Ende landeten er und seine Gemeinde wieder in ihrem provisorischen Lager.

Heinz Martin war nun nicht länger bereit, das Spiel mitzumachen, und auch Sue konnte nur noch den Kopf schütteln. Es war Marty, der sie doch noch zum Bleiben brachte.

In der Nacht fielen zwei Sternschnuppen vom Himmel und wurden zu Kundschafterschiffen der Außerirdischen erklärt. Der Gipfel des Wahnsinns wurde aber erst erreicht, als Pablo Sanchez ein »Komitee zur Pflege nachbarschaftlicher Beziehungen zwischen Terrestriern und Extraterrestriern« gründete und zu einem neuen Volksmarsch aufrief.

Er drohte mit passivem Widerstand und Hungerstreik, mit von ihm zu verfassenden Büchern und Enthüllungen, bis die Behörden ein Einsehen hatten und die UFO-Jünger gehen ließen.

Die Straßenbauarbeiten wurden auf Kosten der Steuerzahler zurückgestellt, die Sprengungen verschoben.

Drei Tage und drei Nächte wanderten und ruhten die UFO-Gläubigen, bevor die Ersten aufgaben und sich nach Hause aufmachten. Danach bröckelte die Phalanx der Wildentschlossenen schnell, und am Ende stand Sanchez allein mit wenigen Getreuen im Regen, ohne dass außerirdischer Besuch gekommen wäre.

Sue, Marty und Heinz sprachen während der Heimfahrt kaum ein Wort miteinander. Jeder schien sich vor den anderen verstecken zu wollen. Erst als sie zu Hause auf der Ranch waren, fühlten sie sich wohler.

»Nie wieder falle ich auf so einen Spinner herein«, verkündete Sue, als sie am Abend wieder draußen auf der Veranda saßen.

»Wenn ich diesen Sanchez noch einmal irgendwo sehe, dann setzt es Prügel«, knurrte Marty.

Und Heinz Martin meinte versöhnlich: »Jetzt beruhigt euch wieder. Unser Pech ist es, dass wir ausgefallene Ideen und Leidenschaften haben. Und da gibt es immer irgendwelche Gurus, die schön reden können. Man fällt leicht auf sie herein, wenn man sie nicht kennt. Aber jetzt kennen wir sie.«

Sue nahm das armbanduhrähnliche Gerät, das sie die ganze Zeit mitgeführt, aber dann doch niemandem gezeigt hatte, aus der Tasche und legte es vor sich auf den Tisch.

»Sind wir nicht auch schon so verrückt wie Sanchez und wissen es nur nicht?«, fragte sie sich laut. »Ich will nichts mehr davon wissen. Wie ist es – bleiben wir dennoch Freunde, Heinz?«

Der Deutsche grinste.

»Aber bestimmt. Jetzt kann ich es dir ja verraten. In Wirklichkeit habe ich mich ja immer nur für dich als Frau interessiert. Und wenn dieser Marty nicht wäre, dann …«

»Was dann?«

Marty sprang in gut gespielter Entrüstung auf und riss seinen Bierkrug am Henkel hoch. Er stieß ihn in Richtung Heinz Martin und rief: »Nun zieh, Verräter! Du oder ich, ich zähle bis drei …!«

Er begann zu zählen. Heinz stand lachend auf und stieß ihm den eigenen Krug entgegen.

»… und drei!«

Sie lachten und tranken. Es war ein harmloser Spaß, der eine befreiende Wirkung auf sie alle drei hatte.

Auf dem Tisch lag das Instrument, das Sue im Indianergrab gefunden und später durch Zufall aktiviert hatte.

Er sendete immer noch den Notrufkode der tefrodischen Flotte.

In dieser Nacht fielen viele Sternschnuppen.

Sue erwachte durch ein Geräusch.

Sie hatte unruhig geschlafen, wie Marty. Irgendetwas schien in der Luft zu liegen. Man konnte es nicht greifen und nicht erklären. Es war nur ein Gefühl, das Sue nicht einschlafen ließ, bis die Müdigkeit dann schließlich doch siegte.

Sie hatte sich bis dahin mit den verschiedensten Gedanken abzulenken versucht.

Ihr Verhältnis zu Marty und Heinz. Natürlich war Marty ihr Mann, und sie liebte ihn. Aber sie mochte auch Heinz.

Um nichts in der Welt würde Sue Marty jemals betrügen. Und der Mensch, mit dem sie das am wenigsten tun könnte, war

Heinz. Da war sie sich ganz sicher. Und trotzdem war da manchmal ein ungutes Gefühl, so als täte oder dächte sie verbotene Dinge.

Marty war ihr Mann, Heinz ihrer beider Freund. Warum fand sie diese Beziehung manchmal trotzdem so kompliziert?

Wie dachte Heinz darüber? Machte er sich überhaupt Gedanken? Falls ja, welche?

Es brachte alles nichts ein. Sue sagte sich, dass sie die einfachsten Dinge komplizierte. Für nichts und wieder nichts.

Gedankenwechsel.

Ihr Vater und Jeff, der kleine Bruder.

Martys Eltern hatten darauf bestanden, dass Jim und Jeff Banks auf der Ranch wohnten. Sie war groß genug. Beide, Vater und Sohn, hatten genug Platz für sich. Vor allem Sues Vater fühlte sich wohl. Das lag nicht zuletzt an der etwa gleichaltrigen Köchin der Hancocks.

Martys Eltern.

Roxanne und William, nur genannt Bill, Hancock waren wie aus einem Bilderbuch über eine Rancherfamilie herausgeschnitten.

Er war groß und stattlich, hatte lange weiße Haare und einen ebenso weißen Schnauzbart, dessen Enden hochgezwirbelt waren.

Sie war relativ klein, bescheiden und strahlte die zurückhaltende Würde einer Frau aus, die in ihrem Leben viel geleistet hatte.

Beide waren sie gut zu ihren Kindern und sehr unkompliziert. Sie tolerierten sogar Sues und Martys Spleen. Mit ihnen war in jeder Hinsicht gut auszukommen.

Die Ranch, das Land.

Es war gutes Land mit großen Herden gesunder Rinder darauf. In der Ranch selbst wohnten außer den Hancocks und den Banks noch sechs Angestellte, einschließlich der Cowboys.

Ohne die Ranches hatte der Ort Dexter genau 57 Einwohner.

Sue war eingeschlafen und hatte geträumt.

Sie war in einem goldenen Raumschiff gewesen, das langsam

in den Himmel stieg und die Wolken durchstieß. Dann entfernte es sich von der Erde. Sues Welt schrumpfte hinter ihr zu einer Kugel zusammen und blieb als bläulich leuchtendes Juwel im Weltall zurück.

Sie wanderte durch endlose Korridore und große Hallen, bis sie endlich eine Zentrale fand.

Bisher hatte sie noch keinen der Raumfahrer erblickt, und als sie die Zentrale betrat, sah sie die Fremden nur von hinten.

Sie saßen in breiten Schwenksesseln vor riesigen Bildschirmen, die den Weltraum zeigten. Sie schienen allesamt in ihre Arbeit vertieft zu sein und bemerkten sie erst, als sie hinter ihnen stand.

Von ihr angesprochen, drehten sie sich mit ihren Sesseln ganz langsam um …

… und Sue blickte in das vielfach reproduzierte Gesicht von Pablo Sanchez, grässlich verzerrt zu einer Froschgrimasse.

Sie war zu Tode erschrocken gewesen, hatte sich aber überraschend schnell wieder gefasst. Irgendetwas hatte sie zu ihm gesagt. Sie wusste es nicht mehr, denn in diesem Moment hatte sie das Geräusch gehört und war aus dem Traum aufgeschreckt.

Irgendjemand war im Haus.

Auf der Treppe, die vom großen Wohnraum herauf zu den Schlafzimmern führte, knarrten Stufen. Ganz leise nur, aber Sue hatte sehr gute Ohren.

Sue redete sich ein, dass sie sich unnötig verrückt machte.

Jemand konnte nicht schlafen und ging hinunter. Das kam schließlich oft vor. Kein Grund für sie, sich Gedanken zu machen.

Aber so wie die Stufen leise knarrten, *schlich* jemand durch das Haus.

Jetzt war nichts mehr zu hören.

Sue drehte sich auf die andere Seite. Wie gut, dass sie Marty nicht geweckt und sich lächerlich gemacht hatte. Natürlich versuchte jeder, der in der Nacht aufstand, so leise wie möglich zu sein, also schlich er sich die Treppe hinunter.

Da waren die Schritte wieder!

Sie kamen näher und hörten jetzt genau vor der Schlafzimmertür auf.

Sue glaubte, ein leises, helles Summen zu hören. Nein, Einbildung war das nicht.

Sie rüttelte Marty, bis er wach war und sich neben ihr im Bett aufrichtete. Ihre Hand zitterte leicht.

»Jemand ist auf dem Flur«, flüsterte sie. »Wir sind in Gefahr. Ich *spüre* es.«

»Ach, Unsinn«, murmelte er verschlafen. »Du bist einfach überspannt. Kein Wunder bei dem Rummel der letzten Tage.«

»Marty!«, zischte sie ihm zu. Ihre Hand tastete nach dem Schalter der Nachttischlämpchen und fand ihn. Als es hell war, sah sie entsetzt, wie von außen die Türklinke nach unten gedrückt wurde. »Dort, Marty! Siehst du nicht?«

»Verdammt!«

Marty war plötzlich hellwach. Als er aufstand, hatte er seinen Revolver in der Hand.

Die Waffe nützte ihm allerdings nichts. Er hatte sie auch nur genommen, um dem Scherzbold, den er vor der Tür erwartete, einen ordentlichen Schrecken einzujagen.

Die Tür schwang auf. Im Rahmen stand eine schlanke Gestalt in einer Montur, die an einen Mechanikeroverall erinnerte, nur am Hals geschlossen. Der Fremde war einen halben Kopf größer als Marty, hatte samtbraune Haut und pechschwarze, kurz geschnittene Haare.

In der linken Hand hatte er ein rechteckiges Instrument, mit dem er suchende Bewegungen machte. Als es genau auf Sues Nachttisch gerichtet war, nickte der Mann. Das Gerät zeigte auf die Schublade, in der das Fundstück aus dem Indianergrab lag.

In der rechten Hand steckte die Waffe.

Der Fremde schoss ohne Vorwarnung. Für Sue war es, als wäre sie unvermittelt gegen ein unsichtbares Hindernis geprallt.

Dann spürte sie nichts mehr.

Als sie zu sich kam, lag sie auf dem Rücken in einem Raum, der bis auf huschende, farbige Lichtreflexe dunkel war. Ihre Gliedmaßen waren noch taub. Erst allmählich gelang es ihr, sie zu bewegen.

Sie hörte die Atemgeräusche anderer Menschen. Als sie den Kopf drehte und ihre Augen sich an die Dunkelheit gewöhnt hatten, sah sie undeutlich die Umrisse von Liegen, die wie Feldbetten aufgestellt waren. Auf ihnen lagen menschliche Körper. Einige davon begannen sich ebenfalls langsam wieder zu bewegen.

Die Lichtreflexe stammten von farbigen Lämpchen in Instrumenten, die sich am Kopfende der Betten befanden.

»Marty?«, fragte Sue leise. Das Sprechen fiel ihr noch schwer.

Sie hörte ein gehauchtes »Ja«, doch bevor Marty Hancock eine richtige Antwort geben konnte, erklang Heinz Martins Stimme.

»Ich schätze, Pablo Sanchez hat den richtigen Treffpunkt verpasst«, sagte er. »Soweit ich das alles mitbekommen habe, sind wir in einem Raumschiff.«

Jemand stöhnte. Überall erhoben sich nun menschliche Gestalten von den Liegen und setzten sich auf die Kante. Sue stand auf. Das Gehen bereitete anfangs noch Schmerzen.

»Was ist denn passiert?«, fragte ein Junge.

»Jeff!«, entfuhr es Sue. »Mein Gott, haben sie etwa alle geholt, die auf der Ranch waren?«

Ihr Vater meldete sich, dann kamen die alten Hancocks. Die Köchin und die Cowboys, Marty und Heinz.

Wer auch immer in die Ranch eingedrungen war, er hatte keinen Zeugen zurückgelassen.

»Aber es gibt keine UFOs«, sagte Martys Vater. »Wir träumen das alles.«

»Dann haben wir alle denselben Traum.« Marty lachte trocken und kam zu Sue. Er nahm sie in den Arm und drückte sie an sich. »Nein, Dad. Das hier ist Wirklichkeit. Ich weiß nicht, wer die Fremden sind und wohin sie uns bringen. Aber ich weiß, warum sie gekommen sind.«

»Da bin ich aber gespannt«, kam es von Heinz Martin.

Marty nickte.

»Ich habe es ganz genau gesehen, bevor der Kerl schoss. Er hatte etwas in der linken Hand, mit dem er das Schlafzimmer absuchte. Eine Art … Geigerzähler! Er war erst zufrieden, als das Ding auf die Schublade in Sues Nachttischchen zeigte. Auf die, in der das Gerät lag, das sie im Indianergrab fand.«

»Die Armbanduhr?« Heinz pfiff durch die Zähne. »Dann waren es die gleichen Außerirdischen wie die, die das Ding damals verloren oder vergessen haben – vor vielen Tausend Jahren. Nicht mehr dieselben, sondern ihre Urenkel. Haben sie das Gerät an sich genommen?«

»Keine Ahnung«, sagte Sue. »Wir waren ja gelähmt, und sie trugen uns sofort weg. Und dann …«

Sie verstummte, als sich eine Tür öffnete und helles Licht in den Raum fiel, der jetzt einem überfüllten Krankenraum glich.

Drei Fremde in eng anliegenden, glatten Monturen betraten den Raum. Ihr Anführer war jener, der Sues und Martys Schlafzimmer betreten und nach dem Fundstück gesucht hatte. Trotz der großen Ähnlichkeit der Raumfahrer untereinander konnte sie das einwandfrei feststellen.

Die beiden anderen hielten Waffen in ihren Händen.

Der Anführer machte einen zufriedenen Eindruck und bedeutete den zwölf Menschen, sich wieder auf die Liegen zu legen. Sue schüttelte den Kopf und machte zwei Schritte auf ihn zu, bis die beiden anderen Männer ihre Waffen auf sie richteten.

»Euch geschieht nichts«, sagte der Fremde. Er formte die Worte in einer anderen Sprache, doch seine Stimme kam in reinem Amerikanisch aus einem kleinen Kasten auf seiner Brust.

»Sie haben uns aus dem Weltraum beobachtet«, vermutete Marty, der sich schnell fasste. »Daher kennen Sie unsere Sprache. Aber das macht es einfacher. Ich verlange, dass Sie uns wieder nach Hause bringen. Sie haben kein Recht, uns zu entführen und auf Ihren Heimatplaneten zu bringen.«

Der Fremde wartete ab, bis seine Maschine die Worte für ihn übersetzt hatte. Dann nickte er. Ein spöttisches Lächeln umspielte seine Lippen.

»Keine Angst. Wir haben nicht vor, Sie auf unsere Heimatwelt zu bringen. Sie werden unter Ihresgleichen sein. Stellen Sie jetzt keine Fragen. Sie erhalten zu Ihrem eigenen Schutz eine Injektion, die Sie gewisse … Strapazen unseres Fluges besser überstehen lassen wird.«

»Von wegen!« Bill Hancock drohte ihm mit der Faust. »Sie werden meine Familie und mich nicht anrühren, sonst lernen Sie mich kennen!«

»Es ist zu Ihrem Besten.«

Der Fremde kümmerte sich nicht weiter um ihn, sondern zeigte auf Sue.

»Sie hatten etwas in Ihrem Zimmer versteckt, das uns gehört. Woher haben Sie es?«

Sue hatte zuerst eine schnippische Antwort auf der Zunge. Dann aber erwachte wieder die alte Neugier in ihr, und sie antwortete wahrheitsgetreu. Der Fremde nickte immer wieder.

»Es handelt sich um ein Multifunktionsarmband«, wurde sie dann auch aufgeklärt. »Mit ihm kann man Messungen anstellen, empfangen und senden. Werden die Knöpfe in einer bestimmten Reihenfolge berührt, dann sendet es automatisch einen Notruf, der von einem in einer gewissen Nähe stationierten Schiff empfangen werden kann. Sie aktivierten es, sicher ohne davon zu wissen. Einer unserer Männer, die in der Vergangenheit auf Ihrer Welt im Einsatz waren, muss es verloren haben.«

»Was heißt das, Ihre Männer?«, wollte Heinz Martin wissen. »Wer sind Sie? Woher kommen Sie?«

»Von weit, weit weg«, antwortete der Fremde. Dann wies er nochmals auf die Liegen. »Legen Sie sich jetzt hin. Ich verspreche Ihnen, dass wir Ihnen keinen Schaden zufügen. Schlimmer wäre es, wenn wir Ihnen die Injektionen vor dem Passieren der Sonnentransmitter versagten …«

Sue verstand gar nichts, aber sie sah es dem Mann an, dass er es ernst meinte.

Sie ging zur Liege und streckte sich aus. Mürrisch gehorchten auch Marty, Bill Hancock und die anderen.

Sue spürte überhaupt nichts von einer Injektion. Es wurde nur plötzlich wieder dunkel um sie.

Diesmal vollkommen.

10.

Andromeda

Für Gronimo war es zunächst fast ein Tag wie jeder andere, als das Raumschiff Lando verließ und zu einer Basis zurückkehrte, die Gronimo selbst nie gesehen hatte. Als er damals – vor wie vielen Ewigkeiten? – zu Barim-Nantor geschickt worden war, war sein Schiff noch eines unter vielen gewesen. Der Auftrag war im Zeichen von Faktor I an ihn ergangen, als er mitten im Weltraum war. Seine Positronik war ebenfalls aus der Ferne mit den plötzlich vorhandenen Daten gefüttert worden. Gronimo hatte anfangs nicht gewusst, ob sich tatsächlich der höchste Meister der Insel an ihn gewandt hatte, bis er auf Barim-Nantor getroffen war.

Welche Rolle sollte das aber auch spielen? Die Meister der Insel waren *alle* ganze Welten von ihm entfernt.

Gronimo studierte die Berichte des tefrodischen Schiffskommandanten sehr ausführlich. Wie immer, wenn eine neue Ladung Humanoider gebracht worden war, hatte Gronimo eine dicke Mappe mit Aufzeichnungen erhalten. Darin waren eventuelle besondere Umstände der Entführung festgehalten, die Ergebnisse von Beobachtungen des Menschenplaneten und ihre Bewohner, und Dinge, die sich während des Rückflugs aus der Zweiten Galaxis an Bord ereignet hatten.

Schon nach dem ersten flüchtigen Überfliegen der ausgedruckten Blätter wusste Gronimo, dass die Eingeborenen von Valuur III dabei waren, den nächsten entscheidenden Schritt in ihrer Entwicklung zu tun.

Genau, wie er es erwartet hatte.

Sie richteten ihre Sinne und die Antennen ihrer Geräte in den Weltraum. Sie begannen hinauszulauschen und die Existenz anderer intelligenter Wesen für möglich zu halten.

Einige Vordenker bauten in ihrer Fantasie bereits Raumfahrzeuge zusammen, mit denen sie auf ihren Mond fliegen wollten. Noch waren es wenige, aber es wurden von Tag zu Tag mehr.

In der aus zwölf Menschen bestehenden Gruppe befanden sich einige solche Individuen. Es war das erste Mal, dass Menschen von Valuur III die Tefroder nicht als Gottheiten ansahen, sondern als das, was sie waren:

Raumfahrer von anderen Sternen.

Das war allerdings kein Wunder bei der richtigen Interpretation des Gegenstands, den eine der Frauen versteckt gehalten hatte – und weswegen die Tefroder ausgerechnet bei ihnen mit ihrem Beiboot gelandet waren.

Gronimo las die Berichte eingehend und verspürte danach den Wunsch, sich diese Gruppe von Menschen selbst anzusehen. Er wollte mit ihnen reden. Natürlich standen Untersuchungen an. Es musste festgestellt werden, wie sehr die Extragalaktiker geistig noch von den Tefrodern entfernt waren.

Der Gedanke daran, dass sein Volk sich in den vergangenen Jahrtausenden praktisch nicht nennenswert weiterentwickelt hatte, erschreckte Gronimo immer wieder. Jetzt, mit den Valuurern konfrontiert, zerbrach er sich wieder darüber den Kopf.

Im Grunde hatten die Tefroder überhaupt keine Geschichte, die sich mit der anderer Völker vergleichen ließ. Es war, als hätte es sie schon immer gegeben. Die Vergangenheit, in der sich die Tefroder erst einmal zu den dominierenden Intelligenzen einer Galaxis entwickelt hatten, war weitgehend tabuisiert.

Warum?

Gronimo wusste die Antwort nicht. Aber vielleicht konnte er beim Studium der Menschen aus der Zweiten Galaxis Parallelen ziehen.

Er gab den Extragalaktikern zwei Monate Zeit, sich auf Lando einzuleben und ihre Unterkünfte zu errichten. Baumaterial, in erster Linie Holz, und Werkzeuge hatten ihnen die Tefroder bereitgestellt. Sie sollten sich etwa so einrichten können, wie sie auf Valuur gelebt hatten.

Auch dies war eine neue Direktive von den Meistern der Insel.

Mit zunehmendem Zivilisationsgrad der Menschen wurde es

schwieriger, sie mit den Gütern zu versorgen, die sie zum »realistischen« Leben brauchten. Sie waren keine Jäger mehr und auch keine Ackerbauern, die sich als homogene Gruppe selbst mit allem Nötigen versorgen konnten.

Je komplizierter ihre Gesellschaft wurde, desto größer auch die Arbeitsteilung in ihr. Man ging einer bestimmten Arbeit nach, die meistens abstrakt und der betreffenden Person entfremdet war. Man wirkte als kleines Rädchen im Getriebe eines Staates und trug durch seine Arbeit zum Bruttosozialprodukt bei. Man schuf einen Mehrwert für die Gesellschaft und für andere – und erhielt als Lohn dafür die Zahlungsmittel, mit denen man sich das Lebensnotwendige erkaufen konnte.

Es gab nur ganz wenige Ausnahmen, und die kamen meist dort vor, wo der technische und zivilisatorische Fortschritt noch nicht Einzug gehalten hatte. Allerdings gab es auch in den Industrieländern Menschen, die weitgehend für sich selbst produzierten.

Die Zwölf, die zuletzt von Valuur entführt worden waren, gehörten dazu.

Gronimo flog diesmal allein.

Die Menschen waren etwa eintausend Kilometer von der Station entfernt angesiedelt worden. Ferngesteuerte Sonden hatten Gronimo gezeigt, wie sie mit der Arbeit an ihrem Haus vorankamen. Es waren kräftige Männer und tapfere Frauen, die gerne zupackten.

Nachdem sie sich an die neue Umgebung gewöhnt hatten, waren die Extragalaktiker wohl zu der Überzeugung gekommen, dass sie im Moment das Beste aus ihrer Situation machen mussten. Also nahmen sie die bereitgestellten Werkzeuge und das Baumaterial und errichteten innerhalb von nur sechs Wochen ihre neue Ranch.

Natürlich fehlten ihnen die Herden, von denen sie auf Valuur gelebt hatten. Sie zeigten sich flexibel und dachten um. Statt zu

Viehzucht im gewohnten großen Maßstab versuchten sie sich durch Ackerbau zu ernähren. Sie rodeten einfach Land, nahmen Samen von essbaren und besonders ergiebigen Pflanzen in der Umgebung, und säten aus.

Gleichzeitig aber begannen sie mit der Jagd auf die Tiere im großen Laubwald, der ihre Lichtung umgab.

Sie bauten bereits Koppeln für das künftige Vieh, das allerdings etwas anders aussah als die Tiere, die auf den vom Tefroderkommandanten gemachten Aufnahmen zu sehen waren. Hier in der Gegend waren die rinderähnlichen Kreaturen dürrer und wilder, die pferdeähnlichen stämmiger und ebenfalls sehr eigensinnig.

Es imponierte Gronimo, dass die Menschen dies als Herausforderung ansahen und nicht als einen Grund zum Resignieren.

Die Ausflüge in den Wald waren nicht ohne Risiko. Es gab regelrechte Bestien, die im Dickicht oder in den Bäumen lauerten und einen Menschen mit einem Prankenhieb zerfetzen konnten.

Als Gronimo kam, befanden sich alle zwölf Menschen auf dem engeren Gelände ihrer Farm. Er parkte sein Flugboot am Rand der weiten Lichtung und stieg aus. Der Paralysator steckte schussbereit in der Gürteltasche.

Die Lichtung mit dem großen Holzgebäude in der Mitte lag in einem Tal zwischen flachen, dicht bewaldeten Hügeln. Es roch würzig nach frischem Sauerstoff und tausend verschiedenen Kräutern, von denen Gronimo kein einziges kannte.

Es war das erste Mal nach dem Abladen, dass diese Leute Besuch von einem Tefroder bekamen.

Vier von ihnen standen vor ihrem Haus beieinander. Sie hatten das Flugboot bereits kommen gesehen und erwarteten ihn nun. Sie machten einen sehr gefassten Eindruck.

Drei Männer und eine Frau. Zwei der Männer waren jung, einer älter. Die Frau stand zwischen den beiden Jünglingen. Der ältere Mann hatte eine langläufige Flinte bei sich. Natürlich waren den Menschen ihre Waffen gelassen worden, die sie mit der

Kleidung bei sich trugen. Nur so konnte ein echtes Abbild ihres Lebens auf Valuur III entstehen.

»Hallo«, grüßte der Kommandant. Er blieb fünf Schritte vor den Extragalaktikern stehen. »Mein Name ist Gronimo, und wie heißen Sie?«

»Ich bin Marty«, sagte der linke der jungen Männer. »Dies hier neben mir ist Sue, meine Frau. Rechts von ihr steht Heinz, hinter uns ist Sues Vater.«

Gronimo nickte.

»Ich wollte mich davon überzeugen, dass es Ihnen an nichts fehlt. Haben Sie besondere Wünsche? Bitte sagen Sie es jetzt.«

Die Frau lachte rau.

Sie machte zwei Schritte auf Gronimo zu und zeigte auf seine Waffe.

»Sind Sie der Gefangenenwärter hier?«

»Ich kommandiere die Station meines Volkes auf diesem Planeten, ja«, hörte er sich antworten.

Wieso fühlte er sich plötzlich in die Defensive gedrängt?

»Welches Volk ist das?«, wollte die Frau wissen. »Haben Sie auch in der Vergangenheit Menschen entführt, als Sie bei den Indianern landeten und in Frankreich? Bei den Inkas und bei den Ägyptern?« Sie lachte wieder und winkte ab. »Wir wollen es gar nicht wissen. Wichtig ist, ob Sie uns wieder freilassen, und wann? Bringen Sie uns auf unsere Erde zurück?«

Der Translator übersetzte dieses Wort, die Bezeichnung der Eingeborenen für ihre Welt, mit *Humus, Sand, Bodenbelag*. Ein auf den ersten Blick merkwürdiger Name, doch war er wirklich verwunderlich bei einem Volk, das nur seinen einzigen Planeten kannte? Sein ganzes Universum?

»Ich sage Ihnen die Wahrheit«, antwortete Gronimo, »auf die Gefahr hin, Sie zu schockieren. Aber je eher Sie sich an den Gedanken gewöhnen, für immer auf dieser Welt zu bleiben, desto besser für Sie.«

Der Mann, der zuerst gesprochen hatte, stieß einen Schrei aus.

Für einen Moment hatte es den Anschein, als wollte er sich auf Gronimo stürzen. Die Hand des Tefroders schloss sich schon um den Griff seiner Waffe.

Dann hatte Marty sich wieder gefangen.

»Das ist verrückt!«, stieß er hervor. »Was sollen wir hier? Wir kommen uns vor wie auf ein Abstellgleis geschoben. Niemand kümmert sich um uns – bis auf Sie. Aber mit solchen Nachrichten wären Sie auch besser zu Hause geblieben.«

»Finden Sie sich damit ab«, sagte Gronimo. »Ich kann an Ihrer Lage nichts ändern. Ich kann nur versuchen, Sie Ihnen zu erleichtern. Was ich für Sie tun kann, werde ich unternehmen. Ich biete Ihnen noch einmal an, mir Ihre Wünsche zu nennen.«

Die Frau trat noch näher.

Gronimo war von ihrer Ausstrahlung ein wenig verwirrt. Der Blick ihrer klaren Augen, ihre Haare; das hübsche, aber ausdrucksstarke Gesicht, ihre schöne Figur – alles das nahm ihn gefangen.

Und jetzt drohte sie ihm mit einer Faust.

»Wir haben keine Wünsche außer einem«, sagte sie gefährlich leise. Ihre Augen waren wie Waffen. »Bringen Sie uns zurück auf die Erde. Dort können Sie unser Gast sein. Sie sind herzlich eingeladen. Ich habe mein halbes Leben lang davon geträumt, einem anderen Geschöpf Gottes zu begegnen, das von den Sternen kommt. Wie sehr hatte ich gehofft, einmal ein fremdes Raumschiff landen zu sehen. Erfüllt von Wesen, die genau wie wir eine tiefe Sehnsucht nach den *anderen* haben würden. Aber ich habe dabei nicht an feige Entführer gedacht.«

Gronimo schwieg.

Er hatte nicht mit dieser Anklage gerechnet.

Dass sie ihn angreifen konnten – darauf war er vorbereitet gewesen. Dass sie sich gegen die Gefangennahme wehrten, das musste einleuchten.

Aber dass diese Frau ihm ihre ganze Enttäuschung entgegenbrachte, darauf war er nicht vorbereitet gewesen.

»Warum entführen Sie uns und halten uns fest, ohne dass sich bis heute jemand bei uns sehen ließ?«, fragte der Mann, der Heinz hieß.

»Wer sind Sie?«, fragte Marty. »Wo sind wir hier? Was werden Sie mit uns anstellen?«

»Ja«, rief der ältere Mann und hob die Waffe. »Sagen Sie uns die Wahrheit oder scheren Sie sich zum Teufel, Mister. Mein Finger wird immer nervöser.«

»Sie werden Zeit genug haben, alles herauszufinden«, sagte Gronimo und ging langsam rückwärts zum Flugboot zurück. »Ich garantiere es Ihnen. Sie werden tausend Leben haben, um es zu erfahren.«

Damit verließ er die Menschen und war froh, als das Flugboot sich in der Luft befand und er diese verzweifelten, unendlich enttäuschten Blicke nicht mehr ertragen musste.

Gronimo war wütend auf sich selbst.

Wieso hatte er denn keine andere Antwort gegeben? Warum konnte er nicht nüchtern auf die Frage der Extragalaktiker antworten?

Seit wann war er diesen Eingeborenen denn Rechenschaft schuldig?

Und diese Frau!

Stolz war sie. Ihre Enttäuschung war echt. Sie hatte wirklich davon geschwärmt, eines Tages einmal fremden Wesen von den Sternen zu begegnen. In dieses Bild passte auch das Multifunktionsgerät, das sie in ihrer Nähe versteckt hatte.

Irgendwie war Gronimo von ihr irritiert.

Er konnte sich nicht erklären, was es war, das ihn regelrecht sprachlos gemacht hatte. Und dies weckte in ihm Aggressionen. Was er nicht begriff, das sollte nicht sein. Und was ihn sprach- und damit hilflos machte, musste ihm unterliegen.

So befahl er, die Menschenfrau Sue und ihren Mann Marty zum Zweck von Untersuchungen in die Unterwasserstation zu bringen.

Es vollzog sich wie in allen entsprechenden Fällen.

Die Tefroder landeten mitten zwischen den Menschen, sprangen aus ihren Fahrzeugen und paralysierten alles, was ihnen entgegenkam.

Die benötigten Menschen schleppten sie in ihr Boot oder ihren Gleiter und lieferten sie in der Station ab. In aller Regel erwachten die abermals Entführten erst, wenn sie schon lang gestreckt auf einer Liege lagen und den Kopf kaum noch drehen konnten.

11.

Andromeda; Sue

Es war nicht so schlimm wie das Erwachen nach der Betäubung auf dem Schiff. Der Kopf schmerzte nicht so stark, und das Schwindelgefühl blieb diesmal aus.

Dafür war sie gefesselt.

Kalte Bänder, die aussahen wie aus Leder, ließen ihr keinen Bewegungsspielraum an Armen, Beinen und der Brust. Den Kopf konnte sie gerade so weit heben, um ihre Umgebung zu erkennen.

Jäh setzte die Erinnerung ein.

Die Fremden waren mit ihrem Fahrzeug gekommen und hatten blindwütig um sich geschossen. Als Sue getroffen wurde und ihr die Beine wegsackten, war ihr erster und letzter Gedanke gewesen, dass sie alle sterben mussten.

Aber sie lebte und war gefangen. Sie lag mit dem Rücken auf einer Bank oder einem Bett, und zwar in der Mitte eines nicht sehr großen Raumes. Alle Wände waren, soweit Sue das sehen konnte, mit metallisch glänzenden Apparaturen vollgestellt. Überall blinkten und leuchteten bunte Kontrolllichter. Ein Summen von wechselnder Stärke erfüllte die Luft.

Es sah alles so aus, wie Sue sich eine Raumschiffzentrale vorgestellt hatte.

Sie hielt unwillkürlich die Luft an.

Konnte das sein? Hatten die Fremden sie wieder auf ihr Schiff gebracht? Und die anderen auch?

Brachte man sie dann doch nach Hause? Oder nur wieder zu einem anderen Ort?

Sie hörte Schritte und Stimmen. Dann sah sie drei Raumfahrer erscheinen. Neben ihrem Lager blieben sie stehen. Sue erkannte auf Anhieb den Mann, der sie bei ihrer neuen Ranch besucht hatte.

Der Fremde sah, dass sie ihn anblickte, und nickte ihr zu. Es war keine Spur von Freundlichkeit in seinem Blick. Er war so streng und verschlossen wie bei seiner eiligen Abreise.

Er trug die gleiche Kombination wie bei ihrer ersten Begegnung. Die beiden anderen hatten hellgrüne Sachen an, die sie in ihrer Schlichtheit unwillkürlich an Ärztekittel denken ließ.

Nein!, durchfuhr es sie eiskalt, als sie sich über die mögliche Konsequenz im Klaren war. *Nur das nicht!*

Natürlich hatte sie nicht nur astro- und normalarchäologische Magazine gelesen, sondern auch Science-Fiction.

Und da war ziemlich oft nachzulesen, wie harmlose Menschen von bösartigen Außerirdischen auf deren Schiff verschleppt und dort grausam seziert wurden.

Ob sie diese Schauermärchen glaubte oder nicht, war eine Sache. Dass sie nun gefesselt hier lag und die Fremden sich mit neugierigen Blicken über sie beugten, eine ganz andere.

Sue drehte den Kopf so weit wie möglich, aber sie konnte keine anderen Menschen in diesem Raum entdecken.

»Um die eine gestellte Frage noch zu beantworten«, sagte der Mann namens Gronimo, »mein Volk nennt sich Tefroder. Und dass wir uns miteinander so unkompliziert unterhalten können, verdanken wir einem technischen Gerät, das wir Translator nennen. Man kann es an einer Kette um den Hals tragen oder als Kasten vor sich her. In unseren Raumanzügen ist es gleich mit in den Helm eingebaut. Es ist also kein Zauber, dass Sie unsere Sprache verstehen können – und umgekehrt.«

»Wie interessant«, entgegnete Sue spöttisch.

Gronimo nickte wieder.

»Das ist es tatsächlich. Was nun Sie betrifft, so hoffe ich, dass Sie uns ebenso interessante Dinge mitzuteilen haben. Sie befinden sich in der Station der Tefroder auf diesem Planeten. Von hier aus wird alles verwaltet und kontrolliert.«

»Was?«, wollte Sue wissen, während sich ihre Gedanken jagten. »Was wird von hier aus kontrolliert?«

Sie wollte Zeit gewinnen. So wie dieser Mann Gronimo redete, stand ihr reichlich Unangenehmes bevor. Er würde Fragen stellen. Was sollte sie antworten?

War sie als Einzige hierher gebracht worden, oder befanden sich ihre Freunde jetzt in einer ähnlichen Situation, nur in anderen Räumen?

Wer würde dann als Erster zusammenbrechen und sagen, was die Tefroder hören wollten?

Gronimo zog sich einen hohen Stuhl heran und setzte sich zu Sue.

»Also fangen wir an«, sagte er. »Diese beiden Männer hier neben mir sind Ärzte und Psychologen. Ich möchte sie aus verschiedenen Gründen dabei haben, aber stören Sie sich nicht an ihnen.« Er blickte Sue ernst an. »Sie haben das Multifunktionsarmband gefunden. Sagen Sie mir, wofür Sie es gehalten haben?«

Was sollte das?

Er musste doch wissen, dass sie es als Schatz gehütet hatte. Und überhaupt, was versprach er sich von einer Antwort?

»Ich warte …«, sagte Gronimo.

Sue holte Luft und sagte:

»Ich sah dieses Gerät als einen Beweis dafür an, dass außerirdische Wesen auf der Erde gelandet waren.«

»Sehr interessant. Sie glaubten also an solche Besucher?«

»Ich begann damals, an ihre mögliche Existenz zu glauben.«

»Wie viele Menschen denken noch so?«

»Viel zu wenige«, entfuhr es Sue.

Weshalb stellte er diese Frage?

Wieder erschrak sie.

War das, was ihr und den anderen passiert war, sozusagen ein Testfall gewesen? Beobachteten die Tefroder die Erde schon lange, um eines Tages in Massen zu kommen und sich die Menschen zu Sklaven zu machen?

»Die meisten Menschen glauben allerdings, dass eventuelle Besucher aus dem Weltraum mit feindlichen Absichten kämen«, fügte sie also hinzu. »Und wir haben bereits Waffen entwickelt, mit denen wir einen Angriff leicht zurückschlagen könnten.«

»Die Atombombe«, gab sich Gronimo unbeeindruckt. »Ja, das

wissen wir. Nur um Ihre Vorstellungen da etwas gerade zu rücken, will ich Ihnen sagen, dass ein einziges Kampfschiff meines Volkes die doppelte atomare Vernichtungskraft von allem haben dürfte, was die Menschen bis heute an atomarer Munition besitzen.«

Sue glaubte es ihm.

»Wann werden die Menschen den Mond erreichen, Ihrer Meinung nach? Und wann die anderen Planeten?«

»Hoffentlich bald«, sagte Sue. »Hoffentlich früh genug, bevor Sie kommen und alles zerstören.«

Wut baute sich in ihr auf. Sie konnte nicht mehr sachlich antworten. Dieser Gronimo starrte sie mit unerträglicher Arroganz an.

»Was erwarten Sie sich vom Weltraum?«, fragte Gronimo weiter, ohne sich beeindrucken zu lassen.

»Wissen«, antwortete sie. »Kontakte, Reife. Viele neue Welten, die es zu entdecken gibt. Aber keine feigen Entführer.«

»Das sagten Sie bereits«, gab Gronimo zurück. Er klang so wahnsinnig überheblich. Sie hasste ihn. Wäre sie ihm nur nicht so hilflos ausgeliefert!

»Sie sind verstockt«, sagte der Tefroder zu ihr. Er erhob sich und schob den hohen Stuhl zurück in eine Ecke. »Deshalb werden Sie von meinen Mitarbeitern nun einige Injektionen und Behandlungen erhalten, die Ihren Kopf von dummen Aggressionen klären und Sie freier machen. Wir sehen uns wieder, wenn die Befragung zu Ende ist.«

»Wissen Sie, was ein Schwein ist, Gronimo?«, fragte Sue.

Er blieb stehen und wartete offenbar vergeblich darauf, dass sein Translator diesen Begriff übersetzte.

»Ich fürchte, dafür gibt es in meiner Sprache keine Entsprechung.«

»Dann sage ich es Ihnen anders, Gronimo. Für mich sind Sie ein …«

Diesen Begriff übersetzte der Translator ohne Mühe.

Er war allerdings beim besten Willen nicht druckreif.

»Und noch etwas, Mister Gronimo! Sie können mit mir anstellen, was Sie wollen. Sie können meinen Willen brechen. Die Mittel dazu haben Sie bestimmt. Aber nie werden Sie mich besitzen oder mich dazu bringen, bei klarem Verstand meiner Heimat und meiner Herkunft abzuschwören! Ich will nach Hause zurück! Mit meinen Leuten! Ich bin frei geboren, und Sie werden mich nie zu Ihrer Sklavin machen!«

Gronimo glaubte es ihr.

Er hatte die Mittel, um ihr den Verstand aus dem Kopf zu pusten. Er konnte über ihr Leben oder ihren Tod entscheiden. Ein Wink genügte, und sie würde nie mehr aus einer Narkose aufwachen. Ein Wort, und sie würde unter solchen Qualen sterben, wie sie sich kein lebendes Wesen überhaupt jemals vorstellen konnte.

Doch worum ging es ihm eigentlich?

War er immer noch daran interessiert, wie sich die Menschengeneration selbst sah und wie sich die Menschen weiterentwickeln würden, oder ging es ihm inzwischen nicht mehr um das Volk, sondern um diese eine Frau, um Sue?

Der Gedanke war zuerst abwegig, dann zwingend.

Sie war für ihn eine Fremde. Eine moderne Barbarin. Und vor allem eine Sterbliche.

Geschlechtliches Verlangen, sollte er denn wirklich auf sie aus sein, schied ohnehin aus. In den letzten Jahrtausenden hatte er keine einzige Tefroderin angerührt und er war gut damit gefahren.

Nein, es war etwas anderes.

Sie forderte ihn heraus.

Was bei allen bisher nach Lando gebrachten Menschenfrauen undenkbar war, das war nun erstmals eingetreten.

Sie forderte ihn durch ihre kompromisslose Ablehnung und durch einen Willen heraus, den er einfach bewundern musste.

Diese Menschenfrau hätte wahrhaftig eine Tefroderin sein können.

Der Befehl an die Ärzte lautete: Brecht ihren Stolz!

Bringt sie dazu, von sich zu berichten. Macht sie in jeder Hinsicht gefügig und sanft. Tut alles mit ihr, das sie nicht umbringt, aber brecht ihren Stolz!

Gronimo stand im Eingang des Untersuchungsraumes – und sah, wie die Ärzte ihr eine Injektion in den linken Oberarm gaben. Er sah, wie ihr Körper wieder erschlaffte, um sich kurz darauf aufzubäumen.

Das war das sogenannte Wahrheitsserum, nach dessen Verabreichung der Injizierte zwar nicht die Wahrheiten des Universums verkündete, aber keinen Stolz oder andere Dinge mehr verspürte, die ihn daran hinderten, jede gewünschte Auskunft über seine Umwelt und sich selbst zu geben.

Die beiden Ärzte hatten auch jene Instrumente bei sich, die für das Sezieren eines Körpers geeignet waren.

Einer der Ärzte sah zu ihm herüber und winkte ihm zu.

»Sie können ihr jetzt Ihre Fragen stellen, Kommandant.«

Gronimo schwieg.

In ihm brodelten die Gefühle.

Sollte er sie tatsächlich in ihrem jetzigen Zustand missbrauchen?

Hatte sie nichts Besseres verdient?

War er denn nicht tatsächlich das, was sie ihn genannt hatte, wenn er ihr unter den jetzigen Bedingungen die Auskünfte entlockte, die sie ihm freiwillig nicht gegeben hätte?

War er nicht mehr Manns genug, um sie sich auf reelle Art zu verschaffen?

Intelligenz gegen Intelligenz?

»Es ist gut«, hörte er sich zu den beiden Wissenschaftlern sagen. »Ich brauche sie vorerst nicht mehr. Lasst sie zu den ihren zurückbringen. Ich lasse einen Gleiter bereitstellen.«

Die Tefroder, natürlich Duplos, starrten ihn überrascht an, aber sie sagten nichts. Sie hatten eine klare Anweisung bekommen, und bei dem einen Jahr auf Lando sah man zu, dass man es so schnell und so gut wie möglich herumbekam.

Aufmüpfigkeit lohnte sich nicht.

Also sorgten sie dafür, dass die verabreichte Droge bei der Menschenfrau rasch abgebaut wurde, und brachten sie zum bezeichneten Flugboothangar. Kommandant Gronimo war dort und beobachtete alles bis zum Schließen der Schleusen und zum Abflug.

Er war entschlossen, sie bald wiederzusehen.

Er wollte den Panzer knacken, mit dem sie sich umgeben hatte. Es war eine Herausforderung.

Sechs Wochen später war Gronimo wieder auf dem Weg zu den Menschen. Dass es überhaupt so lange gedauert hatte, lag an dem Wechsel des Stationspersonals. Gronimo hatte, wie immer, viele Tage damit zu tun gehabt, die Neuen in ihre Aufgaben einzuweisen.

Außerdem gab es regelrechte Kriege zwischen den Menschengruppen. Es war schwer, die Order zu befolgen, dass keine Gruppe ganz aufgerieben werden sollte. Die Krieg führenden Parteien scherten sich nicht darum.

Es wurde immer schlimmer, je »zivilisierter« die Menschen wurden. Früher kämpften sie mit Pfeilen, Speeren und Keulen. Heute taten sie es mit Gewehren und Panzern. Wann würden sie Strahlwaffen haben?

Gronimo nahm sich vor, beim nächsten ernsthaften Zwischenfall eine Meldung an die Meister der Insel zu machen und dabei deutlich darauf hinzuweisen, dass die Direktive geändert werden musste. Wenn weiterhin Menschengruppen mit allem, was sie bei sich hatten, also einem Teil ihrer Umwelt nach Lando geholt werden mussten, dann war der Untergang dieses Planeten abzusehen. Und zur engeren Umwelt der Menschen gehörten nun auch einmal ihre Waffen, wenn sie mitten aus einem Krieg herausgeholt wurden.

Und sie befanden sich auch auf ihrer Heimatwelt sehr oft im Krieg.

Gronimo flog wieder allein. Um ein Gespräch anzufangen, hatte er das Multifunktionsarmbandgerät bei sich – sozusagen als Köder. Er wollte es Sue überlassen, weil sie es ja gefunden hatte und keinen Schaden damit anrichten konnte. Alles, was beim Hantieren damit für unerwünschtes Auslösen gefährlicher Funktionen sorgen konnte, war ausgebaut worden.

Vielleicht reagierten die Menschen positiv, wenn Gronimo ihnen Zusammenarbeit signalisierte. Schließlich war ihre Generation extrem fortschrittsgläubig.

Er flog die Lichtung in einiger Höhe an und drehte mehrere Kehren, bevor er langsam tiefer ging. Die Warnung mit der Flinte hatte er noch gut in Erinnerung, und der Überfall danach durfte die Menschen nicht gerade freundlicher gestimmt haben.

Er brauchte schon viel diplomatisches Geschick, um sie wieder einigermaßen zu versöhnen.

Einige der Männer waren auf den Koppeln und richteten die Zäune her. Sie verstärkten sie an einigen Stellen und arbeiteten an den breiten Toren, die sie mit langen Stricken auf- und zuzogen.

Sues Vater erkannte Gronimo auf der Veranda des Hauses. Ein anderer älterer Mann arbeitete mit bei den Koppeln. Zwei Frauen und ein Junge jäteten Unkraut in ihren Anpflanzungen.

Insgesamt zählte Gronimo acht Menschen auf dem Farmgelände. Sue, Marty und Heinz waren nicht dabei. Vielleicht waren sie im Haus.

Der Stationskommandant landete dort, wo er auch schon bei seinem ersten Besuch ausgestiegen war. Die Valuurer ließen ihre Arbeit liegen und näherten sich langsam und drohend. Kein einziger ergriff die Flucht. Stattdessen erschienen in ihren Armen sehr schnell Schusswaffen.

Der alte Mann trug wieder seine Flinte, der andere Ältere ein ähnliches Ding. Zwei der jüngeren Männer und die jüngere Frau vom kleinen Acker hatten Revolver in den Händen.

»Sie wagen sich noch hierher?«, rief der Alte schon von Weitem, Sues Vater. »Ich muss sagen, Mister, eine größere Dreistigkeit ist mir noch nicht untergekommen.«

Der Junge war zu ihm gelaufen und hatte mutig seine freie Hand genommen.

»Verschwinde, Mister, oder wir zeigen es dir!«, rief er. Dann drehte er schnell den Kopf und fragte seinen Vater, ob das jetzt die richtigen Worte gewesen seien.

»Genau die passenden Worte, Jeff. Wir wollen nichts von Ihnen, Mister Gronimo. Wir haben Sie auch nicht gerufen. Also machen Sie kehrt, steigen Sie in Ihr fliegendes Ding da und hauen Sie ab. Sie brauchen sich hier nicht wieder blicken zu lassen.«

»Lassen Sie mich reden«, verlangte Gronimo. Er hob beschwörend die Hände und zeigte, dass er keine Waffe hatte. »Hören Sie mich nur kurz an.«

»Ich wüsste nicht, wozu das gut sein sollte …«

»Lasst ihn sprechen«, sagte da der zweite Ältere. »Er soll sagen, was er zu sagen hat, und danach auf Nimmerwiedersehen verschwinden.«

Gronimo atmete auf.

Die Männer hatten jetzt einen Halbkreis um ihn gebildet und blickten drohend. Einigen war es geradezu anzusehen, dass sie nur auf eine Gelegenheit zum Losschlagen warteten.

»Ich habe etwas bei mir, dass ich Ihrer Tochter geben möchte«, begann er und sah Sues Vater dabei an. »Sie hat es gefunden, und ich denke, dass es ihr auch gehört. Gleichzeitig möchte ich mich bei Ihnen allen für die Vorgehensweise unserer Männer entschuldigen, als sie Sue auf meinen Befehl hin in die Station holten. Es war keinen Moment lang daran gedacht, Ihre Tochter gegen ihren Willen bei uns festzuhalten.«

Was redete er denn da?

Weshalb entschuldigte er sich für etwas, das ganz selbstverständlich erfolgt war. Hatte er sich etwa bei den Wilden für alles entschuldigt, was er mit ihnen getan hatte?

»Sie ist nicht da«, sagte ihr Vater. »Und es wäre besser für Sie, Mister, ebenfalls fort zu sein, wenn sie und ihre Freunde wiederkommen.«

Wohin sollten die vier gegangen sein? Zu anderen Menschengruppen hatte diese hier noch keinen Kontakt gehabt, was eigentlich verwunderte. Erkundeten sie das Land? In die Wälder waren sie schon mehrfach eingedrungen, um …

Gronimo musste lächeln.

Er glaubte zu wissen, wo er die Männer und die Frau fand. Natürlich, deshalb hatten die anderen so fleißig an den Koppeln gearbeitet.

»Ich warne Sie, Mister«, knurrte Sues Vater. »Lassen Sie Ihre Hände von meinem Kind, oder Sie lernen mich kennen. Wir haben nichts zu verlieren, verstehen Sie? Oder was werden Ihre Leute wohl mit uns anstellen, wenn wir Sie um einen Kopf kürzer machen? Uns einsperren, Mister?«

Einige lachten.

Gronimo nickte ernst.

»Sie werden Ihre Meinung noch ändern, hoffe ich.«

Damit drehte er ihnen den Rücken zu und ging zurück zum Boot. Es war riskant, aber sie griffen nicht an.

Gronimo ließ das Flugboot abheben und steigen, überflog noch zweimal die Ranch und begann dann in immer größer werdenden Kreisen, das Gelände abzusuchen.

Einen Hinweis auf die Richtung gab ihm der Junge, der sofort nach seinem Start in den Wald gerannt war. Gronimo wollte nicht unsterblich sein, wenn er nicht geradewegs zu seiner Schwester und deren Freunde lief.

Gronimo folgte der Richtung, immer noch Kreise ziehend. Wenn die vier Menschen sich weit genug von ihrer Ranch entfernt hatten, sah er sie, bevor sie durch den Jungen gewarnt werden konnten.

Das Flugboot konnten sie nur durch einen Zufall bemerken, bevor es schon über ihnen war. Es hatte einen matten, grauen

Anstrich und war sehr leise. Nur wenn gerade einer der Gesuchten in die richtige Richtung aufblickte, sah er es früher, als es Gronimo recht war.

Nach mehreren Minuten der ergebnislosen Suche wurde Gronimo unruhig.

Er hatte die Generalrichtung beibehalten und sich inzwischen mehr als zwanzig Kilometer von der Ranch entfernt.

So weit konnten Sue und die Männer doch eigentlich kaum gegangen sein. Gronimo ging davon aus, dass sie einige der rinderähnlichen Vierbeiner einfangen und als ihr erstes Vieh in die Koppeln bringen wollten. Aber diese Tiere waren noch nicht gezähmt. Mit ihnen konnte man nur kurze Wege machen, falls überhaupt.

Oder sollten Gronimos Überlegungen falsch sein?

Der Wald war hier dichter und höher. Weiter nach Norden war er kaum mehr zu durchdringen, schon gar nicht mit gefangenen Tieren.

Selbst hier war das bereits unmöglich.

Gronimo kehrte langsam um. Er ging tiefer und ging das Risiko einer frühzeitigen Entdeckung ein.

Dennoch fand er keine Spur der Gesuchten.

Sie hatten nichts bei sich, das in der Sonne glänzte und sie verriet; nichts, das er hätte orten können.

Es war besser, nach dem Jungen zu suchen und ihm zu folgen. Er würde ihn zu seiner Schwester führen, wenn er ihn nicht gleich bemerkte.

Gronimo fand ihn auch, aber was er sah, ließ ihm das Blut in den Adern gefrieren.

Der Junge versuchte gerade, auf einen knorrigen, alten Baum zu klettern und sich dort in Sicherheit vor der Bestie zu bringen, die ihn verfolgte.

Gronimo handelte sofort.

Er kannte das Raubtier. Es handelte sich um eine der schlimmsten Bestien dieses Planeten. Diese Allesfresser fielen sogar Tiere an, die doppelt so groß waren wie sie. Sie schlugen ihnen ihre Reißzähne in die Seiten und fraßen sich regelrecht in sie hinein, bis das Opfer qualvoll gestorben war. Oder sie töteten es mit Hieben ihrer gewaltigen, messerscharfen Pranken.

Diese Tiere, zwei Meter lang, vierbeinig, mit monströsem, dreifach gehörntem Kopf, schneller als die auf Lando lebenden, pferdeähnlichen Tiere, töteten nicht, um selber zu überleben. Es ging ihnen nicht nur um Nahrung. Sie töteten um des Tötens willen. Und jede Beute war ihnen zu jeder Zeit recht. Es waren Kampfmaschinen, ein Albtraum aller Tefroder, die auf Lando mit den Menschen zu tun hatten.

Eine solche Bestie – die Tefroder nannten sie *Moochs* – war am besten durch konzentrierten Energiebeschuss umzubringen. Nur schied dieses in der hier gegebenen Situation schon von vorneherein aus.

Der Junge versuchte, sich auf dem Baum vor dem Mooch in Sicherheit zu bringen. Der Baum war an die zehn Meter hoch und ließ sich relativ gut ersteigen.

Doch der Mooch war der bessere Kletterer.

»Hilfe!«, schrie der Junge. »Hilfe! Hilfe!«

»Klettere weiter!«, rief Gronimo durch die Außenlautsprecher des Bootes. »Ich bin gleich bei dir!«

Er riskierte alles und ließ das Flugboot durch das Blätterdach brechen wie einen Meteor, fing es erst unmittelbar vor dem Aufprall mit dem Antigravantrieb ab und milderte so den Absturz.

Er kümmerte sich nicht um die Prellungen, die er dabei erlitt, und zerstrahlte die klemmende Ausstiegsluke. Dann war er auch schon draußen und zielte auf die Bestie, die sich mit ihren gewaltigen Vorderbeinen am Baumstamm hochzog und mit den Hinterbeinen nachschob.

Sie war zweimal so schnell wie der Junge, und gleich hatte sie ihn erreicht.

Der Mooch ließ sich auch durch Gronimos Auftauchen und den Krach, den er gemacht hatte, nicht von ihrem Opfer abbringen.

Vielleicht betrachtete er Gronimo, der ihn laut schreiend auf sich zu locken versuchte, als eine Art zweiten Gang.

Schießen verbot sich. Zu leicht konnte Gronimo von seinem Standort am Boden den Jungen treffen.

Er konnte nur eines tun.

Gronimo kletterte schnell in das Flugboot zurück und riss ein Antigrav-Pack aus der Halterung. Er schnallte sich das Gerät auf den Rücken und aktivierte es.

Der Junge schrie und weinte jetzt. Er war offensichtlich am Ende seiner Kräfte und der Mooch ihm dicht auf den Fersen. Wenn der Junge den Halt verlor oder aufhörte zu klettern, war er verloren.

Es gab plötzlich noch andere Schreie, doch die nahm Gronimo nur peripher wahr.

Der Tefroder ließ sich in die Höhe tragen und umrundete den Baumstamm dabei so, dass er in eine möglichst günstige Schussposition geriet. Das war nicht leicht, denn der Mooch war ein energiegeladenes Etwas, das sich blitzschnell auf die eine oder andere Seite bewegte, nach unten und nach oben zuckte, als ahnte es die Absicht des Tefroders.

Der Junge konnte nicht weiter. Über ihm wuchsen kranzförmig ein halbes Dutzend starke Äste fast waagerecht aus dem Stamm. An einer Stelle hätte er sich hindurchquetschen können, doch das hätte viel zu lange gedauert.

Jetzt machte er den Fehler und sah hinab – genau in die gelb leuchtenden, grausamen Schlitzaugen der Bestie, in den gierig aufgerissenen Rachen mit den dolchartigen Reißzähnen, die nur noch einen halben Meter von den Beinen des Jungen entfernt zuschnappten.

»Nicht hinschauen!«, schrie Gronimo. Der Junge sah ihn. »Ich erledige die Bestie! Halte du dich gut fest. Sieh nach oben!«

Noch im gleichen Moment schoss er.

Er war auf gleicher Höhe mit dem Mooch. Er drückte ab und blickte im selben Moment in die gelben Augen.

Vielleicht hatte seine Hand gezittert, vielleicht war es das Rucken des Antigrav-Packs. Jedenfalls traf er nicht voll und machte den Mooch dadurch zu dem gefährlichsten Gegner, der sich überhaupt vorstellen ließ: zu einer angeschossenen Bestie.

Aber sie ließ dadurch jetzt wenigstens von dem Jungen ab.

»Halte dich fest!«, schrie Gronimo ihm wieder zu. »Ich hole dich da herunter, das verspreche ich dir!«

Als er den Kopf drehte, um seinen Spielraum im Geäst abzuschätzen, sah er Sue und ihre Freunde unten am Stamm des Baumes stehen und heftig gestikulieren. Marty machte sich dran, dem Mooch nachzusteigen.

»Tun Sie das nicht!«, rief Gronimo. »Ich bringe Ihnen den Jungen!«

Er konnte schon wegen der Nähe nicht mehr von seinem Strahler Gebrauch machen. Der Mooch schlug mit einer Pranke nach ihm. Gronimo regulierte den Antigrav blind und konnte noch ausweichen, aber schon der nächste Hieb konnte ihn tödlich treffen.

Es gab nur eine Möglichkeit.

Gronimo wartete den nächsten wütenden Hieb ab, dann nahm er allen seinen Mut zusammen und warf sich der Bestie in den Rücken.

Ein schneller Hieb jetzt, und es wäre aus mit ihm gewesen.

Aber er hatte Glück und landete genau im Kreuz des Untiers. Den linken Arm schlang er dem Mooch um den Hals, die Beine schob er ihm um den Leib, und mit der rechten Hand zog er das Vibratormesser in seinem Gürtel.

Ein Daumendruck aktivierte es.

Die Bestie bäumte sich auf. Über Gronimo und ihr schrie der Junge, und Gronimo durfte jetzt das eine nicht tun, das er ihm ausreden wollte: nicht nach unten sehen und nicht daran denken, dass der Mooch sich vom Baumstamm lösen und mit ihm in die Tiefe stürzen konnte.

Der Mooch würde das überleben, er aber bestimmt nicht.

Gronimo stieß zu. Er versuchte, das Herz des Untiers zu treffen. Rotes Blut schoss aus den Wunden, die er dem Mooch beibrachte. Die wild um sich schlagenden Pranken konnten ihn nicht erreichen.

Die Bestie schien tausend Leben zu haben.

Jedes Mal wenn Gronimo, der wie ein Klammeraffe auf seinem Rücken klebte, zustieß und glaubte, das Monstrum müsste jetzt endlich genug haben, brüllte der Mooch wieder auf und schien neue Kräfte zu entwickeln. Er tobte und brüllte …

… und dann fiel er.

Gronimo hatte gemerkt, dass der Mooch seinen Halt verlor, und sofort versucht, sich von ihm zu lösen.

Doch im Fallen drehte die Bestie sich um und streifte ihn mit einem Prankenhieb. Er riss zum Glück keine Wunde in das Fleisch des Tefroders, doch die Krallen blieben im Stoff seiner Kombination hängen und rissen ihn mit herab.

Gronimo schaffte es nicht, den schweren Körper der Bestie von sich zu stemmen. Er konnte sich nicht befreien und fiel mit ihr dem harten Boden entgegen, Meter um Meter.

Alles, was er versuchen konnte, war, den Antigrav voll zu aktivieren, um den gemeinsamen Sturz noch abzufangen. Er tat dies, fühlte sich abwechselnd hochgerissen und hinuntergezogen, sah den Boden auf sich zukommen, und schlug auf.

Es war schon zu spät gewesen. Alles war viel zu schnell gegangen.

Gronimo kam taumelnd auf die Füße, noch immer die Krallen des Moochs in der Kleidung. Vorwärts stolpernd riss er sich los und wankte noch einige Schritte, bevor er fiel.

Der Tefroder hörte einen Schuss krachen und sah, als er sich umdrehte, dass Marty auf den Mooch geschossen und ihn endgültig getötet hatte.

Gronimo stellte fest, dass er nichts gebrochen hatte. Der ganze Körper tat ihm weh, aber er schien auch keine inneren Verletzungen davongetragen zu haben.

Als er sich unter Schmerzen aufrichtete, kam Heinz Martin auf ihn zu, um ihm auf die Beine zu helfen.

»Was ist mit dem Jungen?«, fragte Gronimo.

»Sue und Marty holen ihn gerade. Wir haben gesehen, was Sie getan haben, Mister. Warum?«

»Was – warum?«

Gronimo sah am Baumstamm hinauf, wo der Junge unter dem Astkranz darauf wartete, dass er von seiner Schwester und Marty heruntergeholt wurde. Alleine traute er sich nicht mehr, am Stamm herabzuklettern, und das war gut so. Er musste ja mit seinen Nerven vollkommen fertig sein.

Plötzlich hörte er es im Dickicht krachen, etwa dort, von wo die vier Menschen gekommen sein mussten. Gronimo ahnte entsetzt, was sich da seinen Weg brach, und rief eine Warnung: »Achtung! Eine zweite Bestie! Sie jagen oft in Paaren!«

Er zog wieder den Strahler, aber seine Bewegungen waren jetzt viel zu langsam. Der Körper brannte vor Schmerzen und gehorchte ihm nur bedingt. Der zweite Mooch schoss aus dem Wald und war heran, bevor Gronimo die Waffe ausrichten konnte.

Er wurde von einem Prankenschlag weit zur Seite geschleudert, fiel und schlug der Länge nach hin. Die Waffe war ihm aus der Hand geprellt worden. Und hätte der Mooch ihn gezielt angegriffen, dann wäre Gronimo jetzt mit Sicherheit tot gewesen.

Aber er war der rasenden Bestie nur im Weg, genau wie Heinz Martin und der dritte Mann.

Das Ziel des Moochs waren die beiden Menschen, die sich mühsam zu dem zitternden Jungen emporarbeiteten. Sie hatten erschrocken innegehalten, als sie das Ungetüm hörten, und sahen jetzt voller Panik den gewaltigen Raubtierkörper auf sich zu kommen. Der Mooch flog regelrecht an den Stamm und begann sofort zu klettern.

Marty schoss, aber die Kugeln seines Revolvers richteten bei diesem unverletzten Tier nichts aus. Marty schoss das Magazin leer und schleuderte die Waffe wütend fort. Dafür zog er einen Dolch aus der Gürtelscheide.

Gronimo kam noch einmal auf die Beine. Er sah Heinz Martin und den anderen Mann übereinander am Boden liegen und bluten. Keiner der beiden rührte sich.

Gronimo musste in die Knie gehen und sich mit den Händen abstützen, als ihn ein heftiger Schwindel erfasste. Das Blut hämmerte in den Schläfen. Der Gleichgewichtssinn setzte für einen Moment fast ganz aus.

Als es vorbei war und Gronimo hochsah, hatte der Mooch die beiden jungen Menschen schon fast erreicht. Seine Pranken schlugen bereits nach ihnen.

Gronimo musste ihnen helfen, oder sie waren verloren – und der Junge. Aber er stellte schnell fest, dass sein Antigrav defekt war. Er konnte nicht aufsteigen und noch einmal so angreifen wie vorhin.

Jetzt drehte Marty durch.

Wahrscheinlich um Sue zu schützen, ließ er sich auf einen Ast herabfallen, der einen Meter unter seinem bisherigen Standort aus dem Baumstamm wuchs, und wollte sich mit einem Dolch gegen die Bestie wehren. Seine Absicht war klar – vor allem die Frau und den Jungen zu schützen.

Er fiel dem Mooch genau zwischen die Pranken.

Sue schrie gellend auf, der Junge weinte, nur von Marty war plötzlich nichts mehr zu hören. Er war für seine Frau und deren kleinen Bruder gestorben.

Gronimo, der in seinem langen Leben oftmals den Tod gesehen hatte, erschauderte. Er sah seinen Strahler fünf Meter entfernt auf dem Boden liegen. Unter höllischen Schmerzen holte er ihn und legte an.

Es gab jetzt nur noch diese Möglichkeit.

Der Junge hing unter dem Astkranz. Die Frau hatte ihn fast erreicht, aber einen Meter unter ihren Füßen zerfetzten die messerscharfen Krallen des rasenden Raubtiers den Stamm.

Noch ein Satz nur, und Sue ereilte das gleiche grausame Schicksal wie Marty.

Gronimo zielte. Er musste von schräg unten schießen und konnte Sue und den Jungen dabei treffen. Aber egal jetzt. Er musste es riskieren. Wenn er nicht schoss, starben sie auf jeden Fall.

Gronimo zielte, so gut er konnte. Er versuchte, seine Hände nicht zittern zu lassen.

Er hielt die Luft an und betätigte den Auslöser.

Dann schloss er die Augen und wartete.

12.

Andromeda; Gronimo

Er kam in einem hellen Raum zu sich. Als er die Augen aufschlug, sah er, dass er sich in einem Zimmer befand, das sehr einfach eingerichtet war. Ein Schrank, ein Waschbecken und das breite Bett, in dem er lag, das war schon fast alles.

Als er sich aufrichten wollte, legte sich eine Hand auf seinen Arm und drückte ihn sanft nach unten zurück.

»Sie dürfen noch nicht aufstehen, Mister …«

Jetzt erst sah Gronimo die Frau, die bei ihm war. Sie hatte schräg hinter ihm gesessen, am Kopfende des Bettes, sodass er sie nicht hatte sehen können. Es war nicht Sue, sondern eine der beiden Frauen, die er beim Jäten gesehen hatte – die jüngere dieser beiden.

»Was …?«, begann er automatisch zu fragen. »Wo bin ich denn hier?« Er schüttelte den Kopf, lächelte und gab sich selbst die Antwort. »Natürlich auf Ihrer Ranch, wo sonst.«

Das Bewegen des Kopfes tat noch weh, aber es war längst nicht mit der Hölle zu vergleichen, in die ihn jede Bewegung vorher getaucht hatte.

»Wie lange bin ich schon hier?«, erkundigte er sich. »Und was ist mit den anderen? Wie viele sind tot?«

Er erschrak, als er die Frage stellte.

Er lag hier, bei Valuurern auf Lando, und wurde ganz offenbar von ihnen ärztlich versorgt.

Er, der Kommandant der Tefroder, verantwortlich den Meistern der Insel.

Die Situation war paradox. Er wusste, er sollte nicht hier sein. Er durfte sich nicht einmischen, keine Menschengruppe der anderen vorziehen. Er durfte überhaupt keine engeren Kontakte knüpfen, schon gar keine persönlichen.

Hatte er diesen Grundsatz aber nicht längst schon gebrochen? Als er seinen stillen Kampf gegen den Stolz der Menschenfrau Sue aufgenommen hatte?

»Ich bin nur die Köchin«, sagte die Frau. »Warten Sie bitte, Mister. Stehen Sie noch nicht auf. Ich hole Miss Suzanne.«

»Wie heißen Sie?«, fragte Gronimo.

»Doris«, antwortete sie mit verlegenem Lächeln. »Aber bitte, warten Sie jetzt …«

Damit verließ sie das Zimmer.

Gronimo wollte aufstehen und seinen Körper prüfen, aber da erschien auch schon Sue. Der Junge war bei ihr.

Gronimo sah, dass die Frau sich gerade die Tränen aus dem Gesicht gewischt hatte. Der Junge kämpfte tapfer gegen das Weinen.

»Gott sei Dank, Sie sind wach«, sagte Sue. »Der Gedanke, Sie könnten ebenfalls … sterben, war entsetzlich.«

»Wer ist tot?«, fragte Gronimo.

Sue presste die Lippen aufeinander, bevor sie leise antwortete: »Mein Mann, Marty. Als Sie die Bestie tödlich trafen und Jeff und mich retteten, war es für ihn schon zu spät. Er starb, weil er uns beschützen wollte.«

»Ich habe es gesehen«, murmelte Gronimo düster. »Ihr Mann war sehr tapfer. Sie haben mein Mitgefühl.«

»Heinz und Johnny – der Mann, der noch bei uns war – sind verletzt, aber sie werden wohl durchkommen. Mir ist nichts passiert. Aber ohne Sie wären mein Bruder und ich jetzt tot. Sein Leben haben Sie sogar zweimal gerettet.«

»Das war selbstverständlich«, hörte Gronimo sich sagen. »Ich suchte Sie. Als ich Sie nicht fand, hoffte ich, von dem Jungen zu Ihnen geführt zu werden. Aber da musste er schon vor dem Mooch fliehen.«

»Sie hätten einfach weiterfliegen können«, sagte Sue. Sie wirkte jetzt schon gefasster. »Ich verstehe nicht, dass Sie es nicht taten, und sich stattdessen selbst in Lebensgefahr brachten. Sie sind mächtig und haben uns nie gefragt, ob wir entführt werden oder hier leben wollten. Warum haben Sie es dann getan?«

Gronimo zuckte mit den Schultern.

»Wie lange war ich bewusstlos oder habe geschlafen?«, fragte er, statt zu antworten.

»Einen Tag lang«, sagte Sue. Ihre Stimme klang enttäuscht, aber sie stellte ihre Frage nicht noch einmal. »Ich weiß nichts über Sie und Ihr Volk, Mister, aber Sie scheinen den gleichen Körperbau zu haben wie wir. Und danach zu urteilen, haben Sie an Quetschungen und Prellungen ordentlich etwas mitbekommen. Sonst aber dürfte alles in Ordnung sein. Morgen können Sie sicher wieder aufstehen und sich abholen lassen.«

»Abholen?«

»Na ja, Ihre Flugmaschine ist doch nur noch Schrott.«

Jetzt fiel es ihm wieder ein.

Die Notlandung mit dem Flugboot, als er kein geeignetes Gelände fand. Das bedeutete, dass die Menschen ihn hierher getragen hatten, den ganzen Weg.

Es erinnerte ihn aber auch daran, dass er sich in der Station melden musste, bevor eine Suchexpedition nach ihm ausgeschickt wurde.

Er zögerte.

Er wusste nicht, warum.

Irgendetwas ließ ihn mit dem Funkspruch über das Armbandgerät warten. Vielleicht wollte er herausfinden, ob, wann und wie die Duplos ohne seine Meldung handelten. Vielleicht wollte er sich aber auch nur einmal einen persönlichen Freiraum schaffen. Wirkliche Freiheit hatte er nicht mehr gekannt, seitdem er vor Jahrtausenden auf Lando geblieben war und die Leitung der Station übernommen hatte.

Bei der Gelegenheit merkte er, dass er bis auf eine Hose nackt und zum Teil dick verbunden war. Sein Körper bestand fast nur aus blauen und braunen Flecken. Auf der Brust lag noch der flache Translatorkasten. Sonst hätte er sich auch nicht mit den Menschen verständigen können.

Nein, in der Station wusste niemand, wohin er geflogen war. Gronimo pflegte seine Ziele nicht anzugeben oder zu hinterlassen.

Sollten sie unruhig werden. Sollte einer von ihnen für eine Weile die Verantwortung übernehmen. Gronimo wollte jetzt nicht zurück. Wie es schien, hatte er geschafft, was er haben wollte: durch einen unerwarteten Zufall das Vertrauen der Menschen gewonnen. Und daraus ließ sich noch eine Menge machen.

So ausgefeilt war das Kontrollnetz Landos nicht, dass die Tefroder einen verloren gegangenen Gleiter auf Anhieb lokalisieren konnten.

»Ich gehe jetzt wieder«, verkündete Sue. »Später werden wir vielleicht noch etwas Zeit haben, uns zu unterhalten. Jetzt gibt es noch viel Arbeit für mich. Wir wollen Marty übermorgen begraben, so wie man einen Menschen auf unserer Erde begräbt.« Sie runzelte leicht die Stirn. »Das heißt, falls Sie nichts dagegen einzuwenden haben.«

»Bitte erlauben Sie mir, bei der Bestattung zugegen zu sein«, erhielt sie von Gronimo zur Antwort.

Sie starrte ihn an und schien etwas sagen zu wollen. Sie schwieg jedoch und huschte hinaus.

Jeff blieb im Zimmer.

Er kam langsam wieder zum Kopfende des Bettes. Seine kleinen Hände lagen scheu am Kopfkissen, als er leise sagte: »Ich wollte mich noch bei Ihnen bedanken, Mister. Was Sie für mich getan haben, war große Klasse. Ich habe ja von da oben alles gesehen.«

Gronimo lächelte und legte eine Hand auf die des Jungen.

»Schon in Ordnung, Jeff. Du kannst mir dafür einen Gefallen tun.«

»Welchen denn?«, fragte der Halbwüchsige misstrauisch. Kam jetzt das dicke Ende?

»Ich möchte, dass wir beide Freunde werden, Jeff. Könntest du dir das vorstellen?«

Sie legten Marty Hancocks und Heinz Martins Leiche in einen Brettersarg und versenkten diesen in einer ausgehobenen Grube von gut zwei mal einem Meter Größe, anderthalb Meter tief. Heinz Martin war innerhalb weniger Stunden an einer Art Wundbrand gestorben, den niemand hatte vorhersehen können. Als Gronimo sich dazu entschlossen hatte, seine Station anzurufen und die Abholung in die Krankenstation zu befehlen, da war es bereits zu spät gewesen.

Gronimo hätte beim besten Willen nicht helfen können.

So waren zwei Männer Opfer der Moochs geworden. Sue hatte zwei Menschen verloren, die ihr am nächsten gestanden hatten.

Gronimo hatte inzwischen keine Beschwerden mehr. Er stand am Grab, als gehörte er zu den Valuurern, und er stand neben Sue wie ein Angehöriger.

Und als er die Worte hörte, die Martys Vater sprach, dachte er wieder daran, dass er jetzt ganz woanders sein sollte. In seiner Station, an irgendeinem toten Bildschirm mit den Daten von Toten und von Lebendigen.

Er versuchte sich vorzustellen, wie es jetzt in dieser Station aussah, nachdem ihr Kommandant nun den dritten Tag überfällig war.

Hatte jemand eine Meldung an die Meister der Insel gemacht?

Das war natürlich nicht der Fall. Die Meister hatten wichtigere Dinge zu tun, als sich mit solchen Kleinigkeiten abzugeben. Auch der dümmste Duplo wusste das.

Hatten sie damit begonnen, nach ihm zu suchen?

Er hatte bisher keine Gleiter am Himmel gesehen. Auch der Mikroorter im Multifunktionsarmband hatte nicht angesprochen.

Alles blieb in diesem Teil Landos still.

Gronimo fühlte sich irgendwie erleichtert.

Es war, als ob eine Last von seinen Schultern gefallen wäre, die er bisher nur nie so empfunden hatte.

Aber was dachte er da.

Er musste wieder Ordnung in seine Gedanken bringen. Dass

er plötzlich von Gefühlen ergriffen wurde, hatte er nicht erwartet. Er musste es überwinden, und das konnte er nur in der Station.

Nach dem gemeinsamen Essen, das auf die Beerdigung folgte, verabschiedete sich Gronimo von Sue und ihren Leuten.

Die Frau war zu stolz und außerdem noch zu mitgenommen, um ihn nach dem Grund für die plötzliche Abreise zu fragen.

Das tat ihr Bruder Jeff für sie.

»Ich komme wieder«, antwortete der Tefroder ihm und streckte die Hand aus. »Schließlich muss ich sehen, ob du gut auf deine Schwester aufpasst.«

Jeff lächelte etwas unsicher, ergriff aber Gronimos Hand und drückte sie.

Gronimo nickte den anderen grüßend zu und verschwand im Wald.

Er schlug die Richtung ein, in der sein wrackes Flugboot lag, blieb aber nach einem Kilometer schon stehen. Das Boot war Schrott. Dagegen hatte er den Antigrav reparieren können.

Er sollte ihn weit genug tragen können, um von dort aus die Station anzufunken, ohne dass dort eine direkte Verbindung zur Ranch hergestellt werden konnte.

Gronimo wollte nicht, dass die Duplos von seinem Aufenthalt bei den Hancocks etwas wussten. Es ging sie nichts an. Es war seine ganz private Angelegenheit, was er bei ihnen tat und wann.

Das Aggregat trug ihn mehrere Hundert Kilometer nach Osten. Er überflog die verschiedensten menschlichen Siedlungen und sah diese Narren kämpfen. Fast überall taten sie das, als ob sie sich gar nichts Besseres vorstellen könnten.

Er fühlte sich angewidert und fragte sich, wie Sue und ihre Freunde ein und derselben Rasse angehören konnten wie die Wilden, Krieger, Abenteurer und Soldaten dort unter ihm.

Gronimo landete auf einem unbewaldeten Hügel, den er nach jeder Seite gut übersehen konnte, und setzte den Funkspruch ab.

Zwei Stunden später nahm ihn ein Gleiter auf.

Der Kommandant stieg ein und gab an, mit seinem Flugboot einen Unfall gehabt zu haben, was ja der halben Wahrheit entsprach. Er habe vor dem Absturz gerade noch aussteigen können, und es lohne sich im Übrigen nicht, nach dem Wrack zu sehen. Die Natur würde es bald überwuchert haben.

Keiner der Männer im Gleiter wagte es, weitere Fragen zu stellen. Schweigend flogen sie zurück und tauchten über der Station in das Meer ein.

Dort angekommen, umgekleidet und erfrischt, erkundigte sich Gronimo über Zwischenfälle während seiner Abwesenheit und gab ansonsten auch jetzt keine Erklärungen ab.

Eine Gruppe von Wilden, so wurde ihm berichtet, war von der Auslöschung bedroht. In ihrer Nachbarschaft waren vor mehreren Hundert Jahren Krieger in schweren eisernen Rüstungen angesiedelt worden, die schon Feuerwaffen hatten. Diese Krieger metzelten auf ihren Raubzügen alles nieder, was ihnen im Weg war. Die Tefroder hatten schon mehrere Male eingreifen müssen, um Massaker zu verhindern.

Gronimo verlangte einen ausgedruckten ausführlichen Bericht und zog sich nach einigen Stunden wieder in sein Privatquartier zurück.

Es war seltsam, aber irgendwie berührte ihn das alles nicht mehr so wie vorher.

Dafür dachte er an Sue und Jeff und an die anderen; an Marty und Heinz, die beiden Toten.

Als er neben Sue am Grab gestanden hatte, da war es ihm auf einmal ganz anders geworden. Er hätte Sue und Jeff am liebsten schützend in seine Arme genommen und sie vor allem bewahrt, was diese Welt ihnen antun konnte.

Im Grunde waren sie ebenso hilflos wie die Wilden, die von diesen Eroberern niedergemacht worden waren. Gronimo nahm sich vor, genau darauf zu achten, dass in ihrer Nähe keine aggressiven Neuankömmlinge von Valuur III ausgesetzt wurden.

Mehr konnte und durfte er nicht tun.

Sein Weiterleben hing davon ab, dass er seine Aufgabe auf Lando zur Zufriedenheit der Meister der Insel erfüllte. Er durfte sich nicht von Gefühlen zu Fehlern verleiten lassen.

Aber irgendwie klang ihm das alles, wenn er es sich einzureden versuchte, recht halbherzig.

Um sich abzulenken, studierte Gronimo den Ausdruck des Berichts über die Raubzüge der Eroberer. Je eher diese in ihre Schranken gewiesen wurden, desto besser. Einen Gruppenmord zu verhindern, war eine der vielen wichtigen Aufgaben des Kommandanten. Hierüber hatte er den Meistern der Insel Rechenschaft abzulegen.

Es waren Menschen, die sich auf ihrem Planeten selbst »Spanier« nannten und auch dort große Vernichtungsfeldzüge führten. Sie hatten einen neuen Kontinent entdeckt, wo es Goldschätze immensen Ausmaßes zu erobern gab. Die Eingeborenen, denen diese Schätze gehörten, wurden einfach niedergemetzelt.

Da war es kein Wunder, dass diese Eroberer hier so weitermachten, auch wenn sie keine Goldschätze fanden.

Aus dem Bericht war zwar zu entnehmen, wann die Spanier welche Raubzüge auf Lando unternommen hatten und wie viele Opfer es wo gegeben hatte, aber Gronimo suchte vergeblich nach Daten über die Zahl der noch lebenden Mitglieder der betreffenden Menschengruppe.

Er schüttelte den Kopf und fluchte.

An solche Stümperei war er gewöhnt. Vielleicht war es auch seine Schuld, dass sie überhaupt hatte aufkommen können. Schließlich war er es, der sich um alles kümmerte, das andere nur lückenhaft machten. Oder der sich die wichtigen Aufgaben für sich selbst reservierte.

Plötzlich kam ihm das vollkommen sinnlos vor.

Wozu waren die Duplos denn da? Gab es für ihn denn wirklich nichts Wichtigeres als diese Dinge, für die man einen Trottel an die Positronik setzen konnte?

Er nahm den Ausdruck und begab sich in einen Archivraum,

wo die Daten aller Menschengruppen gespeichert waren. Gronimo legte Wert darauf, dass sie sich immer auf dem neuestmöglichen Stand befanden. Jeder Abgang musste erfasst und festgehalten werden.

Auch der von Marty und Heinz!, fuhr es ihm durch den Sinn.

Er verdrängte den Gedanken und schaltete einen Bildschirm ein. Dann begann er mit der Suche.

Er rief die einzelnen Menschengruppen auf, las die Daten vom Bildschirm ab und verglich sie mit dem, was er schriftlich vorliegen hatte. Es stimmte hinten und vorne nicht. Ein Stamm von Wilden, dessen Bestand noch mit vier Individuen aufgeführt war, sollte fünf Mitglieder verloren haben!

Gronimo wurde rot vor Zorn und verließ das Verzeichnis. Er suchte nach den Notizen des Tefroders, der ihn in seiner Abwesenheit vertrat. Zur Zeit war dies ein Duplo namens Josho.

Bevor ein Bericht verfasst wurde, machte man sich Notizen. Dabei wurden zum Beispiel auch kleinere Vorfälle im Stationsbetrieb festgehalten. Diese elektronischen Notizbücher waren ein Durcheinander aller möglichen Eintragungen. Es konnte gut sein, dass Josho sich beim Zusammensuchen der Daten für seinen Bericht einfach vertan und die falschen Zahlen der falschen Menschengruppe zugeordnet hatte.

Gronimo hatte nach wenigen Sekunden die Eintragungen Joshos im fraglichen Zeitraum vor sich und begann, gezielt zu suchen.

Doch schon nach dem dritten Seitenabrollen stoppte er.

Er beugte sich näher an den Bildschirm heran, so als könnte er seinen Augen nicht trauen.

Denn dort stand sein Name.

Und was dahinter stand, das gefiel Gronimo noch viel weniger.

Es war für den Kommandanten schlicht und einfach ungeheuerlich.

Da saß er vor dem Terminal und musste sehen, dass über jeden seiner Schritte Buch geführt wurde.

Er hatte nichts davon geahnt, dass Josho das tat. Er wusste nicht, ob es schon andere Tefroder vor ihm getan hatten, aber er konnte es einfach nicht glauben.

Ein Hinweis führte Gronimo in eine Datei, die überhaupt nicht gesichert war und aus lauter Notizen über ihn, den Kommandanten, bestand.

Gronimo ließ sich einen Ausdruck machen und verließ das Archiv.

Er bebte vor Zorn und überlegte, ob er Josho sofort zur Rede stellen sollte. Dann ließ er dies vorerst bleiben und zog sich wieder in sein Quartier zurück.

Er wurde also beobachtet.

Josho hatte nichts davon vermerkt, wo er in den drei Tagen gewesen war, nur dass er mit unbekanntem Ziel aufgebrochen sei. Das konnte bedeuten, dass er ihm nicht hinterher spioniert hatte.

Wie lange ging das schon so?

Gronimo ahnte, dass er von Josho nur Ausflüchte zu hören bekommen würde. Denn Josho war auch nur eine Marionette im Spiel der Mächtigen.

Ließen sich die Meister der Insel regelmäßig über ihn Bericht erstatten?

Hatte Miras-Etrin Josho den Auftrag gegeben, Gronimo heimlich zu überwachen? Ihm und allen anderen Duplos vorher, die eine Schicht Besatzungsmitglieder befehligten?

Für Gronimo brach eine Welt zusammen.

Eine Marionette … Das war es, nichts anderes. Es war vermessen gewesen zu glauben, die Meister der Insel würden ihn relativ selbstständig die Station auf Lando leiten lassen. Sie war ihnen viel zu wichtig, um sie einem Mann allein anzuvertrauen.

Vielleicht war das unter Barim-Nantor anders gewesen, aber das war Vergangenheit.

Gronimo dachte an Sue und ihre Leute, und ob irgendjemand festgehalten hatte, dass er sie bereits einmal aufsuchte, und Sue daraufhin in die Station bringen ließ.

Natürlich, über jeden Menschen, den man hierher holte, wurde Buch geführt. Irgendwo würden sich also entsprechende Notizen über sie finden.

Er wollte das nicht.

Er musste sie finden und löschen.

Was auch immer hier unten geschah und was die Meister der Insel noch mit den Menschen von Valuur III vorhatten – Sue, Jeff und die anderen mussten da herausgehalten werden.

Gronimo wollte nicht, dass ihnen etwas geschah.

Aber waren sie wirklich soviel anders als die anderen Menschen?

War es nicht ein himmelschreiendes Unrecht, was ihnen allen angetan wurde?

Mit seiner, Gronimos, Hilfe?

Er hasste diese Gedanken, aber er konnte sie nicht mehr abstellen. Er fühlte sich durch die Meister der Insel getäuscht und wusste gleichzeitig, dass dies unsinnig war. Er hatte von Anfang an gewusst, dass er ihnen ausgeliefert war.

Und wem man das ewige Leben schenkte, den ließ man nicht unbeobachtet.

Gronimo schlug in einem plötzlichen Wutausbruch mit der Faust gegen eine Wand und tobte, bis ihm bewusst wurde, dass er sich aufführte wie ein Narr.

War dies das lange Leben, zu dem er sich vor vielen Jahrtausenden entschlossen hatte? Um das er gezittert und gebangt hatte? Dessentwegen er hart geworden war und seine Seele verkauft hatte?

War dies alles, das von einem großen Traum geblieben war?

Gefangenenwärter in einem planetarischen Gefängnis!

Alles in ihm sträubte sich gegen diese Vorstellung, und Gronimo begann, die Meister der Insel zu hassen.

Doch wie entkam er aus ihrem Netz?

Wie konnte er von Lando fliehen und dem grausamen Spiel ein Ende machen, ohne dass dieses Ende für ihn ein endgültiges war?

Er malte es sich aus.

Er, Sue und Jeff in einem schnellen Raumschiff, das er gekapert hatte und das sie weit von Lando wegtrug. Kein Meister der Insel konnte sie mehr erreichen.

Sie waren frei und würden auf einem Planeten landen, auf dem sie von niemandem verfolgt und geknechtet wurden. Sie drei allein, und sonst niemand. Mit Sue konnte er eine Familie gründen, und aus ihrem Nachwuchs konnte sich ein völlig neues Volk bilden und …

Gronimos Gedanken stoppten genau an dieser Stelle.

Es hatte ihm nie jemand gesagt, aber er war durch logisches Denken darauf gekommen.

Das unsichtbare Feld um Lando, das die Menschen unsterblich machte, machte sie auch zeugungsunfähig. Sonst hätte es unter den Valuurern eine Bevölkerungsexplosion ohnegleichen gegeben. Der Planet wäre aus den Fugen geraten.

Und da auch er, Gronimo, unter diesem und durch dieses Feld lebte, galt das gleiche für ihn.

Selbst wenn er es schaffen würde, mit Sue von hier zu fliehen, und sollte er wider Erwarten nicht innerhalb von Stunden sterben, so hatten sie keine Zukunft.

Ganz davon abgesehen, dass Sues Mann gerade erst gestorben war. Sue war keine Frau, die sich gleich dem Nächstbesten in die Arme warf. Nein, das hätte er auch gar nicht gewollt.

Er wollte sie beschützen. Er wollte in ihrer Nähe sein und mit ihr reden. Nach so vielen Jahrtausenden der Einsamkeit endlich wieder mit einem Menschen, der auf einer Stufe stand, um ihn zu verstehen. Der nicht wie die dummen Duplos nur zuhörte und nickte, der nicht innen hohl war.

Was zählte das ewige Leben, wenn es sinnlos und leer war?

Doch Gronimo *wollte* leben, und er wollte noch soviel daraus machen, wie er nur irgendwie konnte.

Er blieb für den Rest des Tages in seiner Kabine und wies alle Anrufer ab. Er legte sich hin und versuchte zu schlafen. Er blieb trotz aller Versuche, von der Realität abzuschalten, wach liegen und dachte an die Menschenfrau Sue.

Und dann, irgendwann in dieser Nacht, hatte er die Lösung gefunden.

13.

Andromeda; das Ende

Es war 27 Tage später.

Gronimo hatte sich nichts anmerken lassen und nur noch einmal den Archivraum und dessen Computerterminal aufgesucht, um alle vielleicht verräterischen Daten aus den Aufzeichnungen zu löschen, die mit den Hancocks zu tun hatten. Bei der Gelegenheit hatte er sich davon überzeugt, dass Josho seinen Notizen bezüglich der Abwesenheit des Kommandanten nichts hinzugefügt hatte.

Das von Gronimo benutzte Flugboot war als Verlust ausgewiesen. Als sein Absturzort war jener angegeben, von dem aus der Kommandant Funkverbindung aufgenommen hatte.

Gronimos letzter Flug sollte den spanischen Eroberern gelten, die in ihrem Beutedrang noch immer nicht gestoppt worden waren. Gronimo hatte die Wilden vor ihnen in Sicherheit bringen, aber noch keinen echten Schlag gegen die Spanier führen lassen.

Er gab Josho gegenüber an, dass er allein zu den Spaniern fliegen und mit ihnen reden wollte. Nur in dem Fall, dass er sich nach zehn Stunden nicht melden würde, sollten ihm Flugboote mit Bewaffneten folgen.

Gronimo verließ die Station in einem mittelschwer bewaffneten Gleiter und nahm Kurs nach Norden. Bei sich hatte er nichts außer seiner normalen Ausrüstung und drei zusätzlichen Antigrav-Paks. Diese hatte er regelrecht in den Gleiter geschmuggelt.

Er brauchte drei Stunden, um das Gebiet der Spanier zu erreichen, und entdeckte sie schon nach wenigen Minuten. Die ganze Gruppe befand sich auf dem Marsch nach Westen, wo Eingeborene des valuurschen Kontinents Nordamerika angesiedelt waren, sogenannte Indianer.

Nun, die Duplos würden rechtzeitig da sein, um ein Gemetzel zu verhindern.

Gronimos Sorge sollte das dann nicht mehr sein.

Er programmierte den Autopiloten des Gleiters. Danach rief er die Unterwasserstation an und schrie mit sich überschlagender Stimme, dass der Gleiter ihm nicht mehr gehorche und der Schleudersitz sich nicht betätigen ließe. Der Ausstieg sei weder automatisch noch manuell zu öffnen. Gronimo krönte seine schauspielerische Leistung dadurch, dass er noch einmal schrie, wie in Panik, und mitten in diesem Schrei verstummte.

Ein Schuss machte die Funkanlage für immer untauglich.

Schließlich nahm er seine drei Reserveaggregate und stieg aus, nachdem er sich wieder weit genug von den Spaniern entfernt hatte.

Der Gleiter kam unter ihm ins Trudeln und stürzte schließlich mitten in felsigem Gebiet aus großer Höhe abzustürzen.

Als die Explosion erfolgte, war der Tefroder in sicherer Entfernung. Er sah die Stichflamme aus einem rasch expandierenden Ball weißer Glut in den Himmel schießen. Die Druckwelle erreichte ihn noch, doch ihre Auswirkungen ließen sich mittels des Aggregats leicht ausgleichen.

Von dem Gleiter würde nichts übrig bleiben. Niemand würde je feststellen können, dass sein Pilot ihn vor dem Absturz verlassen hatte. Aus der atomaren Asche ließ sich nichts rekonstruieren.

Josho würde das Gebiet bis auf Weiteres absperren lassen müssen, um Verseuchungen nomadisierender Menschen auszuschließen.

Gronimo flog mit maximaler Geschwindigkeit nach Osten. Er schätzte, dass die Duplos ebenfalls drei Stunden brauchen würden, um den Absturzort zu erreichen. Natürlich würden sie die Explosion sofort orten und mussten darauf reagieren.

Bis dahin war er fürs Erste mehrere Hundert Kilometer von hier entfernt untergetaucht. Er flog in gerader Linie in die Richtung, in der er die Hancock-Ranch wusste. Mit drei Zwischenstopps musste er diese Strecke schaffen. Während der Pausen konnte er versuchen, den Funkverkehr der Tefroder abzuhören.

Gronimo flog so niedrig wie möglich. Immer wieder sah er Siedlungen von Menschen, die sein Anblick am Himmel aufschreckte. Manche warfen sich demütig auf den Boden, andere versuchten, ihn mit Pfeilen und Gewehren zu treffen.

Als er sich nach einem Landeplatz umsah, war es spät am Tag. Gronimo fand eine Höhle am Hang eines Berges und stellte erleichtert fest, dass sie unbewohnt war. Hier legte er seine Sachen ab und ruhte sich eine Stunde lang aus.

Aus dem aufgefangenen Funkverkehr zwischen den Tefrodern am Absturzort und jenen in der Station konnte er heraushören, dass sie ihn abgeschrieben hatten. Offiziell wurde er als vermisst gemeldet. In Kommentaren aber hieß es, dass er die Explosion nicht überlebt haben konnte.

Er rieb sich zufrieden die Fäuste und brach wieder auf. Das ausgebrannte Aggregat zerstrahlte er mit der Waffe, die er am Ende seines Weges nicht mehr gebrauchen wollte.

Als er die zweite Etappe zurückgelegt hatte, war es dunkel geworden.

Gronimo hatte nicht vor, zu schlafen. Er rastete wieder eine Stunde und setzte den Weg fort. Das dritte Antigravaggregat trug ihn bis wenige Hundert Kilometer an die Hancock-Ranch heran. Zweimal musste er den Flug unterbrechen, weil Flugboote am Horizont auftauchten und seinen Weg querten. Er wartete am Boden, bis sie wieder verschwunden waren. Die Boote machten nicht den Eindruck, als suchten sie nach jemandem.

Ansonsten blieb alles ruhig, soweit es die Tefroder betraf.

Gronimo wollte gerade erneut aufbrechen, als er das Geräusch hinter sich hörte.

Er hatte am Ufer eines kleinen Baches gesessen, der leise vor sich hin plätscherte. Hinter ihm war hügeliges Waldland.

Er hatte die Schatten nicht gesehen, die sich von hinten heranschoben, bis sie auf das Wasser des Bachs fielen.

Jetzt fuhr er herum, sprang auf und rannte mitten in einen mörderischen Faustschlag hinein.

Gronimo schrie und krümmte sich unter Schmerzen. Er glaubte, dass sein Kopf zerspränge. Der nächste brutale Schlag traf ihn im Magen, dann noch einer im Nacken, und Gronimo sank bewusstlos zusammen.

Als er zu sich kam, stand er aufrecht. Stricke hielten ihn an einem dicken Pfahl, der in den Boden gespitzt war. Seine Hände und die Füße waren gefesselt, und um seine Brust waren ebenfalls Stricke gelegt. Er konnte sich kaum bewegen, um Atem zu holen.

Um ihn herum standen runde Hütten, die wiederum von einem Palisadenzaun eingesäumt waren.

Und vor den Hütten hockten die schwarzen Männer und starrten ihn an.

Jetzt sahen sie, dass er die Augen aufgeschlagen hatte, und sprangen auf. Mit schauerlichem Gebrüll und Singsang begannen sie damit, den Pfahl mit ihrem Gefangenen zu umtanzen. Dabei schwangen sie ihre Waffen – Speere, lange Messer und gebogene Schwerter.

Gronimo wusste sofort, wen er da vor sich hatte – und verfluchte sich für seine Unvorsichtigkeit.

Diese Wilden stammten aus dem Äquatorgebiet Valuurs. Der Stamm war von seinen Nachbarn gefürchtet. Sie fingen, verschleppten, töteten und opferten Menschen, um ihre Götter gnädig zu stimmen.

Es hieß sogar, dass sie das Fleisch ihrer Opfer aßen.

Gronimo hatte zu viel an die Tefroder und an die Meister der Insel gedacht, und zu wenig auf seine Umgebung geachtet. Nun hatte er die Quittung dafür. Die Wilden hatten sich von hinten angeschlichen und ihn in ihr Dorf getragen, wo er nun an dem Pfahl auf sein Ende wartete.

Sein Leben war in diesem Moment kein Fingerschnippen mehr wert. Seine Träume und Pläne schienen sich schon zerschlagen zu haben, bevor er versuchen konnte, sie zu realisieren.

Einer der Schwarzen kam nun heran. Seine Haut war eingeölt

und glänzte in den drei Feuern, die die Szene flackernd beschienen. Es musste nach seinem Kopfschmuck der Häuptling oder ein Medizinmann sein. Jedenfalls wurde er von den anderen respektiert. Sie verstummten, als er sich vor Gronimo aufbaute.

Gronimo trug noch seine Kombination. Die Bekleidung hatten sie ihm ebenso gelassen wie das fast ausgebrannte Antigrav-Pack und den Translator. Für sie, die nur nackt herumliefen, war es vielleicht eine zweite Haut, die sie ihm schon noch früh genug abzuziehen gedachten.

Deshalb verstand er auch, was der Häuptling seinen Männern zurief, während er wüste Gesten auf Gronimo zu machte.

Er stellte dem Stamm in Aussicht, dass sie den »Teufel« langsam zu Tode foltern würden, damit die Götter ihn anschließend um so gnädiger aufnähmen. Mit jedem Stich sollte ein Stück von seiner Seele ausfahren, willkommene Nahrung für die Götter.

Anschließend sollte sein Fleisch unter Männer, Frauen und Kinder verteilt werden, auf das sie das Mahl mit den Gottheiten teilten.

Gronimo wurde übel.

Er hätte jetzt nichts dagegen gehabt, wenn Josho mit ein paar Flugbooten aufgetaucht wäre. Aber damit konnte er leider nicht rechnen. Wenn er hier lebend davonkommen wollte, musste er sein Schicksal in die eigene Hand nehmen.

Auch der Strahler steckte noch in der Gürteltasche, aber er kam nicht heran.

Die Wilden schienen ihre Götter erst noch beschwören zu müssen. Jedenfalls begannen sie wieder zu tanzen und springen und umkreisten den Pfahl mit ihrem Gefangenen. Je mehr sie dabei von einem grünlich schillernden Getränk zu sich nahmen, desto ekstatischer wurden sie. Gronimo sah flammende Blicke auf sich gerichtet. Er wurde angespuckt. Speere stachen nach ihm, ritzten aber nur die Haut. Wenn einer der Wilden zu aggressiv wurde, stoppte ihn der Häuptling – noch.

Gronimo blutete aus mehreren leichten Hautwunden. Sein Schädel schmerzte von den Hieben, und manchmal, wenn er ruckartig den Kopf bewegte, begannen Sterne vor seinen Augen zu tanzen.

Er hatte schrecklichen Durst und dachte fieberhaft nach.

Wenn er seine Fesseln lockern konnte …

Er wusste nicht, wie viel Zeit ihm blieb, bis sie ihn zu martern anfingen. Jeden Moment konnte der Häuptling das Zeichen geben, und was ihm dann bevorstand, daran wollte Gronimo lieber nicht denken.

Seine rechte Hand ließ sich etwas bewegen. Er konnte die Finger zusammenkrallen und eine Faust ballen.

Er versuchte, sich nichts anmerken zu lassen und die Faust langsam aus den Fesseln herauszuziehen. Es tat weh, der ganze Körper war ein einziger Schmerz.

Dann gelang es.

Die Wilden umtanzten ihn. Waren sie schon so berauscht, dass sie nicht sahen, wie er die rechte Hand langsam hinter dem Pfahl zur linken führte und an den Fesseln arbeitete?

Ihr Gesang wurde noch lauter. Ihre Hände und Füße trommelten einen dämonischen Rhythmus. Fast war es ansteckend.

Dann kam der Augenblick, den Gronimo befürchtet hatte.

Der Häuptling sprang zwischen die Tanzenden und hob seine geschmückte Lanze waagerecht über seinen Kopf. Er stand vor dem Pfahl und blickte so finster wie eine Ausgeburt der Hölle. Seine Lider und die Lippen zuckten.

»Die Götter sind bereit!«, schrie der Schwarze mit einer abscheulichen Grimasse. »Lassen wir sie nicht warten! Fangt an mit dem Opfern!«

Gronimo erstarrte für eine Sekunde.

Dann setzte er alles auf eine Karte.

Die Wilden hatten mit ihrem Tanz aufgehört und drangen mit rhythmischen Schritten nun gegen ihn vor. Ihre Speerspitzen zeigten auf ihn, und sie ritzten ihn schon wieder. Er erhielt zwei Stiche in die Hüfte und schrie auf.

Der Schmerz gab ihm die Kraft, die er noch brauchte, um die

linke Hand zu befreien und mit der rechten, die die Fesseln gelöst hatte, zum Strahler zu greifen. Er riss die Waffe hervor und richtete sie auf den Häuptling.

Einen Moment lang zögerte er. Zwar ging es um Leben und Tod, aber die Verantwortung für die Valuurer hatte zu lange auf ihm gelastet, um sie jetzt so schnell wegzustecken.

Zu seinem Glück waren die Wilden vollkommen überrascht und gaben ihm die Zeit, die er brauchte.

Er suchte eine Lücke zwischen dem Häuptling und seinen Leuten und feuerte. Der helle Strahl war für die abergläubischen Wilden wie ein Götterblitz. Einige warfen sich vor Gronimo auf den Boden und begannen damit, ihn anzubeten und um ihr Leben zu flehen.

Andere, vor allem der Häuptling, fanden schnell wieder zu sich und wollten ihn angreifen. Gronimo sah schon die Speerspitzen auf sich zukommen, als er den Aktivierungskontakt des Antigrav-Paks betätigte. Sekunden vorher hatte er einem Wilden das Messer entrissen und die Brust- und Fußfesseln gelöst.

Der Tefroder schoss den Pfahl entlang senkrecht in die Höhe, als handelte es sich um eine Raketenabschussrampe.

Die wütend geworfenen Speere gingen ins Leere.

Gronimo jagte in den Himmel und nahm wieder Kurs nach Osten.

Den Wilden war er zwar entkommen, aber er wusste nicht, wie weit ihn dieses Aggregat noch tragen würde.

Sue und Jeff saßen auf der oberen Querlatte des Koppelzauns und sahen den Männern zu, die die ersten zehn im Wald gefangenen Rinder zu zähmen versuchten. Sue nannte die Tiere »Rinder«, weil sie es so gewohnt war. Sie verkannte dabei nicht die Unterschiede zwischen diesen Tieren hier und jenen auf der Erde.

»Denkst du manchmal noch an ihn, Sue?«, fragte Jeff plötzlich. Er hatte bisher mit Feuereifer die Arbeit der Cowboys verfolgt und war dann auf einmal nachdenklich geworden.

»An Marty?«

»Natürlich denkst du an Marty, aber ich meine Gronimo.«

»Deinen Freund«, sagte Sue lächelnd.

»Er hat gesagt, er würde wiederkommen.«

Sue nickte.

»Wenn er das gesagt hat, dann wird er es auch wahr machen, Jeff.«

»Glaubst du das wirklich?« Jeff rutschte auf dem Hosenboden. Er spielte nervös mit einem langen Grashalm und warf seiner Schwester scheue Seitenblicke zu. »Ich meine, würdest du dich auch freuen, wenn er …?«

Sue schwieg eine Weile.

Die Wunden waren noch frisch. Manchmal wachte sie nachts auf und tastete im Bett neben sich, so als wollte sie Martys Körper fühlen. Aber da war kein Marty mehr. Und da war auch kein Heinz Martin, der ihr ein guter Freund gewesen war.

Und dann dachte sie manchmal an den Tefroder Gronimo. Sie dachte daran, wie er zum ersten Mal aufgetaucht war, und was er gesagt hatte. Wie er sie in seiner Station behandelt hatte, wie sie ihn hassen gelernt hatte.

Und dann kam er aus heiterem Himmel, um Jeff vor der Bestie zu retten.

Mehr noch. Ohne ihn wäre sie selbst nicht mehr am Leben. An Martys und Heinzens Tod traf ihn keinerlei Schuld.

Sie spürte, dass dieser Mann ein Geheimnis mit sich herumschleppte. Es musste ein grausames Geheimnis sein, das ihn so plötzlich aufbrechen ließ, als noch so vieles zu sagen war.

»Warum gibst du mir keine Antwort, Sue?«

Jeffs Frage schreckte sie aus ihren Gedanken auf. Sie lächelte. »Ich würde mich auch freuen, Jeff.«

Sie blieben bei der Koppel, bis die Dämmerung einsetzte. Danach gingen sie zurück ins Haus, machten sich frisch und trafen sich nach dem gemeinsamen Abendessen wieder auf der Veranda.

Jeff lag in einer aufgespannten Hängematte und lauschte auf das Zirpen der Grillen und den Abendgesang der Vögel.

»Wenn er eines Tages wiederkäme«, nahm der Junge den Faden vom Nachmittag wieder auf, als die anderen gegangen und er und Sue allein waren, »würdest du ihn bitten, zu bleiben?«

»Wie meinst du das, Jeff?«

»Würdest du dir vorstellen können, dass du und er eines Tages …«

»Nein«, antwortete Sue. »Martys Stelle wird nie ein anderer einnehmen können, wenn du das meinst. Aber ein Freund könnte er sein, ein sehr guter Freund …«

In diesem Augenblick hörten sie es.

Es knackte im Unterholz neben dem Haus, und dann schob sich eine menschliche Gestalt aus dem Dickicht und dem Dunkel in das Licht der Laternen.

»Gronimo!«, rief Jeff.

Er und Sue rannten gemeinsam los, und sie erreichten ihn, als er zusammenbrach.

Sein Gesicht war wund und von Schweiß überströmt. Er lag in ihren Armen auf dem Rücken. Seine Lippen waren aufgeplatzt, seine Augen glänzten fiebrig. Nur langsam klärte sich ihr Blick.

»Sue …«, flüsterte er undeutlich. »Und … Jeff. Ihr seid endlich da …«

»Nein, *du* bist hier, endlich«, sagte Jeff leise. »Aber du musst in ein Bett. Du hast ja Fieber, und du bist verwundet.«

Gronimo sah ihn an, dann Sue.

Und er konnte lächeln.

»Das geht vorüber, es ist nicht wichtig. Wichtig ist, dass ich es bis zu euch geschafft habe. Welcher Tag ist heute?«

Sue und Jeff blickten sich hilflos an. Ihre einzige Zeitrechnung war die nach ihrer Entführung.

»Wie viele Tage sind vergangen, seitdem ich euch verlassen habe?«

Sue zählte nach und sagte es ihm. Es war eine Schätzung, aber sie war ziemlich zutreffend.

Gronimo lächelte.

»Dann war ich zehn Tage lang unterwegs, nachdem mein letztes Antigravaggregat aussetzte. Der Weg kam mir ewig vor, aber ich habe es geschafft, und jetzt … sind wir sicher.«

»Ich verstehe nicht«, gab Sue zu.

»Wir müssen ihn ins Haus bringen«, drängte Jeff. »Du siehst doch, dass er keine Kraft mehr hat.«

Gronimo wollte etwas sagen, aber Sue legte ihm einen Finger über die Lippen.

»Jetzt nicht. Es hat Zeit bis gleich.«

Sie führten ihn ins Haus, setzten ihn auf einen Stuhl in der Küche und gaben ihm vorsichtig zu trinken. Sue holte einen kalten, nassen Lappen und wusch ihm über das Gesicht.

Als er ihre Hand zurückdrückte, lächelte er.

»Es gibt keinen Gronimo mehr«, erklärte er langsam. »Gronimo ist vor mehr als zehn Tagen bei einem Gleiterunfall ums Leben gekommen. Wenn ihr mich haben wollt, dann überlegt euch einen neuen Namen für mich.«

Dann erzählte er von seiner Flucht, und dass er eine weitere Manipulation an den Daten des Stationsarchivs vorgenommen hatte. Demnach hatte es bei den Hancock-Leuten vor etwa einem Monat nur einen Toten gegeben, nicht zwei.

Die Rolle eines der beiden Gestorbenen füllte nun er aus. Die Pietät allein gebot es ihm, einen anderen Namen als den Martys oder Heinzens anzunehmen.

Die Hancocks störte das nicht, und kein Tefroder fragte danach.

»Wir werden einen Namen finden«, versprach Sue.

Sie hatten genug Zeit dafür.

Gronimo würde bei ihnen unsterblich bleiben. Er würde sein Aussehen nur leicht verändern müssen.

Jeff fand einen Namen.

Er nannte das neue Mitglied der Familie Martin.

Epilog

Gronimo alias Martin lebte 4498 Jahre mit Sue, Jeff und deren Familie zusammen. Zwanzig Jahre lang wurde, trotz seines augenscheinlichen Todes, auf Lando nach ihm gesucht. Danach wurde der Fall nicht weiterverfolgt. Für die Meister der Insel stand fest, dass er den Planeten niemals würde verlassen können – falls er doch noch am Leben sein sollte.

Gronimo starb mit den anderen Bewohnern Historys, wie der Planet dann von den nach Andromeda vorgestoßenen Terranern genannt wurde, im Jahr 24045, als die Meister der Insel das Zellaktivierungsfeld abschalteten.

Er war über Jahrzehntausende hinweg der Wächter des Planeten gewesen, der Hüter der Unsterblichkeit. Doch er hatte niemals erfahren, weshalb die Meister der Insel die Humanoiden aus der Zweiten Galaxis, von ihren Bewohnern Milchstraße genannt, hierher holten und lebend konservierten. Er wusste nichts von der Existenz einer Superintelligenz, die über diesen Abschnitt des Universums herrschte, und von den Plänen, die ES mit den Menschen hatte. Nie hatte Barim-Nantor ihm von Nermo Dhelim berichtet, der von ES die Zellaktivatoren der Meister und gleichzeitig den Auftrag erhalten hatte, eine Welt mit den Bewohnern der Erde zu besiedeln; einen Planeten zu schaffen, auf dem Menschen aller Entwicklungsstadien anzutreffen waren, damit ES sie hier jederzeit studieren und ihre Entwicklung verfolgen konnte.

Gronimo hatte diese Antworten auf seine vielen Fragen niemals erhalten. Aber er hatte Freunde gewonnen und die Einsamkeit der Jahrtausende besiegt.

Das war ihm schließlich wichtiger.

ENDE

Nachwort

Von Juli 1965 bis Mai 1967 erreichte die PERRY RHODAN-Serie ihren ersten großen Höhepunkt: Der Zyklus »Die Meister der Insel« erscheint in den Bänden 200 bis 299 (später überarbeitet nachgedruckt in den Silberbänden 21 bis 32). Der Zyklus legt viele wichtige Grundlagen für die Hintergründe des Perryversums. Am wichtigsten war wohl die Tatsache, dass es mit den Lemurern eine »Erste Menschheit« gab, die vor den Terranern auf der Erde (damals Lemur genannt) existierte.

Zudem trafen wir auf die alten Feinde der Lemurer (die Haluter) sowie die in der Nachbargalaxis Andromeda lebenden Tefroder, die Abkömmlinge aus der Milchstraße geflohener Lemurer – und ihre Herrscher, die legendären Meister der Insel, die seit Jahrtausenden über Andromeda herrschten. All dies zusammen ergab ein faszinierendes Konstrukt, dessen sich die Serie nach wie vor gern bedient und auf das sie sich beruft. Die Meister (oder kurz MdI), seinerzeit vom Hintergrund her nur sehr skizzenhaft eingeführt, haben mittlerweile einen geradezu mythischen Ruf entwickelt und sind immer wieder in der Serie aufgetaucht.

Erst im letzten Band des MdI-Zyklus (»Am Ende der Macht«) enthüllt uns Willi Voltz die ganze Sachlage und lässt Mirona Thetin als Faktor I die Historie der Meister zusammenfassen (Seite 22):

»›Vor zwanzigtausend Jahren rissen dreizehn Renegaten die Macht an sich‹, sagte sie, ohne auf seinen Einwand zu hören. ›Von Anfang an gelang es mir, meine wahre Identität zu verbergen. Schließlich erfuhren sechs Renegaten, wer ihr Anführer war.‹ Mirona Thetins Zähne blitzten. ›Ich habe sie alle sechs ermordet. Seit etwa zehntausend Jahren beherrschten meine sechs Untergebenen und ich ganz Andromeda. Ein unbekannter Wissenschaftler der Alt-Lemurer hatte Zellaktivatoren angefertigt, die sich beim Anlegen auf die Körperfrequenz des Trägers einstellten.‹

Atlan frage sich im Stillen, ob das rätselhafte Fiktivlebewesen von Wanderer bei der Verteilung der Zellaktivatoren der MdI eine Rolle gespielt hatte. Der Verdacht lag nahe, denn es war zweifelhaft, ob ein lemurischer Wissenschaftler diese komplizierten Geräte bauen konnte, deren Technik sogar den Siganesen verborgen blieb.«

Die Namen der sieben MdI zur Handlungszeit des Zyklus:

Faktor I: Mirona Thetin

Faktor II: Trinar Molat

Faktor III: Proht Meyhet

Faktor IV: Miras-Etrin

Faktor V: Nevis-Latan

Faktor VI: Toser-Ban

Faktor VII: Regnal-Orton

Das Bild der MdI wird in den späteren Romanen Stück für Stück erweitert, ergänzt – und teilweise umgeschrieben. So beschert uns die ATLAN-Serie im Sommer 1973 den Kurzzyklus »Der letzte der MdI«, der ab Band 79 in insgesamt achtzehn Heften die Geschichte von Comden Parten schildert, eines der »toten sechs«. Die 2842 n.Chr. spielende und von Willi Voltz entworfene Geschichte hat eine Reihe von Logiklücken, was die Art und Weise angeht, wie Parten sich von Mirona Thetin gerettet haben soll. Er hat seinen Zellaktivator einem Freund gegeben (und deshalb überlebt?) – sein serieninterner Status als MdI wackelte bedenklich.

Die Perrypedia schreibt gar: »Diese Geschichte klingt vorne und hinten nach Ungereimtheiten. Also irgendwie müssen unserem Schurken einige Details entfallen sein, bevor das Sinn ergibt. Rainer Castor vertritt heute die These, dass es sich bei dem Grauen nicht um den letzten Meister gehandelt hat.« Leider steht nicht dabei, wann genau »heute« ist/war.

Mit dem »unbekannten Wissenschaftler der Alt-Lemurer« beschäftigt sich 1987 Peter Terrid im PERRY RHODAN-Planetenroman 288, »Schmied der Unsterblichkeit«. Darin entwickelt der Lemurer Selaron Merota auf Grundlage der Hinterlassenschaften einer unbekannten Zivilisation (»unbekannt« ist ein Schlüsselwort bei den MdI, egal wie ausführlich ihre Geschichte beleuchtet wird) die Zellaktivatoren, die seine Tochter Mirona ihm dann entwendet. So »unbekannt« ist er Mirona Thetin also gar nicht – aber warum soll sie Atlan auch alles erzählen?

Hier erfahren wir, dass Mirona eine Halbschwester namens Ermigoa hat – was eine weitere Serienlücke schließen soll: Ermigoa hat ihren Auftritt in der PR-Serie bereits im September 1974 in PR 683, »Das Mädchen von Lemuria« von H.G. Ewers. Atlan trifft auf der Suche nach der verschollenen Erde mit ihr zusammen und fühlt sich stark an Mirona Thetin erinnert. Es blieb damals offen, ob Ermigoa eine Duplo von Faktor I war oder nicht.

Und so könnte man die Geschichte der MdI fast als erledigt betrachten – hätte es da nicht im Herbst 1991 einen grundlegenden Umbruch in der Darstellung der historischen Ereignisse gegeben: den Linguiden-Zyklus.

Im Frühjahr 1173 NGZ (entspricht dem Oktober 1991 und den Bänden 1571 bis 1573) geht es unseren Helden gar nicht gut. ES ist ganz eindeutig verwirrt und hat die Zellaktivatoren abgeschaltet, nur eine letzte Zelldusche verheißt ein wenig Hoffnung. Nun sucht man die Superintelligenz – und wird von dieser mit Relikten aus der Vergangenheit konfrontiert. In den genannten Bänden gibt es vollkommen neue Informationen zum Ende der Paddler, dem Menschenzoo auf Lando/History (siehe dazu ergänzend den vorliegenden Band) und der Geschichte der MdI – alles Themen aus dem MdI-Zyklus von einst.

Band 1573 (»Blick in die Zeit« von Marianne Sydow) stellt unser Wissen über die Herkunft der Meister vollkommen auf den Kopf. Zum einen nimmt sich die Serie Atlans Vermutung zur möglichen Beteiligung von ES an der Vergabe der Zellaktivatoren an und beantwortet sie mit »ja«. Ein Lemurer namens Nermo Dhelim erhält von Ernst Ellert vierzehn Zellaktivatoren, die zylindrisch geformt sind und bei einer Länge von vier Zentimetern einen Durchmesser von eineinhalb Zentimetern aufweisen. Wir erfahren zudem, dass Zellaktivatoren eine stabilisierende Funktion auf den Kosmos haben – eine hier neu eingeführte Idee.

In dieser Version der Geschichte ist Dhelim der Vater der zuvor erwähnten Ermigoa, der er einen Zellaktivator übergibt, womit sich (erneut) der Kreis zu Band 683 schließt. Dhelims Geliebte Mirona Thetin bemächtigt sich der restlichen Aktivatoren und tötet ihn. Sie ist zudem nicht nur Faktor I, sondern tritt auch in der Maske eines anderen Meisters der Insel auf – eines der Rebellen. Insofern weiß sie also von der geplanten Rebellion gegen sich und kann sie deshalb locker zerschlagen. Technisch gesehen gab es somit nur zwölf Meister der Insel … Pech für Comden Partan, den Schatten-MdI.

Hinzu kommt, gleichsam als »Nachgedanke«, im Juni 1992 Barim-Nantor als ursprünglicher Faktor IX in Horst Hoffmanns hier nachgedrucktem Roman. Dieser ist somit ein kleines Stück »gelebte Historie des Perryversums«, da wir hier buchstäblich zusehen können, wie der Hintergrund erweitert wird. Auch um den Wechsel von Barim-Nantor zu Miras-Etrin kümmert der Autor sich. Insofern ist Barim-Nantor also ein weiterer der »toten sechs«.

Die damaligen Änderungen stehen (wie auch die Ergänzungen zu den Paddlern und zu History) unter dem Aspekt, die durchaus bekannten Lücken in der Geschichte der MdI zu schließen. Außerdem wird das Problem um Comden Partan dadurch gelöst, dass es ihn eigentlich nie gab.

Unter den Tisch fällt der »Schmied der Unsterblichkeit«. In Leserkreisen kam das vollständige Ignorieren des Terrid-Romans nicht gut an – Terrid war ein beliebter Autor, der Roman erfreute sich großer Popularität. Selbst ohne Internet las man in Fanzines und in Leserbriefen Dinge wie: »MEINE Version der Geschichte wird immer die von Peter Terrid bleiben!!!«

Der »Verstoß« gegen die Ereignisse jenes Romans war kein Zufall; Exposéautor Ernst Vlcek hatte den »Schmied« nicht übersehen oder vergessen. In einem während der ersten Hälfte des Linguiden-Zyklus geführten Gesprächs mit Andreas Möhn auf der Frankfurter Buchmesse sagte er zu diesem Thema: »Dieses Taschenbuch tut mir in der Seele weh! Wir haben uns das nämlich ganz anders gedacht.« Und so geschah es dann auch.

Spätere Publikationen versuchten, die zwei unterschiedlichen Entstehungsgeschichten der MdI miteinander in Einklang zu bringen. So enthält der 1998 veröffentlichte PERRY RHODAN-Planetenroman 414, »Statistiker des Todes« von Uwe Anton, eine Art Erklärung, wie es zu dieser »verkehrten« Darstellung der Geschichte der MdI kommen konnte. Im Dialog zwischen der Mondsyntronik NATHAN und dem TLD-Agenten Giuseppe Fiorentini macht Uwe Anton eine Verbeugung vor dem mittlerweile verstorbenen Peter Terrid:

»›Ich höre dich, Giuseppe.‹ Nur eine Stimme, kein Hologramm über dem Kästchen. ›Ich habe meine Tätigkeit wieder aufgenommen. In meinen Speichern befinden sich keine Dateien mehr aus einer parallelen Realität … Ich korrigiere mich: nur noch eine. Sie beeinträchtigt meine Funktion aber nicht.‹

…

Giu schwieg einen Augenblick. ›Was für eine Datei ist das, NATHAN?‹, fragte er dann.

Das Mondgehirn wusste sofort, was er meinte. ›Datei TBMV-288-3811851-36-5, Titel: SCHMIED DER UNSTERBLICHKEIT. Ich kann mir ihre Existenz nicht erklären, sie ist einfach vorhanden, auch wenn sie allen anderen gesicherten Erkenntnissen über die Entstehung der Meister der Insel widerspricht.‹«

Man erkennt unschwer die ursprüngliche Nummer des Planetenromans sowie den Titel; der Rest des »Dateinamens« ist schlicht und ergreifend die ISBN des damaligen Buches.

Dies sollte nicht die einzige Anpassung der Inhalte des vorliegenden Romans an den »offiziellen« Serienhintergrund bleiben.

Die Figur des Selaron Merota wird von Rainer Castor im PERRY RHODAN-Kommentar in PR-Band 2369 fest in der Serie verortet. Im ebenfalls von Castor verfassten Vorgängerband, »Sonderschaltung Tanta«, wird der Wissenschaftler ohne jede Erläuterung als Schmied der Unsterblichkeit und damit als Konstrukteur der MdI-Aktivatoren bezeichnet. Seine weiteren Erlebnisse und die seiner Tochter Ermigoa finden Einzug in den Traversan- und den Centauri-Zyklus der ATLAN-Serie.

Die letzte große Änderung in der Geschichte der MdI kam im April 2008 mit »Der Unlichtplanet« von Michael Marcus Thurner, dem letzten Roman des Taschenbuchzyklus »Ara-Toxin«. Aus der Perspektive von Aset-Radol, einem weiteren der »toten sechs«, erfahren wir die Geschichte des Aufstands, dessen Anführer und die noch fehlenden Namen der getöteten Meister.

Und Aset-Radol ist seinerzeit ebenso wenig gestorben wie Comden Partan, den es nun wieder offiziell gibt. Dafür war Mirona Thetin nun nicht mehr als Doppel-Faktor aktiv.

Statt ihrer spionierte nun Aset-Radol in ihrem Auftrag die Rebellen aus und verriet sie. Da Mirona Thetin zu der Entscheidung kam, ihm nicht mehr vertrauen zu wollen, sandte sie für dessen Zellaktivator ebenfalls einen hochenergetischen Vernichtungsimpuls aus. Aset-Radol aber ahnte dies und verbarg sich im Innern eines Mobys, der die Funkimpulse »fraß«. In der Folge zog er sich in die Milchstraße zurück, wo er über die folgenden Jahrtausende seine Alternativpläne verfolgte. Damit wäre wieder der Bogen zu den ATLAN-Romanen geschlossen.

Und somit ergibt sich für uns als offizielle Arbeitsgrundlage für die Meister der Insel die nachstehende Auflistung:

Von den ursprünglich dreizehn MdI wagten um 8000 vor Christus sechs die Rebellion (Rat der Sechs), weil sie die wahre Identität des bislang anonym agierenden Anführers »Faktor I« in Gestalt von Mirona Thetin herausgefunden hatten. Diese löste aber einen Hyperfunkimpuls aus, der die lebensspendende Energie der Zellaktivatoren dieser Meister in tödliche Strahlung verwandelte. Anschließend beherrschten nur noch (in neuer Reihenfolge) die sieben aus dem MdI-Zyklus bekannten Meister der Insel Andromeda: Faktor I (Mirona Thetin), Faktor II (Trinar Molat), Faktor III (Proht Meyhet), Faktor IV (Miras-Etrin), Faktor V (Nevis-Latan), Faktor VI (Toser-Ban) und Faktor VII (Regnal-Orton).

Ursprüngliche Reihenfolge: Faktor I (Mirona Thetin), Faktor II (Trinar Molat), Faktor III (Proht Meyhet), Faktor IV (Zeno Kortin – gemäß »Ara-Toxin« 6), Faktor V (Nevis-Latan), Faktor VI (Aset-Radol – gemäß »Ara-Toxin« 6), Faktor VII (Soynte Abil – gemäß »Ara-Toxin« 6), Faktor VIII (Toser-Ban), Faktor IX (Barim-Nantor – gemäß dem vorliegenden Roman), Faktor X (Miras-Etrin), Faktor XI (Kolin-Uns – Initiator der Rebellion gemäß »Ara-Toxin« 6), Faktor XII (Regnal-Orton) und Faktor XIII (Comden Partan – gemäß ATLAN 94 und »Ara-Toxin« 6).

In der laufenden Serie haben wir im Zyklus »Das Atopische Tribunal« zuletzt die Rückkehr von Zeno Kortin erlebt (Band 2790, »Faktor IV« von Michelle Stern), wenngleich nur als »lebendige« Statue und Unterstützer unseres Schurken Vetris-Molaud. Aber wer weiß, was da noch kommt …? Das Thema »Meister der Insel« bleibt auf jeden Fall faszinierend.

Wie auch in diesem Roman.

Rainer Nagel

VORSCHAU

Ronald Tekener, der Staragent der United Stars Organisation (USO), ist eine der beliebtesten Figuren der PERRY RHODAN-Serie. In unzähligen Einsätzen für die Menschheit hat er sein Können bewiesen. Wie aber ist er zu diesem Superagenten, zum »Galaktischen Spieler«, geworden?

Im Jahre 2395 erleidet die terranische Handelsflotte schwere Verluste. Eine Organisation von Raumpiraten lässt Hunderte von Schiffen spurlos verschwinden und zwingt damit die USO zu einem Verzweiflungsschritt – zur Einmann-Operation des jungen Ronald Tekener auf Lashat, der gefürchteten Seuchenwelt …

Nur ein Jahr später werden die Bewohner des Planeten Okta von einem skrupellosen Terraner ausgebeutet. Dafür rächen sie sich grausam. Die Hüter des Schwertes schlagen gnadenlos zu – bis Ronald Tekener mit einem von ihnen ein Abkommen trifft …

Diese beiden Romane aus der Frühzeit Ronald Tekeners stammen von H. G. Francis. Ihre Titel sind:

DIE EINMANN-OPERATION
und
DER GALAKTISCHE SPIELER